Scarlet
스칼렛

Scarlet

스칼렛

가면 쓴 왕자와 칼 든 마녀

가면 쓴 왕자와 칼 든 마녀

1판 1쇄 찍음 2011년 9월 5일
1판 1쇄 펴냄 2011년 9월 7일

지은이 | 민희서
펴낸이 | 정 필
펴낸곳 | 도서출판 **뿔미디어**

기획총괄 | 이주현
기획 | 손수화
편집장 | 이재권
편집책임 | 이경순
편집 | 심재영, 문정흠, 주종숙, 이진선
관리, 영업 | 김기환, 임순옥

출판등록 | 2002년 9월 11일 (제1081-1-132호)
주소 | 부천시 원미구 상3동 533-3 아트프라자 503호 (우)420-861
전화 | 032)651-6513 / 팩스 032)651-6094
E-mail | BBULMEDIA@paran.com
홈페이지 | www.bbulmedia.com

값 9,000원

ISBN 978-89-6639-276-6 03810

아면 쓴
왕자와
칼 든
마녀

SCARLET ROMANCE NOVEL

민희서 장편 소설

스칼렛

Contents

아기의 울음소리가 흔하지 않은 동네였다. 높은 대문을 넘는 소리
도 거의 들리지 않는 동네에 우렁찬 아이의 울음소리가 연달아 들렸
다. 여기서 그치면 저기서 울고 저기서 그치면 여기서 우는데 동네사
람들은 말 그대로 죽을 맛이었다. 그나마 참고 견디는 것은 저 주인
집 남자가 꽤나 영향력 있는 사람이라는 점 때문이었다. 두 아이의
울음소리가 들리게 된 것도 딱 한 달 차이였다. 같은 지붕 아래 살면
서 참 기이한 인연이 아닐 수가 없었다.

4살쯤 되는 남자아이는 집 기둥에 기댄 채, 투덜대며 운동화로 땅
을 찼다. 입술은 뾰루퉁한 것이 무언가 마음에 안 드는 것이 있는 듯
했다.

"하원아, 오늘은 왜 나와 있어?"

"동생이 싫어요! 딴 하진이도 싫고 해인이도 싫어요!"

"어머, 그렇게 예쁜 동생들이 싫으니?"

"네! 너무 싫어요!"

옆집 아줌마는 입을 가리고 살며시 웃었다. 유일한 어린애였던 하원은 이제 어른들의 관심에서 밀려났다는 것에 대해 심통이 나 있는 듯했다. 갓난아기가 둘이나 태어났으니 하원은 말 그대로 찬밥신세였다.

"우르르, 까꿍! 우리 나중에 사돈 맺으면 되겠어요."

아이의 엄마는 아이에게 젖을 먹이며 말했다. 갓난아기라 그런지 아이는 그다지 예쁘지 않았다. 헌데 다른 여자가 안고 있는 남자아이는 눈도 또렷하고 코도 오뚝하게 솟은 것이 고거 참, 커서 여자깨나 울릴 관상이었다. 거기다 방긋방긋 웃는 것이 주위 사랑 좀 받을 것 같이 보였다. 아기란 다 예쁘지만 울고 짜고 징징대면 아무리 예쁜 아기도 조금은 싫어지는 법이었다.

"우리야 좋죠. 그렇지, 혜인아?"

혜인의 엄마는 혜인을 번쩍 안아들며 어르고 달랬다. 가뜩이나 웃음이 많은 혜인은 까르르 웃으며 연방 방싯거렸다.

"좋다고? 말을 다 알아듣네."

혜인과 하진을 어르고 달래던 두 엄마가 작은 아기 요에 둘을 나란히 눕혀놓았다. 나란히 누워 모빌을 잡듯 손을 하늘로 뻗으며 움직이던 아기의 작은 손이 꼬물거리며 옆에 있는 아기의 손을 꽉 잡았다.

"어머, 이것 봐요! 여보! 카메라, 카메라!"

연방 카메라를 외쳐대며 하원의 엄마가 바쁘게 움직였다. 하진의 손에 꽉 잡힌 작은 손이 제 뜻대로 되지 않자 혜인이 큰소리로 울음을 터트렸다. 여기저기서 터져 나오는 카메라 플래시에 혜인이 더 크게 울어댔다. 어른들은 아기의 마음을 아는지 모르는지 자기들끼리 신이 나 웃고 있었다. 혜인이 울고 하진은 방싯거리며 작은 손을 꽉 잡고 있는 사진이 가족사진 자리에 떡하니 자리 잡았다. 그것이 혜인이 생후 2개월 때의 이야기였다.

꽃피는 봄이 되었다. 진달래와 개나리가 입을 벌리며 따스한 봄 햇살을 맞이했다. 공기 중에는 향긋한 꽃냄새가 가득했다. 돌담 높은 담장 위로 웃음소리 대신 커다란 소란이 들려왔다.

혜인은 마치 연인에게 이별을 통보받듯이 망연자실하게 현관문을 쳐다봤다. 저승사자의 음침한 형상을 했으면 그나마 무섭기라도 했겠지만, 그는 너무 말쑥한 베이지색 면바지에 하얀 니트를 입고 그녀를 심드렁하게 내려다보았다.

"나, 나는 너랑 안 갈 거야!"

일종의 반항이었다. 물론 씨알도 먹히지 않는다는 것을 알고 있었다. 하지만 이렇게 반항한번 못해보고 개처럼 질질 끌려갈 순 없었다. 태어날 때부터 한시도 떨어져 있지 않았으니 이제는 떨어질 만도 하건만 그와 떨어지기엔 그녀의 머리가 너무 좋았던 것이다.

"혜인아, 어차피 같은 방향인데 같이 가면 좋잖아."

하진은 대학에 붙자마자 외제차를 떡하니 뽑아서 왔다. 그리고는 차갑게 그녀에게 내뱉었다.

'8시 반까지 안 오면 죽는다.'

봄 햇살 같은 미소를 달고는 내뱉은 말은 서릿발이 몰아치듯 차가웠다. 그리고 지금 방싯거리며 웃는 하진은 전혀 다른 사람이라도 되듯 따뜻하게 그녀에게 말을 건넸다. 그것도 해사하게 웃으면서.

혜인은 그 웃음이 몸서리쳐지게 무서웠다. 저 뒤엔 무엇을 숨기고 있을지 감히 상상하기 힘들 정도였다.

"서혜인! 입학식인데 아직도 안 갔어? 하진이 기다리잖아! 빨리 움직이지 못해?"

혜인의 엄마는 혜인의 등짝을 시원스럽게 때리며 그녀를 나무랐다.

"나, 난! 혼자 갈 거야! 혼자 갈 거라고!"

하진과 엮이는 일은 고등학교 때까지면 충분했다. 여학생들에게 왕따도 충분히 당하였고 해코지도 충분히 당하였다. 막 피는 20대의 시절을 이렇게 암흑으로 물들일 수 없었다.

혜인은 장판 위에 널브러져 발을 동동 굴렀다. 믿는 구석? 그런 건 없었다. 설마 엄마가 자식을 매몰차게 버리겠는가, 이 생각 하나뿐이었다. 19년하고도 몇 달을 당해놓고도 혜인은 아직도 엄마를 굳게 믿고 있었다.

"혜인아, 입학식부터 늦으면 안 되잖아. O.T도 가야 하고."

하진은 상큼한 미소를 입가에 방싯 달고 혜인의 손을 잡아끌었다. 미소는 봄날 햇살보다 더 따스한데 손목이 조금씩 아려왔다. 안경은 이미 코끝에 아슬아슬하게 매달려 있었다. 혜인은 코를 훌쩍거리며 하진을 노려봤다. 저 잘나신 얼굴은 오늘도 반듯했다. 아침부터 공들여 빗은 머리는 사방으로 삐죽삐죽 솟아 있었고, 말끔하게 차려입은 새 옷은 이미 구겨진지 오래인 혜인과 달리 하진의 행색은 너무나 말끔했다. 또 그 모습에 괜스레 부아가 치밀어 올랐다.

아침부터 공들인 그녀의 모습은 도대체 어디로 갔단 말인가!

"에휴, 어려서부터 저러더니 저 버릇 아직도 안 고쳐져서야 원……."

혜인의 엄마는 하진에게 미안한 미소를 보내며 혀를 쯧 찼다.

"괜찮아요. 그게 혜인이의 매력인 걸요. 혜인아, 얼른 가자."

하진을 보는 엄마의 눈빛이 참 따스했다. 혜인은 자신의 답답한 속을 아무도 몰라주는 통에 애꿎은 가슴만 쳐댔다. 이 억울함을 풀 수가 없었다. 자신이 얼마나 대학 생활을 꿈꿔왔던가. 친구와 알콩달콩 손도 잡고, 같이 등교하고 근처 커피숍에 앉아 넷북을 켜놓고 함께 과제하며 남자 친구에 대한 이야기를 나누는 모습을…….

그 찬란했던 꿈들이 유리조각처럼 와장창 깨어졌다. 그 허탈감은 이루 말할 수 없었다. 혜인은 휴지로 코를 흥 풀었다. 흐트러진 두터운 뿔테를 제자리로 올려놓으며 헝클어진 머리를 재정돈 했다. 그리고 펑퍼짐한 청바지와 티셔츠의 옷매무새를 가다듬었다.

"나랑 알은 체하면 죽을 줄 알아!"

하진이 따라오기 전에 혜인은 서둘러 가방을 메고 문을 쾅 닫았다. 발에 모터라도 단 듯 정원 위를 뛰어다니는 발걸음이 꽤나 급박해보였다. 심장이 덜덜 떨리고 손안에 땀이 가득 배어 나왔다. 제발 오늘은 유하진이 날뛰지 않기를 깊이 바라본다.

하진은 얼떨떨하게 서 있는 혜인의 엄마를 보며 미소를 지었다.

"저, 저놈의 계집애 말하는 것 좀 봐! 하진아, 내가 다 미안하다."

"아니에요. 괜찮아요. 혜인이가 저 싫어하는 게 하루 이틀인가요."

하진은 멋쩍은 듯 뒷머리를 긁적거리며 자신도 가방을 멨다.

"에휴, 그래도 우리 혜인이 잘 부탁해."

"네, 걱정 마세요."

하진은 안심하라는 듯 미소를 빙긋이 지어보였다. 그 모습에 혜인의 엄마는 한손으로 입을 가리고 호호 웃음을 터트렸다. 어쩜 저리 듬직할 수 있을까. 초중고 학생회장과 반장을 단 한 번도 빼먹은 적 없는 그가 얼마나 더 믿음직하랴. 툭하면 짜증만 부리는 외동딸만 보다가 싹싹한 하진을 보며 혜인의 엄마는 한숨을 깊게 내쉬었다. 혜인이 하진의 반만 따라가도 여한이 없을 정도였다. 특히나 숫기가 없어 변변한 친구 한 명 없는 것이 가장 걱정이었다. 어려서는 곧잘 데려오더니 이제는 하진뿐이었다. 특히 낯선 환경 속에서 하진과 같은 학교라니 그녀는 무척 안심이 되었다.

"아줌마, 저 이만 가볼게요."

하진이 문을 닫고 나가자 혜인의 엄마는 흐뭇한 미소를 지으셨다. 나중에 혜인이 사위를 데려온다면 하진이었으면 딱 좋겠다고 생각할 정도였다.

하진은 미묘한 웃음을 지으며 혜인을 찾아 나섰다. 침을 흘리며 자신을 붙잡는 여학생들 때문에 이곳까지 오기가 힘이 들었지만 그래도 고등학교보단 나았다. 그곳에서는 툭하면 편지를 들고 불러내는 통에 귀찮음을 몇 번이고 감수해야만 했다.

"203호, 여기란 말이지?"

하진은 입가에 미소를 한껏 달고 강의실 뒷문을 쾅 열었다. 동네 장터를 방불케 했던 강의실이 찬물을 끼얹은 듯 조용해졌다. 하진은 뻣뻣하게 굳은 목을 두어 번 돌렸다. 낯익은 뒤통수에 부아가 치밀어 오르지만 하진의 입가에 옅은 미소가 지어졌다. 발톱을 감춘 고양이처럼 분노를 숨긴 그런 미소. 혼자 조용히 엎드려 있는 꼬락서니를 보아 하니 친구 하나 못 사귄 듯했다.

하진은 성큼성큼 긴 다리를 이용해 혜인의 곁으로 다가갔다. 그리고 분노로 바들바들 떨리는 손을 진정시키며 혜인의 등을 다정스럽게 어루만졌다. 등에서 낯선 손길이 느껴지자, 혜인이 화들짝 놀라 고개를 퍼뜩 들었다.

"뭐, 뭐야?"

한참을 엎드려 있었는지 혜인의 이마엔 붉은 도장자국이 그대로 나 있었다. 하진은 혜인의 고운 머리카락을 쓰다듬으며 한껏 미소를 지어보였다. 혜인이 점점 뒤로 뒷걸음질 치려 했지만 하진이 혜인의 손목을 꽉 잡고 손바닥 깊숙이 입을 맞췄다. 혜인의 온몸이 뻣뻣한 석고상처럼 점점 굳어져갔다.

시끄러웠던 분위기는 어느새 사라지고 모든 학생들이 그 둘에게 집중했다. 여기저기에서 마른침을 꿀꺽 삼키는 소리만 간간이 들려왔다. 둘은 심하게 어울리지 않았다. 뿔테 안경 낀 촌스러운 여자와 곱상한 남자. 이것은 최악의 조화였다. 마치 미녀와 야수의 바뀐 버전을 보는 듯한 그런 느낌이었다.

"자기, 왜 혼자 갔어? 한참 찾았잖아."

사랑스러운 연인을 쳐다보는 듯 달콤한 눈빛과 목소리에 혜인의 입이 쩍 벌어졌다. 그것은 비단 혜인뿐만이 아니었다. 주위의 여학생들은 경악의 눈초리로 그들을 바라봤다. 남학생들은 속으로 쾌재를 불렀다. 킹카 자리는 어차피 저놈 것이었지만 여자 친구 만들 기회는 충분했다.

가장 아리따운 여학생들이 많이 모였다는 국어교육과였다. 학교의 전통이었고, 지금 그들의 눈으로 실감하는 중이었다. 먹잇감을 앞에 둔 하이에나처럼 사냥감을 물색 중이었는데 하마터면 모두 저놈에게 빼앗겨 버릴 뻔했다. 하지만 다행이었다. 그들의 눈과 귀로 확인하지 않았던가. 그 남자애는 저 촌스러운 여자아이의 것이었다. 아이러니하게도 촌스러운 여학생을 저렇게 지나칠 정도의 잘난 놈을 차지했다는 것이 약간 의아했지만 상관하지 않았다. 콧노래를 흥얼거리며 장터에 나온 원숭이 보듯 하진과 혜인을 쳐다보고 있을 뿐이었다.

남이야 어떻게 보든 말든 혜인은 망치로 머리를 두드려 맞은 기분이었다. 눈만 끔뻑거리며 쩍 벌어진 입이 닫힐 줄을 몰랐다.

"혜인이 너, 어디 아파? 안색이 안 좋아."

"너…… 너!"

말조차 다 이을 수 없었다. 혜인은 참을 수 없는 분노가 온몸을 휘감았지만 하진은 더없이 상냥한 미소만 지었다. 다정스러운 연인을 향한 눈빛에 주위의 여학생들은 자신을 향한 눈빛이라도 되는 듯 온몸이 녹아들 것 같았다.

"역시 아침에 너무 무리했나?"

혜인의 얼굴이 순식간에 화르륵 달아올랐다. 누가 듣지는 않았는지 주위를 살폈지만 이미 그들은 구경꾼들 사이에 둘러싸여 있었다. 하진은 혜인의 고운 머리카락을 손으로 쓰다듬으며 귓가에 숨결을 후, 불어넣었다.

"다시 한 번 까불면 그땐 가만 안 둔다."

악마가 그윽하게 속삭였다. 순간 그의 눈에선 살기가 번뜩였다. 그 살기에 혜인의 온몸엔 오소소 소름이 돋았다.

"혜인아, 그럼 끝나고 여기에서 기다려. 이따 데리러올게."

하진이 혜인의 머리를 다정하게 쓰다듬으며 강의실을 빠져나갔다. 혜인은 망연자실한 표정으로 온기가 남아 있는 머리를 손으로 매만졌다. 뜨거운 온기 뒤에 숨겨진 하진의 분노를 고스란히 느낄 수 있었다. 주위의 마법이 깨진 듯 다시 조금씩 소란이 들리기 시작했다. 몇몇 여학생들은 상황을 도저히 참지 못하겠는지 강의실을 박차고 나갔다. 혜인은 울고 싶었다. 아무래도 대학생활도 오늘부로 끝이구나, 라는 생각이 들었다. 그녀는 왕따가 될 것이 분명했고, 그녀가 꿈꿔왔던 것들을 한 가지도 이루지 못할 것이다. 혜인은 통탄스러운 마음을 진정하며 속으로 눈물을 삼켰다. 그렇게 그 둘은 또 다시 함께였다.

1.
왕자의 실체

쓱싹쓱싹 노트에 닿는 펜 소리와 지루한 교수님의 목소리만이 강의실 안에 울렸다. 가끔 기지개를 켜며 길게 하품하는 학생들과 조는 학생이 틈틈이 보이긴 했지만, 자신의 멋들어진 강의에 취해 있는 교수에게 보일 리 없었다.

혜인은 자신의 트레이드마크인 두터운 뿔테 안경을 끼고 샤프를 든 채 교수를 뚫어져라 바라봤다. 샤프를 들고 있는 모습이 남이 보기엔 촌스럽게 보일지 몰라도 그녀는 손에 묻고 지울 수 없는 펜보다 그것을 더 좋아했다. 자장가 같이 고요한 교수의 음성 속에서 시간은 잘도 갔다. 강의가 끝나기까지 5분밖에 남지 않았다. 3시간 연속타임이었는데, 이 교수는 특히나 화장실 갈 시간 5분 빼고는 강의시간을 꽉꽉 채우기로 유명했다.

시곗바늘이 점점 12를 향해 달려갔다. 강의 끝날 시간이 다가오자,

고개를 숙이고 꾸벅꾸벅 졸던 여학생들이 고개를 번쩍 들었다. 몽롱한 눈을 애써 또렷하게 뜨며 고개를 숙이고 분칠을 시작했다. 손은 깃털처럼 가볍게 얼굴 위를 돌아다녔다. 그것 참, 놀라운 경지가 아닐 수 없었다. 파우더 향이 코끝에 감돌자 혜인이 여학생을 힐끗 쳐다보며 혀를 쯧쯧 차고는 다시 강의에 집중했다.

"야, 야, 유하진이다."

한참을 떨어진 곳에서 너스레를 떠는 여학생의 목소리에 혜인의 고개가 다시 번쩍 들렸다. 고요하고 포근했던 그녀만의 아늑한 시간이 끝나자 인상이 저절로 찌푸려졌다. 혜인은 한숨을 크게 내쉬었다.

"유하진이 여긴 왜……. 아, 저 재수 없는 안경 계집애 보러 왔나 보네."

또렷하게 들리는 여학생의 까랑까랑한 목소리에 혜인의 손에 힘이 들어갔다. 빠직 소리가 나고 들고 있던 샤프심이 뚝 부러지며 반듯하게 필기해 놓은 곳에 흑연가루가 난을 쳤다. 자신이 공들여 해놓은 필기가 엉망이 되자, 혜인의 눈엔 눈물이 그렁그렁 맺혔다. 몹시도 짜증이 난다.

그때 3시 정각을 알리는 휴대폰 알람벨소리와 함께 교수가 화이트보드에서 매직을 내려놨다. 자던 학생들이 귀신같이 일어나 마치 열심히 경청했다는 듯 또렷한 눈으로 교수를 바라봤다. 그 모습에 교수님은 감동이라도 받으셨는지 입가에 미소를 지으시며, 이번 주까지 감히 끝내지도 못할 어마어마한 양의 과제를 내준 후 강의실을 벗어났다. 교수님의 미소는 모두 거짓이었다. 학생들의 허탈한 한숨소리와 절규하는 소리가 강의실 이곳저곳에서 들려왔다.

혜인은 그때까지도 자리에 앉아 선홍빛 입술을 질끈 깨물었다. 자신의 앞에 누가 다가와 있는 것도 모른 채 샤프를 꽉 쥐고 앉아 있었다.

"혜인이, 너 어디 아파?"

감미로운 피아노선율보다 더 매끄러운 목소리가 귀를 자극했다. 가지런히 정리된 손톱이 손바닥을 파고들어 생긴 쓰라림이 그제야 느껴졌다. 혜인의 꽉 쥔 손을 보며 하진은 깊은 한숨을 내쉬었다. 혜인의 버릇이었다. 화가 나면 주먹부터 움켜쥐고 입술을 질끈 깨무는 것이. 하진은 잘근 깨물어 핏방울이 맺혀 있는 혜인의 입술에 자신의 엄지손가락을 갖다댔다. 그리고는 이에 물린 입술을 손으로 빼내며 입가에 묻어 있는 핏방울을 손가락으로 쓸어내었다.

"손바닥 펴 봐."

하진의 목소리엔 걱정과 함께 한숨을 담고 있었다. 화를 참으며 앉아 있는 혜인의 손을 하진이 억지로 펴냈다. 그리고 손바닥에 가득 고인 피를 보자, 잘생긴 그의 양 미간이 구겨졌다. 그는 안쓰러운 시선으로 자신의 가방 주머니에서 새것처럼 빳빳하게 다림질 돼 반듯한 정사각형을 그리는 손수건을 꺼내 혜인의 손을 감쌌다.

"많이 아프지?"

하진의 걱정스러운 음성이 들릴 리가 만무했다. 그의 목소리는 주파수가 맞지 않는 라디오처럼 웅얼거렸다. 그럼에도 아직 가지도 않고 그들을 노려보는 여학생들의 목소리만은 또렷하게 들려왔다.

"저 계집애 표정 봐. 당연하듯이 받아들이잖아. 재수 없어 죽겠어. 하진이 쟤 왜 저런 애랑 만나는 거야. 저 잘나신 서혜인 때문에 이번에 일학년에 들어온 퀸카도 찼다며?"

혜인은 입술을 질끈 깨물었다. 익숙해질 법도 했다. 분명 입학식

때 하진이 그 난리를 치고 나서는 늘 있는 일이었다. 하지만 늘 당하면서도 적응이 되지 않는 것은 어쩔 수가 없었다. 그때마다 태연하게 대처 못하는 자신이 너무 답답하게만 느껴졌지만 그녀들과 말싸움을 해봐도 결국 지는 것은 자신이었다.

혜인은 자신의 손을 잡고 있는 하진의 손을 날카롭게 쳐냈다. 그리고 아직도 강의실에 앉아 종알대는 여학생들을 강하게 노려보자, 여학생들은 아무 일도 없었다는 듯 창밖만 바라봤다. 항상 저런 식이었다. 혜인이 지나가면 얼굴도 알지 못하는 사람들이 그녀를 욕하기 바빴다. 두터운 안경을 낀 촌스러운 외모를 욕하기도 했고, 편하게 입은 청바지차림을 욕하기도 했고, 차가운 인상을 욕하기도 했다. 숫기가 없어 남들에게 다가가지 못하고 조용히 앉아만 있는 혜인을 이해하려는 사람은 아무도 없었다. 오히려 눈엣가시처럼 여기는 듯했다. 자신의 학교, 학년 통틀어서 제일가는 킹카라는 하진을 꿰찼으니 그럴 만도 했다. 그것이 22년째 계속되는 일이라는 것이 문제였지만.

혜인은 그것이 괜히 하진의 탓인 거 같았다. 그녀는 하진을 쏘아보다 가방을 싸들고 강의실 문을 열었다. 쾅, 문이 부서지는 듯한 소리와 함께 혜인은 뛰듯이 밖으로 나갔다. 그녀의 귀로 여학생들이 '어머머' 요란스런 소리를 내며 그녀를 비난하듯이 말을 했지만 그조차 상관하기 싫었다. 창문 사이로 아직은 선선한 바람이 살랑살랑 불어 혜인의 고운머리카락을 흔들었다.

"혜인아! 서혜인!"

혜인은 다급하게 부르는 하진의 목소리도 무시했다.

빨개진 얼굴을 손으로 부채질하던 여학생 하나가 하진에게로 조심스럽게 다가갔다.

"하진아, 괜찮아? 혜인이, 쟨 만날 저러더라?"

혀를 쯧쯧 차며 왜 저런 애를 만나느냐는 듯 은근한 뉘앙스를 풍기며 그에게 한 발짝 다가섰다. 표독스럽게 올라간 눈초리처럼 눈앞에 살랑살랑 여우꼬리가 보였다. 멍하게 손바닥을 내려다보던 하진이 슬쩍 입꼬리를 말아 올렸다. 여름 햇살이 창문 틈으로 강하게 내려쬐자, 그의 옅은 갈색머리가 더 옅게 보였고, 가뜩이나 하얗던 얼굴에 더 뽀얀 느낌을 주었다. 햇살을 받으며 웃고 있는 얼굴을 바로 사진 찍었다면 그야말로 화보가 될 것이다. 여학생들은 입을 헤벌쭉 벌리며 자신도 모르게 탄성을 흘렸다.

"혜인이가 숫기가 많이 없지? 너희가 잘 챙겨줘."

마법이라도 걸린 듯 여학생들은 일제히 고개를 끄덕였다. 그 모습이 굉장히 기쁘다는 듯 더 입꼬리가 둥근 곡선을 그리며 올라갔다. 봄날의 따스한 햇살 아래 떨어지는 꽃비보다 더 아름다운 모습이었다. 사진기가 있다면 그녀들은 당장에라도 그 모습을 사진에 담아냈을 것이다.

"그럼 난 너희만 믿을게. 고마워. 언제 밥이라도 살게."

"으, 응. 우리만 믿어."

방금처럼 얄밉기만 했던 혜인의 모습이 머릿속에서 사라지고 오직 자신들에게 웃어준 하진만이 눈앞에 보였다. 그녀들의 어깨를 양손으로 툭툭 치고 웃은 모습으로 하진은 강의실을 빠져나갔다.

문이 닫히자 그의 미소가 찬물을 끼얹은 것처럼 사라졌다. 여학생들의 어깨를 친 손을 손수건으로 닦아내더니 창밖으로 던졌다. 하진의 입꼬리가 싸늘하게 말려 올라갔다. 자신의 손을 치고 달아난 혜인의 모습이 괘씸해서 미칠 노릇이었다. 긴 다리를 이용해 넓은 보폭으로 빠르게 걸음을 옮겼다. 짧은 다리로 뛰어봤자 곧 자신에게 잡힐 것이다. 하진은 미묘한 웃음을 지으며 뻐근한 고개를 몇 번 돌렸다. 그는 언제 안 웃었냐는 듯 씨익 미소를 지었다. 햇살보다 더 따스한 웃음에 얼음처럼 딱딱하게 변했던 공기가 따스하게 녹아내렸다.

혜인을 잡으러 가는 길목마다 얼굴도 잘 알지 못하는 후배나 동기들이 인사를 해오자 환한 미소로 화답했다. 그들이 지나가면 자신에게 붙잡혀 싹싹 비는 혜인의 모습을 상상하면서 이를 아드득 갈았다. 10분 정도 찾아다녔을까. 익숙한 뒤태가 그의 눈에 들어왔다. 미묘한 미소를 지으며 하진이 빠르게 그녀에게 달려가 손목을 잽싸게 낚아챘다. 드디어 뛰는 망둥이를 산 채로 잡았다.

순간 주위의 시선이 모두 그들에게 주목됐다. 그들은 일명 '마녀와 왕자' 또는 '미남과 추녀' 커플로 캠퍼스 내에선 꽤 유명한 커플이었다. 거기다 하진이 혜인에게 매달린다는 것은 더 이슈가 될 만한 일이었다. 모든 사람들이 그렇듯 혜인이 하진을 놓아주지 않는 것이라 생각했던 사람들은 반나절만 그들을 보면 하진의 행동에 경악을 금치 못했다. 동화 속 왕자님처럼 수려한 외모에 매너 좋고 집안에 학벌에 뭐하나 빠지지 않는 그가 혜인에게 매달리고 있으니 이것은 해외 토픽에나 나올 법한 일이었다. 전생에 나라를 구했냐느니, 집에 돈이 많냐느니, 근거도 없는 소문들이 따라다녔지만 정작 본인들은 신경도 쓰지 않았다.

"혜인아, 이렇게 가면 어떻게? 가자. 어서 치료해야 해."

"놔, 놔."

항상 하는 것이지만 역시나 반항은 익숙지 않았다. 그녀를 바라보는 하진의 눈빛에서 분노를 짐작했기 때문에 더 순순히 끌려갈 순 없었다.

혜인은 잡힌 손목을 빼내려 비틀었지만 그럴수록 잡은 손목에 힘이 더 들어갔다. 손목에서 알싸한 고통이 느껴지며 하진을 노려봤다. 하지만 그는 아무것도 모른다는 듯 생글생글 웃고 있었다.

"미안해, 혜인아. 뭘 잘못한진 모르겠지만 내가 다 잘못했어. 그러니까 일단 치료는 받자."

저렇게 다정스러운 남자가 또 있을까? 주위에서 지켜보던 학생들은 입을 다물지 못했다. 자신의 손을 잡은 남자 친구를 힐끗 쳐다보더니 여학생들이 혀를 쯧쯧 찼다. 그리고는 손을 쳐내고 빠르게 걸어갔다. 하진을 보다 자신의 남자 친구를 보니 하진이 도련님이라면 자신의 남자 친구는 그야말로 돌쇠였다. 그나마도 돌쇠는 궂은일을 하며 몸이라도 좋지, 이것은 삐쩍 꼴은 나무장작대기 돌쇠였다. 그녀들 입에 한결같이 무거운 한숨이 튀어나왔다. 못생긴 혜인도 저렇게 잘난 남자 친구를 만나는데 자신은 왜 이 모양인지 그녀들 자존심에 빠직 금이 갔다.

혜인은 손목을 요리조리 돌려봤지만 그러면 그럴수록 하진의 악력은 더 세져만 갔다. 전생에 무슨 죄를 그리 많이 지었기에, 혜인은 하진에게서 벗어날 수가 없을까. 하진은 혜인이 고통스러워하면 할수록 입가에 미소가 더 진해졌다. 결국 입술 사이로 고통 어린 신음이 새어나왔지만 하진은 정말 모르겠다는 듯 어리둥절한 표정만 지어보였다.

"혜인아, 왜 그래? 아, 손바닥이 아프구나. 거봐, 얼른 치료하자니까."

"이, 이, 유하진!"

로비 안에 우렁찬 혜인의 목소리가 울려 퍼졌지만 그녀의 고통을 알아주는 사람이 있을 리 만무했다. 주위에선 또 시작이다, 하진은 저런 애가 뭐가 좋은지 모르겠다는 둥, 혜인의 험담만 수두룩했다. 그것은 비단 여학생들 뿐만은 아니었다.

하진은 학교에서 유명한 스타였다. 그것이 여학생들 때문만은 아니었다. 성격 좋기로 소문난 하진은 남학생들과도 스스럼없이 어울렸다. 남학생들과는 축구나 농구를 즐기며 두터운 관계를 유지했고, 여학생들은 그의 존재만으로도 행복해 하며 하진의 주위를 맴돌았다. 반면 혜인은 늘 혼자였다. 하진이 친구들과 어울려 캠퍼스를 누빌 때면 그녀는 늘 부러운 눈길로 쳐다볼 수밖에 없었다. 혼자 있는 시간이 길어질수록 그녀에 대한 근거 없는 소문에 시달려야 했고, 그녀는 자신을 감싸줄 사람도 없는 왕따가 되어버렸다.

혜인은 입술을 잘근 씹어대며 눈을 질끈 감았다. 어차피 이래도 나쁜 년이고 저래도 나쁜 년이었다. 하진의 표정을 봐서는 손목을 놔줄 생각이 단 1퍼센트도 없어 보였다. 혜인은 크게 심호흡을 하고, 하진의 정강이를 냅다 차버렸다.

"윽."

하진의 손이 순간 혜인의 손을 놓으며 허리를 굽히자마자 혜인은 하진의 등을 도도하게 내려 보며 콧방귀를 뀌었다. 고통으로 일그러진 하진의 눈이 혜인의 눈과 마주쳤을 때 그녀는 뜨끔했다. 저놈이 무슨 짓을 할지 몰랐다. 이럴 때 필요한 건 뭐? 바로 스피드였다. 혜인은 낮게 신음하는 하진을 두고 열심히 달리기 시작했다.

모여든 사람들은 무슨 일이 벌어졌는지 알 수 없었지만 하진은 분노로 온몸을 바들바들 떨었다. 망할 계집애가 자신의 고귀한 다리를 걷어차고 도망갔다. 눈에 파란 불꽃이 타닥 튀었다. 부어오르는 듯한 정강이를 손으로 몇 번 비비며 하진은 허리를 곧게 펴고 억지로 미소를 지었다. 입술 끝이 파르르 떨리는 것이 제아무리 하진이라도 뜻대로 되지 않는 것 같았다. 처음엔 깨금발로, 시간이 지나면서는 고통이 사그라지자 긴 다리로 성큼성큼 걸어갔다. 뛰다시피 한 걸음은 저만치에 뛰어가는 혜인을 따라잡기 충분했다.

"혜인아, 어디 가? 같이 가야지."

자신을 저승으로 이끌어갈 저승사자가 쫓아온다. 혜인은 하진의 목소리가 가까워질수록 등골이 오싹하게 젖어 들어갔다. 달콤하게 내뱉는 말과는 다르게 그가 내뿜는 살기는 실로 대단했다. 혜인은 무거운 발을 세차게 움직였다. 오랜만에 하는 운동이라 조금만 뛰어도 숨이 헐떡거리고 목구멍이 답답했다. 다리는 쥐가 날 것만 같았다. 이놈의 몸은 주인의 뜻대로 움직여주지도 않았다. 혜인은 심장이 덜컥 내려앉았다.

"혜인아, 기다려. 꼭 잡을 테니까."

망할 계집애, 잡히기만 하면 가만두지 않겠다는 의지를 불태우며 하진은 유유히 걸어갔다. 혜인이 두 발자국 뛰면 하진은 한 발자국만 걸어도 거뜬했다. 감히 천하의 유하진 몸에 상처를 내고 도망간다 이거겠다. 이가 아드득 갈렸다.

"오지 마! 오지 말라고!"

점점 좁혀지는 거리에 혜인의 숨이 꼴딱꼴딱 넘어갔다. 저 놈의 다리는 왜 저리 긴 것일까. 짧아서 허덕거리는 자신의 다리와는 판이하게 달랐다. 그에게 길게 뻗은 다리를 주신 신에게 원망을 하고 있을 때였다. 혜인의 몸에서는 이제 슬슬 한계라는 소리가 온몸에서 들려왔다. 평소에 운동 좀 할걸……. 뒤를 돌아 가까이 온 하진의 모습을 봤을 때 혜인의 눈은 컴컴해졌다. 이미 후회해봤자 이미 소용은 없었다.

"혜에, 잡았다."

한 10미터 정도 더 뛰었을까. 그녀의 가녀린 목덜미는 하진의 손 안으로 안착되었다. 혜인은 뒤를 돌아보기가 겁이 났다. 하진의 표정을 보지 않아도 눈앞으로 선하게 그려졌다. 주먹을 꽉 쥔 혜인의 손이 바들바들 떨려왔다.

"혜인아, 더 도망가 보지 그래? 응? 더 뛰어봐."

입은 계속 웃는데 말 한 마디, 한 마디가 그녀를 천천히 옭아맸다. 주위에선 그저 사랑싸움이구나 하겠지만 그녀에겐 생사가 달린 문제였다. 어느 누구의 바짓가랑이라도 잡고서 매달리고 싶은 심정이었다.

"이제 놀 만큼 놀았지? 얼른 가자."

하진은 혜인의 손목을 잡은 손에 힘을 주었다. 그리고 입가에 옅은 미소를 지으며 혜인에게 속삭였다.

"도망가면 죽는다."

혜인의 온몸에 한기가 바싹 치밀어 올랐다. 길고 긴 레이스 끝에 결국 하진의 손목에 질질 끌려가는 혜인은 도살장으로 끌려들어가는 돼지와 매한가지였다. 햇살은 창문 안으로 부서지듯 쫙 내리쬐고 유난히도 맑은데 자신은 이놈에게 오늘 죽어야 한다니, 부모님 얼굴이 눈앞에 아른거렸다. 아침에 엄마에게 반찬투정을 하며 화를 내고 나왔는데……. 아빠는 저녁에 오면 고기를 사주겠다고 약속하셨는데……. 꽃다운 나이 22살에 그녀는 인생하직을 목전에 두고 있는 기분이었다.

"놔! 놓으라고!"

죽기 전에 성질이나 더 부려보자 하고 소리를 고래고래 질러보아도 성인군자인 양 전혀 상관도 하지 않았다.

혜인의 손목이 자유로워진 곳은 개미 새끼 하나 지나가지 않는 한적한 주차장이었다. 서늘한 바람이 불어댔다. 그녀의 팔뚝에 오소소 닭살이 일어날 만큼 서늘하고 추웠다. 비단 그것이 바람 때문만은 아닐 것이다.

혜인의 손목엔 붉게 손자국이 고스란히 나 있었다. 그 손자국을 보자 혜인은 눈물이 찔끔 나는 듯했다.

"너, 너, 이거 보여?"

자신을 손목을 하진의 얼굴에 갖다 대며 소리를 버럭버럭 질렀다. 자신의 눈앞에 팔랑팔랑 흔들어대는 손목을 꾹 잡고 밑으로 내렸다. 그의 눈초리가 칼날처럼 서늘하게 변했다. 순간 혜인은 흠칫 놀라 한 발짝 뒷걸음질 쳤다.

"죽고 싶냐, 서혜인?"

"내, 내가 뭘!"

싸움은 목소리 큰 사람이 이기는 거랬다. 혜인은 이대로 질 수 없어 소리를 버럭버럭 질러대기 시작했다. 여기서 밀리면 분명히 저 악마가 자신의 목을 졸라 비틀어 버릴 것이다.

"내가 뭐얼?"

하진의 목소리 끝이 심하게 흔들리고 있었다. 화가 심하게 났다는 증거였다. 손이 파르르 떨리며 발이 저절로 뒷걸음질 쳐졌다. 몸이 위험신호를 감지한 것인지 뇌보다 먼저 반응하고 있었다.

"거기서 한 발자국만 더 움직여 봐. 오늘 네 손모가지를 여기서 분질러 버릴 테니."

서늘한 웃음까지 흘리며 말하는 하진의 모습은 전기톱을 들고 쫓아오는 제이슨보다 훨씬 소름끼쳤다. 저런 하진을 왜 여자애들은 좋아서 목을 매는지 혜인은 전혀 이해할 수 없었다. 만에 하나 그들이 저 인간의 본모습을 안다 해도 터프하다느니 나쁜 남자가 매력이라느니 칭찬을 늘어놓으며 열광할 것이 뻔했다. 하지만 둘 중 아무것도 관심 없는 자신은 도대체 무슨 죄란 말인가.

하진이 웃음을 띠며 혜인의 손목을 다시 세게 낚아챘다. 혜인은 순간 마른침을 꼴깍 삼켰다. 그러나 하진의 입술이 떼어지기도 전에 어디선가 까르르 웃는 소리가 들려왔다. 간드러지는 목소리에 싸늘한 얼굴에 살며시 웃음을 띠었다.

"우리 혜인이, 피곤하다고? 얼른 가자."

혜인의 손목을 꽉 잡은 채 하진은 차에 그녀를 거의 쑤셔 박다시피 앞좌석에 앉히고 문을 쾅 닫았다.

"선배님, 안녕하세요."

여학생 두 명이 간드러지는 목소리를 내며 고개를 꾸벅 숙였다.

"그래, 안녕. 조심해서 들어가."

웃음기를 머금고 여유롭게 손까지 흔들어대는 하진을 보며 혜인은 토악질이 밀려올 것 같았다. 가증스러운 놈. 혜인은 혀를 쯧쯧 차며 창문으로 시선을 옮겼다. 하진은 항상 그런 식이었다. 남들이 보는 앞에선 누구보다 천사 같은 남자, 다정한 남자, 모든 여자의 로망이었다. 자신의 앞에선 그저 사악한 악마일 뿐이었다.

후배들과 다정한 인사가 끝났는지 하진이 차에 올라 혜인을 태워

버릴 듯 쏘아보았다. 그 시선에 몸이 저절로 움찔움찔했지만 애써 무시하며 차창 밖만 내다보고 있었다. 곧 학생들이 몰려올 시간을 감지한 것인지 하진은 시동을 걸고 부드럽게 차를 출발시켰다.

"서혜인."

감미로운 발라드에 잘 어울릴 법한 부드러운 목소리가 그녀의 귀를 자극했다.

"왜, 왜."

"널 어떻게 다뤄줄까?"

"내, 내가 뭘!"

"뭘? 정말 뭘 잘못한지 모르겠어? 알게 해줄까?"

혜인의 목구멍으로 마른침이 꼴깍 넘어갔다. 지난 일들이 하나하나 눈앞으로 펼쳐졌다. 하진 때문에 여학생들의 표적이 된 건 아주 소소한 일에 해당됐다. 제 뜻대로 안되면 무조건 저질러놓고 그것을 혜인에게 모조리 다 떠넘기기 일쑤였다. 하진의 아빠가 아끼는 도자기를 깨놓고 혜인에게 떠넘겨서 아빠한테 혼쭐이 났던 기억, 아이스크림을 사먹겠다며 혜인의 저금통을 털어 저 혼자 사먹었던 일, 라면을 끓여주겠다며 냄비 홀랑 태워서 엄마한테 빗자루로 엄청 맞았던 기억, 정말 기억해내려면 끝도 없었다. 그때마다 하는 하진의 말은 거의 다 비슷했다.

"혜인아, 그러게 내가 하지 말자고 그랬잖아."

순진한 얼굴로 잘도 거짓말을 해대니 그녀의 말을 믿어줄 사람은 아무도 없었다. 그나마도 하진의 엄마가 혜인을 감싸주지 않았다면 진작 그녀는 집을 뛰쳐나갔을 것이다. 그녀는 어려서 자신의 엄마가 계모가 아닐까 진지하게 고민했었다. 그렇지 않고서야 자신보다 하진을 더 믿을 리는 없기 때문이다. 허나, 지금 와서 생각해보면 그럴 수밖에 없었을 거라고 자신 스스로도 생각했다. 그만큼 저놈은 남에게는 용의주도한 놈이었다. 어찌나 철저하게 가면을 뒤집어쓰고 있는지 혜인조차도 가끔 헷갈릴 때가 있었다.

갑자기 지난 일을 회상하니 혜인은 순간 울화가 확 치밀어 올랐다. 이게 모두 누구 때문인데……. 혜인의 삶의 목표는 남의 눈에 띄지 않는 평범한 삶이었다. 있는 듯 없는 듯하면서 평범하게 남들처럼 살아가는 그런 소소한 삶. 하지만 그것은 태어날 때부터 만난 하진 때문에 모조리 꼬여버리기 시작했다.

"내, 내가 뭘 그렇게 잘못했어!"

목소리 끝이 파르르 떨려왔지만 혜인은 주먹을 꽉 쥐었다. 이리되나 저리되나 저놈 손에 죽기는 마찬가지였다. 이왕 말이라도 하고 죽자는 심산이었다.

"이, 이게 다 너 때문이잖아! 거지같은 가면 벗어던지고 솔직하게 살아! 내가 왜 이런 수모를 당해야 해!"

"입 다물어라."

사람이란 참 간사했다. 아까 전의 포부는 어디로 사라지고 하진의 한 마디에 입이 저절로 꾹 다물어졌다. 이놈의 몸은 어찌하여 저놈의 말 한 마디에 움찔거리는지. 혜인은 답답한 자신을 속으로 원망할 수밖에 없었다. 아직도 할 말이 목구멍까지 차 있었지만 괜히 성질을 긁었다가 미친개의 표적이 되고 싶진 않았다. 미친개는 개고, 자신은 사람 아니던가. 그녀는 이성을 되찾기 위해 무던히도 노력했다.

"네 주제에 나 같은 놈을 남자 친구라고 부르고 다니면 감사한 줄 알아야지. 이게 어디서 소리를 버럭 질러!"

혜인은 차마 소리는 지르지 못하고 입술을 삐죽대며 구시렁거리기 시작했다. 감사한 존재도 아니었고 그녀에겐 그저 귀찮은 존재였다.

구시렁거리는 목소리가 신경을 긁어대지만 하진은 꾹꾹 참아냈다. 친구라고 거둬준 걸 고맙게는 못 느끼고 배은망덕하게 자신에게 감히 대드는 저 어린양을 어떻게 처리할까 머리를 빠르게 회전시키는 중이었다. 혼자 입을 열심히 오물거리던 혜인은 제풀에 지쳤는지 조용해졌다. 그 모습에 하진은 혀를 쯧 찼다. 언뜻 차 안의 시계를 보니 7시였다. 아마도 배가 고파서 더 이상 입씨름을 할 힘이 없는 듯했다.

얼마 지나지 않아 미끄러지듯 어느 대문 앞에 차가 멈춰 섰다.

"들어가."

"너는?"

"약속 있어. 어디 기어나가지 말고 집에 잘 박혀 있어라?"

"응, 알았어. 잘 다녀와."

하진이 어디 외출한다는 말에 헤벌쭉 웃으며 혜인의 목소리는 화색이 돌았다. 학교에서까지 보는 것도 모자라 집에서도 봐야 한다니 끔찍하기 짝이 없었다. 25년째 하진 아버지의 운전기사를 하는 아버지 덕에 혜인의 가족은 그녀가 태어나기 전부터 하진의 집에 얹혀살았다. 하진의 더러운 성미가 나오기 시작할 때부터 이사를 가자고 그렇게 엄마를 조르고 아빠를 조르고 떼도 써보았지만, 엄마의 조용한 한마디에 혜인은 입을 꾹 다물 수밖에 없었다. 집 살 돈을 마련해 오라는 것. 혜인이 어린 나이에 할 수 있는 일이 뭐가 있겠는가. 그저 조용히 살 수밖에.

얼굴에 웃음꽃을 피우는 혜인을 보며 하진이 나직하게 웃음을 터트렸다. 학교에서 보이는 환한 미소가 선해 보이는 느낌이라면 지금 저 웃음은 아무리 하진을 싫어하는 혜인이 보아도 섹시했다. 하진은 가끔 저렇게 위험한 존재였다. 재수 없게.

"왜 그렇게 그윽하게 쳐다봐. 오빠가 너무 멋지냐?"

혜인은 점점 다가오는 하진의 얼굴에 입만 뻥긋거렸다.

"그것도 아니면 키스라도 해줘?"

"됐, 됐거든!"

혜인은 점점 다가오는 하진의 얼굴을 손으로 막으며 소리를 질렀다. 하진의 얼굴이 묘하게 일그러졌다. 귀에다 대고 풍선을 터트린 것처럼 귀가 아려왔다. 잘난 눈썹이 또 한 번 꿈틀거리는 순간이었다.

"이게 죽으려고. 조용히 못해? 이거 오늘밤 안에 끝내놔. 물 먹이려고 거지같이 해놓으면 알지? 널 어떻게 다룰지 나도 날 모르겠네?"

혜인의 가느다란 양팔에 두터운 책들을 툭하니 던져놓았다. 그리고는 사악한 웃음을 지으며 하진은 매캐한 매연만 남긴 채 떠나버렸다. 혜인은 두꺼운 책을 팔에 한아름 안고 침울한 표정으로 작은 철문을 열고 안으로 들어갔다.

대문은 하진의 가족만 쓰는 것이었고 작은 대문은 혜인이네 가족만 쓰는 것이었다. 하진의 어머니는 부잣집 마나님답지 않게 소탈했다. 거기다 유난히 혜인을 예뻐했기에 어느 문을 열든 상관없었지만, 혜인은 별채로 바로 통하는 작은 문을 더 좋아했다.

그 문을 지나면서도 입으로는 하진의 욕을 하는 것을 절대 멈추지 않았다. 오늘밤도 그녀의 일기에는 하진의 욕으로만 도배될 것이다.

"쳇! 타이어 펑크나 나버려라! 이 거지같은 놈아!"

혜인이 작은 문으로 들어가는 것을 룸미러로 바라보던 하진은 입 꼬리를 슬쩍 말아 올렸다.

"감히 누구한테 대들어. 밤새도록 고생 좀 해봐라, 서혜인."

아마 그 과제가 하루 만에 끝내려면 꼴딱 밤을 새우고도 모자랄 과제일 것이다. 같은 과 동기에게 얘기를 듣자하니 자료 찾는 데만 꼬박 하루를 보냈다고 했다. 그녀는 오늘도 꼬박 밤을 새야 할 것이다. 그러게 왜 가만히 있는 잠자는 사자의 코털을 건드려서는. 사서 고생이었다. 조용히 지냈으면 얼마나 좋아. 하진은 자신의 주머니에서 꺼낸 담배를 입에 물며 웃음을 흘렸다.

2.
그들의 관계

굳게 닫힌 문안으로 시끄러운 음악소리가 흘러들었다. 은은한 조명 아래 스트레이트 잔에 담긴 호박색 액체가 넘실거렸다. 일반 방보다 조금 더 큰 룸에는 하진과 진성뿐이었다. 웨이터들이 잘빠진 여자를 데려오긴 했지만, 하진은 크게 관심을 두지 않았다. 여자란 거기서 거기다. 잘난 자신이 부르면 어디서든 달려오든 것들이었다. 거기다 하나같이 어쩌면 그렇게 생각하는 것도 자로 잰 듯 같은지, 어떻게 하면 하진을 꼬여서 한몫 거하게 챙길까, 하는 생각들뿐이었다. 딱 한사람 혜인만 빼고 말이다.

"넌 아직도 그따위 짓 하고 사냐?"

무슨 소리냐는 듯 하진이 그를 바라봤다.

"착한 척을 왜 하냐고. 너도 참 인생 피곤하게 산다. 그냥 편하게 살면 좋을 텐데 뭐 하러 그렇게 머리 쓰고 사냐. 난 너를 이해할 수가 없다."

넘실거리던 잔을 시원하게 입안으로 털어넣었다. 그 모습에 고개를 절레절레 흔들며 진성도 술잔을 비워냈다. 고등학교 때 하진은 꽤나 재수 없는 놈이었다. 자신과 노는 무리가 달라도 너무 달랐고, 착한 척하며 실실 웃고 다니는 모습이 참 재수 없었다. 학교를 며칠 못갈 정도로 치고받고 싸우고 나서 결국 이렇게 친구가 되었지만, 지금생각해도 그때 일만 아니었으면 아마 하진은 끝까지 재수 없는 놈이었을 것이다.

하진은 학창시절, 외모나 집안 운동신경 어느 것 하나 빠지지 않았다. 남자들 눈엔 가시요, 여자들 눈엔 그야말로 유리 구두를 든 왕자님이었다. 남자들이 여자 친구 한 번 사귀려고 해도 걸핏하면 하진과비교하고 드는데 그것도 참 피곤한 일이었다. 오죽하면 교내에 하진팬클럽과 하진 안티가 동시에 있었을까. 진성에게 범생이의 전형적인이미지를 한 번에 와장창 깨준 것도 하진이었다. 객기를 부리며 하진에게 덤볐던 몇몇 녀석들이 10분 만에 엉덩이에 불이 나게 도망을 간것이다. 그게 꽤 새로워 보였다. 약골처럼 비리비리해서 픽 쓰러질줄 알았던 하진이 생각과는 정 반대였기 때문이다. 저따위 더러운 성미를 감추고 있었을 줄은 꿈에도 생각 못했지만……. 거기다 두터운안경을 낀 촌스러운 말라깽이 여학생 하나를 데리고 다니는데 그 모습이 참 언밸런스 했다. 더 놀라운 것은 모든 여학생들이 하트를 달고 보는 하진을 유일하게 싫어하는 것도 그 여학생이고, 하진이 유일하게 친근하게 대하는 것도 그 여학생이라는 것이었다. 혜인은 하진이 조금만 안 보여도 도망가기 바빴는데, 그런 그녀의 모습이 눈앞에그려져 진성은 갑자기 자지러지게 웃기 시작했다.

"너 아직도 서혜인이랑 같이 다니냐?"

"같이 다니는 게 아니고 불쌍하니까 데리고 다녀주는 거지."

순간 발끈하는 하진의 모습에 진성은 애써 목구멍까지 밀려나오는 웃음을 삼켰다. 술과 웃음으로 모래알이 굴러다니듯 깔끄러워진 목을 흠흠 가다듬고, 비워진 하진의 잔에 위스키를 가득 따랐다.

"하긴, 네가 데리고 다녀주는 거였지. 근데 말이야. 걔 은근히 몸매 좋더라?"

잔들 처들던 하진의 손이 순간 멈췄다.

"왜, 전에 너희 집 놀러간 적 있잖아. 얼굴은 두껍고 커다란 안경 때문에 촌스러운데 걔가 물 빠진 청바지에 분홍색이었나? 아무튼 어떤 티를 입었는데 은근 글래머던데?"

순간 진성의 말을 듣던 하진의 잘난 얼굴이 휴지조각처럼 일그러졌다. 그 모습에 진성은 속으로 웃음을 참아냈다. 둘을 가만히 보고 있으면 초딩 커플이었다. 아웅다웅하며 하는 짓도 꼭 어린애 같은 게 초등학생과 무엇이 다르랴.

"신경 꺼라?"

하진이 거칠게 스트레이트 잔을 내려놓자 위스키가 넘실거리며, 테이블 위에 호박색 액체의 지도가 그려졌다. 진성은 속으로 재밌어 죽을 지경이었다. 하진의 일그러지는 얼굴은 흔하게 볼 수 있는 모습이 아니었다. 물론 진성과 혜인, 하진의 가족들은 제외하고.

"왜? 너하고 상관없잖아. 어차피 너, 따라오는 계집애들 때문에 귀찮아서 서혜인이랑 사귀는 척하는 거잖아."

속에서 열이 나는 하진의 모습을 애써 모른 체하며 말을 이어나갔다.

"걔도 네가 있어서 남자 못 만나는 거지, 의외로 그런 애들이 더 빨리 만난다? 우리 누나 친구 중에 딱 혜인이 스타일 같은 누나가 하나 있었는데 결혼도 제일 먼저하고⋯⋯."

진성은 하진의 얼굴을 보는 순간 너무 갔다는 것을 직감했다. 반듯한 얼굴은 휴지조각처럼 일그러져 있었고, 눈은 살기를 내뿜으며 진성을 찢어죽일 듯이 노려보았다. 진성은 순간 등에서 식은땀 한줄기가 흘러내리는 것을 느꼈다. 그때 룸의 문이 활짝 열리며, 시끄러운 음악과 현란한 조명이 룸 안으로 새어 들어왔다.

"형님들, 예쁜 아가씨들 모셔왔습니다. 여기 분위기 왜 이렇게 살벌해. 언니들이 늦게 와서 우리 오빠들 화났나 보네. 아무튼 좋은 밤 보내세요."

순간 얼음 같던 공기가 빠직 깨지며 여자들을 데리고 웨이터가 들어왔다. 진성은 속으로 안도의 한숨을 내쉬었다. 하진과 친해지고 몇 번 경험을 한 결과, 저놈은 또라이, 개싸이코였다. 정신 나간 놈 잘못 건드리면 괜히 피해 보는 것은 멀쩡한 자신이었다.

"야, 농담이잖아. 야, 야, 마셔, 마셔."

하진은 애써 못이기는 척 받아들였지만 눈초리가 싸늘하게 식어갔다. 잔을 목구멍으로 털어놓은 뒤, 잔을 거칠게 내려놓았다. 앵앵거리며 끈덕지게 달라붙던 여자들이 화들짝 놀라 하진의 팔에서 떨어졌다.

"나 간다."

뒤도 안돌아보고 가는 모양새가 화가 단단히 난 모양이었다. 진성은 하진이 나가자 배를 움켜잡고 자지러지게 웃었다.

하진은 클럽을 나오는 동안 붙잡는 웨이터와 여자들을 뿌리치느라 꽤나 애를 먹었다. 차에 앉아 담배를 입에 무니 아직도 화가 솟구쳤다. 제가 무엇이건데 남의 몸매를 신경 쓰냔 말이다. 거기다 혜인에게 남자 친구라, 웃기는 소리였다.

핸들을 거칠게 내려치며, 하진은 속으로 부글부글 끓어오르는 울분을 식혔다. 친구 중에서 유일하게 본성을 아는 사람이 진성이었다. 진성한테도 처음에는 사근사근하게 굴었지만 깐족거리는 진성 때문에 성질을 못 이기고 말았다. 지금은 막역한 친구가 되었지만 너무 많은 것을 알고 있다 보니 피곤한 일도 생기는 법이었다. 하진은 어디론가 전화를 건 뒤 의자를 젖히고 눈을 감았다.

정확히 그것이 언제쯤 시작된 것인지 기억이 나질 않는다. 아마도 혜인이 자신과 다르다고 자각한 것은 초등학교 6학년 때였을 것이다. 그전까지 혜인은 그에게 동성 친구보다도 못한 귀찮은 사내동생 같은 존재였다. 혜인의 몸에 이상이 찾아오던 때도 그쯤이었다.

혜인은 아랫배를 부여잡고 쩔뚝쩔뚝 하진이 있는 곳으로 걸어왔다.

"너 왜 이렇게 늦게 와!"

아무도 없는 것을 확인하고는 하진이 소리를 버럭 질렀다. 이곳에서 기다린 지 20분이나 되어버렸다. 혜인을 버리고 가려다가 기다린 것이 너무 억울해서 계속 버티고 있었다.

"아, 아니……. 배가 아파……."

"배가 아파서 늦게 왔다, 이거야?"

어린 나이에도 참 영악하고 못됐던 것 같다. 혜인의 얼굴이 창백하게 질려 있었는데도 하진은 모든 것이 짜증났었다.

"배가⋯⋯."

그때 갑자기 혜인의 하얀 바지 사이로 붉은 선혈이 흘러내렸다. 하진은 지레 놀라 혜인을 냉큼 업고는 운동장을 가로질러갔다. 마치 혜인이 금방 죽을 것만 같았다. 그때까지만 해도 여자들의 월경에 대한 생각은 하지 못했다. 알고는 있었지만 혜인에게 올 것이라는 생각은 안했던 것이다.

하진은 집까지 어떻게 뛰어왔는지 모른다. 그저 혜인이 딱 죽겠구나 생각됐다. 헌데 그런 혜인을 소파에 눕혀놓고 보니 어른들은 그저 웃고만 계셨다. 아픈 것이 축제라도 되는 것인가. 하진은 인상을 와락 찌푸리며 어른들이 하는 것을 지켜보았다.

"어머, 우리 혜인이가 어른이 되나 보네."

"그러게요. 케이크라도 얼른 사와야겠어요."

전자는 하진의 엄마였고 후자는 혜인의 엄마였다. 하진은 아직도 식지 않은 얼굴 위로 붉은 기가 화악 감돌았다. 그리고 혜인을 업고 미친 듯이 달려온 자신이 창피하기도 했고 혜인이 자신과 다르다는 것에 미묘한 무언가가 생기기도 했다. 혜인과 그는 다르다는 것을 그때 처음 알았다.

몇 년 후, 두 사람은 나란히 중학교를 입학했다. 그는 여전히 수려한 외모를 지닌 선량한 모범생이었고 혜인 또한 다르지 않았다. 단지 왕따를 당하고 사람 사귀는 것을 굉장히 어색해야 한다는 것만 알았다. 그리고 여전히 하진과 같이 다니기를 거부했다. 물론 그도 혜인과 다니면 귀찮은 점이 많았지만 불쌍해서 챙겨줘야 한다는 의무감이 있었던 것 같다. 그사이 혜인의 몸 또한 많이 성장한 뒤였다. 반토막

같던 키가 훌쩍 크고 뻣뻣했던 몸매에 굴곡이 약간 생겼다. 그리고 머리를 묶을 때면 드러나는 하얀 목덜미가 사춘기 소년의 마음을 흔들기 충분했다.

그러던 중학교 1학년 2학기가 지나서였다. 웬만해선 자신의 방에 들어오지 않던 혜인이 노크를 한 것이다.

"바빠……?"

혜인은 우물쭈물하며 하진의 방 앞에서 어찌할 바를 몰랐다. 하진은 그녀가 하는 양을 가만히 지켜보았다. 마치 똥마려운 강아지처럼 그의 주변을 서성거렸다.

"왜."

하진은 한참 뒤에야 퉁명스럽게 그녀에게 물었다.

"아, 아니……. 그게 있잖아……."

우물쭈물 뜸을 들이는 혜인의 태도가 짜증이 났다. 하진은 그때 한창 유행하던 게임을 하던 중이었다. 막 인터넷이 보급화 될 단계였는데 그때 남자애들 사이에선 온라인 게임이 유행이었다. 한번 집중하면 다른 것에 신경을 쓰지 않는 하진에게 그녀의 방문은 그다지 반가운 것은 아니었다. 거기다 혜인이라면 하루에 보는 시간만 징글맞게도 반나절이 넘었다.

"빨리 말해."

"아…… 저…… 너희 반에 김정훈이라고 있잖아……. 걔 어때?"

키보드를 열심히 만지던 하진의 손이 문득 멈췄다. 그리고 회전의자를 뱅그르르 돌려 혜인을 똑바로 쳐다봤다. 그런데 지금 혜인의 꼬락서니가 굉장히 우스웠다. 얼굴은 홍시처럼 빨개져서는 고개를 푹 숙이고 애꿎은 손가락만 만지고 있었다. 설마 아니겠지……. 혜인 주제에 누굴 사귄다거나 좋아한다는 생각은 해 본 적도 없었다.

하진은 다시 마우스 위에 손을 올려놓으며 놀리듯 대꾸했다.

"왜 관심 있냐?"

"아, 아니야! 절대 아니야! 그, 그냥 친구가……."

그때 하진의 돌아왔던 목이 확 돌아갔다. 그녀에게 친구가 있을 리 없었다. 달고 오는 것들마다 다 똑같은 것들이어서, 하진이 다 떼어 버린 지 오래였다. 거기다 강한 부정은 강한 긍정을 뜻했다. 그때의 충격은 이루 말할 수가 없었다. 마치 사랑에 빠진 소녀의 표정으로 초롱초롱한 눈망울을 하고 다른 아이의 이름을 대며 묻고 있었다. 그것도 그에게.

하진은 머리를 망치로 두드려 맞은 듯 멍하니 혜인을 한참을 쳐다봤던 것 같다.

그리고 한참 뒤에 마음을 가다듬고 혜인에게 물었다.

"너 진짜 김정훈 좋아해?"

"아, 아니……. 그냥……."

혜인이 우물쭈물 말을 못하자 하진은 무언가 울컥거렸다. 마치 어린애가 장난감을 빼앗긴 것처럼 심술이 돋아났다. 그리고 그의 삐뚤어진 마음 사이사이로 뾰족한 가시들이 고슴도치처럼 샘솟아났다. 속으로 하진은 콧방귀를 끼었다. 김정훈은 성격이 괜찮은 아이였지만 똑바로 말해주고 싶지 않았다.

"걔 별로야. 그리고 질도 굉장히 안 좋아. 됐지?"

"하, 하지만…… 애들 평판은……."

하진은 키보드를 손으로 쾅 쳤다. 혜인이 지레 놀라 숨을 훅 들이삼키자 하진은 화가 난 듯 눈썹을 꿈틀거렸다.

"그거 다 거짓말이야. 그리고 네가 걔 좋아해도 걔가 널 좋아해 줄 거 같아? 넌 거울 없어?"

"너, 너!"

혜인이 커다란 눈망울에 물기가 가득 어렸다. 하지만 하진은 말을 내뱉으면서 조금의 꺼리도 없었다. 마치 자신의 하는 말이 모두 다 맞는 것 같았다.

"됐어!"

혜인은 화가 났는지 베개를 하진에게 내던지며 방을 뛰쳐나갔다. 정통으로 맞은 얼굴을 손으로 문지르며 혜인을 노려보았지만 방안은 텅 비어 있었다. 혜인은 이미 삐쳐서 나간 후였다. 하진은 심술이 비죽비죽 돋아났다. 혜인이 누군가를 좋아할 것이라는 생각은 단 한 번도 하지 못했다. 마치 그것은 자신의 존재가 부정당하는 것과 같은 느낌이었다.

그 뒤 며칠 동안 혜인은 하진과의 등교를 거부했다. 그가 집으로 데리러 가면 이미 학교를 간 후였고 방과 후에는 도망친 후였다. 처음엔 네가 얼마나 가나 봤지만 한 이틀 지나고 가니 화를 주체할 수가 없었다. 거기다 쉬는 시간마다 어찌나 요리조리 잘 빠져나가던지 혜인의 얼굴조차 볼 수 없었다.

그러던 나흘째 되는 날이었다. 방과 후 PC방에 가서 게임을 하자던 김정훈의 말을 상큼하게 씹어준 후 하진은 혜인을 찾아 나섰다. 악감정이 생긴 김정훈과는 어울리고 싶지 않았다. 그래서 알게 모르게 괴롭히기도 했다. 그 아이가 알아차리지 못하게 발을 걸기도 했고 숙제를 보여 달라면 엉뚱한 것을 보여줘 혼이 나게도 해줬다.

물론 김정훈은 그에게 한마디도 못했다. 하진이 천진난만한 얼굴로 그를 쳐다보면 설마 쟤가 일부러 했을까, 라는 생각이 더 앞섰기 때문이었다. 하진은 그런 점을 교묘히 이용해 김정훈을 아주 잘 괴롭혀 주고 있었다. 거기다 혜인과는 아예 보지도 못하게 만들고 말이다. 사실 정훈은 혜인이 누군지도 알지 못했다. 괜스레 혼자 열을 올린 격이었지만 그때 눈에 제대로 불이 붙은 하진에게는 보이지 않았다.

　하진은 혜인을 찾아다니다 집으로 되돌아가는 길이었다. 오늘만은 가만히 안 둘 작정이었다. 감히 자신을 나흘이나 물 먹인 것이다. 그동안 잠잠하게 사근사근하게 굴어준 것이 화근 같았다. 손아귀에 쥐고서 제대로 흔들어주고 다시는 그에게 반항을 못하게 만들 심산이었다.

　하진은 자신의 집이 아닌 혜인의 집부터 찾았다. 혜인의 엄마는 어딜 가셨는지 문만 열어놓고 계시질 않았다. 오히려 혜인의 버릇을 잡으려면 잘된 일이었다. 하진은 흡족한 웃음을 지으며 혜인의 방문을 벌컥 열었다. 그러나 혜인은 잠이 들어 있었다. 무슨 여자애가 잠이 이렇게 많은지 겨우 옷만 갈아입고 잠든 폼이었다. 전투의지를 불태우며 방문을 열었던 하진의 몸에서 무언가 피시식 빠져나갔다. 색색 고른 숨을 내뱉으며 잠이 든 혜인을 보자 갑자기 심장부근이 뻐근하고 뜨거운 응어리 같은 것이 목구멍으로 울컥 올라왔다. 그리고 심장은 숨을 쉬기 힘들 정도로 빠르게 뛰었다. 하진은 흠칫 놀라며 오른손을 들어 심장 부근에 손을 가져다 대었다. 역시나 심장은 빠른 속도로 튀어 올랐다.

　하진은 괜스레 흠흠 헛기침을 내뱉었다. 그리고 잠이 든 혜인의 얼굴에서 얼른 눈을 떼고 손등으로 혜인을 툭툭 쳤다.

"야, 일어나. 서혜인."

하지만 혜인은 한번 잠이 들면 누가 업어 가도 몰랐다. 짜증이 슬금슬금 올라올 때쯤 하진이 혜인을 째려보았다. 하지만 밉살스러울 거 같았던 혜인의 잠이 든 모습은 못 견디게 귀여웠다. 뽀얀 피부에 긴 속눈썹이 파르르 떨리고 고른 숨을 내뱉은 작고 빨간 입술이 못 견디게 예뻐 보였다. 저것이 안경 뒤로 그 혼자만 보는 혜인의 모습이었다. 그 모습을 김정훈이 본다면 아마 그는 화를 참기 어려울 것이다.

어떤 생각에서인지 몰랐다. 눈을 떠보니 하진의 입술이 혜인의 입술과 맞닿아 있었다. 자신의 행동을 자각하기 전에 하진이 서둘러 혜인에게서 떨어졌다. 심장이 두근두근, 오랜 달리기를 한 것처럼 뛰었다. 방을 어떻게 나왔는지 모르겠다. 하진은 방문에 스르륵 기대어 앉으면서 매끄럽고 달콤한 향이 남아 있는 입술을 손가락으로 매만져 보았다. 부드럽다. 거기다 향긋했고 뜨거웠다. 심장이 멎을 것처럼 거칠게 뛰어댔다. 완전히 알았다. 그녀는 그에게서 완전히 여자였다.

그 다음날 하진은 혜인의 얼굴을 보기가 힘들었다. 여전히 삐쳐 있어 혜인이 달아난 후였으나, 그도 찾지 않았다. 자려고만 하면 혜인의 하얀 얼굴이 둥둥 떠다녀 도저히 잠을 이룰 수가 없었다. 사춘기의 열병은 참으로 지독했다.

고등학생이 되었다. 열병은 3년이 지난 그때까지 계속되었다. 한편으로는 자기 자신을 이해할 수 없으면서도 또 한편으로는 혜인이 근처에 없으면 혼자서 불안해했다. 겉으로는 아무렇지 않은 척 놀리고 괴롭혔어도 혜인이 삐쳐버리면 자신을 영영 싫어하진 않을까 속으로 걱정하는 그런 못난이였다.

그나마 다행인 것은 혜인의 관심이 김정훈에게서 떨어진 지 오래 됐다는 것이다. 같은 학교였지만 지나가다 마주쳐도 관심은커녕 눈길 조차 주지 않았다. 하진은 그 모습이 흡족해 일부러 혜인에게 보란 듯이 손을 얹고 다녔다. 물론 김정훈이 혜인에게 관심을 갖거나 했던 것은 아니었다. 그저 하진 혼자만의 만족감이었다. 하지만 또 다른 마음으로는 혜인이 다른 사람에게 관심을 갖지는 않을까 내심 불안했 다. 남들 눈에 혜인이 예쁘지도 않았고 매력이 있지도 않았지만 그것 은 남들의 눈이었다. 콩깍지가 제대로 씐 하진의 눈에는 누구보다 예 쁘고 귀엽고 사랑스러운 존재였다.

하지만 혜인은 이리 튈지 저리 튈지 모르는 공과 같은 존재라 그 가 잘 컨트롤 해야만 했다. 어느 날은 렌즈 끼면 어떨까, 물어 와서 절대 안 된다고 말렸었다. 렌즈가 얼마나 위험한 것인지, 있지도 않 은 부작용까지 만들어 가면서.

그때도 하진은 여전히 인기가 많았다. 유치원 때부터 이미 여자아 이들의 사랑을 독차지 하던 몸이었지만 고등학교를 입학하면서는 그 상황이 더 심해졌다. 다른 학교 여학생들까지 교문 앞에 죽치고 있 는 일이 허다했다. 그 여자아이들은 하루가 멀다 하고 찾아와 수줍 게 러브레터나 간단한 선물들을 건네주었다. 마치 아이돌의 팬클럽 과 같았다. 그때마다 혜인을 힐끔 바라봤지만 그녀의 반응은 심드렁 했다. 혹시라도 질투를 하지는 않을까 혼자 고민하던 그는 처참한 기분을 몇 번이나 맛보아야 했다. 그 모습이 밉살스러워 쓰레기통에 버리는 한이 있어도 여자애들에게 받은 초콜릿이며 과자를 혜인에게 주지 않았다.

그리고 고1이 끝날 무렵 그에게 여자 친구가 생겼다. 상대는 한 학년 선배였다. 그 선배는 남학생들에게 꽤 인기가 많은 편이었다. 사실 하진은 그 여자가 누군지 알지도 못했다. 예쁘다고는 생각했지만 그가 좋아하는 스타일은 아니었고 더더욱 혜인을 좋아했기에 그녀가 눈에 들어올 리 만무했다. 하지만 혜인은 그 선배에게 고백 받은 것을 알고 아무렇지 않게 내뱉었다.

"그 선배 진짜 예쁘더라."

빵을 베어 물며 오물거리는 저 입술이 귀엽다고 느꼈었는데 그 순간만은 못 견디게 얄미웠다. 그 길로 단번에 그 여자 선배와 사귀었다. 자신이 아무리 혜인의 곁을 맴돌아도 그녀는 자신의 마음을 알아주지 않으리라 생각이 들었다. 하지만 예상외로 혜인의 반응은 폭발적이었다. 그의 빈자리를 절실히 느끼고 있다는 걸 알게 된 것이다.

여자 선배하고 사귀며 등하교를 자연스럽게 그 선배와 했다. 혜인과 이야기하는 날이 줄어들고 집에 늦게 들어오는 날이 허다했다. 여자 선배는 생긴 것처럼 차분했고 말도 잘 통하는 편이었다. 그러나 이성적인 감정은 느껴지지 않았다. 선배와 이야기를 나누면서도 혜인이 밥은 잘 챙겨먹었나, 고기반찬이 없다고 울지는 않았나, 그것도 아니면 여학생들에게 괴롭힘을 당하지 않았나, 수많은 걱정들이 머릿속을 떠나질 않았다.

선배를 집 앞까지 바래다주고 다정하게 키스를 나누었다. 그것이 첫 키스였다. 그 느낌은 보드라웠고 따뜻했으며 짜릿했다. 하지만 키스가 깊어질수록 이 키스 상대가 혜인이었으면 어땠을까 하는 생각이 머릿속을 떠나지 않았다. 억지로 입술을 떼어내고 하진은 뒤도 돌아보지 않고 집으로 돌아왔다. 왠지 모르게 죄지은 듯한 느낌이 들었기 때문이다.

터덜터덜 집으로 걸어오는데 낯익은 인영 하나가 대문 앞에 쪼그려 앉아 있었다. 멀리서도 알 수 있었다. 혜인이었다. 하진은 불안하게 뛰어대는 심장을 진정시키며 아무렇지 않은 척 혜인에게 다가갔다. 놀랍게도 혜인은 울고 있었다.

"여기서 뭐하냐. 추하니까 들어가라."

혜인이 울면 달래는 것은 항상 그의 몫이었다. 하지만 이번만큼은 그렇게 해주고 싶지 않았다.

토끼처럼 빨개진 혜인의 눈이 그의 눈을 정확히 쏘아보았다. 하진은 숨을 훅 들이마셨다. 선배와의 일을 안 것일까. 하지만 어떻게? 빠르게 회전하는 머릿속에는 오만가지 잡생각이 떠다녔다.

"왜 쳐다봐."

일부러 덤덤한 척 하진은 퉁명스럽게 내뱉었다. 혜인은 코를 훌쩍거리며 자리에서 벌떡 일어나 하진의 어깨를 주먹으로 툭 때렸다.

"너 어떻게 그래? 어? 내가 가기 싫다고 할 땐 그렇게 끌고 다니더니 여자 친구 생기니까 바로 안면몰수 하더라? 네가 정말 나쁜 놈인 줄 알았지만 이 정도일 줄 몰랐어! 내가 여태껏 너한테 당해온 수모가 얼만데!"

혜인은 동네가 떠나가라 소리를 고래고래 내질렀다. 하진은 혜인의 입을 서둘러 막았다. 그러면서도 자꾸만 입가에 지어지는 미소를 어쩔 줄 몰랐다. 이런 게 바로 질투라는 것인가. 드디어 희망이 보이는 것인가.

"야, 시끄러워!"

일부러 하진은 혜인에게 면박을 주었다. 속으로 헤실헤실 웃음이 나면서도 혜인에게는 짐짓 점잔한 척 말을 이었다.

"내가 시끄러워? 야! 됐어! 나도 남자친구 사귈 거야! 너만 사귈 줄 알아?"

하진의 입가에 드리워져 있던 미소가 싹 걷혔다. 이건 계산에 없던 것이었다. 망치로 머리를 강하게 두드려 맞은 것처럼 순간 사고회로가 정지된 것이었다.

"뭐? 다시 말해 봐."

"나도 남자친구 사귄다고!"

"그러기만 해 봐."

입가에 타고 드는 나직한 하진의 음성에 혜인이 흠칫 놀랐지만 그녀는 고집스럽게 말을 이었다.

"그러면 어쩔 건데!"

"글쎄, 어쩔까나? 하지만 네가 생각한 것 그 이상이 될 텐데……. 괜찮겠어?"

하진의 입꼬리가 싸늘하게 말려 올라갔다. 마치 자신의 분노를 담아내듯 그의 말은 한마디 한마디가 서늘했다.

"이, 이, 나쁜 놈아!"

"그건 이미 알고 있고. 나도 그 선배랑 헤어질 테니까 다른 남자 만나면 죽는다."

하진은 싱긋 웃으며 혜인의 머리를 꾹꾹 눌러 쓰다듬었다. 만약 말을 거역하면 가만 안두겠다는 협박까지 내뱉으면서.

하진은 그 다음날 선배와 깔끔하게 헤어졌다. 혜인 역시 예전처럼 하진의 옆에 붙어 있게 되었으니 그것으로 된 것이었다. 그 후로도 몇 번이고 여자 친구를 만들었지만 혜인이 혹시 남자친구를 데려올까 두려워 얼른 헤어지기 일쑤였다. 사실 혜인의 질투하는 모습을 보고 싶어 사귄 것도 있었다. 나중에는 그조차 귀찮아져 모두 그만두었다.

아마 그때부터였을 것이다. 모두 단념하고 혜인 옆에 꼭 붙어 있었던 것이. 눈치가 쥐뿔도 없어 자신의 마음도 눈치채지 못하지만 그래도 어쩌겠는가. 그가 좋아하는 걸. 그가 생각해도 자신이 참 어이가 없었다. 예쁘고 몸매 좋고 집안 학벌 다 좋은 여자들 죄다 버리고 선택한 것이, 촌스럽고 어려서부터 볼 거 안 볼 거 다 보고 지낸 혜인이라니. 하진은 혼자 어이없는 웃음을 삼켰다.

혜인은 하진이 넘긴 과제 때문에 미칠 지경이었다. 혜인은 국어교육과였다. 그럼에도 불구하고 과제를 한 양을 따져보면 경영학과 과제가 더 많았다. 이게 다 재수 없는 유하진 때문이었다. 혜인은 이불을 이로 물고 찢으며 이 사이로 포효했다.

"유하진! 아아악!"

갑자기 들린 소란에 혜인의 방문을 누군가 벌컥 열었다.

"서혜인! 조용히 못해? 지금이 몇 시야!"

혜인의 등짝을 시원스럽게 때리며, 혜인의 엄마가 시계를 손으로 가리켰다.

"왜 나한테만 그래! 엄마, 제발 이사 좀 가자! 나 유하진이 싫어! 너무 싫다고!"

혜인의 발광에 순간 엄마는 멈칫하며, 기가 막힌다는 듯 그녀를 바라봤다.

"시끄럽고, 엄마가 말했지? 돈을……."

"악! 알아! 돈 마련해오라며! 지금까지 들은 게 만 번도 넘거든?"

"알면서 왜 또 말하게 해. 어서 잠이나 자! 한번만 더 소리 지르면 내쫓을 줄 알아!"

쾅 소리를 내며 신명나게 문이 닫혔다. 혜인은 눈물이 찔끔찔끔 나올 것 같았다. 친자식인 혜인보다 하진을 더 예뻐하는 엄마 때문에 눈물이 나고, 해도 해도 줄지 않는 이 과제 때문에 눈물이 나고, 한국 어교육론 교수님의 어마어마한 과제가 생각나 눈물이 났다.

그때 책상 위에 있던 휴대폰이 드르륵 소리를 내며 반짝반짝 빨간 불이 들어왔다. 발신자를 보니 재수 없는 새끼였다. 이걸 받을까 말까 몇 번을 고민하다 늦게 받으면 더 지랄하는 놈 때문에 억지로 전화를 받았다.

"왜!"

[전화 받는 꼴 하고는. 야, 밖으로 나와.]

"싫어. 안 나가."

혜인은 속으로 구시렁거렸다. 내가 지 똥개도 아니고 만날 부르라면 쪼르르 달려오라는 식이니, 혜인은 속으로 분통이 터져 죽을 지경이었다.

[3분 준다. 당장 나와.]

예의도 밥 말아먹은 유하진 님은 그렇게 전화를 끊으셨다. 혜인은 또 한 번 목구멍까지 차오른 울분을 애써 삼켰다. 한 번 더 소리를 지르면 엄마가 진짜 쫓아낼 것만 같았기 때문이다.

혜인은 주머니에 대충 손을 꽂고 슬리퍼를 질질 끌며 어기적어기적 정원으로 나갔다. 하진이 사는 본채와 별채 사이는 느긋하게 걸어도 2분이면 너끈히 갈 수 있었다. 하진은 달빛을 받으며 담배연기를 늘어지게 뿜어내고 있었다. 가뜩이나 키가 큰 하진이 달빛까지 받으니 그야말로 다비드 조각상이 살아 움직이는 것처럼 멋있었다. 그 모습이 괜스레 봄바람이 살랑이듯 처녀 가슴을 흔들어 났다. 하지만 그 마음은 오래가지 못했다.

"느려 터져가지고는."

말하는 본새하고는…… 혜인은 속으로 혀를 쯧 찼다.

"그러니까 느린 날 왜 부르냐고!"

가까이서 본 하진의 옷에서 알싸하게 술 냄새가 풍겨왔다.

"야, 너 술 마셨냐? 난 이 더운 날 에어컨도 못 틀고 집에서 네 과제하는데 술을 먹어? 이런 천하의 못된 놈! 난 네가 너무너무 싫어!"

하진은 가뜩이나 어지러운 머리가 혜인의 큰 목소리 때문에 더 심하게 울렸다. 한손으로 이마를 움켜쥐며 혜인을 노려봤다. 그 눈매가 혜인을 금방이라도 찢어 버릴 것 같았다. 소리를 고래고래 지르던 혜인은 순간 움찔거리며 입을 싹 다물었다.

"한 번만 참는다."

혜인은 구시렁거리고 싶어 간질거리는 입도 애써 꾹 참았다. 술 먹으면 다 개라고 했는데, 더구나 저놈은 원래 멀쩡할 때도 미친개였다. 살려면 입을 꾹 다무는 수밖에 없었다.

"야, 너 분홍색 티 있어? 물 빠진 청바지랑?"

혜인은 뾰로통해 있는 입을 넣으며 곰곰이 생각했다. 이게 무슨 자다가 봉창 두드리는 소리란 말인가. 점점 눈초리가 올라가는 하진 때문에 밤이라 잘 돌아가지도 않는 머리를 굴려봤다. 그때 언뜻 무언가가 머릿속으로 스치고 지나갔다.

"아, 있어. 아줌마가 백화점 가서 사주신 거. 그건 왜?"

"그래? 있단 말이지……. 그거 당장 버려."

"싫어! 그거 내가 아끼는 거란 말이야!"

이건 하진에게 물어뜯기는 한이 있어도 이길 것이다. 그 옷은 하진의 엄마가 직접 선물한 옷이었다. 딸이 없어 슬퍼하던 하진의 엄마는 항상 백화점에 혜인을 데리고 다녔다. 그것이 그녀의 소소한 취미생활이었다. 옷을 입은 혜인의 모습을 보며 대리만족을 느낀다고 했다. 어쨌든 대리만족이든 뭐든 선물 받은 옷을 버릴 수는 없었다. 혜인은 이마에서 스멀스멀 연기가 피어오르는 듯했다.

"버려라. 안 버리면 내가 대신 버려 줄 테니."

하진의 목소리 끝이 위협적으로 올라가자, 혜인이 더운 날씨 때문에 뜨겁게 달아오른 피부가 서늘하게 식어갔다. 그래도 질 수는 없었다. 소리를 빽 지르기 위해 눈을 질끈 감았다.

"내일 옷 사줄게."

눈을 질끈 감은 눈이 스르륵 떠지고, 이마에서 피어오르던 연기가 얼음을 올려놓은 것처럼 사르륵 녹아내렸다. 혜인의 안경 너머로 두 눈이 별처럼 초롱초롱하게 반짝였다.

"정말?"

최대한 요염한 눈 자태를 뽐내며 하진을 쳐다보자, 그가 한심하다는 듯 고개를 절레절레 흔들었다.

"어, 그러니까 당장 다 버려."

"알았어."

혜인이 헤헤 웃음을 터트리자, 하진도 역시 만족스러운지 옅은 미소를 지었다. 최고의 거래가 성사된 날 밤은 달이 참 밝았다.

다음날, 7시가 되자 혜인의 엄마가 주걱을 들고 방문을 두드렸다. 그 소리가 꽹과리 치는 소리와 흡사했는데 몽롱했던 정신이 벼락을 맞은 것처럼 번쩍 들었다.

"빨리 안 일어나? 하진이는 벌써 조깅하고 들어오던데 넌 뭐야! 당장 일어나!"

소리를 고래고래 지르는 통에 혜인은 귀가 멍멍할 지경이었다. 베개로 귀를 틀어막아 봐도 저 소음은 그 속을 뚫고 교묘하게 들어왔다. 온 몸을 비틀며 부스스한 눈을 겨우 떠서 침대 위에 양반다리를 하고 앉았다. 하진은 또라이가 확실했다. 아침부터 조깅은 왜 해서 자신의 신성한 아침을 구박으로 시작하게 만드느냐 말이다. 혜인은 하진이 너무너무 싫었다. 이래서 싫고, 저래서 싫고, 하진이 싫은 이유를 대라면 백 가지도 넘었다.

아침부터 하진의 욕을 해대며 찌뿌듯한 몸을 억지로 일으켰다. 샤워를 끝내고 머리를 말리지 않은 채 주방으로 들어섰다. 식탁 위엔 벌써 간단한 아침식사가 차려져 있었다. 어제 저녁 먹었던 된장찌개에 김, 계란, 김치가 끝이었다.

"엄마, 고기는……?"

"혜인아, 고기는 저녁에 먹어야지. 아침부터 먹으면 안 좋아."

자신을 달래는 아빠의 목소리가 들리지만 혜인은 밥상이 마음에 들지 않았다. 어젯밤부터 삼겹살을 그렇게 먹고 싶었는데……. 젓가락을 입으로 쪽쪽 빨며 입을 삐쭉 내밀었다.

"너같이 고기 많이 먹는 애도 없어. 그러고도 살 안찌는 거 보면 용하지."

혀를 차는 엄마의 목소리에 하는 수 없이 먹고 싶지 않은 밥을 콕콕 찌르며, 억지로 아침을 먹었다. 그리고는 양치를 하며 오늘은 하진에게 저번에 갔던 고깃집에서 밥을 사달라고 하기로 다짐했다. 벌써부터 떠오르는 선홍빛의 예쁜 고기 색깔과 기름이 좔좔 흐르는 한우 생각에 혜인은 마른침을 꼴깍 삼켰다.

혜인이 준비를 하고 나오자 대문에는 아무도 없었다. 하진은 아직 나오지 않았는지 널찍한 대문 앞이 휑했다.

"혜인아!"

뒤를 돌아보자 말쑥한 정장을 차려입은 하원이 손을 흔들며 걸어오고 있었다. 저 집 유전자는 뭐가 그리 좋은지 형제가 나란히 잘났다. 키, 몸매, 두뇌 뭐하나 빼먹을 것이 없었다. 유일하게 하진에게는 싸가지라는 것이 없었지만.

"하진이 기다려?"

"응, 아직 안 나오네."

"곧 나올 거야. 근데 유하진 오늘 강의 없지 않아? 도대체 왜 간대?"

혜인이야말로 묻고 싶은 말이었다. 제 강의도 없는데 학교는 왜 가서 도서관에 틀어박혀 있는지. 뭐, 혜인으로서는 편하게 가니 좋은 일이긴 하지만. 왠지 자신 때문에 가는 것 같아서 조금 미안한 감도 들었다.

하원은 고개를 절레절레 흔들며 돌계단을 하나씩 내려갔다.

"나 늦겠다. 먼저 갈게."

뛰어가는 하원의 널찍한 등짝을 보자 혜인의 입가엔 빙그레 엄마 미소가 지어졌다. 누구와 다르게 어쩜 저리도 사근사근한지. 하진이 아직 소년 같은 느낌이라면 하원은 그야말로 노련한 성숙미를 뽐냈 다. 그 널찍한 등짝에 포옥 안겨보고 싶어라. 혜인은 입가에 미소를 걸쭉하게 달았다.

"입 다물어라. 침 흐르겠다."

하진은 느긋한 발걸음으로 차키를 돌리며, 내려오고 있었다. 혜 인은 서둘러 입가에 흘러내릴 뻔한 침을 닦아내고 하진을 노려봤 다.

"내, 내가 언제!"

"넌 그러고 싶냐, 저 바람둥이한테? 아무튼 서혜인……."

"내가 뭘! 뭘! 누가 이렇게 늦게 나오래!"

"서혜인!"

저승사자의 목소리처럼 간담 서늘한 음성에 혜인이 흠칫 놀랐다. 혜인의 어머니가 쓰레기를 버리기 위해 내려오고 있었다. 하진은 밉 살맞게 킥킥거리며 웃어댔다.

"엄마, 애가 먼저!"

"아줌마, 안녕히 주무셨어요?"

매력적으로 휘어지는 눈웃음을 날리며 인사를 건네자, 혜인의 엄 마가 호호 웃었다. 어쩜 저리 예의가 바르냐며, 하진을 보기만 해도 흐뭇해하셨다. 그게 다 거짓인지도 모른 채.

"어머, 하진 엄마는 이렇게 반듯한 아들이 있어서 좋으시겠어 요."

"아…… 네. 전 혜인이 엄마가 더 부러워요."

같이 내려오던 하진의 엄마는 속으로 한숨을 깊게 내쉬었다. 제 아들이 싸가지란 말을 어디 가서 하란 말인가. 가족과 혜인 빼고는 어찌나 예의 바르게 구는지, 동네에 소문이 다 날 정도였다. 어린 시절 하진은 실로 대단했다. 이웃집 아이 때려놓고 넘어진 거 일으켜줬다고 발뺌하기—실제로 그 아이의 엄마는 감쪽같이 속아 넘어갔다.—제 마음에 안 든다고 엄마가 아끼는 거 부셔놓고 하원에게 넘기기 등등, 사건 현장에서 보지 않았다면 하마터면 그녀도 하진에게 껌뻑 속아 넘어갈 뻔했다.

하여, 학교에 입학해서도 속을 썩이면 어쩌나 그렇게 고민했었는데 담임과 상담을 하고 나서 하진의 엄마는 기겁을 하고 말았다. 아드님을 어쩌면 그리도 반듯하게 키웠냐며 담임이 입에 침이 마르게 칭찬을 해대는데 하진의 엄마는 정녕 자신의 아들이 맞는지 몇 번이고 확인을 해야 했다. 하지만 집에 돌아와서 본 하진은 싸가지 없는 모습 그대로였다. 매를 들어보기도 하고, 달래도 보았지만 전혀 고쳐지지 않았다. 그나마 다행인 것은 밖에서는 바르게 하고 다닌다는 것이다. 그녀의 눈가 주름이 하나씩 늘어만 갔다. 그걸 알고 있는 혜인은 속으로 눈물을 훔쳤다. 그 마음 다 안다는 듯이 둘은 지긋이 서로를 바라봤다.

한 교시밖에 없는 강의가 9시부터 시작이라 평소처럼 일찍 일어나야만 했다. 혜인은 땅이 꺼져라 한숨을 내쉬었다. 가기 싫었지만 귀찮음과 학점을 바꿀 수는 없었다. 하진의 집이야 돈이 많아 대충대충 지내도 되겠지만 자신은 아니었다. 사실 등록금만 해도 부모님께 짐이 되기 싫어 처음 입학할 때 빼고는 어떻게든 장학금으로 해결하려고 노력하고 있었다. 그러니 자연스레 꾸미는 것과는 거리가 멀어지는 수밖에.

"오늘 갈 거야?"

혜인이 목청을 가다듬으며 은근히 하진에게 몸을 바싹 붙였다.

"어딜?"

"옷 사준다며. 나 그래서 그 옷도 버리려고 했는데……."

사실 버릴 생각은 없었다. 하진의 엄마가 아시는 날엔 얼마나 속상해 하실까 생각해서 장롱에 콕 박아뒀다. 하진이 모르게 입을 생각이었다.

"어, 갈 거야. 그 옷 이따가 우리 집으로 가져와."

귀신같은 놈. 혜인은 철렁한 가슴을 애써 쓸어내렸다. 머리가 좋은 것들은 눈치도 꽤나 빨랐다.

"저기, 옷 버리는 대신에…… 나 저번에 그 고깃집 가서 고기 사주면 안 돼? 엄마가 고기도 안 해주고…… 막 이상한 반찬만 주고……."

검지와 검지를 맞대며 최대한 불쌍한 표정을 지어보였다. 금방이라도 눈물을 뚝뚝 흘릴 것 같은 커다란 눈망울을 하고 하진을 요염하게 바라봤다. 물론 하진은 여전히 핸들을 잡고, 혜인을 바라보지도 않았지만 상관없었다.

"내가 왜?"

"사줘, 사줘. 응? 응?"

핸들 잡은 팔을 요리조리 흔들며 없는 애교, 있는 애교 다 부려보였다. 하진은 웃음이 나는 것을 애써 참으며 무표정으로 일관했다. 그 모습에 혜인은 골이 났는지 입술을 삐죽 내밀었다. 차에서 내리면서도 하진에게 고맙다는 말 한마디 하지 않았다. 하진은 속으로 웃겨 죽을 지경이었다. 고기만 주면 누구든 쫓아갈 기세였다. 하진은 도서관으로 가며 문자 한 통을 보냈다.

혜인은 늦으면 고기 안 사준다는 하진의 무뚝뚝한 문자를 새치름한 표정으로 내려다보았다. 결국은 이렇게 될 줄 알았다. 하진은 미우나 고우나 혜인이 원하는 것은 다 들어주기는 것을 알고 있었다. 11시면 끝날 강의였지만 그 시간이 왜 이리 긴지, 눈앞에 선홍빛 고깃덩이가 두둥실 떠다녔다.

11시 정각. 강의가 끝나고 혜인은 미리 가 둘 생각에 화장실로 직행했다. 비어 있는 문을 대충 열고 들어가 앉았다. 볼일을 보고 일어나려는 혜인의 귀에 익숙한 목소리가 들려왔다.

"정말? 유하진 봤대? 그럼 그렇지. 유하진이 설마 못생긴 서혜인이랑 곱게 사귈 리가 없어. 양다리 걸쳐도 말 한마디 못하겠지, 멍청한 서혜인은."

듣다 보니 어디서 많이 듣던 목소리였다. 자신에 관한 있는 소문, 없는 소문 다 만들어 낸다는 그 솔지였다. 솔지가 혜인을 치가 떨리게 싫어한다는 것을 모르는 사람은 없었다. 혜인의 이마에서 하얀 연기가 모락모락 피어올랐다. 저 계집애는 도대체 자신에게 전생에 무슨 원수를 졌다고 이러는지……

혜인은 주먹을 불끈 쥐었다. 그리고 딸깍이며 문고리를 손으로 푸르고 큰 소리 나게 문을 열었다. 혜인이 화장실 문을 박차고 나가자, 솔지 패거리가 움찔하며 그녀를 바라봤다.

"누가 멍청하다고?"

"뭐, 뭐! 내가 틀린 말 했어?"

갑자기 혜인의 등장에 놀랐던 솔지가 평정심을 찾으며 팔짱을 꼈다. 웃음까지 흘려가며 이야기를 해대는 솔지의 모습은 그야말로 드라마 속에 나오는 단골 악녀의 모습이었다. 솔지는 요염한 눈길로 혜인의 볼품없는 행색을 아래위로 훑었다.

"유하진 어제 나이트 갔다며? 넌 몰랐지? 너도 걔 단속 잘해야겠더라? 하긴…… 그렇게 잘난 애가 너랑 사귈 리가 있겠어?"

어제 코끝에 스치던 술 냄새가 머릿속으로 스치고 지나갔다. 방대한 양의 과제를 시켜놓고 나이트에서 놀고 왔다 이거지? 혜인은 이가 아드득 갈렸다. 하지만 그것보다도 솔지의 마지막 말이 더 화가 났다. 혜인은 억지로 미소를 띠며 솔지 패거리들을 밀고 세면대에서 손을 씻었다. 그 모습에 솔지는 기가 막힌지 '어머어머'를 연발해댔다. 혜인은 타월로 손의 물기를 닦아내며 솔지 앞으로 가 당당하게 섰다. 키는 작았지만 눈만은 지지 않겠다는 듯 혜인은 솔지를 노려봤다.

"아, 너희는 그런 남자 친구도 없지? 하긴, 우리 하진이 보다가 네 남자 친구 보면 원숭이가 앉아 있는 거 같겠다. 남자 친구가 있어도 없는 것만 못하니 어쩌니?"

"뭐, 뭐? 원숭이? 누가 원숭이야!"

"어머, 우리 과 형철이랑 사귄다며. 걔가 원숭이 아니면 고릴라니? 그것도 아니면 오랑우탄?"

"야!"

얼굴까지 새빨개져 씩씩거리는 솔지를 보니 고소해 죽을 지경이었다. 친구들이 솔지의 팔을 잡고 참으라며 혜인을 노려봤지만 상관없었다. 어차피 이래도 욕먹고 저래도 욕먹는데 할 말이나 다하고 욕먹자는 심산이었다.

"네가 그렇게 애교가 없고 싸가지가 없으니까 유하진이 바람을 피우지!"

"누가 애교가 없어!"

"그럼 있다고? 에이, 설마."

"본 적도 없는 네가 어떻게 알아! 너 내가 얼마나 애교가 넘치는지 모르지? 기다려! 보여줄게!"

혜인은 솔지 패거리들을 데리고 하진을 만나기로 했던 도서관 앞으로 씩씩하게 걸어갔다. 한 3분쯤 지나니 잘못이라도 한 것처럼 심장이 두근거렸다. 5분 정도 지나자 자신이 왜 이런 일을 벌였을까 속으로 자기 자신을 원망했다. 혜인은 하진에게 문자라도 보내놓을까 싶어 핸드폰을 꺼냈지만 곧 솔지에 의해 잡히고 말았다.

"왜? 미리 짜기라도 하려고?"

"누, 누가!"

눈치가 귀신같은 솔지 덕에 핸드폰 작전은 실패로 돌아갔다. 설상가상으로 저 멀리서 하진의 모습이 보이기 시작했다. 혜인은 입술을 잘근잘근 깨물었다. 팔자에 없는 애교를 어찌 부리란 말인가. 솔지도 미웠고 이런 상황을 만든 하진이 미웠다. 심장이 두근거리고 손이 덜덜 떨려왔다.

"어머, 하진이 저기 있네. 해 봐, 어서."

"하, 할 거야!"

혜인은 입술을 질근 깨물고 주먹을 꽉 쥐었다. 죽기 아니면 까무러치기였다. 덜덜 떨리는 입술을 애써 떼어 내며 하진을 불렀다.

"여, 여보야!"

양팔을 흔들며 하진에게 신나게 달려갔다. 그 순간 주위에 있던 강의가 끝나거나 학생식당으로 가던 학생들 모두 혜인을 경악한 표정으로 바라봤다. 거기서 가장 중요한 것은 하진이 그 경악한 학생들 중에 끼어 있다는 것이었다.

3.
67번을 탄 의문의 남자

혜인은 하진을 바라보고 입으로 뻥긋거렸다. 하지만 사인을 보지
못한 것인지 하진의 표정은 경악에서 점차 일그러지기 시작했다. 혜
인은 이제 눈물이 다 날 지경이었다. 솔지를 힐끗 보니 아직도 팔짱
을 단단히 끼고 친구들과 혜인을 노려보고 있었다. 어디 한번 해보라
는 폼이었다. 여기서 물러나면 괜스레 자존심이 상할 것 같고, 또 하
자니 엄두가 안 나고, 혜인은 미칠 지경이었다. 혜인은 다시 입술을
잘근잘근 깨물었다. 주위의 학생들은 하나둘씩 더 몰려들었고, 혜인
은 눈을 다시 질끈 감았다.

"우, 우리 여봉봉. 마, 많이 기다렸어요?"

헤실헤실 억지웃음을 지으며 하진의 팔 안으로 팔을 쏙 넣었다. 혜
인의 등줄기를 타고 식은땀 한줄기가 또르르 흘러져 내렸다. 하진역
시 입꼬리가 가늘게 떨렸다. 그는 이를 앙다물며 환하게 웃었다. 남

이 보기엔 환한 미소였지만, 혜인에게는 그저 섬뜩하기 그지없는 미소였다.

"응?"

자신이 잘못 들었겠지 생각하며, 하진은 그녀에게 되물어왔다. 혜인은 속으로 답답해 미칠 지경이었다. 저런 팔푼이가 쓸데없는 데 눈치는 더럽게 빠르면서 이런 데엔 쥐뿔도 없었다. 혜인은 한쪽 눈을 찡긋거리며 하진의 팔에 자신의 몸을 더 밀착시켰다.

"여봉봉, 많이 기다렸지? 덥지 않았어용?"

혜인은 하진의 얼굴에 손으로 부채질까지 했다. 코에 뭐라도 들어간 것처럼 코 막힌 소리까지 섞어가며 하진에게 대롱대롱 매달렸다. 혜인은 자신이 하면서도 토악질이 밀려나올 것 같았다. 그래도 이 정도 했으면 하진도 눈치로 알아맞힐 것이라 생각했다. 함께한 세월이 얼마인데 모르겠는가. 혜인은 속으로 반신반의하며 최대한 떨리는 심장을 가라앉혔다.

"혜인아, 어디…… 아프니?"

혜인의 강한 믿음이 1분도 되지 않아 와장창 무너져 내렸다. 떨리는 하진의 목소리에 주위에서 구경하던 사람들 사이로 바람 빠지는 소리가 피식피식 새어나오더니, 혜인을 비웃는 사람이 여기저기서 생겨났다. 그 웃음 사이를 가르고 누군가 큰소리로 웃기 시작했다. 솔지였다. 솔지는 이제 아주 배까지 잡고 자지러지게 웃고 있었다.

"푸하하하, 어디 아프냐네. 어떻게! 얼마나 애교가 없었음 저런 말을 꺼내. 아이고, 배야!"

친구의 팔을 찰싹찰싹 때리며 눈물까지 흘리고 웃는 솔지를 보니,

혜인은 눈물이 찔끔 나오는 듯했다. 얼굴이 빨간 토마토보다 더 달아오르고, 온 몸이 태양에 말려놓은 고추처럼 빨갛게 익어갔다.

한번 터지기 시작하는 웃음은 물결처럼 지켜보던 사람들 사이로 흘러들어갔다. 웃음소리가 물결치자, 혜인은 쥐구멍이라도 들어가고 싶은 심정이었다. 거기서 가장 중요한 것은 아직도 감을 못 잡는 하진이 얄미워 죽을 지경이라는 것이다.

혜인은 이를 꽉 깨물며 하진을 강하게 노려봤다. 하진은 그때까지도 어리둥절한 표정을 감추지 못하고 있었다. 혜인은 오늘만은 도저히 참을 수가 없었다. 주먹을 단단하게 쥐고 자신이 든 가방을 하진의 머리를 강하게 내려쳐버렸다.

퍽!

강한 마찰음이 들려왔지만 상관없었다. 혜인의 머리에선 이미 펄펄 끓는 물처럼 하얀 김이 모락모락 올라왔다. 머리를 부여잡고 화를 삭이는 하진과 자지러지게 웃는 솔지를 두고, 혜인은 빠른 걸음으로 캠퍼스를 가로질러갔다. 가는 도중 눈물이 줄줄 흐르는 것을 손으로 훔쳐내며, 이를 아드득 갈았다. 이게 다 유하진 때문이었다.

"아아악! 유하진!"

혜인은 그렇게 지나가는 사람들이 자신을 쳐다보던 말든 상관하지 않고, 태양을 바라보며 포효했다. 드넓은 캠퍼스 안에는 혜인의 짐승 같은 울부짖음이 울려 퍼졌다.

하진은 혜인의 핏발이 선 눈빛을 보고 흠칫 놀랐다. 여자가 한을 품으면 오뉴월에도 서리가 내린다던데 그 한을 품은 날이 왠지 오늘인 듯했다. 하지만 그 미안함과 놀람도 오래가진 못했다. 뒤통수에 난 달걀만한 혹이 슬슬 아려왔기 때문이다. 피가 슬슬 머리 위로 솟아올랐다. 어려서 행실머리가 나쁘다고 엄마에게 맞은 이후로 처음 맞는 것이었다. 뒤통수가 슬슬 아려오며 이가 빠드득 갈렸다. 두고 보자, 서혜인.

한참을 자지러지게 웃던 사람들은 하나둘씩 떠나고, 애써 웃음을 참으며 솔지가 그에게 다가왔다. 누가 말이라도 시키면 폭발하기 직전이었지만 수년 동안 쌓아온 모습을 이까짓 일에 한 번에 무너트릴 수 없었다.

"어머, 하진아. 많이 아프지? 혜인이가 괜히 쓸데없이 오기를 부려서 이렇게 됐네. 다 내 잘못이야. 정말 미안해."

하진은 눈을 아래로 내리깔며 자신을 쳐다보는 솔지의 얼굴에 욕을 퍼부어주고 싶었다.

"뭐가 어떻게 된 일이지?"

하진은 화를 애써 속으로 씹어 삼켰다. 입술 끝이 파르르 떨려왔다. 생각보다 목소리가 한톤 더 낮게 깔렸다. 그러면서도 솟아오르는 화를 가라앉히기 위해 애썼다. 자초지정을 듣고 잡아도 늦지는 않았다. 뛰어봤자 벼룩이었다. 어차피 혜인은 갈 곳 하나 없는 가련한 신세였다. 집, 아니면 학교, 그것도 아니면 독서실 정도였다. 참 파릇파릇한 청춘, 정말 눈물 나게 우울했다.

"그게 말이야. 사실…… 혜인이가 네가 자기 애교에 껌뻑 넘어간다기에……. 그런데 우린 정말 말렸다? 말렸는데 보여준다고 따라오라고 그래서……."

솔지는 나이트 얘기와 자신이 약을 올려 혜인이 이리로 끌고 왔단 얘기는 쏙 빼먹고 말을 이었다. 하진의 서글서글한 인상이 점차 싸늘하게 굳어갔다. 솔지는 그 모습이 너무 고소해 죽을 지경이었다. 그러게 왜 남의 귀한 남자 친구를 원숭이라고 해서는……. 솔지를 뺀 솔지 패거리들은 속으로 혀를 쯧쯧 찼다.

혜인은 이곳저곳을 혼자 서성였다. 길거리엔 커플들과 삼삼오오 모여서 수다를 떨며 가는 여학생들이 보였지만 혜인에게는 먼 나라 얘기였다. 휴대폰을 열어 전화번호부를 확인해 봐도 이런 날 부를 마땅한 친구조차 없었다. 전화번호부에 딱 4명이 저장돼 있었다. 엄마, 아빠, 집, 그리고 유하진. 혜인은 자신의 신세가 서러워 눈물이 찔끔 찔끔 났다. 어디를 가보고 싶어도 어디를 가야 할지도 모르고, 혼자 들어가자니 민망하고, 더더구나 배에서 슬슬 꼬르륵 소리가 들려왔다.

초등학교 6년, 중학교 3년, 고등학교 3년, 거기다 대학교 2년까지 하진이 찰거머리처럼 꼭 붙어 있어 그 흔한 친구조차 사귀지 못했다. 하진은 그러면서도 친구도 잘만 만들던데 이상하게 여자애들은 혜인을 싫어했다. 물론 다가오는 애들도 있었다. 하지만 그들의 목적은 따로 있었다. 오직 유하진. 그에게 조금이라도 더 다가가기 위해 혜인을 써먹었던 것이다. 혜인은 그것도 친구라고 헤실거리면서 다 퍼 줬지만 항상 남는 건 뼈아픈 배신뿐이었다. 그것도 어느 때부터는 한 명도 나타나지 않았다. 그런 애들조차도 그리울 때가 있었다. 하여 혜인은 항상 궁금했었다. 왜 갑자기 하진 때문에 접근해오던 여자애들마저도 사라진 것일까.

어쨌든 하진과 옆에 찰싹 붙어 있는 시간은 늘어만 갔고, 그렇게 친구 없는 기나긴 세월을 14년 동안이나 보냈다. 혜인은 상가 앞에 주저앉아 한숨을 내쉬었다. 자신의 신세가 너무도 처량했다. 하늘은 혜인에게 참으로 무심하셨다. 어쩌다 저런 인간과 같은 해, 같은 집에서 태어나게 했느냐 말이다. 갑자기 복받쳐 오는 설움에 눈물이 솟구쳐 흘렀다. 혜인은 그 자리에 철퍼덕 주저앉아 엉엉 울었다.

"엄마, 저 누나 울어."

그녀를 힐끗힐끗 쳐다보는 사람들 사이로 자그마한 남자아이가 그녀를 손가락으로 가리켰다. 아이의 엄마는 바닥에서 자지러지게 우는 혜인과 아이를 번갈아보더니 얼른 아이를 품에 안았다.

"저런 사람한테 가까이 가면 못써. 얼른 가자."

아이의 엄마가 아이를 번쩍 안고 빠른 걸음으로 사라졌다. 그 소리에 혜인의 눈에서는 더 굵은 눈물이 뚝뚝 떨어졌다. 말을 하려거든 안 들리게나 할 것이지 저렇게 크게 말할 건 뭐란 말인가. 자신의 신세가 너무 처량해 눈물이 멈추지 않았다. 큰소리로 우는 그녀를 사람들이 힐끗힐끗 쳐다봤지만 그녀의 눈에는 아무것도 보이지 않았다. 서러운 눈물과 함께 마른땅을 빗방울이 후드득 적셔나갔다.

하진은 혜인이 가볼 만한 곳을 차로 이곳저곳 돌아다녔다. 그런데도 그 자그마한 혜인이 눈에 보이질 않았다. 설상가상으로 이제 차 앞 유리에 빗방울이 한두 방울 떨어지더니 장대비가 되어 몰아치고 있었다.

하진의 옆 좌석에는 핑크색 지갑이 놓여 있었다. 가방으로 하진의 머리를 내려치면서 혜인이 떨어트리고 간 것이었다. 돈도 없는 것이 어딜 간 것인지……. 하진은 당연히 혜인이 그 사실을 알고 전화로 싹싹 빌 줄 알았다. 시간은 벌써 6시가 다 되어 가는데 전화는커녕 문자 한 통이 없었다.

"이번 한 번만 져준다, 서혜인."

하진은 그렇게 분노를 담아 번호를 꾹꾹 눌러댔다. 또르르 통화 연결음이 들리고 얼마 지나지 않아 익숙한 기계음이 그를 반겼다. 몇 번이고 번호를 눌러봤지만 소용없었다. 하진은 휴대폰을 조수석으로 대충 던지고 핸들을 주먹으로 내리쳤다. 사람들이 많이 돌아다니는 거리에 갑자기 클랙슨소리가 울리자, 주위에 지나가던 사람들이 모두 하진의 차를 주목했다. 하지만 선팅이 진하게 돼 있는 차는 안이 보일 리 만무했다. 하진은 자신의 뒤통수를 큰손으로 어루만지며 이를 아드득 갈았다.

"잡히면 죽는다, 서혜인."

미묘한 웃음까지 흘려가며 웃는 하진의 모습은 에어컨 바람에 싸늘해진 공기를 더 얼어붙게 만들었다.

그 시각 혜인은 테이크아웃 커피전문점에 창가에 앉아 있었다. 빗방울이 굵어지면서 유리창을 빗방울이 더 강하게 두드렸다. 다 식어 가는 커피를 내려다보며 한숨을 쉬었다. 지갑은 어디다 버리고 왔는지 보이지도 않고, 겨우 바지주머니를 뒤져보니 엄마의 심부름 갔다 남은 돈 4000원이 꼬깃꼬깃 들어 있었다. 그 꼬깃꼬깃한 천 원짜리 넉 장을 보니 자신의 신세가 너무도 처량했다.

혜인은 자신이 서 있는 건물 옆으로 보이는 커피전문점으로 들어갔다. 가장 싼 아메리카노를 시켜놓고 비가 그칠 때까지 피하자는 심산이었다. 그런데 이 비는 영 그칠 기미를 보이지 않았다. 설상가상으로 가방 속에서 휴대폰 진동음이 계속 울려댔다. 혜인은 점점 초조해지기 시작했다. 그렇게 사람들 많은 데서 천하의 유하진 머리를 내리치고 왔으니 어찌 살아남기를 바라겠는가. 심장이 두근두근 빠르게 뛰며, 불안한 듯 손톱을 잘근잘근 깨물었다. 하진의 전화를 받고 숙이고 들어갈까도 생각해 봤지만, 그 악마가 자신을 어떻게 다룰지 감도 잡히지 않기 때문에 며칠간은 도망 다니기로 마음을 먹었다.

이곳에 앉아 있은 지 한 5시간 정도가 지나자 슬슬 눈치가 보이기 시작했다. 청소를 하는 직원들이 그녀를 힐끗힐끗 쳐다봤다. 비는 여전히 오고 있었다. 창밖을 보니 한두 시간 내에 그칠 비가 아니었다. 혜인은 하는 수없이 커피가 담긴 쟁반을 가지고 일어났다. 언제까지 이곳에서 있을 수는 없었다. 커피전문점 문을 열었지만 차마 이 빗속을 뚫고, 버스정류장까지 달려갈 엄두가 나지 않았다.

"어쩌지……."

혜인은 하진의 머리를 내리치고 온 자신을 자책하기 시작했다. 머리만 내리치지지 않았으면, 아니 그때 화장실만 가지 않았더라면 지금쯤 옷을 사고 노릇노릇 익어가는 한우를 먹을 수 있었을 텐데…….
그녀의 배에서 다시 꼬르륵 소리가 비 사이를 뚫고 들렸다.

"저기요."

누군가 혜인의 어깨를 톡톡 쳤다. 가뜩이나 배도 고픈데 말을 시키니 화가 났다. 혜인은 짜증스러운 얼굴로 옆을 바라봤지만 그 얼굴이 점점 선홍빛으로 물들었다.

"왜, 왜요."

웬 훤칠하게 생긴 남자가 옆에 서 있었다. 하지만 그 선홍빛이 점점 시들어갔다. 설마 도를 믿으라고 하는 남자 아닌가, 아니면 무엇을 팔려고 하는 남잔가 하는 의심이 하나둘씩 머릿속을 가득 채웠다.

"우산 없으세요?"

혜인은 허탈한 웃음을 지으며, 손을 휘이휘이 저었다. 이제는 우산 파는 남자까지…….

"돈 없어요."

남자가 갑자기 큰소리로 웃음을 터트렸다. 목젖까지 드러나는 시원한 웃음이 비가 와 끈적끈적한 여름날을 한방에 날려주는 듯했다. 하지만 그러면 뭐하나, 우산 파는 남자인 것을…….

"나 우산 파는 사람 아닌데……. 그냥 우산 있냐고 물어본 거예요."

"어, 없는데……."

"그래요? 나도 없는데."

혜인의 입에서 허탈한 웃음이 새어나왔다. 아무래도 비가 오더니 날구지 제대로 하는 거 같았다. 그렇지 않으면 멀쩡한 사람이 잠시 비를 보고 미쳤다던가……. 우산이라도 같이 쓰고 가자고 말하는 줄 알았다. 남자는 꼭 누구를 보는 것처럼 입가에 웃음을 잃지 않았다. 그 웃음에 부끄러움에 떨리던 심장이 슬슬 불안한 움직임을 보였다. 두렵다. 유하진이 자신을 어떻게 할지 알기에 더 두려웠다. 이럴 땐 하진의 집과 가까운 자신의 집이 너무도 싫었다.

"내가 우산은 아니래도 좋은 거 빌려줄까요?"

"뭐요……?"

좋은 거란 말에 혜인의 귀가 팔랑거리며 파닥파닥 움직였다.

"이거요."

남자가 내민 것을 받아드니 그것은 베이지 체크무늬의 손수건 하나였다. 혜인은 받아들고도 어리둥절한 모습을 감추지 못했다. 이 작은 손수건으로 비를 피하기는커녕 아무것도 못하겠다 싶었다.

"이거 가지고 뭐하나 싶죠? 잘 봐요."

남자가 혜인의 손을 잡아끌고, 자신의 옷 안으로 혜인의 몸을 넣었다. 혜인은 길거리를 달려가면서도 눈만 멀뚱멀뚱 뜨고 있었다. 이것이 영화에서만 보던 연인들의 비 피하던 방법 아니더냐. 남자의 옷에서 시원한 향이 느껴지고, 혜인의 입술이 슬슬 벌어지며 헤벌쭉해졌다. 옷 사이로 남자의 시원한 채취가 코로 스며들고, 밀착된 몸이 뜨거워 심장이 거칠게 뛰었다. 거센 빗줄기가 혜인의 청바지와 운동화를 적셨지만 머리만은 젖지 않았다.

버스정류장까지 어떻게 왔는지 잘 기억이 나지 않았다. 한 가지 확실한 것은 심장소리가 너무 커 남자가 듣지 않았을까 하는 걱정뿐이었다.

"그리고 이거는요."

남자는 혜인의 손에 꽉 쥐어진 손수건을 빼앗아 들고, 그녀의 얼굴에 묻은 물기를 닦아냈다.

"이렇게 하는 거예요."

"아……."

그가 혜인을 보고 활짝 미소를 지었다. 그 미소에 덩달아 혜인의 입가에도 미소가 번져나갔다. 비오는 날 버스정류장의 잘생긴 남자라……. 혜인이 그동안 유치하다고 생각했던 로맨스 영화의 단골 소재였지만 자신이 하니 이것은 유치한 것이 아니었다. 아니, 유치하기는커녕 이것은 판타스틱한 경험이었다.

물기를 머금은 땅에 꽃씨를 뿌려놓은 듯 무언가가 스멀스멀 피어
올랐다.

"어? 버스 왔다. 그럼 잘 가요."

남자가 손을 흔들며 67번 버스에 올라타자 혜인은 자신도 모르
게 덩달아 손을 흔들었다. 67번 버스의 남자는 그렇게 손수건만 그
녀의 손에 남겨놓고 버스를 타고 떠났다. 버스를 타러 뛰어가는 그
뒤태가 어찌나 훤칠한지 아침에 보았던 하원과는 비교도 되지 않았
다. 혜인은 남자가 떠난 뒤에 버스정류장에 앉아서 남자의 손수건
을 내려다 봤다. 그 손수건에서도 남자의 쿨워터 향이 물씬 느껴지
는 것 같았다. 그녀의 머릿속은 하진의 걱정 따위는 잊은 지 오래였
다.

혜인은 버스에서 내려 터덜터덜 걸었다. 손수건은 가방 깊숙이 고
이 모셔놓은 뒤였다. 밤까지 내릴 것 같던 비는 다행히 버스에서 내
리자 그쳐 있었다. 아직도 물기를 머금은 땅은 촉촉하게 젖어 있었
고, 바람은 선선하게 머리카락을 흐트러뜨렸다. 혜인은 숨을 깊게 들
이마셨다. 풀 냄새가 솔솔 콧속으로 스며들었다.

"이제 오나 보지?"

서늘한 음성이 그녀의 귓가를 파고들었다. 숨을 들이마시던 혜인
은 그만 침이 사레들려 켁켁거렸다. 하마터면 하진의 목소리 때문에
혜인 이 자리에서 죽을 뻔했다.

"하여간 칠칠치 못하기는."

하진은 혜인의 등을 살살 쳐가며 살에 들린 혜인이 숨을 쉴 수
있도록 도와주었다. 혜인의 눈은 핏발과 눈물을 가득 머금고 있었
다.

"느지막이 들어오는 거 보니 두렵긴 했나 보네?"

숨이 겨우 고르며 혜인은 슬금슬금 뒤로 물러났다. 동네 몇 바퀴 돌다보면 하진도 자연스레 포기할 거 같다는 말도 안 되는 생각이 머릿속을 스치고 지나갔다.

"동작 그만."

도망가려는 몸이 순간 얼음처럼 경직됐다.

"어딜 도망가려고?"

실실 웃으며, 다가오는 하진의 등 뒤로 가로등이 그의 멋진 자태를 비췄다. 하지만 그 모습은 혜인에게 그저 두려운 귀신의 형상이었다.

"내, 내가…… 그러려던 건…… 진짜 절대 아니야……."

"오호라? 그으래?"

"으, 응."

"왜, 더해 봐. 죽을 사람 유언 정도는 들어줄 아량은 되거든? 어디 더 해보지 그래?"

흑이 난 뒤통수를 부여잡으며 걸어오는 하진의 모습에 혜인은 손이 달달 떨렸다.

"그, 그게……."

점점 가까워지는 검은 그림자에 혜인은 마른침을 꿀꺽 삼켰다. 설상가상으로 등 뒤론 벽돌의 찬 기운이 스멀스멀 느껴졌다. 몸을 점점 덮치는 검은 그림자에 주먹을 꽉 쥔 손이 바들바들 떨려오고 심장이 쿵, 떨어졌다.

"하, 하진아……."

"그래. 나 하진이야. 네가 패고 간 유하진."

하진이 싱긋 웃으며 혜인의 얼굴에 붙은 머리카락을 떼어냈다. 그 손길이 어찌나 차갑던지 눈물이 슬금슬금 바닥으로 곤두박질치려 했다.

"아, 아니……. 난 그러려던 게……. 에이씨! 이게 다 너 때문이잖아! 누가 나이트 가래! 내가! 얼마나 서러웠는지 알아? 나보고 못나서 남자 친구가 양다리 걸친다고 그러지…… 애교도 없는 애라고 막 그러지…… 흐어엉엉, 이게 다 너 때문이잖아!"

혜인은 갑자기 설움에 복받쳐 소리 내어 엉엉 울었다. 갑자기 하진 때문에 욕먹었던 생각을 하니 화가 나고 서러워졌다. 한번 떨어진 물방울은 다시 그칠 기미를 보이지 않았다. 이제 물이 흥건한 땅바닥에 주저앉아 자지러지게 울자, 웃음을 띠던 하진이 흠칫 놀랐다. 하진은 갑자기 울음을 터트리는 혜인 때문에 당황했는지 뒷머리를 긁적이며 다가왔다.

"야, 야, 울지 마."

"흐어엉엉, 내가! 왜 이런 설움을 당해야 해! 내가 그 많은 사람들 앞에서 창피당하고! 아이고, 서러워라."

혜인이 닭똥 같은 눈물을 흘리며 하진을 슬쩍 쳐다봤다. 하진의 얼굴에는 당혹감과 미안함이 동시에 스며 있었다. 차마 앉지는 못하고 발로 혜인의 다리를 톡톡 치며 말하는 그는 참 어색해보였다. 울음소리가 잦아들기는커녕 더 커지자, 그는 하는 수 없이 혜인을 어르고 달래기 시작했다.

혜인을 품에 안으며, 등을 두드려주는 하진에게서도 아까의 남자의 향수와 같은 향이 은은하게 풍겨져 왔다. 하진의 품에 있으니 은근히 기분은 좋았다. 미우나 고우나 하진은 자신이 보기에도 멋진 남자였다. 물론 저 더러운 성질머리는 빼고.

"알았어. 내가 다 잘못했어. 내일 고기 두 배로 사줄게. 그러니까 울지 말자? 응?"

"정말……? 나한테 뭐라고 안 할 거지……?"

하진이 건네는 손수건을 받아들고 코를 팽 풀며, 그를 토끼처럼 빨개진 눈으로 바라봤다. 여기서 혼낸다고 하면 당장이라도 더 크게 울 기세였다.

"아, 알았어!"

"그럼 내일 초밥도……."

코를 푼 손수건을 하진에게 건네며, 혜인은 손등으로 눈가에 묻은 눈물을 닦아냈다.

"알았다."

혜인은 속으로 실실거리며 웃었다. 사실 처음엔 서러움에 운 것이 맞지만 눈물이라는 것이 중간쯤 되니 나질 않아 억지로 빼내느라고 애 좀 먹었다.

하진이 그녀의 눈물에 약한 것은 진작부터 알고 있었다. 너무 자주 쓰면 약발이 떨어지기 때문에 아끼고 아꼈던 것을 위기에 몰려 써먹고야 말았다. 혜인은 그렇게 다정스럽게 하진과 손을 잡고, 집으로 룰루랄라 콧노래를 흥얼거리며 들어갔다.

그리고 남자의 손수건을 곱게 빨아놓고 침대에 몸을 뉘였다. 그 남자는 누구였을까? 눈을 감은 그녀의 머릿속에 남자의 형상이 그려졌다. 산들산들한 시원한 바람이 불어오고 혜인의 마음에도 스멀스멀 꽃기운이 올라왔다. 그렇게 꽃잎이 작은 싹을 이뤄냈다.

혜인은 유난히도 기분이 좋았다. 하진의 차 창문을 살짝 내리며 시원스레 불어오는 바람을 맞았다. 눈을 감고 맞는 바람이 참 시원했다. 얼굴은 갓 피어난 꽃처럼 불그스름하고 곳곳에 설렘이 가득했다.

67번 남자의 손수건은 혜인의 가방 안쪽에 고이고이 모셔두었다. 덜 마른 손수건을 새것처럼 빳빳하게 다리고, 은은한 향수까지 뿌리느라 혜인은 아침에 꽤나 분주했다. 다시 볼 수 있을 것이란 희망이 몸 안에서 스멀스멀 피어올랐다. 헤벌쭉한 혜인을 의아하게 바라봤다.

하진은 자는 내내 왠지 분한 느낌을 떨칠 수가 없었다. 저 페이스에 말려든 듯한 기분 나쁜 생각이 자꾸 피어올랐기 때문이었다.

"너, 근데 어제 어디 갔었냐?"

갑작스럽게 들린 그의 목소리에 혜인이 흠칫 놀랐다. 무미건조한 목소리였지만 분명 무언가를 담고 있었다. 저놈 성격에 분명히 자신을 잡으러 길길이 날뛰며 온 동네방네 돌아다녔을 것이 뻔했다. 남자와 황홀한 로맨스 같은 일이 있었다는 것을 알기라도 하는 날엔 저놈은 또다시 미치광이가 될 것이다.

"나, 나?"

"그래. 너!"

"음…… 나 말이지……. 그게……."

"너, 혹시 난 그렇게 힘들게 찾아다녔는데 빈둥거렸다고 말하는 건 아니겠지?"

하진의 붉은 입술 끝이 위협적으로 말려 올라갔다. 순간 혜인은 도둑질을 하다 걸린 것처럼 심장이 철렁 내려앉았다. 저 팔푼이가 어제는 눈치가 쥐뿔도 없더니 오늘은 왜 이리 촉을 내세우는지…….
혜인은 황홀했던 기분을 뒤로 하고 굴러가지 않는 머리를 애써 굴렸
다.

"그래! 나 친구 만났어!"

"네가 친구가 어디 있어."

그래. 그녀는 친구가 없었다. 혜인은 눈물이 날 것만 같았다. 친
구가 없다는 말은 분명 서글픈 말이거늘, 저놈은 저렇게 아무렇지
않게 내뱉고 있었다. 그게 다 누구 때문인데. 속으로 한숨을 내쉬었
다. 혜인의 집 밥숟가락이 몇 개인지까지 알 놈인지라 속이기가 영
쉽지 않았다. 여러모로 매일 이렇게 붙어 있는 것은 피곤한 일이었
다.

"이, 있어! 네가 못 본 애 있어. 동네 친군데……. 음…… 걔랑 비
그칠 때까지 있었어."

"그래?"

"으, 응. 정말이야."

"알았어."

의외로 순순히 물러나는 하진 때문에 혜인은 조금 놀랐다. 쥐 잡듯
이 잡을 줄 알았는데 어제부터 착한 척을 하시는 유하진 님이 영 적
응이 되지 않았다. 얼굴을 바라보니 평소 모습 그대로였다. 혜인은
고개를 갸웃거렸다.

"하진아…… 너 어디 아프니……? 혹시 죽을병이라도…….."

사람은 죽을 때가 되면 변한다던데 아무래도 저놈이 설마……? 혜
인은 눈물을 삼키며 하진을 쳐다봤다. 그래도 친구인데 눈물은 흘려
주마, 다짐을 하면서.

"너야말로 죽고 싶은가 보지?"

하진이 섬뜩한 목소리로 묻자, 혜인이 흠칫 놀라며 입술을 꾹 다물었다. 말하는 거하고는……. 입술을 삐죽 내밀며 다시 창밖을 바라봤다. 오늘은 초밥과 한우를 옵션으로 달았으니 행복한 하루가 될 것이 분명했다. 거기다 67번 남자를 만나기라도 한다면 더없이 좋을 텐데……. 혜인은 기약 없는 만남에 다시 침울해졌다.

하진은 혜인을 바라보며 날카로운 눈초리를 거두지 않았다. 미친년처럼 꽃이라도 꽂고 돌아다닐 것처럼 헤벌쭉해져서 웃다가, 갑작스럽게 의기소침해져서 한숨을 내쉬는 혜인을 이해할 수 없었다. 하진은 차가 신호에 멈춘 사이 핸들을 잡고, 차 앞 유리를 통해 하늘을 바라봤다. 구름 한 점 없이 새파란 하늘이었다.

"이상하다. 비가 오진 않을 거 같은데……."

"비? 비는 왜?"

"날씨까지 꾸물거리면 네가 진짜로 꽃 꽂고 돌아다닐 거 같아서."

"응?"

하진의 말을 이해 못한 혜인은 고개를 갸웃거리며 물었다. 무슨 소리냐고 물어봐도 하진은 비죽거리며 웃었다. 혜인은 뭔가 굉장히 기분 나쁜 소리를 들은 듯한 더러운 기분을 떨쳐내지 못했다. 꽃이라면 설마…….

"야! 너, 너 설마 나한테 광년이라고…… 너, 너!"

손으로 삿대질까지 해가며 거품을 무는 혜인을 보며 하진은 속으로 낄낄 웃었다. 멍청한 게 그 말뜻을 한참을 고민하다 30분 만에 저러는 꼴이라니……. 어디 가서 친구라고 하는 것조차 창피했다.

"멍청하면 약도 없다더니……."

혀를 쯧쯧 차는 하진을 보니 더 부아가 치밀어 올랐다. 뭐 저딴 게 다 있는지, 혜인은 속이 부글부글 끓어올랐다. 하진의 잘생긴 뒤통수를 내리치고 싶은 손을 꽉 잡았다.

"너, 내 몸에 손끝 하나 건드려 봐. 네 팔모가지부터 분질러줄 테니."

웃음 끝에서 싸늘함이 묻어나왔다. 혜인은 다시 입술을 꾹 다물었다. 어려서 하도 당한 덕인지 이상하게도 저놈이 말만 하면 반항 한번 제대로 못했다.

혜인의 나이 6살 때 일이었다. 둘은 유치원까지도 같은 곳이었고 애석하게도 반 또한 같은 반이었다. 혜인은 아직도 그 반 이름을 기억한다. 해바라기 반. 혜인이 싫다고 생떼를 써본들 하진이 싱긋 미소를 지으며 혜인의 엄마에게 말하면 무조건 함께였다. 어린나이에도 참으로 영악했는데, 그 나이에 어떻게 그런 발칙한 생각을 할 수 있는지 혜인은 아직도 생각하면 혀가 쯧쯧 차졌다. 엄마가 싸준 김밥을 가방에 쏙 넣고, 과자며 음료수를 한 아름 넣은 혜인은 그날 기분이 참으로 좋았다. 하진의 엄마가 바빠서 김밥을 못 쌌을 거라며 하진의 것까지 챙겨준 엄마 덕에 혜인의 가방은 빵빵해졌다. 혜인은 정원에 도착해 엄마가 싸준 김밥을 하진에게 내밀었다.

"엄마가 너 주래."

"필요 없어."

"엄마가 주랬어!"

"싫다니까!"

싫다는 하진과 실랑이를 벌이다 혜인의 손에 있던 김밥이 돌계단 아래로 나뒹굴기 시작했다. 혜인은 눈물을 찔끔찔끔 흘렸다. 소중한 김밥을 하진이 버렸다. 이내 혜인은 큰소리로 엉엉 울기 시작했다.

"흐어어엉. 엄마한테 다 이를 거야! 내 김밥! 흐어어엉."

나뒹구는 김밥들을 보며 하진은 입술을 질끈 깨물었다. 그러려던 것은 아니었다.

"무슨 일이니?"

혜인의 엄마가 혜인의 울음소리에 서둘러 정원으로 나왔다. 계단 아래 나뒹구는 김밥과 울고 있는 혜인을 번갈아 보다 자신의 편을 만난 것이 기뻤는지 엄마에게 달려가 매달려 울기 시작했다.

"쟤가 저랬어. 쟤가 저랬다고……. 흐어어엉."

"하진이가?"

울며 매달리는 혜인을 떼어내고 하진을 바라보자 꽤 곤란한 표정으로 나뒹구는 김밥을 바라보고 있었다.

"아줌마, 죄송해요……. 제 실수예요."

고개를 푹 숙이며 하진의 눈에 눈물이 그렁그렁 맺혀 있었다. 혜인은 엉엉 울던 울음을 멈추고 하진을 바라봤다. 혜인은 엄마가 분명 하진을 호되게 야단을 칠 것이라고 생각했지만 실상은 아니었다.

"아니야, 괜찮아. 실수로 그럴 수도 있지."

"전 정말 아줌마 김밥 먹고 싶었는데……. 혜인이가 화가 난다고 저에게 던지는 바람에……. 죄송해요……. 다 제 잘못이죠……."

혜인은 기가 막혔다. 불꽃이 서린 엄마의 눈동자를 보자 혜인의 목을 타고 딸꾹질이 슬금슬금 올라왔다. 딸꾹거리며 손을 저어보지만 혜인의 엄마에 눈은 이미 활활 타오르고 있었다.

"혜인아, 네가 던졌니?"

"아, 아니야! 쟤가 버렸다고!"

"아줌마, 죄송해요. 제가 그런 거예요. 혜인이 혼내지 마세요."

혜인은 저 가식적인 모습에 기가 막힐 지경이었다. 한순간에 덤터기를 쓴 어린 혜인은 눈물도 쏙 들어가 버렸다. 눈알을 굴리던 그녀에 눈에 빗자루가 보이자 심장이 덜덜 떨려왔다.

"엄마…… 진짜 아니라니까……."

"엄마가 음식 함부로 하는 거 아니라고 했지?"

"아니야…… 아니라고. 정말 아니야……. 으아아앙, 아니라고!"

혜인은 빗자루를 들고 쫓아오는 엄마를 요리조리 피해 다니며 하진의 뒤로 쏙 숨었다. 하진은 빙긋이 웃으며 혜인을 막아서고 혜인의 엄마를 바라봤다.

"아줌마, 혜인이 일부러 그런 건 정말 아닐 거예요. 너무 혼내지 마세요."

분명 숨었는데 하진의 몸이 슬금슬금 옆으로 비켜나고 있었다. 혜인은 그날 엄마에게 붙잡혀 호되게 야단을 맞은 후, 눈물로 얼룩진 얼굴로 소풍을 가야만 했다. 하진은 그런 놈이었다. 혜인이 야단을 맞고 유치원에 간 후에 저놈의 말이 더 가관이었다.

"앞으로 잘해라. 안 그러면 또 혼나게 해줄 테니."

씨익 웃으며 말하는 놈의 모습이 아직도 눈앞에 아른거렸다.

어려서도 저런 놈이었는데 커서는 오죽했겠는가. 하진의 잘못은 곧 혜인의 잘못이 되어 버렸고 저놈 때문에 혼난 것도 부지기수였다. 오죽하면 밤마다 기도했을까. 하진과 제발 떨어지게 해달라고. 혜인은 어렸을 적 생각을 하니 속이 다시 부글부글 끓었다.

익숙한 주차장에 차가 멈추자, 아직도 골이 난 혜인이 문을 부서져라 닫고 성큼성큼 걸어갔다. 그 뒷모습이 어찌나 웃기던지 하진이 슬며시 웃음을 터트렸다. 이럴 때 보면 아직도 애였다. 만날 삐치고, 화내고, 우는 어린애 같았다.

"혜인아, 이따 일찍 와. 오늘은 꼭 한우 먹자."

"안 먹어!"

혜인이 뒤를 돌아 소리를 고래고래 질렀다. 하진은 그 누구도 따라 할 수 없는 온화한 미소를 짓고 있었다. 혜인은 알고 있었다. 그 미소 뒤에 숨겨진 뜻을. 늦게 오면 죽는다는 말이 그의 얼굴에 궁서체로 척하니 쓰여 있는 것 같았다.

"혜인아, 그럼 이따 보자."

봄날의 햇살보다 따사로운 미소를 보는 여학생들의 얼굴엔 수줍은 복사꽃이 활짝 피었다. 혜인은 토악질이 순간 밀려올 뻔했다. 멍청한 계집애들이었다. 입술을 삐죽 내밀며 계단을 올라갔다. 이상스럽게도 분명 화가 나는데 그녀의 발걸음에 날개라도 달아놓은 듯 유난히도 가벼웠다. 이것이 바로 한우의 힘인가.

꽤 일찍 온 터라 강의실에 사람이 없을 줄 알았는데 솔지는 아침부터 나와 있었다. 그녀는 무언가 의도를 숨기고 있는 듯 호호 웃으며 혜인에게 다가왔다.

"어머, 하진인 성격도 좋아. 어제 그 난리를 쳤는데도 널 데리고 학교에 오네?"

"비켜."

"어이구, 무서워라. 눈물이 다 나겠네."

깔깔대며 큰소리로 웃는 솔지 패거리 때문에 혜인은 아침부터 머리에 열이 슬금슬금 올라갔다.

"어? 하진아!"

혜인이 창밖을 바라보며 손을 흔들려 하자 솔지가 발그레한 얼굴로 창밖으로 시선을 돌렸다. 혜인은 속으로 낄낄거리며 웃었다.

"거짓말인데? 솔지 너, 우리 하진이 좋아하니? 근데 우리 하진인 나밖에 모르는데……. 넌 그냥 오랑우탄이나 만나라."

씨익 미소를 지으며 솔지의 어깨를 퍽 밀치고 빈자리에 앉았다. 손으로 얼굴을 부채질하는 솔지를 보니 고거 참 고소했다. 혜인은 속으로 행복한 웃음을 터트리며 기분 좋은 마음으로 강의를 들을 수 있었다.

말로는 안 간다, 안 간다 했어도 혜인은 학생식당에서 점심을 대충대충 때우고 기쁜 마음으로 주차장까지 달려갔다. 그 앞에 다다라서는 뛰어오지 않은 척 도도한 눈으로 하진의 은색 스포츠카를 힐끔 바라봤다.

벅차오르는 숨을 애써 참는 혜인을 보고 하진은 고개를 절레절레 흔들었다. 송골송골 이마에 땀방울까지 맺힌 주제에 저러는 꼬락서니가 우스웠다. 삐빅 경쾌한 소리를 내며 차문이 열려도 혜인은 요지부동 그 앞에 서 있었다. 하진은 짜증이 나려는 것을 참고 애써 웃는 낯으로 창문을 내렸다.

"빨리 타, 혜인아."

"흥!"

혜인은 나 삐쳤소이다, 온몸으로 말하며 차에 올랐다. 차가 출발하는 내내 혜인은 입을 꾹 다물고 한마디도 내뱉지 않았다.

"너 삐쳐서 고기 안 먹겠다?"

"뭐, 뭐?"

"삐쳤으니 뭐가 먹고 싶겠어? 옷도 살 필요 없겠다. 그치?"

저 거지같은 게 사탕을 줬다 뺏는 것도 아니고 누구 때문에 점심도 제대로 안 먹었는데. 혜인은 입술을 질끈 깨물었다. 슬슬 고민이 되기 시작했다. 자존심을 택할 것이냐, 선홍빛의 예쁜 색을 띤 한우를 선택할 것이냐. 덧붙여 한우엔 그녀의 새 옷과 보기만 해도 군침이 넘어가는 초밥도 걸려 있었다.

"집으로 돌려야겠네."

"갈 거야! 누가 안 간댔어! 갈 거야!"

성질을 버럭버럭 내며 핸들을 돌리려는 하진의 손을 꽉 잡았다.

"왜? 삐쳤잖아."

"아니야. 누가 삐쳐. 안 삐쳤어!"

세상에서 먹을 걸로 유혹하는 놈이 제일 치사한 놈인데 저놈이 아무래도 그 치사한 놈인 듯싶었다.

"그래? 근데 부탁하는 태도가 영 아니네?"

"아씨! 어쩌라고!"

"아씨이?"

혜인은 열불이 나는 속을 애써 진정시키며 하진을 쏘아보았다. 그러면 뭐하나. 결국 지는 것은 자기 자신이었다. 혜인은 한숨을 푹 내쉬며 꼬리를 내렸다.

"부, 부탁해……."

"뭐 그렇게 부탁한다면 불쌍하니 들어주지."

혜인은 순간 입 밖으로 욕지거리를 내뱉을 뻔했다. 머릿속으로 참을 인을 새겨가며 억지로 웃음을 지었다. 그녀를 기다리고 있는 것이 앞으로 많지 않은가.

하진은 속으로 킥킥거리며 웃었다. 저 단순한 것을 누가 데려갈까. 쯧쯧, 그놈도 참 불쌍했다. 신나는 음악까지 틀어놓으며 신명나게 고깃집으로 향했다.

혜인은 뼈까지 씹어 먹을 듯이 고기를 씹어대며 입안으로 밀어 넣었다. 핏물이 빠진 꽃등심을 보자 그녀의 눈이 번뜩였다. 아마 고기 먹는 대회라도 나가면 그녀는 분명 일등 감이었다.

"야, 안 뺏어 먹거든?"

하진은 혜인에게 고기를 밀어주며 혀를 쯧쯧 찼다. 저러고도 살 안 찌는 것을 보면 참으로 용했다.

"너도 먹어."

상추쌈을 크게 싸서 한입 꿀떡 삼키고는 먹지 않는 하진이 보였나 보다.

"너나 먹어라."

이곳에 와서 하진은 고기 한 점 제대로 먹지 않았다. 하긴 굽는 족족 먹는 사람이 앞에 있는데 어찌 먹겠는가.

배가 불러가는 혜인은 이제는 조금은 미안해졌다. 상추에 제일 큰 고기를 넣고 갖은 야채를 넣어 한 쌈 크게 만들고 하진의 입 앞에 내밀었다.

"먹어."

하진은 그 쌈을 물끄러미 내려다봤다.

"너, 나 입 찢어지라고 고사 지내냐?"

"이 정도론 안 찢어지거든?"

혜인은 얄미운 말만 해대는 하진의 입 속으로 상추쌈을 쑤셔 넣기 시작했다. 솔직히 쌈이 좀 크긴 했다. 그래도 하진의 입으로 고기가 들어가자 내심 뿌듯해졌다. 혜인은 배슬배슬 웃음을 터트리며 큰 쌈을 오물거리는 하진을 바라봤다.

"맛있지?"

"어."

"히히. 또 싸줄게."

맛있다는 말에 기분이 좋았는지 혜인은 배시시 웃음을 터트렸다. 혜인과 하진은 그렇게 오순도순 쌈을 넣어주며 기분 좋은 저녁을 마쳤다.

혜인은 고기가 풍덩 들어간 볼록한 배를 손으로 두어 번 만졌다. 배가 부른 혜인은 잠이 솔솔 오기 시작했다. 하지만 나온 목적이 아직 남아 있었다. 두 눈을 부릅뜨고 겨우 백화점 옷매장안으로 들어섰다. 하진의 손을 꼭 잡고 여성복 매장으로 들어가자, 직원이 한가득 웃음을 띠며 그들에게 다가왔다.

"애 입을 만한 청바지랑 티셔츠 좀 보여주세요."

직원은 쏜살같이 마네킹이 입고 있던 것과 같은 티셔츠 하나를 가지고 그들에게 내밀었다. 코발트블루색의 티셔츠는 앞에 화려한 은박만 빼고는 예뻤다.

"입어보세요."

옷걸이를 빼고 그녀에게 건네자 하진의 눈썹이 꿈틀거리며 티셔츠를 빼앗아 직원에게 다시 내밀었다.

"다른 거 주세요."

"왜?"

마음에 든 티를 빼앗긴 혜인은 울상을 지었다.

"파였어. 안 돼."

"왜, 예쁜데!"

"맞아요, 고객님. 이 정도는 파인 것도⋯⋯."

직원과 혜인이 쿵짝이 맞아 하진을 설득하려 했지만 소용없었다.

"다른 거 주세요."

하진이 잘난 눈썹을 꿈틀거리며 한 마디 한 마디 경고조로 내뱉은 후에야 상황이 마무리 됐다. 혜인은 그것이 못마땅했지만 더 이상 우겨봤자 구경거리밖에 더되겠냐 싶어 입을 꾹 다물었다. 은근히 보수적인 놈은 자신의 아빠보다 더 보수적이었다.

결국 혜인은 펑퍼짐한 티와 청바지 하나를 들고서 매장을 나설 수밖에 없었다. 그나마 마음에 드는 것이 다행이었지 매장 안에서 까다롭게 굴던 하진을 생각하면 건네준 옷도 버리고 싶을 심정이었다. 어찌나 그 직원에게 민망하고 미안한지, 죄송하다는 말을 열 번이나 했던 것 같다. 매장에 나올 때 여직원이 하얀 소금을 솔솔 뿌리는 것 같던데, 그것이 기분이 나쁘기는커녕 오히려 측은해졌다.

"너 왜 오늘따라 까탈을 부리고 난리야."

혜인은 쇼핑백을 들고도 별로 기쁘지 않았다.

"뭐가?"

"이건 이래서 안 된다. 저건 저래서 안 된다. 나 거기 있는 옷들 다 입어 봤을 거야."

"너, 네가 파인 옷 입고 다니면 죄악이야. 남들 눈도 생각 좀 해줘야지."

　혜인은 순간 놀라서 입만 벙긋거릴 수밖에 없었다. 저게 지금 자신을 모욕한 것이다. 혜인이 뒤통수를 잡든 말든 하진은 자신을 앞질러 멀리 떠나가고 있었다. 혜인은 하진을 따라잡기 위해 종종걸음으로 사람들 사이를 헤치고 달려가다 발걸음을 멈췄다. 쇼윈도의 마네킹이 그녀의 눈을 사로잡았다. 청초하고 하늘하늘한 시폰 원피스였다. 혜인은 한숨을 내쉬었다. 솔직히 자신에게는 별로 어울리는 옷이 아니었다. 그녀는 그녀 자신을 너무 잘 알고 있는 것이 문제였다.

　"야, 뭐 해?"

　앞질러 갔던 하진은 어느새 혜인의 옆에 서 있었다.

　"예쁘지?"

　"그러네."

　"나하곤 안 어울리겠지?"

　"잘 아네."

　혜인의 이마에 굵은 힘줄이 툭하고 불거져 나왔다. 주먹을 쥐고 바들바들 떨며 입술을 꽉 깨물었다.

　"왜? 내가 틀린 말 했어?"

　그의 목소리는 평소처럼 무미건조했다. 혜인은 눈을 질끈 감았다. 자신의 화를 가라앉히기 위해서였다. 자신은 지성인이었다. 이렇게 사람 많은 공간에서 예의도 없이 몰상식하게 소리를 버럭 질러 댈 수는 없었다. 그럼에도 혜인의 이마에선 하얀 김이 모락모락 올라오고, 참을 수 없는 분노가 온몸을 휘감았다.

　"가자."

하진이 온몸을 바들바들 떨고 있는 그녀의 손을 잡고 끌었다.

백화점을 돌아다니는 혜인의 손에는 두 개의 쇼핑백이 들려 있었다. 하나는 청바지와 티셔츠, 그리고 또 하나는 아까의 시폰 원피스였다. 원피스를 사주며 하는 하진의 말이 참 가관이었다. 절대 밖에는 입고 가지 말고 집에서만 입으라는 것. 저놈은 확실히 또라이였다. 왜 이 비싼 걸 집에서만 입는 말이냐. 어찌됐건 사준 놈의 말이기에 얼떨결에 고개는 끄덕였는데 그것이 잘 지켜질지 혜인은 장담할수 없었다.

"나 저거 먹고 싶어."

혜인이 소프트아이스크림을 가리켰다. 하진은 혜인을 몇 번 쏘아보다 아이스크림 가게로 성큼성큼 걸어갔다.

"야, 초코 맛으로 사와!"

혜인의 목소리가 들려도 그는 앞만 보고 걸어갔다. 잠시 의자에 앉을까 하다 그녀의 눈을 화장품 매장이 사로잡았다. 파란 병에 든 향수가 하진이 쓰는 것인 것 같던데…… 얼마 후면 하진의 생일이었다. 오늘 하루 그녀를 위해 거금을 투자한 얄미운 그에게 겸사겸사 선물을 하기로 결정했다. 화장품 매장으로 들어가자 여직원이 싱긋 웃으며 그녀에게 다가왔다.

"찾으시는 거 있으세요?"

"저기 저 파란 병이요. 저거 좀 보여주세요."

"잠시만 기다리세요."

여직원이 사라진 사이 혜인은 유리 진열대를 손가락으로 톡톡 치며 무료한 기다림을 하고 있었다. 그때 누군가 혜인의 어깨를 톡톡 쳤다.

"맞네요?"

67번 남자가 자신을 보고 빙긋이 미소 짓고 있었다. 혜인은 헉 하고 숨을 깊게 들이마셨다.

"여긴……?"

"살 게 있어서요. 그쪽은요?"

"저도 살 게 있어요……."

이상하게 이 남자 앞에만 서면 얼굴이 잘 익은 딸기처럼 붉어졌다.

"고객님, 찾으시던 거 이거 맞으시죠?"

여직원이 싱긋 웃으며 그녀에게 다가왔다.

"아, 네, 네."

하필 이 남자를 만날 때 남자 향수를 들고 나타날게 뭐란 말인가. 혜인은 남자의 눈치를 살짝 살폈다. 남자는 그저 싱글싱글 미소만 짓고 있었다.

"포장해 드릴까요?"

"네. 치, 친구 생일선물이라서요."

"아, 친구 분이 남잔가 봐요."

혜인은 순간 가슴이 철렁했다.

"아…… 뭐 그렇죠."

67번 남자와 그녀 사이에 어색한 정적이 흘렀다. 왜 하필 그 얄미운 놈 선물을 사러 이곳까지 왔을까. 혜인은 백 번 천 번 자신의 결정을 후회했다. 한편으로는 남자를 만나서 기쁘긴 했지만 설마 오해는 하지 않을까, 심장이 콩닥콩닥 불안정한 움직임을 보였다.

"서혜인, 거기서 뭐 하나?"

낯익은 목소리가 귓가 깊숙이 박혀왔다. 혜인이 두려운 몸짓으로 뒤를 살포시 돌아보자 소프트 아이스크림을 두 개를 양손에 쥔 하진이 그녀를 가만히 바라보고 있었다. 이것이 행운의 날인가, 아니면 불운의 날인가, 혜인은 알 수가 없었다.

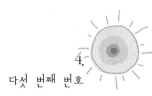

다 섯 번 째 번 호

혜인은 마른침을 꿀꺽 삼켰다. 백화점 안 에어컨이 빵빵한 것인지 아니면 하진의 눈초리가 서늘하게 내려앉은 것인지 혜인의 살갗에 찬 기운이 감돌았다. 가만히 남자와 혜인을 바라보던 하진이 성큼성큼 걸어왔다. 하진의 눈썹이 꿈틀거리며 남자의 똑바로 바라봤다. 가뜩 이나 주목받는 외모의 남자들이 둘이나 서 있으니 자연스레 쇼핑하던 사람들의 시선이 이곳에 닿았다. 67번의 남자는 빙긋이 웃으며 하진 을 바라봤다. 동그랗게 말려 있던 소프트아이스크림이 살며시 녹아내 리고 있었다. 달콤한 초콜릿향이 코끝까지 진하게 감돌았다.

"혹시…… 남자 친구예요?"

남자는 혜인을 바라보며 말했다. 그의 입가엔 여전히 미소가 지어 져 있었다. 혜인은 남자의 미소가 참 환하다는 생각을 했다. 이기적 이고, 가식적인 누구의 웃음과 달라 천진난만한 웃음이었다. 그 웃음이 모래 위에 손으로 글자를 새겨 넣듯이 가슴 안으로 깊게 스며들었다.

"아, 아니요. 그, 그냥 친구예요."

혜인은 순간적으로 손사래까지 치며 강하게 고개를 가로저었다. 그 모습에 남자가 웃음을 터트렸다. 남자의 웃음에 혜인의 입가에도 수줍은 미소가 떠올랐다. 틀린 말이 아니었다. 누군가 자신을 쏘아보는 느낌이 강하게 들었지만 그녀의 눈엔 이미 67번 남자밖에 보이지 않았다.

"벌써 우연히 만난 게 2번이네요. 3번의 우연이 겹치면 운명이라던데……. 나랑 내기할래요?"

"내, 내기요?"

"'일주일 안에 우리 다시 만난다'에 저녁식사 내기. 어때요?"

혜인의 얼굴이 발그레해졌다. 남자의 의미심장한 말에 혜인의 가슴이 봄바람이 불어오며 불규칙한 움직임을 보였다.

"네……?"

"우리 내기하는 거예요."

혜인이 고개를 살짝 끄덕였다. 수줍음 복사꽃처럼 붉게 물든 혜인을 보자 하진은 기가 찼다. 그녀는 남자의 얼굴을 힐끔 보고 서둘러 눈을 내리깔며 온몸을 배배 꼬았다. 하진의 이마에 하얀 김이 스멀스멀 올라왔다.

"다음에 만나면 확 작업 들어가야지."

고개를 숙이고 그의 가슴만 쳐다보던 혜인이 고개를 번쩍 들었다. 웃고 있는 남자와 눈이 마주치자 황급히 고개를 숙였다. 오랜 달리기를 한 것처럼 심장이 빠르게 뛰었다. 숨이 턱턱 막히고, 그 요동이 목까지 느껴졌다. 얼굴은 이미 탐스럽게 익은 딸기처럼 빨개져 있었다.

"승현아, 빨리 안 오고 여기서 뭐 하냐?"

그의 일행으로 보이는 무리가 남자를 재촉했다. 남자는 머리를 긁적이며 알았다는 듯 손을 흔들었다.

"그럼 다음에 꼭 다시 만나요."

남자의 벨벳같이 부드러운 음성에 혜인이 수줍게 고개를 끄덕였다. 하진은 어이없다는 듯 그 둘을 쏘아보고 있었다. 일이 어째 이상하게 돌아갔다. 확 잡아 빼서 데리고 올까, 하다 잠시 지켜보고 있었다. 하는 말은 가관이요, 느끼하기 짝이 없었다. 어이가 없다. 하진의 눈썹이 까딱 올라갔지만 남자는 미소로 일관했다. 영락없이 재수 없는 인간이었다.

"서혜인, 빨리 안 와?"

하진의 날카롭게 말했지만, 혜인의 귀엔 아무 소리도 들리지 않았다. 뒤돌아가는 남자의 뒷모습을 보며 혜인이 헤벌쭉한 웃음을 지었다.

작업이랬다. 작업. 귓가에서 팡파르가 울려대고 눈앞에는 하트가 두둥실 떠다녔다. 온 세상은 핑크빛이었다. 가슴에서 뜨겁고 뭉글뭉글한 무언가가 솟아올랐다.

차 안에서 돌아오는 내내 하진의 날카로운 눈초리로 그녀를 쏘아봤지만, 혜인의 상태는 점점 심각해져갔다. 낮에 꽃 달고 온 동네방네 뛰어다닐 그 기세와는 비교도 되지 않는 강한 아우라가 뿜어져 나왔다.

집에 돌아온 후에도 저 상태였다. 혜인의 엄마는 혜인의 모습을 보고 고개를 갸웃거렸다. 반쯤 멍한 상태······. 자칫 잘못 보면 정신이 나간 사람처럼도 보였다. 선생님을 짝사랑하는 수줍은 소녀처럼 혜인의 얼굴에 발그레한 미소만 고여 있었다.

샤워를 대충하고 혜인은 침대에 다이어리를 들고 털썩 엎드려 누웠다. 남자의 이름은 승현이었다. 목소리가 달콤한 초콜릿처럼 귓가에 녹아드는 게 듣기가 좋았다. 남자의 해맑은 미소를 생각하면 심장이 쿵쾅거리며 튀어나올 듯이 뛰어댔다. 혜인은 다이어리를 꼭 껴안고, 침대 위를 까르르거리며, 요리조리 굴러다녔다.

"쇼를 해라."

어디선가 익숙하고 기분 나쁜 소리가 들리자, 혜인이 벌떡 자리에서 일어났다. 하진은 문에 몸을 기댄 채 팔짱을 끼고 그녀를 바라보고 있었다. 혜인의 반쯤 미친 상태를 보고 혀를 쯧쯧 차댔다.

"너 여기 또 왜 왔어? 남의 방에 왜 함부로 들어오고 난리야!"

저 머저리 같은 놈 때문에 좋았던 기분이 유리처럼 와장창 깨졌다.

"그 놈이 연락처라도 주디?"

"여, 연락처?"

혼자 기쁨에 빠져 있다 보니 그제야 기억이 났다. 남자와 혜인은 연결된 끈이 아무것도 없었다. 침울해지려는 기분을 애써 다잡으며 하진을 쏘아봤다. 두 번이나 우연으로 만났는데 세 번이 되지 말란 법이 있는가. 분명 그는 자신의 운명의 남자였다.

"그, 그런 거 없어도 괜찮아!"

"아무튼 조금만 친절을 보여주면 저렇게 팔랑거리지. 너도 참 걱정이다."

자신의 가슴을 찔러대는 하진의 얄미운 말에 혜인의 얼굴이 열이 슬금슬금 올라왔다. 저놈은 확실히 재수가 없었다.

"네가 무슨 상관이야! 나가! 다신 오지 마!"

기댄 하진의 등을 방밖으로 밀어내고, 방문을 쾅 닫았다. 문을 잠그는 것까지 잊지 않은 혜인은 다시 침대에 털썩 누웠다. 하진이 아직 안 갔는지 문을 열기 위해 딸각거리는 소리가 들리지만 혜인은 다시 다이어리를 펼쳐들었다. 볼펜 꼭지를 물고 있는 그녀의 얼굴엔 행복한 미소가 살며시 떠올랐다. 일주일……. 왠지 그의 말대로 꼭 그렇게 될 거 같았다.

쫓겨난 하진은 화가 확 솟구쳤다. 문을 다시 열기 위해 문고리를 잡았지만, 안에서 걸어 잠근 문은 열리지 않았다. 혜인의 방문을 발로 찰까 생각했지만 거실에서 텔레비전을 보고 있는 혜인의 엄마 때문에 꾹 참았다.

"서혜인, 너 그 자식 만나면 죽는다?"

—안 들린다, 안 들린다.

닫힌 문사이로 들려오는 혜인의 목소리는 그를 약 올리는 듯한 장난기가 가득 묻어났다.

"내 말 명심해라?"

이를 악물고 낮게 으르렁거렸지만 혜인의 대답 대신 시끄러운 음악소리가 들려왔다. 하진은 머리를 거칠게 헝클어 내렸다. 기분이 좋지 않았다.

하루, 이틀, 삼일……. 혜인은 점점 실망으로 물들어갔다. 그와 내기한 일주일이 지나가지만, 남자의 머리카락 하나 보지 못했다. 남자와 만났던 카페를 가볼까 했지만 찰거머리 한 마리 때문에 어디 움직이는 것도 쉽지 않았다.

오후에만 강의가 있는 혜인은 하진 때문에 아침 일찍부터 학교로 향했다. 군이 버스를 타고 가겠다고, 일찍 일어나지 않겠다고, 몇 번을 빠득빠득 우겨댔지만 역시나 소용이 없었다. 저 악마 같은 놈 때문에 일찍 일어나긴 했지만 가만 생각하니 밀린 과제들이 꽤 많았다. 도서관에 앉아 책을 한 무더기 찾아 빈자리에 앉았다.

시험기간이 아니라 그런지 도서관은 한적했다. 에어컨 바람이 시원하게 불어오고, 창밖으로 강한 햇살이 머리 위로 부서지듯 내리쬤다. 여름 끝물이지만 아직 날씨가 더웠다. 이런 날 비라도 오면 이 열기를 식혀 줄 텐데……. 혜인은 창밖을 멍하니 바라보다 한숨을 내쉬며 다시 시선을 책으로 돌렸다. 과제에 필요한 자료들을 하나둘씩 정리하고 자꾸만 내려가는 안경을 추켜올렸다.

얼마나 시간이 흘렀는지는 모르지만 어깨가 뻐근하고 눈이 따가웠다. 메마른 눈을 몇 번을 깜빡거렸다. 혜인은 길게 기지개를 켜며 휴대폰으로 시간을 확인했다. 벌써 점심시간이었다.

하진과의 약속이 떠올라 책들을 제자리에 꽂아놓기 위해 자리에서 일어났다. 일어서는 혜인의 코끝으로 익숙한 향이 스며들었다. 고개를 서서히 들자, 천진난만한 웃음을 지닌 그가 서 있었다. 혜인은 멍하니 눈만 깜빡깜빡 감았다 떴다. 미소를 지닌 그의 입술이 혜인의 귓가에 살포시 내려앉았다.

"내가 이겼죠?"

혜인의 입가엔 발그레한 미소가 떠올랐다.

혜인은 하진과의 약속은 이미 잊어버린 채, 남자와 휴게실에서 마주보고 앉아 있었다. 남자는 오렌지 주스를 두 개 뽑아 하나를 혜인에게 내밀었다.

"그쪽, 우리 학교였어요?"

혜인이 음료수를 받으며 물었다. 뚜껑을 빙그르르 돌리자, 펑 소리와 함께 달콤한 향이 코 안으로 스멀스멀 올라왔다. 남자가 빙긋이 웃었다.

"내 이름 알아요?"

"승현…… 아니에요? 그때 친구 분이 말하는 거 들었어요."

"그 친구 상 줘야겠네요."

빨개진 얼굴을 들키고 싶지 않아 혜인은 얼굴을 들 수가 없었다. 하진과 같이 있을 때도 빨개지지 않던 얼굴이 유독 그와만 같이 있으면 이렇게 변했다. 눈도 못 마주치는 혜인이 귀엽게 느껴졌는지 승현이 풋 웃음을 터트렸다.

"정식으로 인사할게요. 민승현. 이게 내 이름이에요, 혜인 씨."

"어?"

혜인은 귓가 깊숙이 들어오는 자신의 이름에 귀를 의심하며 고개를 들었다. 승현의 짙은 갈색 눈동자를 마주보자 얼굴이 파르르 달아올랐다. 승현은 멋쩍은 듯 뒷머리를 긁적거렸다.

"서혜인 맞죠? 나 혜인 씨 알아요. 백화점에서 그 친구 놈이 말해 주더라고요."

"아…… 그랬구나……."

어쩐지 그가 자신의 이름을 미리 알았다는 것이 더 설렘을 복받치게 만들었다.

"미안해요. 내가 꼭 속인 거 같네요."

"아, 아니에요. 미안하기는요. 그럼 내기는……"

승현은 빙긋이 웃었다.

"당연히 내가 이긴 거죠. 사실 오늘은…… 우연을 가장한 만남이에요. 혜인 씨, 여기 있다는 거 친구 놈한테 듣고 달려온 거거든요. 혹시…… 나 미워할 거예요?"

남자의 웃음기 섞인 목소리에 혜인이 고개를 가로저었다. 입안이 바짝 마르고 갈증이 느껴졌다. 남자가 건넨 오렌지 주스를 입술을 갖다 대고 한 모금 삼켰다.

"근데 그것도 기억해요? 내가 혜인 씨한테 작업걸겠다고 했던 말?"

목안으로 흘러내리던 오렌지 주스가 옷으로 한 방울씩 떨어져 내렸다. 심장이 쿵하고 떨어졌다. 오렌지 주스 병을 들고 있던 손에 힘이 들어가고 끈적끈적한 땀이 고였다. 혜인의 당황한 표정의 남자가 목젖이 드러나는 시원한 웃음을 터트리며 손수건을 내밀었다. 남자의 시원한 향기가 가득 묻어 있는 검은색 손수건을 받아든 혜인은 민망함에 그것을 꽉 쥐었다. 혜인의 가방에선 붉은 불빛을 내며 휴대폰의 진동음이 드르륵 울렸다. 깜빡거리던 불빛은 몇 번이고 계속 이어졌다.

승현과 헤어지고 혜인은 학생식당으로 달려 내려갔다. 몇 번이고 울리던 전화를 받지 못했다. 진동소리는 그녀의 귓가를 자극하지 못했다. 승현을 만난 순간 그녀의 머릿속은 하얗게 변해버렸다. 승현의 시원한 웃음과 매끄러운 말소리에 모든 것이 집중해 어느 것 하나 신경 쓸 수 없었다. 승현의 선한 남자의 웃음에 자신의 마음속까지 깨끗해지는 기분이었다.

하진은 전화를 받지 않는 혜인 때문에 화가 슬금슬금 나기 시작했다. 약속시간이 30분이나 지난 상태였다. 분명 도서관에서 과제를 하겠다고 했었는데, 혹시 엎드려 잠이라도 자는 것은 아닌지 하진은 몇 번이고 전화를 걸었다. 가뜩이나 그놈과 아침에 마주쳐서 기분이 더러운데 혹시라도 혜인과 마주칠까 약간 걱정이 됐기 때문이다.

승현은 같은 학교였다. 참으로 빌어먹게도 말이다. 하진은 승현이 마음에 들지 않았다. 몇 번의 전화를 더 해보던 하진은 결국 도서관으로 발걸음을 옮기려 발을 뗐다. 그때, 저 멀리서 헐레벌떡 뛰어오는 혜인의 모습이 보였다. 그의 한쪽 눈썹이 꿈틀거렸다. 혜인의 모습이 보이자, 하마터면 더러운 성질머리를 만천하에 알릴 뻔했다. 입술이 가늘게 떨리지만 억지로 입꼬리를 올렸다.

"혜인아, 그렇게 뛰어오다가 넘어지기라도 하면 어쩌려고."

혜인은 흠칫 놀랐다. 가까이서 본 하진의 입술이 파르르 경련이 일어나고 있기 때문이었다.

"어? 아, 미안."

"응? 뭐가?"

하진이 방긋 웃음을 지으며 혜인을 바라봤다. 하도 급하게 달려오는 바람에 숨이 턱까지 차올라 서늘하게 내려앉은 하진의 눈도 알아채지 못했다. 식당의 쿠폰 자판기에서 쿠폰을 끊고, 사이좋게 라면과 제육볶음밥을 받아든 혜인과 하진이 마주보고 앉았다. 미소를 지으며 하진이 입을 앙다물었다.

"왜 이제 와."

입술도 달싹거리지 않고 말하는 하진의 재주는 참으로 용했다.

"어? 아, 과제하다가……."

혜인은 앞에 놓인 물 컵을 들어 얼른 물을 마셨다. 조금이라도 추궁할 시간을 주면 안 된다.

"그놈 우리 학교더라?"

옆에 앉아 있던 학생들이 하나둘씩 떠나자 하진이 입을 슬금슬금 열었다. 무미건조한 말 속엔 가시가 숨겨져 있었다.

"어? 그래? 아, 그랬나 보네. 하하, 여기 덥다."

"덥긴, 에어컨 빵빵하거든?"

"아, 난 라면을 먹어서 그런가? 덥네."

어색한 웃음을 지어가며 손으로 얼굴에 부채질을 했다. 등에서 식은땀 한줄기가 척추를 따라 또르르 흘러내려갔다.

"혹시라도 그놈 만나다 걸리면 죽는다."

하진이 빙긋 웃었다. 그 웃음에 온몸에 오소소 소름이 돋아 올랐다. 저놈의 촉은 무시할 수 있는 것이 아니었다. 혜인은 그저 어색한 미소만 지어보였다.

집으로 돌아가는 차안, 하진은 혜인에 대한 의심을 거두지 않았다. 혜인이 휴대폰을 꽉 쥐고 있었다. 평소 그녀는 휴대폰을 굉장히 귀찮아했다. 하진이 으름장을 놓지 않았다면 벌써 없애버렸을 물건이었다. 휴대폰은 가방 가장 안쪽에 자리 잡고 있었고, 이렇게 나와 있는 것은 드문 일이었다.

"어디 연락 올 데 있나 보지?"

"어, 없어. 연락은 무슨……."

심장이 덜컹거렸다. 거짓말도 참으로 못할 짓이었다. 하진은 더 이상 별다른 말을 하지 않았다. 혜인은 하진의 눈치를 살살 보며 휴대폰을 몇 번이고 살폈다. 승현과 휴대폰 번호를 교환한 지 몇 시간이 지났지만 문자는커녕 전화도 오지 않았다. 그저 장난이었나, 혜인의 가슴속으로 실망감이 물밀 듯이 몰려왔다.

"밥 먹고 갈까?"

"아니, 아니 괜찮아."

하진은 매끈한 턱 선을 쓸어내렸다. 천하의 서혜인이 밥을 다 마다 했다. 이것은 마른하늘에 날벼락이 떨어지는 일보다 드문 일이었다. 둘 사이에 어색한 침묵이 흘렀다. 하진이 주차하는 사이 혜인은 튕겨 져 나가듯이 집으로 들어갔다. 혹시라도 하진과 있을 때 전화라도 온 다면 큰 낭패였다.

"야!"

차 창문을 내리고 하진이 혜인을 불렀다. 하필 이럴 때 손에 꼭 쥔 휴대폰의 진동이 울리기 시작했다. 하늘은 참으로 무심하셨다. 혜인 은 휴대폰 진동을 느끼며 어색한 웃음을 보였다.

"왜, 왜?"

"가방 놓고 갔다고."

"아⋯⋯."

혜인은 서둘러 주머니에 휴대폰을 쑤셔 박은 뒤 하진의 손에서 가 방을 낚아챘다. 손을 흔들고 서둘러 방 안으로 뛰어 들어갔다. 휴대 폰 진동음이 끊겼다. 덜덜 떨리는 손으로 휴대폰을 열었다. 역시나 승현이었다. 기분 좋은 마음으로 통화키를 다시 누르려는데 진동음이 드르륵 소리를 내며 울렸다. 혜인은 갑자기 난 진동에 화들짝 놀라 휴대폰을 바닥으로 떨어트렸다. 휴대폰이 부르르 떨며 꾸물꾸물 방바 닥을 기어 다녔다. 혜인은 놀란 가슴을 쓸어내리며 휴대폰을 집어 들 었다.

"여보세요?"

[혜인 씨, 바빠요?]

달콤한 초콜릿처럼 녹아드는 목소리, 그 목소리에 혜인의 입가에 미소가 살며시 지어졌다. 하진이 뭐라 하던 상관 안 하겠다는 마음이 확고해지고 있었다. 아마, 첫눈에 반했다면 이런 느낌일 것이다. 하진과는 다른 편안한 말투, 봄날의 햇살 같은 화사한 미소, 그녀의 가슴을 설레게 만들었다. 혜인의 휴대폰에 5번째로 등록된 사람은 바로 민승현이었다.

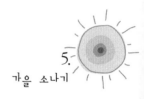

　　승현과 요 며칠 통화를 하면서 알게 된 것은 꽤 많았다. 달콤한 감언이설보다 승현은 무덤덤한 웃음으로 일관했는데, 그 미소가 자꾸만 가슴속으로 물밀 듯이 들어왔다. 가슴 깊이 남겨진 자국은 쉬이 지워지지 않을 것 같았다.

　　그는 외모에 비해 소탈했고, 클럽같이 유흥문화보다는 농구 같은 스포츠를 더 좋아했다. 실제로도 친구들과 농구하는 모습을 종종 볼 수 있었다. 가끔 고속도로 드라이브도 즐긴다고 했는데 나중에 꼭 태워주겠다는 말까지 했다.

　　승현은 혜인보다 2살이 많았고, 이번 학기에 복학하는 파릇파릇한 복학생이었다. 아무것도 담지 않던 휴대폰에 승현이 다섯 번째 친구로 저장이 된 날 이후 혜인은 휴대폰을 애지중지 따랐다. 혹시라도 전화나 문자를 놓칠세라 샤워를 할 때도 휴대폰은 꼭 가지고 들어갔다. 하진의 으름장이 있었지만 별로 신경 쓰지 않았다.

시계 바늘이 빙그르르 돌며 8자로 움직이고 있었다. 샤워를 말끔하게 마친 혜인은 화장대 앞에서 스킨을 발랐다. 대충 로션까지 펴바르고 심호흡을 몇 번을 했다. 이제 기다리던 연락이 올 시간이었다. 8시 정도 되면 항상 승현의 전화가 울리기 때문이다. 혜인은 문을 꼭꼭 걸어 잠그는 것까지 잊지 않았다. 혹시라도 엄마가 아는 날엔 꼬치꼬치 캐물을 것이 뻔했으며, 그로 인해 하진의 눈초리를 받기도 싫었다. 자신은 죄를 지은 것이 아니었다.

옷을 아무렇게나 집어 던지고 편한 트레이닝복으로 갈아입었다. 벗어놓은 옷을 걸어놓으려는데 띠링, 문자소리가 귓가에 들렸다. 혜인은 튕기듯이 침대에 달려가 휴대폰을 얼른 열었다.

[오빠, 나 오늘 한가해.]

음란문자였다. 오빠는 개뿔, 분노의 삭제질을 해대며 혜인이 침대에 돌아누웠다. 어젯밤에 통화한 통화내용을 떠올리자 얼굴이 발그레해 졌다. 호칭에 대해 고민하던 혜인이 선배라고 부르자 승현은 선배 말고 오빠라고 부르라며 시원스런 웃음을 보였다. 혜인은 그 웃음에 얼굴이 활활 타올라 전화에 대고 오빠라고 속삭이고 끊어버렸다. 이 간질간질한 감정은 무엇일까? 이런 경험이 처음인 혜인은 아무것도 알 수가 없었다. 휴대폰을 가지고 침대 위를 데구르르 굴러다녔다. 그때, 경쾌한 소리를 울리며 휴대폰이 울렸다. 혜인은 익숙하게 받아 들었다. 오늘은 그가 원하던 오빠라는 소리를 먼저 해주기로 마음먹었다.

"오, 오빠."

[뭐?]

날카로운 목소리에 심장이 덜컥 내려앉았다. 익숙하고 이 싸가지 없는 전화 매너, 유하진이었다.

[여보세요. 서혜인, 셋 셀 동안 대답 안 하면 집으로 쫓아간다.]

입술을 잘근잘근 깨물었다. 한동안 하진을 잘 피해 다녔는데 딱 걸렸다. 귓가에 울려대는 무시무시한 숫자소리에 심장이 불안한 움직임을 보였다.

[둘.]

"아, 왜!"

[아, 왜에? 너 내가 그놈 만나지 말랬지?]

"네가 무슨 상관이야!"

[좋은 말로 할 때 만나지 마라, 서혜인.]

비틀리며 파르르 떨리는 목소리, 혜인이라 부르는 다정한 말투, 유하진은 지금 미친놈이었다. 하진은 화가 날 때면 더 빙긋이 웃는 버릇이 있는데 그 모습이 보는 사람을 더 주눅 들게 만들었다.

"그니까 왜!"

[그놈 인상이 더러워.]

혜인은 순간 망치로 머리를 얻어맞은 것 같은 기분이었다. 이게 무슨 말도 안 되는 소리란 말인가. 이런 머저리 같은 놈을 여태껏 친구라고 알아온 것이 창피했다.

"쓸데없는 소리 한 번만 더 하면 죽는다, 유하진."

이를 악물었다. 이제 될 대로 되라, 였다. 이놈하고 붙어 있다간 혜인은 아마 처녀귀신으로 평생 늙어죽을 것이다. 또 다시 휴대폰이 요란스런 움직임을 보였다. 혜인의 이마에 퍼런 힘줄이 툭 불거졌다. 유하진 이놈은 전생에 무슨 원수를 졌기에 자신을 이렇게 방해하냐 말이다.

혜인은 통화키를 누르며 심호흡을 크게 했다. 은쟁반에 옥구슬 굴러가듯 목소리를 가다듬고 하나, 둘, 셋.

"왜!"

스피커가 터져라 소리를 빽 질렀다. 가슴속에 응어리가 눈처럼 사르르 녹아내리는 듯 소리 한 번에 혜인의 기분이 좀 좋아졌다. 헤실헤실 웃음을 띠우며 휴대폰을 귀에 대자마자 휴대폰은 바닥으로 처참하게 추락했다. 아뿔싸……. 승현이었다.

[혜, 혜인아.]

나뒹굴어 떨어진 휴대폰 사이로 당황한 승현의 음성이 들려왔다. 혜인은 입술을 잘근 잘근 깨물었다. 이게 무슨 개망신이란 말인가.

"오, 오빠?"

허허, 어색한 웃음을 터트렸다. 이마에 반짝이는 물방울이 송골송골 맺혀 있었다. 손이 끈적거리고 심장이 불규칙한 움직임을 보였다. 창피했다.

[다른 사람 통화하고 있었나 보구나.]

"아, 아니에요. 친구 때문에요……."

[그 하진이라는 친구?]

"네…… 뭐……."

둘 사이에 어색한 침묵이 흘렀다. 그 일초가 마치 한 시간인 양 길게만 느껴지고 혜인의 손안에서 땀이 가득 고였다.

[아, 맞다. 혜인아, 주말에 뭐 해?]

"주말이요?"

주말은 그녀에게 잠자는 날이었다. 아무것도 안하고 실컷 자고, 심심하면 하진의 집에서 게임을 하거나 외식을 하러 나갔다. 가만히 생각하면 자신이 참 무료한 인생을 살았다는 생각이 들었다.

[우리 그날 소풍갈까? 이렇게 날씨 좋을 땐 소풍을 가야지.]

소풍이란 단어에 입을 쩍 벌렸다. 이것이 말로만 듣던 데이트 신청이란 말인가. 혜인의 벌어진 입을 다무는 데까지 몇 분이 흘렀다. 승현이 혜인을 몇 번이나 불렀지만 벌어진 입을 다물기란 여간 쉽지 않았다.

[혜인아?]

"네, 네?"

[갈 거지?]

웃음기 묻은 목소리로 승현이 말했다.

"네……."

[그럼 1시까지 준비하고 있어.]

전화를 끊고도 혜인은 눈만 껌뻑거리고 있었다. 방금 자신이 받은 데이트 신청을 떠올리면서……. 믿겨지지 않아, 자신의 손등을 세게 꼬집어봤다. 역시나 아팠다. 하진 외에 남자와 외출하는 것은 처음이었다.

"까아아악!"

난생 처음 받는 데이트 신청이었다. 이 기쁨을 이루 말할 수가 없었다. 방안엔 몇 번이고 혜인의 요란한 고함소리가 울렸다. 밖에서 엄마의 시끄럽다는 소리가 들렸지만 혜인의 입가엔 미소가 떠나지 않았다. 침대 위를 풍당풍당 뛰어올랐다, 다시 털썩 누웠다. 아무래도 오늘 밤은 잠을 못잘 것만 같았다. 짜르르 울리는 풀벌레 소리와 함께 그렇게 혜인의 밤은 깊어져만 갔다.

다음날, 혜인은 하진의 눈을 억지로 피해 다녔다. 더 추궁을 하지 않았지만 왠지 찝찝한 기분을 떨쳐버리기가 힘들었다.

승현과는 도서관이나 학교 캠퍼스 안에서 스치듯 자주 만났다. 물론 그때마다 하진이 있었기에 말을 하기는커녕 그냥 입모양으로 인사 정도만 하고 지나갔다. 그럴 때마다 하진이 도끼눈을 뜨고 어찌나 자신을 주시하는지 사실 인사조차도 쉽지 않았다. 약속 전날까지도 하진의 의심의 눈초리에서 벗어나기 위해 정말 수도 없는 노력을 했다. 평소보다 더 고분하게 굴었으며, 의심 한 점 없게 하기 위해 전화도 하진의 앞에선 받지도 않았다. 왜 그녀가 그런 고생을 해야 하는지 이유를 알 수는 없지만 똥은 무서워서 피하는 것이 아니었다.

그동안 고생했던 자신에게 박수를 쳐주며 혜인은 침대에서 몸을 일으켰다. 드디어 오늘이 된 것이다. 승현과의 달콤한 데이트 약속이. 옷을 뭐 입을까 고민을 하던 그녀의 눈에 옷장 안에 고이고이 걸어뒀던 원피스가 생각났다. 옷걸이를 잡아들었다 다시 내려놓길 몇 차례, 결국 잡아들고 그것을 거울에 대보았다. 마네킹처럼 예쁘거나 하진 않았지만, 나름 괜찮았다.

그때 드르륵거리며 진동이 울리기 시작했다. 가뜩이나 마음도 찝찝한데 하진이었다. 받을까 말까 하다 통화버튼을 길게 눌렀다.

"왜."

[안 오냐? 나가서 저녁 먹자.]

당연하다는 듯 말하는 하진의 목소리에 혜인이 혀를 날름 내밀었다.

"아…… 나 오늘 몸이 안 좋아서…… 집에서 좀 쉬어야겠어."

콜록콜록 억지로 기침까지 해대며 목을 쥐어짜냈다. 엄마는 이미 외출중이시고, 아빠 역시 하진의 아버지와 낚시를 가셨다. 집에는 자신밖에 없었으니 유하진이 와도 끄떡없었다. 승현을 만난다 하면 지랄 발광할 놈 때문에 이런 거짓말까지 해야 한다니, 혜인은 아프지도 않던 머리가 지끈지끈 아파왔다.

[어디 가? 많이 아파?]

"아, 아니야……. 그냥 자면 나을 거 같아……. 몸이 안 좋아서, 콜록콜록! 이만 끊을게……."

혜인은 서둘러 전화를 뚝 끊어버렸다. 휴대폰을 대충 침대 위로 던져놓고 하늘하늘 거리는 원피스를 입었다. 혜인은 화장대 서랍을 뒤져 뜯지도 않은 파우더를 꺼내 얼굴에 톡톡 발랐다. 하진이 여자 좀 되라며 사준 것인데……. 왠지 마음 한 구석이 좋지 않았지만 그 생각들은 소풍 생각으로 이미 사라졌다. 마무리로 핑크빛 립글로스까지 발라준 후 자신의 모습을 거울로 바라봤다. 뭐, 이 정도라면……. 원래 본판이 안 예쁜 걸 어쩌겠는가.

혜인은 백과 소지품을 챙기고 뒷문으로 걸어갔다. 요리조리 하진이 혹시라도 오지 않나, 살펴대며 도둑고양이처럼 계단을 살금살금 내려갔다. 대문 밖까지 나온 혜인은 쿵쾅거리는 가슴을 쓸어내렸다. 자신이 왜 이런 짓까지 해야 하는 것이냐 말이다. 혜인은 혹시라도 집 밖을 나올지도 모르는 하진을 대비해서 버스정류장까지 높은 하이힐을 신고 뛰어갔다.

중간쯤 되자 운동부족, 저질체력이 여실히 드러났다. 숨이 턱턱 막히고 처음신은 하이힐에 뒤꿈치가 따끔거렸다. 겨우 절뚝거리는 발로 버스정류장에 도착하자, 은색 차가 클랙슨을 울려댔다. 차 창문이 스르륵 열리고 승현이 방긋 미소를 짓고 있었다. 어색히 손을 흔들며 혜인은 차에 올라탔다.

"오늘 혜인이 예쁘네?"

차선을 바꾸며 아무렇지 않게 내뱉은 승현의 말에 혜인은 요동치는 심장을 관리하기가 힘이 들었다. 핸들의 잡은 승현의 손을 물끄러미 바라봤다. 남자의 손치고 참 예쁜 손이었다. 손가락도 길었고 곱상했다. 하진의 손도 계집애같이 저런데…… 혜인은 고개를 절레절레 흔들었다. 이렇게 기분 좋은 날 하진 생각 따위를 하다니…… 스스로 초를 치고 있는 자신이 한심했다.

"우리 어디 가는 거예요?"

"글쎄……."

승현이 빙긋이 웃었다. 차 창문을 내려 들어오는 바람을 맞으며 숨을 깊게 들이마셨다. 하늘엔 구름 한 점 없이 깨끗했고 날씨도 시원한 바람이 솔솔 들어와 덥지 않았다. 이제 정말 가을인가 싶었다.

"주말엔 주로 뭐 했어?"

핸들을 부드럽게 돌리며 승현이 물었다. 창문에 한손을 기대고 턱을 고인 그의 모습은 햇살사이로 들어오는 빛보다 더 아름다웠다.

"그냥…… 집에서 책 보거나, 하진이하고 놀거나 그랬어요."

어디를 가나 그녀의 추억엔 하진이 빠지지 않았다. 참 빌어먹을 일이었다.

"흐음…… 친한가 봐."

"친하긴요. 걔 생각만 해도 이가 빠드득 갈리는 걸요?"

승현이 웃음을 터트렸다. 얼굴이 빨개져 화를 내는 혜인의 얼굴이 참으로 재밌었다. 방금까진 조신하게 소소히 웃던 혜인이 하진의 애기 한 마디에 표정이 단번에 변했다. 이걸 싫어해야 하나, 좋아해야 하나. 승현은 약간 고민이 되었다.

"하진이 그 친구 얘기만 하면 왜 표정이 변할까?"

"에? 아니에요! 걔만 생각하면 화가 나서 그래요."

손사래까지 치며 강한 부정을 했다.

"그래? 나는? 내 얘기에도 표정이 변할까?"

목소리가 나직하게 들려왔다. 귓가를 감싸는 부드러운 목소리에 혜인의 얼굴이 다시 발그레해졌다. 불규칙한 심장소리가 왠지 승현에게까지 들릴 것만 같았다. 떨린다.

"변, 변해요……."

"어떻게?"

승현답지 않은 짓궂은 미소까지 보이며 혜인을 바라봤다. 신호등은 빨간불로 변해 있었다. 마치 혜인의 얼굴색을 나타내는 것처럼.

"떨려서…… 변해요……."

부끄럽고 민망해서 얼굴을 푹 숙였다. 얼굴에 달걀 프라이를 해도 될 정도로 열이 올랐다. 그 열기가 꼭 승현에게까지 닿을 것만 같았다.

"듣기 좋다. 앞으로도 계속 그렇게 됐으면 좋겠다."

매끄러운 목소리에 열이 오른 얼굴도 잊은 채 그를 바라봤다. 승현은 빙긋이 미소를 지으며 혜인의 머리를 다정하게 헝클었다. 혜인이 좋아하는 그 환한 미소. 창밖으로 불어오는 바람에 달아오른 얼굴이 얼음이라도 닿은 듯 점차 시원하게 변해갔다. 그럼에도 이상하게 가슴 안이 뜨거운 몽실몽실한 것은 더 뜨겁게 달아올랐다.

차가 미끄러지듯 멈춰선 곳은 한강이었다. 주말이라 많은 가족 단위의 사람들이 모여 돗자리를 펴고 바람을 만끽하기도 했고 자전거를 타는 사람들도 많았다. 승현은 트렁크에서 돗자리를 꺼내더니 전망 좋은 잔디밭에 깔았다. 돗자리를 손으로 편편하게 만들고 휴지로 혹시나 있을지 모를 먼지까지 닦아낸 후, 승현이 그녀를 불렀다.

하늘하늘한 원피스를 입은 그녀의 옷에 먼지라도 묻을까 배려한 것이었다. 혜인이 쭈뼛쭈뼛 자리에 앉았다. 팔을 뒤로 뻗고 승현이 바람을 맞은 채 눈을 감았다. 강바람이라 그런지 조금 습하긴 했지만 기분이 나쁠 정도는 아니었다. 시원했다.

"좋지?"

"네."

승현이 혜인의 가지런한 머리카락을 큰 손바닥으로 쓰다듬었다. 보드라운 느낌에 혜인이 살며시 눈을 감았다.

"근데 배고프지 않아?"

그러고 보니 벌써 열두 시가 지나가고 있었다. 아침부터 분주하게 준비하는 바람에 아침은커녕 물 한 잔 마시고 오지 못했다. 혜인의 표정을 보고 승현이 살며시 미소를 지었다.

"잠깐만 기다려."

승현은 얌전히 앉아 있는 혜인을 뒤로한 채 어디론가 성큼성큼 걸어갔다. 혜인은 고개를 갸웃거렸다. 금방 돌아온 승현의 손엔 삼단으로 된 도시락 통이 있었다. 순간 입을 다물지 못하는 혜인을 놔두고 승현은 그녀의 앞에 도시락을 하나둘씩 펼쳐놓기 시작했다. 김밥과 샌드위치 그리고 과일, 마지막으로 물까지 빼먹지 않는 센스를 보여줬다.

"이걸 다 직접 만든 거예요?"

"물론."

승현은 나무젓가락을 시원스레 반으로 나누더니 김밥을 하나 집어 그녀의 앞에 내밀었다. 입 앞으로 온 김밥을 보고 혜인은 고개를 갸웃거렸다.

"얼른 먹어. 나 팔 떨어진다."

"저…… 그래도……."

"얼른."

승현의 재촉에 혜인이 수줍게 입을 열었다. 큼지막한 김밥을 입안으로 쏙 밀어 넣고, 오물거리는 사이 초롱초롱한 눈으로 그녀를 바라봤다. 그는 왠지 모르게 초조해보였다.

"어때? 맛있지?"

목으로 채 넘기지도 못한 채 고개를 끄덕거리자, 그가 시원스레 웃음을 터트렸다.

"다행이다. 나 이거 만드느라 오늘 새벽부터 일어난 거 있지? 그래도 맛있다니까 그 고생이 다 사라지는 거 같은데?"

"오빠도 드세요……."

입안으로 꿀떡 김밥을 넘기고, 혜인이 뜯지 않은 나무젓가락을 하나 내밀었다. 승현이 고개를 끄덕거리며 김밥을 입안으로 넣었다. 음식들은 모두 다 맛있었다. 평범한 맛이었을지도 모르지만 승현과 함께 있어서인지 집에서 먹던 김밥보다 더 맛있었다. 식사를 끝내고 승현이 돗자리에 팔을 괴고 털썩 누웠다. 혜인은 다리를 쭉 편 채 바람을 맞고 있었다.

"혜인이가 해주는 음식도 먹고 싶다."

"다음에 꼭 해드릴게요."

다음을 기약할 수 있다는 것 자체가 혜인에겐 새롭고 기분이 좋았다. 이것이 과연 사랑일까? 아니면 호감일까? 혜인은 알 수가 없었다. 한 가지 확실한 것은 이 시간 자체가 너무도 소중해서 끝나지 않았으면 한다는 것이었다.

하진은 혜인의 집 앞이었다. 나름 친구라고 걱정이 됐는지 손에는 약봉지가 곱게 들려 있었다. 벨을 눌러봐도, 휴대폰으로 전화를 걸어봐도 익숙한 기계음만이 그를 반겼다. 혜인의 방 창문을 살짝 봐도 안은 어두워 아무것도 보이지 않았다. 혹시 심하게 아파서 쓰러진 것은 아닌지 슬슬 걱정이 되기 시작했다. 아니면 잠이 든 것인가. 하진은 가지런한 머리카락을 거칠게 쓸어내렸다. 문을 부서져라 두드려봐도 혜인은 대답이 없었다.

갑갑했다. 혜인이 이렇게까지 연락이 안 된 적은 없었다. 그는 어디론가 다시 전화를 걸었다.

혜인은 승현에게 배우기로 한 자전거 때문에 아직도 한강이었다. 운동신경 제로인 혜인은 원피스를 입고 있어 조금 꺼려졌지만 승현의 열정을 뿌리칠 수는 없었다. 몇 번을 넘어질 뻔한 것을 승현이 잡아주지 않았더라면 벌써 무릎에는 큰 상처가 생겼을 것이다. 울상이 되어가는 혜인을 부드럽게 달랬다.

"내 뒤에 태워줄게. 그럼 넘어지지 않을 거야."

결국 승현의 뒤를 타고 한강공원을 돌았다. 살짝 잡은 허리를 승현이 손을 뻗어 자신의 허리에 꼭 둘러맸다. 시원한 바람을 맞으며 타는 자전거가 즐겁기도 했지만 승현을 볼 때마다 뛰는 심장 때문에 혜인의 심장은 이미 과부하 중이었다. 떨림이 너무 오래 지속돼, 그의 등 뒤로 자신의 심장소리가 고스란히 들릴 것 같았다.

갑자기 혜인의 얼굴 위로 물방울이 한두 방울씩 내려앉았다. 승현의 자전거가 부드럽게 멈춰 섰다.

"어? 비다. 소나긴가? 얼른 가자. 혜인아."

돌아가자는 승현의 말에도 혜인은 오도카니 서 있었다. 그리고는 손바닥을 내밀어 내리는 비를 움켜쥐었다. 비다. 굵은 물방울이 한두 방울씩 내리고 있었다. 검은 구름을 안고서 비가 쏟아져 내렸다. 손 안에서 떨어진 물방울이 차갑지 않고 뜨거웠다. 꼭 불에 덴 것처럼. 방울방울 맺히는 빗방울이 손바닥 안으로 뜨겁게 스며들었다. 더 빗방울이 굵어지며 사람들이 비를 피하기 위해 뛰어다녔다. 하지만 혜인은 그 자리에서 움직일 수가 없었다. 그냥 흔하게 내리는 비인데 그녀의 발목을 굳게 잡고 있었다. 왠지 알 수는 없지만 심장이 큰 파도처럼 일렁였다.

이 비가 누군가를 떠오르게 만들었다.

비를 흠뻑 맞아서인지 차 안 에어컨 바람이 유난히도 차게 느껴졌다. 시원하게 쏟아지는 비가 무색할 정도로 밖은 오히려 더워지고 더 끈끈해졌다. 시폰 원피스의 물기를 손수건으로 닦아내던 혜인의 몸에 오돌토돌한 닭살이 생겼다. 조금씩 내리던 빗방울은 잠깐 동안 큰 물줄기를 만들어내, 잠시 사이에 비 맞은 강아지가 돼 버렸다. 혜인의 머리카락에 물방울이 동그랗게 맺혀 있었다.

양손으로 팔을 비비며 혜인이 몸을 부르르 떨자, 승현이 뒷좌석에 있던 자신의 재킷을 혜인에게 건넸다. 그가 몸을 비틀며 혜인의 코끝에 향이 닿았는데 그 향이 이상하게 처음의 향과 달랐다. 시원한 향에서 조금 더 달콤한 향이 나는 듯했는데, 혜인은 그것이 이상하게 낯설게만 느껴졌다.

"춥지? 이거라도 덮고 있어."

승현의 재킷을 말없이 잡아들고 어깨에 담요처럼 덮어썼다. 얇은 재킷이 조금씩 몸 안에 온기를 주었다. 처음 입은 원피스는 물에 젖어버리고, 처음 한 화장은 다 지워져 이제는 평상시의 혜인의 얼굴이 돼 있었다. 빗방울을 보고 놓지 못한 것은 그 우울한 기분 때문이었을까?

  손바닥이 차가웠다. 그럼에도 뜨거웠다. 창밖을 내다보자, 아직도 빗방울이 떨어져 창문을 두드렸다. 한순간에 모든 것을 삼켜버릴 것처럼 쏟아 붓는 소나기가 잠시 무서워졌었다. 승현이 핸들을 두 손으로 안은 채 앞 유리를 통해 하늘을 바라봤다. 하늘은 붉은 빛으로 물들고 점점 어둠이 하늘을 삼키려 스멀스멀 몰려들어왔다.

  "흐음, 오늘 비 온다는 소리 없었는데……. 소풍이 이렇게 망쳐져서 어쩌지?"

  젖은 뒷머리를 긁적이며 미안하다는 듯 그녀를 바라봤다.

  "아, 아니에요. 재밌었는걸요."

  혜인이 손사래를 쳤다. 사실이었다. 학교 소풍 외엔 따로 소풍을 나온 적은 없었다. 그것이 꽤 신선하고 재미있었다. 아이처럼 설레기도 했고, 상쾌한 바람에 마음속에 꽃봉오리가 천천히 맺혀 들어갔다.

  승현은 미소를 머금고 혜인의 젖은 머리를 큰 손으로 헝클었다. 마음이 따뜻해지는 그 미소 앞에 몸 안에 열기가 스멀스멀 올라왔다. 언제 추웠나 싶을 정도였다.

  승현은 사이드브레이크를 내리며 부드럽게 차를 움직였다. 물기를 머금은 도로는 미끄러지듯 부드럽게 뻗어나갔다. 오디오에선 잔잔한 선율의 음악이 흘러나왔다. 그 음악에 몸이 따뜻해지자 졸음이 슬금슬금 몰려들어왔다.

"졸려?"

"조금요."

유난히도 아침잠이 많은 혜인은 휴일은 1시까지는 자줘야 그나마 피곤이 풀렸다. 그런데 1시는커녕 아침 8시부터 목욕재개를 해댔으니 피곤할 만도 했다. 그나저나 이렇게 비가 오는데 하진은 뭐 할까? 저녁은 챙겨먹었는지 친구라도 슬금슬금 걱정이 되기 시작했다.

"조금 자둬. 우리 저녁 먹고 들어갈까?"

"아……"

"먹고 가자."

입꼬리가 활짝 퍼지는 웃음에 혜인의 고개가 절로 끄덕여졌다. 가방 안에서 드르륵거리며 휴대폰이 울렸지만 혜인은 손 하나 까딱할 힘이 남아 있지 않았다. 잠이 솔솔 몰려오고 눈이 추라도 달아 놓은 것처럼 스르륵 감겨들었다.

혜인이 눈을 감은 지 5분도 되지 않아, 잠이 든 그녀를 보고 승현이 말없이 미소를 지었다. 신호가 걸린 틈을 타 혜인의 몸에서 떨어지려 하는 재킷을 목까지 올려준 후, 혜인의 잠든 얼굴을 물끄러미 바라봤다. 뽀얀 피부에 열이 올라 입술이 발그레해졌다.

창문을 강하게 두드리던 빗방울이 점점 사그라졌다. 가을 소나기가 그쳤다.

꾸벅꾸벅 창문에 머리를 박아가며 자고 있던 혜인이 눈을 번쩍 떴다. 왠지 기분이 이상했기 때문이었다. 눈알을 요리조리 굴려가며 주위를 바라보니 승현이 그녀를 가만히 쳐다보고 있었다.

"깼어?"

"네. 도착했으면 깨우죠."

목소리가 몇 갈래로 갈라지며 한없이 내려앉았다. 자신의 잠든 모습을 봤다고 생각하니 얼굴이 화끈거렸다.

"너무 곤하게 자던데?"

승현이 놀리듯 웃음을 터트리자, 혜인의 발그레했던 얼굴이 더 달아올랐다. 어디서나 너무 잘 자는 것이 흠이었다.

"배고프다. 가자."

차 문을 열고 승현이 손을 내밀었다. 혜인은 빙긋이 웃으며 그 손을 붙잡았다. 하진의 손을 잡을 때와 조금은 다른 기분이었다. 돌계단을 한발 한발 올라갈수록 맛있는 냄새가 솔솔 풍겨 들어왔다. 삐걱거리는 두터운 나무문을 활짝 열었다.

주말 저녁이라 그런지 사람들이 테이블마다 꽉꽉 차 있었다. 웨스트리스의 안내를 받아 겨우 창가 쪽에 테이블에 앉을 수 있었다. 혜인은 꺅꺅거리며 뛰어다니는 아이들을 물끄러미 바라봤다.

"시끄럽지? 주말이라 그런가 보다."

"재밌는데요. 쓸쓸한 저녁보다는 이렇게 소란스러운 게 좋아요."

음료를 빨대로 가득 빨아 마시며 목을 적셨다.

"혜인이네 가족은 몇이야?"

아이들을 한없이 바라보던 혜인의 귓가에 부드러운 목소리가 들려왔다.

"셋이요. 아빠, 엄마, 그리고 나, 이렇게 셋."

"외동딸이구나."

다가온 웨스트리스 때문에 말꼬리가 끊어졌다. 소스를 얹은 폭립이 그녀 앞에 놓이자 포크를 살짝 물었다.

'하진이가 좋아하던 건데……'

가슴 한구석을 누군가 바늘로 찌르듯 따끔거렸다. 괜스레 자신이 잘못한 거 같았다. 잘못한 일을 걸릴 것 같은 조마조마한 느낌 때문인지 영 입안으로 넣을 수가 없었다. 키위에이드를 한 모금 입에 가득 넣고 꿀꺽 삼켰다.

"저 화장실 좀 다녀올게요."

혜인이 서둘러 자리에서 일어나 아까 웨스트리스를 찾았다. 무언가를 주고받던 그녀가 미소를 짓고 자리로 돌아왔다. 이걸로 된 거겠지.

비가 와서인지 길거리가 깨끗해졌다. 물기를 머금어서 약간 질척거리고 습하다는 단점이 있었지만 기분이 썩 나쁘진 않았다. 승현이 권하는 와인까지 두 잔 마시고 나니 벌써 10시가 지나가고 있었다.

승현은 참 편한 사람이었다. 낯을 심하게 가리는 혜인으로선 낯선 이와 이야기하는 것이 불편했다. 승현은 그런 혜인의 마음이라도 아는 듯 주제가 끊이지 않도록 끊임없이 이야기를 건넸다. 혜인의 집이 점점 다가올수록 좋았던 기분이 점차 사그라지고 있었다. 승현과 헤어진다는 아쉬움? 그것도 아니면 무엇일까. 불안함이 자꾸 그녀를 엄습해왔다. 헤드라이트가 스르륵 꺼지며 집 앞에서 차가 멈춰섰다.

"오늘 감사했어요."

"다음에도 꼭 다시 가자. 그땐 날씨 좀 잘 봐야겠어."

혜인이 고개를 끄덕거렸다. 혜인은 안전벨트를 풀기 위해 몇 번을 열었지만 그것이 이상하게 딸각거리고 풀려지지 않았다. 승현은 미소를 지으며 혜인에게 다가왔다. 숨결이 맞닿을 정도의 거리에서 혜인은 숨을 들이마시고 내뱉을 수가 없었다. 떨린다. 딸각거리는 안전벨트가 풀리고 승현이 그녀를 위로 바라봤다. 촉촉하게 젖은 눈동자에 마른침을 꿀꺽 삼켰다. 검은 눈동자가 그녀를 비추고 있었다.

혜인은 옷자락을 두 손으로 꽉 쥐며 눈알을 굴렸다. 입술이 맞닿을 듯한 아슬아슬한 거리에서 혜인이 고개를 얼른 숙였다. 갑자기 공기가 차가워졌다면 착각이었을까. 승현은 말없이 미소를 지으며 운전석 의자에 등을 기댔다.

"저, 저기……."

"응?"

"아, 아니에요."

혜인은 자신이 왜 고개를 숙였는지 알 수가 없었다. 연애 초짜인 그녀가 보기에도 그것은 분명한 키스타임이었다. 그런데 왜……? 알 수 없는 기분이 가슴을 적셔나갔다. 어색한 분위기도 잠시였다. 갑자기 쾅쾅 요란스런 소리가 들려왔다. 차 창문을 누군가 부서져라 두드리고 있었다.

혜인은 창밖을 보고 놀라지 않을 수가 없었다. 살기를 띤 어둑한 그림자가 그녀의 몸을 천천히 뒤덮었다. 혜인은 입술을 잘근 씹어댔다.

"서혜인, 빨리 나와라."

내쉬던 숨이 턱 막히고 마른기침이 새어 나왔다. 익숙하고 불안한 목소리. 하진이었다. 혜인은 계속 창문을 두드리는 하진 때문에 안절부절못하며 살며시 문을 열었다. 그녀를 보고 하진이 빙긋 웃었다. 그 웃음이 오싹하리만큼 서늘했다. 주위 공기가 순식간에 차갑게 얼어붙었다.

"아, 안녕?"

"서혜인, 병원 다녀와?"

"어? 아…… 그게."

주위의 얼어붙은 공기가 풀리지 않았다. 더 날카롭게 그녀를 공격해댔다. 손에 쥔 쇼핑백을 꽉 쥐었다. 혜인의 손안에서 끈적끈적한 땀이 송골송골 맺혔다. 승현이 내리자, 하진의 인상이 맹수처럼 더 사나워졌다.

"당신 뭐야?"

"혜인이가 설명 안 해줬나? 나 요즘 혜인이 만나는데."

승현의 말 한 마디에 그녀는 눈을 질끈 감았다. 여태껏 거짓말했던 것이 단번에 들통 나고 만 것이다. 승현의 비아냥거림에 하진의 눈초리가 더 날카로워졌다. 마치 먹잇감을 앞에 둔 매를 보는 듯했다.

"서혜인, 저 자식 만나지 말랬지!"

"아, 그게……."

난감하기 이루 말할 수가 없었다. 왜 자신이 난감한 것인지 모르지만 아무튼 상황을 슬기롭게 잘 헤쳐 나가자는 생각뿐이었다. 하진의 눈빛으로 보니 사람 열둘은 죽이고도 남을 눈빛이었다. 그의 반짝이는 눈 속에 살기가 느껴졌다. 저놈은 무서운 놈이었다.

"그냥 친구라며. 친구 사이에 이러는 거 자체가 웃기지 않아?"

비아냥거리는 승현의 말에 하진이 방긋 웃었다. 웃고 있는데 얼어붙은 공기가 날카롭게 변해갔다. 느긋한 발걸음으로 다가가는 하진의 주먹이 꽉 쥐어졌다. 그럼에도 미소를 잃지는 않았다.

혜인은 심장이 두근두근 했다. 이것이 말로만 듣던 삼각관계 모드인데 이상하게 영화처럼 아름답지는 않았다.

"유하진, 그만해. 우리 들어가서 말하자. 오빠도 잘 가요."

혜인은 승현을 막아섰다.

"비켜."

"그만하자? 응?"

"비키라고."

"그래, 혜인아. 나도 이 친구하고 할 말이 좀 남았는데, 먼저 들어 가지 않을래?"

혜인은 하진과 승현을 번갈아 봤다. 둘이 섬뜩한 분위기를 풍기긴 했지만 어서 가보라는 승현의 따뜻한 미소에 떨어지지 않는 발걸음을 억지로 돌렸다. 혜인이 들어가는 문소리가 들리고 승현은 눈을 가리 는 머리카락을 쓸어 넘겼다.

"너 목적이 뭐야?"

적의를 대놓고 들어내는 하진의 말에 승현은 큰소리로 웃음을 터 트렸다. 하지만 그 웃음은 곧 공기 중으로 사라졌다.

"목적? 없는데, 그런 거. 난 그냥 혜인이가 좋을 뿐인데?"

하진은 승현과의 거리를 점점 좁히며 그의 목을 단숨에 낚아채 잡 아 올렸다.

"너 같은 새끼들 아주 잘 알아. 허튼수작 부리지 말고 꺼져라?"

승현이 비죽 웃으며 하진의 손을 거칠게 떼어냈다. 매끄러운 목 에 빨간 자국이 남았다. 그 흔적을 쓸어내리며 미묘한 미소를 지었 다.

"그나저나 유하진이 이런 이미지였나? 여자들의 로망, 따뜻하고 자상한 남자로 나는 알고 있는데. 그건 모두 거짓이었나 봐?"

하진의 눈에서 점점 분노가 서렸다.

"그것도 아니면 소꿉친구에 대한 소유욕? 그 정돈가?"

"이 자식이!"

하진이 거칠게 승현에게 달려들려 했지만 갑자기 자신의 머리를 쾅 내려친 것 때문에 반도 가지 못했다.

"그만하지 못해, 이 나쁜 놈아!"

어디서 난 것인지, 혜인은 은쟁반을 들고서 하진의 머리를 사정없이 내려쳤다.

둘 사이의 기류가 이상해 혜인은 문 안쪽에서 한 발자국도 움직이지 못했다. 순간 급한 김에 나오긴 했지만 혜인은 심장이 덜컥 내려앉았다. 하진이 자신의 잘난 뒤통수를 손바닥으로 슬슬 문지르며 그녀를 쏘아봤다. 혜인은 입술을 질끈 깨물며 애처로운 눈으로 하진을 바라봤지만 섬뜩한 눈빛인 변하지 않았다. 혜인은 눈을 질끈 감고 하진의 발을 높은 힐로 꽉 밟았다. 이왕 죽을 거 승현과 떨어트려놓고 죽자, 이 생각이었다.

"야!"

"오빠, 잘 가요. 내일 만나요!"

하진의 고함소리와 고통어린 신음소리가 귓가를 울리는 사이, 혜인은 얼른 그의 등을 문안으로 밀어 넣었다. 뭔 놈이 이리도 키가 크고 등짝이 널찍한지 잘 밀리지도 않았다. 낑낑거리는 하진을 겨우 넣고는 혜인은 안도의 한숨을 내쉬었다. 그 와중에도 문단속을 잊지 않았다. 혹여나 미친놈처럼 뛰쳐나갈지 모르는 저놈을 위해서였다. 놀란 가슴을 쓸어내리는데 살갗에 한기가 느껴지며 닭살이 오소소 돋았다. 왜일까? 눈을 천천히 뜨자, 벌게진 눈으로 하진이 그녀를 쏘아보고 있었다.

"너! 내가 저 새끼 만나지 말라고 했어, 안했어?"

목소리가 소름끼칠 정도로 낮았다. 평소처럼 마른 기가 묻어져 있는 목소리엔 감정이 실려 있지 않았다. 그것도 평소의 화를 내던 목소리와 전혀 달랐다. 혜인은 입술을 질끈 깨물었다. 하진의 화난 모습이 실로 새롭기도 했고, 두렵기도 했다.

"말해, 당장."

차라리 소리를 지르지. 하진은 너무도 덤덤했다. 차라리 길길이 날뛴다면 미친놈이거니 하겠지만, 너무도 멀쩡하게 말하는 하진은 두려웠다.

"아니……. 그렇지만 오빠, 나쁜 사람 절대 아니야!"

"그래서?"

하진이 자신의 품안에서 담배 하나를 꺼내어 입에 물었다. 평소에 그녀 앞에선 담배를 피우지 않던 하진이지만 오늘은 신경도 쓰지 않았다. 하얀 담배에 불을 붙이자 매캐한 연기가 뿜어져 나오며 붉은 불빛이 점점 타들어갔다. 혜인은 담배연기에 콜록거리며 울상이 되어버렸다.

"그래서라니……."

"하고 싶은 말 계속해보라고."

"아니, 그게……. 나도 몰라! 내가 만나고 싶어서 만났다! 내가 만나겠다는 데 네가 무슨 상관이야! 네가 뭔데! 나한테 이래! 22년 동안 괴롭혔으면 됐잖아! 내가 그렇게 재밌어? 내가 네 장난감이니? 툭하면 놀리고 툭하면 괴롭히고! 난 정말 어려서도 그렇고 지금도 그렇고 네가 너무 싫어! 내 인생에서 제발 빠져!"

한번 내뱉기 시작한 말은 끊임도 없이 속사포처럼 터져 나왔다. 긴 담배를 빨아들이고 하진이 입 밖으로 연기를 천천히 내뱉었다. 그때까지도 혜인은 분에 못 이겨 씩씩거렸다.

"다 했어?"

반쯤 타버린 담배를 바닥으로 집어던졌다.

"어!"

혜인은 여전히 분이 덜 풀렸는지 어깨가 들썩거렸다. 그러면서도 심장이 자꾸 콩닥거리는데 혜인은 애써 담담한 표정을 지었다. 자신은 여태까지 할 만큼 했다. 더 이상 저 악마 같은 놈에게 휘둘리기 싫었다. 그럼에도 하진의 표정이 더 서늘해지자 괜스레 눈물이 찔끔 났다.

"알았어. 앞으로 신경 안 쓰면 되지?"

"그, 그래!"

뭔가 일이 복잡한 실타래처럼 꼬여가는 기분이었다.

"네가 원하니 그렇게 해줄게. 그동안 참 미안했다?"

망설임 없이 돌아서는 하진이 못내 이상했다. 심장을 가느다란 가시넝쿨로 조이는 것처럼 아프고 따끔거렸다. 혜인은 자신의 쑤시고 쓰라린 심장에 손을 대보았다. 평소와 다름없이 뛴다. 하지만 무언가 불안하다. 하진이 사라질 때까지 혜인은 그곳에 멍하니 서 있었다. 방금 간 것은 자신이 알던 유하진이 전혀 아니었다.

"에이씨, 몰라!"

혜인은 괜한 앞에 놓인 돌에 분풀이를 하며 집으로 쿵쾅쿵쾅 들어섰다. 제아무리 변했다고 해도 유하진은 유하진이었다. 그놈을 안 지 22년이란 세월이 흘렀는데 얼마나 변하겠냔 말이다.

혜인은 집으로 들어와서 식탁에 쇼핑백을 거칠게 던졌다.

"서혜인!"

"아, 왜!"

식탁으로 던진 쇼핑백이 정확히 착지했는데 혜인의 엄마는 그녀의 등짝을 시원스럽게 때렸다. 가뜩이나 속이 상하는데, 엄마한테 맞기까지 하니 서러움이 울컥 솟구쳤다. 따가운 등짝을 움찔거리며 엄마를 쳐다봤다.

"너, 하진이한테 무슨 거짓말 쳤어! 너 쓰러진 것 같다고 길길이 날뛰어서 내가 모임 중간에 뛰어 들어왔잖아! 전화는 왜 안 받아?"

"유하진이?"

"그래! 내가 너 때문에 못살아! 네가 너무 늦는다고 아까부터 대문 앞에서 기다렸어! 저 침착하고 예의바른 애가 불안해서 앉지도 못하는데 내가 얼마나 미안했는지 알아? 이걸 딸이라고!"

다시 한 번 혜인의 등짝에 시뻘건 자국이 남았다. 하지만 정말 이상한 밤이었다. 따갑다는 것도 느끼지 못한 채 혜인은 침대에 털썩 누웠다. 모든 것이 멍했다. 알았다고 돌아서 간 하진과 기다린 하진, 미안 한감정이 저 깊은 곳에서 조금씩 솟아올랐다. 하긴, 그녀가 조금만 다쳐도 유난 떨던 하진이었다.

침대에 돌아누우면서 혜인은 자신의 머리를 콩콩 때렸다. 괜히 아프다는 거짓말을 해서는……. 침대에 누워 하진에게 전화를 걸어볼까, 몇 번을 망설였다. 아무리 싸워도 이렇게 망설여지지는 않았는데……. 핸드폰을 열었다 닫았다 반복하길 수차례, 혜인은 결국 전화를 걸었다. 하지만 기대했던 하진의 목소리는 나오지 않고 음성 안내 여자만이 그녀를 반겼다.

"남자새끼가 쪼잔하게."

혜인은 입술을 삐죽거렸다. 그때 문자가 띠리링 소리를 내며 들어왔다. 그럼 그렇지. 혜인은 웃음을 띠우며 문자를 확인했다. 하지만 곧 실망감으로 검게 물들었다.

[잘 자, 혜인아.]

승현의 문자인데 이상하게도 전혀 기쁘지 않았다. 이게 다 유하진 때문이었다. 자신에게 찝찝한 기분을 안겨주다니. 혜인은 승현에게 대충 답장을 하고 문자버튼을 눌렀다. 몇 번을 지우고 쓰길 수차례, 혜인은 만족스럽게 눈을 감았다. 삐쳤냐? 한마디를 보내놓고 만족스럽게 미소를 지었다. 그 장난스러운 한마디면 끝날 일이라 생각했다.

다음날, 혜인은 눈을 뜨자마자 휴대폰을 열었다. 분명히 하진이 답장을 했을 거라 생각했다. 하지만 받은 메시지는 0건이었다. 혜인은 고개를 절레절레 흔들었다. 하진은 심각할 정도로 문자를 싫어했다. 굉장히 귀찮아하고 잘 보내지도 않았다. 그래서 그런 것일 거라 생각했다.

"서혜인, 빨리 일어나."

엄마의 꽹과리 비슷한 국자 소리를 들으며 혜인은 서둘러 욕실로 향했다. 말끔히 샤워를 마치고 식탁에 앉았지만 오늘도 역시나 풀떼기였다. 여기도 풀, 저기도 풀, 혜인은 울상이 되었다.

"고기 좀 그만 먹어. 고기 그렇게 먹다가 너 큰일 나!"

젓가락을 쪽쪽 빨며, 억지로 몇 숟가락 뜬 혜인이 자리에서 일어났다. 방으로 쏜살같이 들어간 혜인은 자신의 서랍에서 지폐 몇 장을 꺼내어 지갑 안으로 넣었다. 하진과 항상 다니기 때문에 별로 돈 쓸 일이 많지 않았다. 그 덕분에 용돈은 거의 손도 대지 않았는데, 차곡차곡 모아둔 용돈을 웬일인지 챙겨들었다. 어제 거짓말한 것도 미안하여 혜인은 오늘 하진과 고기를 먹기로 결심했다. 그것도 별로면 하진이 좋아하는 초밥을 먹든지 할 계획이었다.

혜인은 기분 좋은 마음으로 젖은 머리를 대충 말리고, 가방을 챙겨들었다. 혜인은 자신처럼 착한 친구는 없을 것이라고 생각했다. 돌계단을 한 계단, 한 계단 내려가면서도 영 찝찝한 기분을 지울 수가 없었다. 왜였을까.

"어? 너, 지금 가?"

"응, 오빠 안녕?"

하원이는 오늘도 말끔하게 슈트를 차려입고 여자 흘리는 그만의 늑대 미소를 그녀에게 선보였다. 저 와이셔츠 사이로 들어난 탄탄한 가슴이며, 팔뚝이며, 눈 딱 감고 한 번 안겨보고 싶었다. 혜인은 하루의 활력소가 될 만한 하원의 웃음을 넋을 잃고 바라보았다. 아무리 봐도 참 멋있다. 하원은 한두 번 보는 모습도 아니면서 그녀를 보고 갸웃거렸다.

"근데 왜 지금 가?"

"응?"

넋을 잃던 그녀의 입이 제자리로 돌아왔다.

"하진이는 아까 갔는데……."

혜인은 입이 쩍 벌어졌다. 자신을 부르는 하원의 애처로운 목소리도 뒤로한 채 돌계단을 서둘러 내려갔다. 검은 철문을 끼익 여니, 대문 앞에 바람에 떨어진 나뭇잎이 쓸쓸하게 굴러다녔다. 항상 눈앞에 대기해 있던 그것이 없었다. 하진의 스포츠카. 눈을 몇 번이나 깜빡 여보아도, 자신을 구박하던 하진의 모습도, 그곳을 몇 년째 지키고 있던 차도 아무것도 보이지 않았다.

가을 소나기의 폭풍이 컸다는 것을 그때는 미처 알지 못했다.

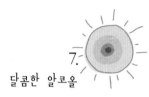

7.
달콤한 알코올

혜인은 길게 늘어진 아스팔트길을 걸었다. 어제 내린 비와 함께 불어오던 선선해졌던 바람은 한순간에 사라졌다. 따사로운 아침햇살로 달궈진 아스팔트길에 스멀스멀 열기가 올라왔다. 강한 햇살에 눈이 따끔거렸다. 어제 달려가던 그 짧던 길이 아닌, 이곳은 지옥이었다.

혜인은 입으로 구시렁거리며 한발 한발 내디뎠다. 밴댕이 소갈딱지 같은 놈이 자신을 버리고 갈 줄을 누가 예상이나 했겠는가. 가방 안에 빳빳한 만 원짜리 지폐는 다시 어둠속으로 들어가게 될 신세였다. 혜인은 가방을 다시 어깨에 들쳐 메고 씩씩하게 발걸음을 옮겼다. 편안한 단화를 신은 덕에 다리가 아프진 않지만 너무 덥다. 이놈의 계절은 어째 거꾸로 가는지, 지금이 가을인지 여름인지 감이 오지도 않았다.

하진의 욕을 해대며 길고 긴 길을 걷고 또 걸어 겨우 버스정류장에 도착했다. 이마에는 송골송골 땀방울이 맺혀 있었다. 따사로운 햇살, 그나마 다행인 것은 후덥지근하진 않다는 것이었다. 출근시간이라 그런지 정류장에 사람들이 꽤 많았다.

혜인은 입학한 이래로 학교를 버스타고 가긴 처음이었다. 몇 번을 타야 하는지 정류장 안내판을 꼼꼼하게 살폈다. 지하철역도 바로 옆에 있었지만 어둠으로 갇힌 답답한 지하철보다는 혜인은 버스가 더 좋았다. 꼼꼼히 살피는 도중에도 버스는 사람들을 가득가득 태우며 그녀를 휭하니 지나갔다.

"35번…… 35……."

자신의 탈 버스를 머릿속으로 외우며 뒤를 돌았다. 바람까지 뿜어가며 그녀를 지나친 버스는 바로 자신이 탈 버스였다. 손가락을 들어 버스를 가리킨들 무슨 소용이 있겠는가. 이미 버스는 그녀에게 뒷모습을 내보인 채 육중한 몸을 뽐내며 달려가고 있었다. 혜인은 빈자리가 난 벤치에 앉아 울상을 지었다.

오늘 아침부터 되는 일이 하나도 없었다. 그나마 시간을 넉넉히 잡고 나왔으니 망정이지, 하마터면 지각까지 하게 될 뻔했다. 배차간격이 10분이라는 버스를 하염없이 기다리며 앉아 있었다. 배차시간은 엉망이었다. 10분을 넘게 기다려도 35번 버스는 보이지도 않았다. 버스 도착 알리미가 잠시 후 도착한다는 안내멘트를 하고 나서야 혜인은 가방을 질끈 다시 멨다. 혜인은 빳빳한 지폐 한 장을 돈 통에 넣고 안으로 들어가며 울상이 되었다. 이미 만원인 버스는 앉을 자리는 커녕 빽빽하게 사람들이 들어차 있어 안쪽으로 들어가기도 힘들었다. 버스기사 아저씨의 닦달로 겨우 들어가려 하지만 숨이 막힐 지경이었다. 발은 공중에 떠있고 버스가 급정거라도 한다면 혜인은 아마 앞

유리창과 뽀뽀를 해야 할 것이다. 손을 뻗고 뻗어 겨우 손잡이 하나를 차지할 수 있었다. 에어컨 바람이 나오는 거 같았지만 버스 안은 더웠고, 사람들과의 달갑지 않은 접촉으로 짜증났다. 설상가상으로 가방속의 휴대폰이 울리기 시작했다. 혜인은 한손으로 겨우 몸을 지탱하고 가방을 열어 휴대폰을 들었다.

"여보세요."

전화를 끊은 혜인의 얼굴엔 급 화색이 돌았다. 사람들을 이리 밀고 저리 밀어 겨우 뒷문에 선 혜인은 자신 있게 벨을 눌렀다. 혜인이 밀치고 온 사람들의 불평소리가 들려왔지만 어쩔 수 없었다. 혜인은 자동문이 열리자마자 쏜살같이 튀어나가 숨을 돌렸다. 어찌나 갑갑한지, 이것도 못할 짓이라는 생각을 했다. 클랙슨 소리에 숨을 고르던 혜인이 뒤를 돌았다. 환한 미소를 머금고 있는 그에게로 천천히 걸어갔다.

"어떻게 알았어요?"

"지나가다 네가 버스에 오르는 거 보고 얼른 따라왔지. 얼른 타."

승현은 자신의 옆자리에 물건을 뒤로 넘기며 그녀를 재촉했다. 승현의 차에 올라타니 그렇게 쾌적할 수가 없었다. 혜인은 자신이 그동안 참 편하게 생활했구나 하는 생각을 했다. 시원한 에어컨 바람이 솔솔 나오고 향긋한 향까지 풍겨 오는 것 같았다. 이마에 송골송골 맺혔던 땀은 에어컨바람에 식어 내리고, 콧등에 땀으로 흘러내리던 안경은 더 이상 흘러내리지 않았다.

"근데 왜 오늘은 버스 타고 가?"

"그게 좀…… 말하자면 길어요."

다시 생각해도 화가 슬금슬금 올라왔다. 밴댕이 소갈딱지 같은 놈.

"그래도 이렇게 같이 가니까 기분은 좋은데?"

승현의 미소에 혜인은 어정쩡하게 웃었다. 좋다. 좋은데…… 뭔가 꺼림칙했다. 혜인은 고개를 절레절레 흔들었다. 자신은 분명 잘못한 것이 없는데 왜 이런 찜찜한 기분을 품고 있어야 하는지…….

"이따 점심 같이하자. 강의 끝나는 시간이 몇 시야?"

승현의 잔잔한 목소리에 고뇌하던 혜인이 고개를 들었다.

"아, 저 11시 반쯤 될 거 같아요."

"난 12시쯤인데…… 조금 기다릴래?"

"네."

햇살이 머리 위로 부서지듯 쏟아져 내리자, 승현의 하얀 얼굴이 더욱 더 빛이 났다. 확실히 잘난 사람이었다. 하진과 비교해도 어디 하나 손색이 없었다.

"혜인아, 오늘 나 잡아먹으려고?"

"네, 네?"

혜인은 멍하니 승현을 바라보다 화들짝 놀랐다. 자신도 모르는 사이에 그를 너무 뚫어지게 쳐다본 듯했다. 승현은 시원스레 웃음을 터트리며 혜인의 가지런한 머리를 쓰다듬었다. 손안으로 들어오는 보드라운 느낌이 기분이 좋았다.

"장난이야, 장난."

승현의 손이 닿은 곳이 불에 덴 것처럼 뜨거웠다. 혜인은 멋쩍게 자신의 머리를 손으로 쓸어내리며 창문 밖을 바라봤다. 벌써 차는 주차장 안으로 들어서고 있었다. 승현의 차가 반듯한 모양으로 주차되고 혜인과 승현은 함께 내렸다. 두 사람을 힐끗거리는 거 같아 기분이 좋진 않았지만 별로 신경 쓰지 않았다. 어차피 욕먹는 인생 아니던가.

"그럼 이따 문자할게."

"네."

혜인은 승현이 사라질 때까지 손을 흔들었다. 가방을 한손으로 꽉 잡고 강의실로 올라가는 발걸음이 이상하게 가볍지만은 않았다. 강의실 문을 열자 솔지가 친구들과 이야기를 하다 그녀를 바라봤다. 같은 과에 같은 반인 솔지와는 마주칠 일이 많았다. 분명 자신의 얘기를 수군대다 멈춘 것을 어렴풋이 느낄 수 있었다.

가방을 대충 올려놓고 혜인은 고개를 가방에 파묻으며 눈을 감았다. 어차피 이런 분위기는 익숙했다. 눈을 감고 이것저것 생각하던 혜인의 어깨를 누군가 톡톡 쳤다. 짜증스런 얼굴로 고개를 들어 보니 솔지가 방긋 웃고 있었다. 팔짱을 끼고 눈을 내리까는 것 보니 하고 싶은 말이 참 많은 듯 보였다.

"또 왜?"

"너 오늘은 다른 남자랑 오더라?"

혜인의 눈썹이 와락 찌푸려졌다. 남 말하기 좋아하는 애들은 딱 질 색이었다. 그런 애들에게 당한 적이 한두 번이 아니었다. 하진을 몸 으로 꼬셨다는 둥, 그것도 아니면 하진이 성불구자라 혜인과 사귄다 는 둥 소문을 세려면 끝도 없었다.

"근데?"

"아니 뭐…… 너 참 대단하다고. 하진이하고 헤어진 모양이지?"

미묘한 웃음까지 띠며 말하는 솔지가 오늘 유난히 더 얄밉게 보였 다. 혜인은 다시 얼굴을 파묻을까 하다, 이제 당하지 않겠다는 듯 미 소로 일관했다. 혜인은 생글생글 웃음까지 띠우며 솔지를 바라봤다.

그 웃음에 솔지가 흠칫 놀라 뒤로 물러났다.

"오랑우탄하곤 잘 돼가니? 내가 헤어지든지 말든지, 솔지 넌 오랑우탄하고 잘 사귀면⋯⋯."

"야!"

혜인은 말을 다 잇지도 못하고 흠칫 놀랐다. 솔지가 시뻘게진 눈으로 그녀를 노려보다 강의실을 비련의 여주인공처럼 뛰쳐나갔다. 얼핏 봤을 때 그녀의 눈이 반짝거리는 거 같던데 혜인은 고개를 갸웃거렸다. 혜인이 어리둥절한 표정으로 솔지 친구들을 바라보자, 거기서 제일 우람한 여자아이 하나가 그녀에게 어깨를 들썩이며 다가왔다.

"너 이번엔 진짜 실수한 거야."

"무슨?"

"솔지⋯⋯ 형철이 그 새끼한테 차였단 말이야!"

우람한 아이는 소리를 빽 지르며 손으로 입을 가렸다. 몸짓과는 전혀 어울리지 않는 참, 요염한 포즈였다. 아무래도 친구가 당한 것이 억울한 거 같았다. 그 여자아이의 말에 혜인은 쩍 벌어진 입을 다물 수가 없었다.

솔지는 꽤 예쁜 축에 속했다. 성격이 조금 문제이긴 했지만, 남자애들한테도 인기가 많은 것으로 알고 있는데⋯⋯. 그 원숭이 닮은 능글거리는 놈한테 차이다니⋯⋯. 못내 마음이 측은해졌다. 자신에게 얄미운 소리를 해대긴 했지만, 혜인 자신도 솔지의 상처를 긁어댄 것이 죄스러웠다. 이번 일은 둘 다 잘못한 것이지만 솔지를 만나면 꼭 사과해야겠다 마음먹었다. 어찌됐던 솔지가 형철을 좋아하긴 했던 모양이었다. 울음까지 터트리고 나가는 것을 보니. 교수의 등장으로 솔지에 대한 얘기는 더 들을 수가 없었다.

2시간의 지루한 강의가 끝나고 혜인은 강의실을 빠져나갔다. 2시간을 꽉꽉 채우는 것도 모자라 30분까지 더해 연설을 늘어놓으시던 교수님이 오늘은 웬일인지 딱 정각에 끝내셨다. 솔지 친구들이 있는 자리를 힐끗 봤지만 솔지는 돌아오지 않았다. 혜인은 강의 내내 집중할 수가 없었다. 색색별로 고운 글씨로 필기가 된 노트엔 샤프로 찍찍 그은 낙서만이 가득했다. 혜인은 한숨을 쉬었다. 노트를 빌릴 만한 친구도 없는데 자신의 행동이 너무 한심했다.

강의가 끝난 후 혜인은 벤치에 앉았다. 승현이 오려면 시간이 좀 남았기 때문이다. 햇볕이 내리쬐긴 하지만 안에 들어가고 싶진 않았다. 날카로운 무언가가 살갗을 툭하니 치고 지나가는 기분 나쁜 기분이 들었다. 이 기분은 뭘까? 혜인은 새파란 물감을 칠해놓은 듯한 하늘을 바라봤다. 맑은 도화지 같은 하늘을 바라보는 혜인의 볼에 차가운 것이 닿았다.

"엄마야!"

혜인은 화들짝 놀라며 벌떡 자리에서 일어났다.

"아, 미안. 놀랐어?"

승현의 목소리엔 웃음기가 가득 담겨 있었다.

"너무 놀랐어요."

"미안, 미안."

혜인에게 오렌지 주스를 하나 건네면서도 웃음을 멈추지 못했다.

"그만 갈까?"

승현이 웃음기를 삼키며 혜인에게 점심을 먹으러 가자는 듯 학생식당을 가리켰다. 혜인은 자신의 가방과 손에 쥔 음료수를 챙기며 그를 뒤쫓아 걸었다.

"어? 왜 이렇게 일찍 왔어요? 12시에 끝난다면서요."

혜인은 약속시간보다 일찍 나온 그를 보며 물었다. 아직 열한시 반밖에 되지 않았다.

"너 더운데 기다릴까 봐 일찍 왔지."

혜인은 그를 보고 미소를 띠웠다. 참 자상한 사람이었다. 혜인과 승현이 다정스럽게 학생식당으로 향했다.

"혜인이 너는 선생님이 되고 싶은 거야?"

"뭐…… 생각은 하고 있는데 잘될진 모르겠어요. 낯도 많이 가리고……."

사실 대학을 졸업해야겠다는 일념 하에 다니곤 있지만 막상 졸업 후 무엇을 해야겠다 생각 하는 건 아니었다. 국어교육과를 들어와 부모님은 당연히 국어교사가 되는 것을 생각하시지만 혜인은 잘 모르겠다. 자신이 애들을 과연 잘 가르칠 수 있을까 고민도 되었다.

"어? 저기 네 친구 아니야?"

승현이 가리키는 쪽을 바라보자 혜인의 눈에 불꽃이 서렸다. 남의 사과는 깡그리 무시해놓고 웬 여자와 다정스럽게 걸어가고 있었다.

"여자 친구 생겼나 보네."

"상관없어요."

하진의 옆에는 1학년 퀸카라는 여자애가 척 달라붙어 있었다. 혜인은 기가 막히고 기분도 나빴다. 자신은 아침부터 욕을 먹었는데 저놈은 아마 욕도 안 먹을 것이다. 욕은커녕 잘 어울린다는 말만 들었겠지. 하진이 뒤를 돌며 혜인을 봤지만 이내 무시하고 시선을 돌렸다. 혜인은 순간 기분이 확 상해버렸다. 혜인은 찬바람이 쌩할 정도로 하진을 싸늘하게 지나쳐갔다. 하진도 자신을 무시하는데 굳이 혜인도 그와 알은 체할 필요는 없었기 때문이었다.

"싸웠어?"

승현이 걱정스럽게 물어왔다.

"어머, 저랑 싸울 사이도 아닌 걸요? 얼른 가요."

담담하게 말을 하면서 속은 왜 이리 부글부글 끓고 심장은 찌릿찌릿 저려오는지 알 수가 없었다. 혜인은 갑자기 통증이 일어나는 심장을 한번 손으로 대보았다. 이거 언젠가도 한 번 느껴봤던 기분인데…… 혜인은 대수롭지 않게 그것을 넘겨버렸다.

학교식당에서 밥을 먹는 내내 혜인은 기분이 나빴다. 승현이 강의 시간 때문에 먼저 일어난다는 얘기도 듣는 둥 마는 둥 하고 혜인은 혼자 밥을 꾸역꾸역 다 비워내고 강의실로 올라갔다. 오늘 시간표대로라면 솔지와 강의를 계속 같이 들어야 정상인데, 솔지는 아직도 보이지 않았다.

날씨는 청명한데, 왜 이리 기분은 더럽고 꿀꿀한지. 하진과 잘 어울리던 그 여자애가 생각나 화딱지가 났다. 그렇게 붙어 다닐 거면 자신은 그동안 왜 데리고 다닌 건지. 혜인은 끓어오르는 화를 애꿎은 입술에만 화풀이 해댔다. 그리고는 가방을 꽉 쥐고 무언가 결심이라도 한 듯 강의실을 빠져나갔다. 그녀가 나갔지만 누구하나 신경 써주는 사람도 없었다.

혜인은 오늘 꿀꿀한 기분을 벗삼아 난생처음 일탈이라는 것을 하고 있었다. 그녀에게는 강의는 곧 금이요, 진리였다. 아무리 쓰러지게 아파도, 링거를 꽂고라도 학교는 꾸역꾸역 나갔다. 하지만 오늘은 아픈 것도 아니었고, 단지 꿀꿀 하다는 이유 하나 만이었지만, 어째 아픈 것보다 기분 안 좋은 게 더 견디기 힘들었다. 오늘은 도저히 안 될 거 같았다.

밖으로 나오자, 공강이거나 오전강의만 있는 사람들이 캠퍼스 안을 활보하고 다녔다. 숨을 깊게 들이마시며 주위를 둘러봤다. 나오긴 나왔는데, 어디를 가야 할지 막막했다. 강의에 들어간 승현을 불러낼까 하다 혜인은 휴대폰을 닫았다. 남에게 폐를 끼치면 안 되는 것이었다. 길게 뻗어 있는 아스팔트 위를 천천히 걸어갔다.

"야! 내가 너한테 미련이 남아서 이러는 줄 알아?"

귀청이 먹먹할 정도로 날카로운 목소리가 들려왔다. 화들짝 놀라며 혜인이 주위를 두리번거렸다. 목소리가 참 익숙했다. 소리가 나는 쪽으로 조심조심 걸어가니, 솔지가 머리카락을 헝클며 전화에 대고 분노를 쏟아내고 있었다.

"끊어! 너 따위랑 사귀어준 걸 고맙게 생각해야지! 어디서 분수도 모르고! 원숭이새끼, 너 연락하면 죽여 버릴 거야!"

솔지는 지나가는 사람들이 자신을 주시하는 것도 신경 쓰지 않고, 그 자리에서 포효했다. 흠칫 놀란 혜인이 서서히 뒷걸음질 칠 때, 솔지가 그녀를 바라봤다.

"아, 안녕……."

"허? 야, 왜 내 꼴이 우습냐? 또 말해 봐! 오랑우탄 놈이나 만나라고! 또 말해보라니까!"

"야! 그건 네가 날……."

"아이고! 서러워라! 그래, 나 원숭이 같은 놈한테 차였다! 흐어어엉."

갑자기 주저앉아 엉엉 울음을 터트리는 솔지 때문에 사람들이 혜인을 보고 수군거렸다. 단번에 솔지를 울린 주범이 혜인이 돼 버렸다. 혜인은 한숨을 푹 내쉬며 아이처럼 울고 있는 솔지에게 다가갔다. 그동안 참 미웠던 것이 많았는데 그녀가 악을 써대며 우는 것을 보자, 기분이 영 이상했다.

"야…… 울지 마."

"흐어어엉. 내가 왜! 아아악! 억울해. 흐어어엉."

자존심이 상했는지 솔지는 주저앉아 자지러지게 울기 시작했다. 이제는 귀가 따끔거리는 것보다 먹먹했다.

"솔지야, 우리 기분도 더러운데 어디 가서 술이나 한잔 할까?"

"내가 너랑 왜."

눈은 빨개지고 콧물이 나는지 훌쩍이면서도 술 얘기에 울음이 뚝 그쳤다. 지나가다 듣기론 솔지는 알아주는 애주가였다.

"너 어차피 지금 할 거 없잖아."

"아, 아니야! 있어!"

"알았어. 알았어. 우리 솔지, 자! 얼른 가자!"

솔지는 못이기는 척 자리에서 일어나 혜인과 함께 걸어갔다. 아무래도 서랍 속으로 들어가야 할 돈들은 오늘 제대로 빛을 보게 생겼다.

혜인과 솔지는 대낮부터 호프집에 마주앉았다. 골뱅이와 치킨을 시켜놓고 둘은 천천히 맥주부터 달리기 시작했다.

"야, 진짜 네가 보기에도 내가 아깝지 않냐?"

"당연한 소릴! 어디서 그런 원숭이 놈이!"

"내 말이! 아오! 야, 더 마셔."

혜인은 호프집의 어둑어둑한 분위기와 함께 알딸딸한 기분을 느껴가며 만족스럽게 웃었다.

"유하진 그 새끼도! 그 일학년 퀸카라는 계집애랑 같이 있는 거 있지? 지 놈 때문에 내가 왕따가 됐는데!"

"그 일학년? 역시 그놈도 똑같은 남자구나! 하진이가 참 탐났는데……."

솔지는 입맛을 쩝쩝 다시며 닭다리를 늘어지게 뜯었다. 혜인은 맥주를 한 모금 크게 들이켜며 헛웃음을 터트렸다.

"네가 몰라서 그래! 그놈이 얼마나……."

"얼마나?"

솔지의 거슴츠레하던 눈빛이 반짝반짝 빛이 나자 혜인은 자신의 못난 입을 저주했다. 사실을 말하고 싶었다. 하지만 말하고 싶어 근질거리는 입이 어쩐지 떨어지지 않았다. 혜인은 하진을 헐뜯고 싶어도 할 수가 없었다. 22년 동안 미운 정밖에 안 들었지만, 그래도 정은 정이었나 보다.

"얼마나……. 그래! 맞다! 걔가 얼마나 꼼꼼한데. 그, 그게 얼마나 피곤한줄 알아?"

솔지는 좋다가 말았다는 투로 닭다리를 접시에 집어던지며 턱을 손으로 괬다.

"에휴, 그래도 그런 남자 친구 하나 있었으면 좋겠다. 부럽다. 서혜인."

"내, 내가 왜……."

"내가 왜에? 야, 걔 같은 애가 어디 있어! 지 강의도 없는데 너 데려다주러 학교 나오지, 자상하지, 잘생겼지, 거기다 돈 많지, 너 하나만 바라봤지."

"그랬나……?"

솔지의 말에 괜히 마음이 이상해졌다. 뭉클하고 뜨거운 감정이 복받쳐 올라오는 이상한 기분이 들었다. 혜인은 고개를 절레절레 흔들며 탁자를 쾅하고 내리쳤다. 1학년과 있던 모습이 생각나서 다시 기분이 급격히 나빠졌다.

"지금은 아니잖아!"

"그건 그렇지……."

혜인과 솔지는 입맛만 쩝쩝 다셨다.

"에이씨! 언니, 여기 소주 두 병 추가요!"

혜인과 솔지는 우울해진 기분을 날리기 위해 다시 술잔을 기울였다.

일명 소맥이 뱃속으로 들어가 배가 터질 지경에 이르렀을 땐, 벌써 어둑어둑해진 저녁 무렵이었다. 가을이 바싹 다가옴에 따라 해가 조금 짧아졌다. 솔지와 혜인은 다정스럽게 어깨동무를 하며 길거리를 걸어 다녔다.

"헤헤. 솔지야, 땅이 올라와."

"바보! 땅이 꿈틀거리잖아! 지렁이다! 지렁이!"

서로를 바라보며 헤벌쭉 웃음을 지었다. 아직 7시 반밖에 되지 않았는데 알딸딸하게 취한 둘을 사람들은 이상한 눈으로 쳐다봤다. 행여나 부딪힐세라 조심히 피해 다녔다.

"야! 2차 가자. 2차!"

"2차 콜!"

둘은 비틀거리며 거리를 돌아다녔다. 기분이 너무 좋았다. 이 맛에 술을 마시는 거였다. 몽글몽글한 기분을 가슴에 안고 2차 장소를 물색하는 혜인의 어깨를 누군가 툭 치고 지나갔다. 술을 마시면 용감해진다더니, 혜인은 성질이 확 치고 올라왔다.

"아저씨! 지금 나 쳤어?"

혀는 반쯤 꼬부라져서 삿대질을 해가며 친 사람을 노려봤다.

"혜인이?"

"어? 오빠다!"

혜인은 어깨동무했던 손을 풀고 다이아몬드 스텝을 밟아가며 남자에게 달려갔다. 결국은 쓰러지려는 혜인의 팔을 잡아 준 것도 그 남자였다. 혜인을 잡고, 솔지를 보니 참 가관이었다. 솔지는 자신을 놓고 간 혜인에게 소리를 질러댔고, 혜인은 아무것도 모르고 헤실 거리며 웃고 있었다.

"하원 오빠!"

까악거리며 반갑다는 듯 달려오는 혜인의 몸에서 술 냄새가 확 풍겼다. 얼마나 마신건지, 독하게 풍겨오는 술 냄새에 인상이 저절로 찌푸려졌다.

"사장님, 아시는 분이에요?"

같이 있던 직원이 그에게 물었다. 하원은 고개를 끄덕일 힘조차 없다. 그는 직원의 도움으로 가까스로 끙끙거리며 솔지와 혜인을 bar 안으로 데리고 왔다. 하원은 혜인을 눕혀놓고 머리에 송골송골 맺혀 있는 땀방울을 닦아냈다. 술에 취해서 그런지 혜인의 힘이 장난이 아니었다. 끌고 오는 동안 혜인 때문에 하원은 생사의 고비를 몇 번이고 맛봤다. 가게가 그나마 가까워서 다행이었지, 걸어오는 내내 어찌나 소리를 질러대고 웃고 떠들던지, 귀가 멍멍했다. 하원은 처음으로 차를 안 가져온 오늘을 후회했다.

둘을 자신의 사무실 소파에 눕혀놓고 하원은 혜인의 휴대폰을 뒤졌다. 전화번호부를 누르자 5개의 번호가 나란히 떴다. 하원의 눈이 낯선 남자의 이름을 보고 조금 커다래졌다 다시 제 모습을 찾았다.

"하진이 놈이 장난 아니었을 텐데……."

그는 동생을 너무 잘 아는 형이었다. 보지 않아도 하진이 얼마나 속을 끓이고 있을지 뻔히 알 수 있었다. 하원은 빙긋이 웃으며 어디론가 전화를 걸었다.

"나다. 혜인이 여기서 술 취해서 뻗어 있다. 얼른 데리러 와라."

상대방이 소리를 지르는지 하원이 휴대폰을 귀에서 뗐다 다시 붙였다.

"뭐, 귀찮으면 안 와도 돼. 여기 다른 사람 번호도 있네. 승현 오빠? 아무튼 그 사람한테 전화할 테니 그렇게 알아."

하원은 만족스러운 웃음을 지으며 전화를 끊었다. 잠이 든 혜인의 얼굴을 물끄러미 내려다보았다. 어려서는 나이대가 거의 고만고만해서 항상 붙어서 놀았다. 특히 소꿉놀이를 많이 했는데 혜인의 남편 자리를 놓고 형제들은 매일 다퉜다. 그래도 하원은 안 되면 포기하곤 했지만 하진만은 유독 끝끝내 우겨 그 자리를 차지하고 말았다. 어려서도 얼마나 집착이 강했던지, 결국 대학까지 같이 갈 줄 누가 알겠는가. 하원은 미소를 지으며, 솔지와 혜인이 잠이 든 곳에 문을 조심히 닫았다.

하진은 휴대폰을 거칠게 집어던졌다. 가뜩이나 이상한 계집애가 들러붙어 오늘 하루 종일 기분이 더러웠다. 전날 홧김에 진성과 클럽을 왔는데 웨이터가 데리고 온 여자애가 같은 학교일 게 뭐란 말인가. 코에 휴지를 몇 개나 넣었는지 앵앵거리며 안기는데, 어찌나 짜증이 나던지……. 조용히 마시려던 하진의 계획이 결국 물거품이 되어버렸다.

하진은 술잔을 거칠게 들어 들이켜려다가 다시 내려놨다. 아직도 술병들은 뜯지도 않은 채 그대로였다. 혜인은 자신을 본체만체하더니 뭐하러 자신을 부르는지.

"뭐야? 누군데?"

진성이 술잔을 들이켜며 물어봤다. 하진의 이맛살이 와락 찌푸려진 것이 별로 좋은 일은 아닌 듯싶었다.

"아, 몰라."

하진은 신경 안 쓴다는 듯 다시 술잔을 거칠게 집어 들었다. 막 판을 시작하려는데 이게 무슨 봉변이냔 말인가. 더구나 이게 다 누구 때문인데. 신경 꺼달라는 사람에게 말끔하게 신경 꺼주기로 하였다.

하진은 술잔을 다시 입술에 댔다 쾅 하고 내려놨다. 스트레이트 잔은 일렁거리며 싸한 알코올이 손등을 적셨지만, 상관하지 않았다. 분명 신경 안 쓰고 마시면 되는데 뭐가 이리 찝찝한지. 승현의 모습이 머릿속에 두둥실 떠오르며 이제는 모텔로 혜인을 끌고 가는 모습까지 상상되었다. 기생오라비같이 생긴 놈이 참 마음에 들지 않았다. 진성은 그런 하진의 모습을 보고 고개를 절레절레 흔들었다. 항상 미친놈이긴 했지만, 어찌된 것인지 오늘은 그 상태가 유난히 더 심해보였다.

"야, 일어나."

입속으로 털어 넣던 술이 목에 턱 걸려버렸다. 켁켁거리며 진성이 뭐냐는 듯 보자, 가뜩이나 더러운 이상이 더 사납게 구겨졌다.

"일어나라고!"

하진은 안 가겠다며 아리따운 Girl들과 함께 놀겠다는 진성의 애원을 애써 무시하고 질질 끌고 나왔다. 밤공기가 차갑게 내려앉았지만 하진의 이마는 펄펄 끓었다. 술을 한 모금도 못 마신 덕분에 운전은 참 수월했지만 꽤씸한 기분을 지울 수가 없었다. 승현과 하하 호호 하며 그를 무시하던 그 얼굴이 생각나 화가 났다. 그런데도 안 간다는 진성까지 끌고 혜인을 데리러 가는 자신이 참 한심했다.

Girl들과의 격한 회동을 뒤로한 채 끌려나온 진성은 툴툴거렸다. 초딩들 싸움에 자신만 죽어나게 생겼다. 스테이지에 마음에 드는 여자가 있었는데, 진성은 입맛만 쩝쩝 다셨다.

"새끼야, 천천히 달려."

하진의 운전이 점점 난폭해졌다. 아마 단속카메라에 여러 번 찍혔을 것이다. 진성의 당부를 깡그리 무시한 후 끼익 요란한 소리를 내며 차가 멈춰 섰다. 진성은 안전벨트를 꽉 잡고 주위를 둘러봤다. 하진은 내리라는 소리도 하지 않은 채 자신만 저벅저벅 걸어갔다. 아크릴 계단을 내려가는 내내 돌아갈까 했지만, 승현인지 뭔지 기생오라비한테 업혀 보낼 수는 없었다. 육중한 검은 문을 열던 하진이 화가 났던 기분도 모두 잃어버린 채 입을 쩍 벌리고 멍하니 bar 안에서 일어나는 광경을 지켜보고 있었다.

"예! 체킬업! 아임 혜인. 예예에예! Come on yo!"

혜인은 랩이라도 하겠다는 것인지 손가락 두 개를 펼치며 솔지의 얼굴에 대고 열심히 흔들어 댔다. 회식자리에서 부장님 넥타이마냥 머리에 두른 저 출처를 알 수 없는 두건은 또 무엇이란 말인가.

"Yo!"

추임새를 넣는 솔지 또한 참 가관이었다.

"나는 솔지와 오늘 술을 마셨어!"

"마셨어!"

"오늘 즐거웠지! 유하진 개쉬끼도 봤어!"

"개쉬끼도 봤어!"

"여우같은 년이랑 있었쥐!"

"있었쥐!"

"혜인아…… 제발……."

하원과 직원이 혜인과 솔지를 달래며 애원했지만, 술 취한 그들은 하원의 목소리가 그저 추임새 정도로만 들렸을 것이다. 흥에 겨운 혜인의 발 하나는 벌써 탁자 위에 있었다. 그리고 유명 랩퍼처럼 혀를 꼬부려가며 열심히 랩 질이었다. 시작은 항상 Yo, Yo였다. 도저히 낯 뜨거워 보고 싶지 않은 저 손가락 두개는 여전히 펼쳐져 있었다. 혜인은 bar 안을 무대처럼 누비며 열심히 랩을 했다.

"A—Yo, 사장, 입 닥쳐! 나 랩하는 거 안보여?"

"안보여?"

"그 새끼 완전 나쁜 놈이야! 예! 나는 서혜인! 너는 김솔지!"

"예!"

"우린 완전 멋진 여자들! 예!"

"야, 그건 나만이지!"

"에이씨, 아닌데!"

티격태격 하면서도 서로를 보며 헤벌쭉 웃어댔다. 혜인은 랩이라고 하기도 참담한 씨부림을 목청 높여 부르고 솔지는 소리를 고래고래 질렀다. 솔지는 장단을 넣겠다는 것인지 포크를 테이블 위로 내리치며 헤벌쭉 웃었다.

하진은 그 상황이 기가 막혀 말도 나오지 않았다. 벌어진 입이 제자리로 돌아오기까지는 한참의 시간이 걸렸다. 혜인이 술 먹는 것도 오랜만에 보지만, 저런 주사가 있는 것도 처음 알았다. 진성은 하진을 툭툭 치며 그 자리에서 박장대소했다. 제 딴에도 웃기긴 한 모양이었다.

"너보고 개새끼라는데?"

"입 다물어."

진성과 하진이 티격태격 하는 사이 땀을 뻘뻘 흘리며 하원이 그들에게 헐레벌떡 뛰어왔다. 저 천하의 바람둥이가 저 정도 사태까지 갔으면 말 다한 것이었다. 하원의 마인드는 친절과 봉사였다. 그것은 여자들에게만 해당됐는데 그런 마인드도 버렸다는 것은 진상도 보통 진상이 아니었다는 뜻이었다.

"야! 얼른 와서 좀 말려 봐! 가게 손님들 다 떨어지겠어!"

"허!"

나중에 하는 행동은 더 가관이었다. 직원이 잡는 팔을 뿌리치고 혜인과 솔지는 뒤엉켜서 울음을 터트렸다. 우는 것도 참 가지각색이었다. 솔지는 마스카라 범벅된 눈물을 펑펑 흘리고, 혜인은 아이처럼 앉아 목 놓아 울었다.

"으아아앙. 저 테이블이 움직여."

"아아악! 포크가 불쌍해."

하진은 황당함을 뒤로하고 하원의 응원을 받으며 저벅저벅 걸어갔다. 노래하며 울다 웃은 게 몇 번이나 반복된 듯했다. 몇 분을 펑펑 울더니 다시 노래를 시작했다.

"A—Yo, Yo, Yo!"

"A—Yo, Yo, Yo!"

저게 과연 앙숙이 맞나 싶을 정도로 죽이 잘 맞았다. 솔지와 혜인이 사이가 좋지 않은 것은 진작 알고 있었다. 하진은 뒷목이 뻐근했다.

"야, 일어나."

짜증 섞인 목소리로 혜인의 팔을 툭툭 쳤다.

"어? 유하진이다? 으헤헤헤. 거지같은 유하진 새끼다."

"맞다, 맞다. 거지같은 유하진 새끼다."

둘은 세트였다. 아무렇지 않게 자신보고 새끼라며 손가락질을 해댔다. 속이 조금씩 부글부글 끓었다. 혜인의 눈은 반쯤 풀려 이마는 어디서 부딪혔는지 살구만한 혹이 생겨 있었다. 거기다 아래를 보니 청바지는 무릎이 반쯤 찢어져 있었다. 어지간히 난동을 피우고 다닌 듯싶었다. 보지 않아도 상상이 갔다. 이 시간대면 테이블이 미어져라 손님들이 들어차 있어야 했는데 혜인과 솔지의 난동 탓에 손님이 한 테이블도 없었다.

하진은 한숨을 깊게 내쉬었다. 저걸 죽일 수도 없고. 애먼 자신의 머리만 거칠게 헝클었다. 하원은 지친 몸으로 의자에 널브러져 앉아 있었고, 진성은 그 광경을 키득거리며 구경만 했다. 하진은 쪼그려 앉아 등을 혜인에게 내밀었다.

"야, 업혀."

"시로, 시로. 나는 유하진이 시룬걸?"

혜인은 몸을 배배 꼬며 요염하게 하진의 넓은 등짝을 내려다봤다. 이마에 퍼런 힘줄이 툭 불거져 올라왔다.

"얼른 업혀라."

"이히히히, 나 잡아 봐라."

하진의 등을 퍽 밀며 혜인은 bar 안을 뛰어다녔다. 혜인의 발걸음은 나비가 날아가듯 가벼웠다. 술에 취하면 힘이 세진다더니 그 말은 사실이었다. 하진은 바닥에 엎어진 채, 어금니를 꽉 깨물었다. 무릎에 붙어버린 먼지를 털어내고 바라보니, 이번엔 bar를 뱅뱅 돌아다니고 있었다. 의자가 발에 걸리면 발로 차버리고 했는데, 그 모습에 직원의 얼굴색이 급격하게 어두워졌다. 아마 혜인이 나가면 주방에 있는 소금을 모조리 뿌려 버릴 것이다.

"잡히면 죽는다."

"이히히히."

하진은 짜증스러운 표정으로 혜인을 따라다녔다. 저질체력 주제에 체력이 오늘은 참 넘쳐흐르셨다. 가게 안을 몇 번이고 돌자 하진도 슬슬 화가 올라오기 시작했다. 느긋하던 걸음에 속력을 높였다. 그리고 얼마 지나지 않아 혜인의 손목을 거머쥘 수 있었다.

"아, 잡혔다. 히히."

안 흘리던 눈웃음까지 흘려대며 혜인이 하진의 손을 꽉 잡았다. 갑작스런 진지한 모습에 하진도 조금 놀랐다. 이제 정신이 제대로 돌아오는 모양이었다. 혜인의 눈빛이 촉촉하게 젖어들었다.

"뭐? 물 줘?"

고개를 가로저었다.

"그럼?"

"뽀뽀 안 해주면 안 갈 끄야!"

널브러져 있던 하원도, 의자를 줍던 직원도, 박장대소하던 진성도 경악으로 입이 쩍 벌어졌다. 가장 충격 받은 것은 단연 하진이었다.

"얼른 해줘. 나 안 갈 거야!"

발을 동동 굴러가며 혜인이 칭얼거렸다.

"가자, 얼른."

"시로, 시로. 얼른 해줘. 웅?"

두 눈이 묘하게 빛났다. 하진은 한숨을 깊게 내쉬었다. 벌써 몇 번째 한숨인지 모르겠다. 하진은 혜인을 쫓아다니며 몇 번을 다짐했는지 모른다. 다시는 술을 먹게 하지 않으리라.

"나가자. 나가면 해줄게."

"정말?"

"어."

혜인은 등을 내미는 하진에게 폴짝 업혔다. 하진은 혜인을 가볍게 업어 들고 bar를 나섰다. 솔지는 진성에게 맡긴다는 당부의 말까지 잊지 않았다. 차안으로 들어가지 않겠다는 혜인을 억지로 태워 넣고 문을 닫았다. 하진은 문을 닫고 허리를 쫙 폈다. 계단을 올라오는 동안에도 얼마나 난동을 피우는지 떨어뜨릴 뻔한 게 몇 번이었다. 혜인은 이제 안전벨트를 가지고 장난치기 시작했다. 하진은 고개를 절레절레 흔들며 운전석에 올랐다. 차키를 꽂고 시동을 걸려는 하진의 손을 혜인이 꽉 잡았다.

"왜?"

"뽀뽀!"

하진의 고개가 돌려진 틈을 타, 혜인이 쪽 소리가 날 정도로 입술을 진하게 맞췄다. 하진은 그 자리에서 경직되고 말았다. 온몸이 얼음처럼 빳빳하게 굳어버렸다. 혜인은 방실방실 손뼉까지 치며 웃었다.

"히히, 고 계집애 만나면 주글 줄 아라!"

경직돼 있는 하진의 뺨에 다시 쪽 입을 맞췄다. 자신의 뺨에 보드랍고 촉촉한 무언가가 닿자 하진은 자신의 입술과 뺨에 손을 한 번씩 대보았다. 온기가 아직도 감돌았다. 코끝에 강하게 풍기는 술 냄새도 하나도 느껴지지 않았다. 허나 이거 뭔가 좀 아쉬웠다. 하진이 요염한 미소를 띠며 혜인을 바라봤다.

"혜인아."

유혹적인 입술이 열렸지만, 하진이 다시 혜인을 봤을 땐 이미 눈을 감은 상태였다. 혜인은 털썩 차 시트에 등을 파묻고 입술을 오물거리며 잠에 빠져들었다. 묘한 기분을 만들어놓고 편하게 자고 있었다. 볼을 콕콕 찌르며 깨워봤지만 자는 사람이 무엇을 알겠는가. 고른 숨소리까지 내며 아주 편하게 잠이 드셨다.

하진은 허탈해진 기분을 안고 시동을 걸었다. 승현이 이곳에 왔을 때의 상황을 생각하니 몸서리가 쳐졌다. 자신의 결정이 탁월했음을 느끼며 천천히 차를 움직였다. 술이란 게 꼭 나쁜 것은 아니라는 것을 느끼며 둘이 있을 때는 가끔 먹여도 되겠다는 엉큼한 생각까지 했다. 올 때와는 사뭇 다른 즐거운 표정으로 콧노래까지 흥얼거리며 운전을 했다.

차고에 차를 주차시키고 하진은 다시 혜인을 들쳐 업었다. 그나마 다행인 것은 가는 동안 단 한 차례도 혜인이 깨지 않았다는 것이다. 만약 깨기라도 했다면 아까의 난동이 반복될지 몰랐다. 등에 축 늘어진 혜인을 업고 정원에서 두 채의 집을 번갈아가면서 바라봤다. 외박을 시키자니 안 될 거 같고, 이대로 집으로 들여보내자니 혜인의 엄마가 불같이 화를 내실 것이 뻔했다.

잠시 고민하는 사이 누군가 바스락거리는 소리가 들려왔다. 하진은 놀란 가슴을 애써 감추며 현관문을 열었다. 혜인의 엄마에겐 대충 둘러대고 이곳에 재울 생각이었다.

모두 잠이 들었는지 불이 꺼져 있었다. 조심조심 발걸음을 옮겼다.

"이제 오니?"

하진의 엄마는 머그잔을 들고 하진을 물끄러미 쳐다봤다.

"어? 등에 뭐야? 혜인이?"

하진의 엄마의 목소리가 놀람과 동시에 커졌다. 하진은 난처함에 얼굴을 찡그렸다.

"혜인이가 왜 여기 있어?"

"아, 선배들이 과음을 시켰나 봐요. 어쩔 수 없이 집으로 데려왔어요."

무언가 미심쩍은 눈초리를 보내긴 했지만 하진의 엄마는 나름 수긍했다. 요새 뉴스에서도 신입생환영회니 하며 많이들 떠드니 크게 의심은 안하는 듯 보였다.

"얼른 눕혀. 애 힘들겠다."

"네, 쉬세요."

하진은 끙끙거리며 2층 계단으로 올라가 혜인을 자신의 침대에 털썩 눕혔다. 그의 이마엔 송골송골 땀방울이 맺혀 있었다. 안 간다고 난리치는 것도 힘들지만 축 늘어진 혜인을 업고 오는 일도 꽤 힘들었다. 문득 잠이 든 혜인의 얼굴을 바라봤다. 코끝까지 흘러내린 안경을 벗겨서 협탁 위에 놔뒀다. 긴 속눈썹이며 동글동글하지만 오똑하고 작은 코며, 얼굴이 썩 예쁘진 않아도 하진 눈에는 귀엽게만 보였다. 혜인의 얼굴에 붙은 머리카락을 손으로 가볍게 떼어주고 그녀의 봉긋한 이마에 입을 맞췄다.

"속 좀 그만 썩여라."

혜인의 코를 검지와 엄지로 살짝 잡고 비틀었다. 툭하면 속을 썩이는 통에 그의 속이 썩어 문드러지는 것 같았다. 세상에서 가장 잘난 자신을 두고 이상한 놈에게나 관심을 보이는지…… 코에 닿는 느낌이 간지러운지 혜인이 뒤척거리자 하진이 옅은 미소를 지었다. 그는 혜인의 목까지 이불을 잘 덮어준 후 방문을 나섰다. 아무래도 오늘은 하원의 방에서 자야 할 거 같았다. 혜인 때문에 유난히도 많이 쓴 허리를 풀어주며 그는 하원의 방으로 성큼성큼 향했다.

눈꺼풀 사이로 빛이 새어 들어왔다. 입안이 바싹 마르고 타들어갈 듯한 갈증이 입안에서 느껴졌다. 눈을 한손으로 비비며 몸을 일으키자, 머리가 깨질 듯 아팠다. 머리도 아프고 이마도 따끔거리는 게 영 기분이 별로였다. 온몸도 두드려 맞은 듯 쑤셔댔다.

혜인은 눈살을 찌푸리며 방안을 쓱 둘러봤다. 아픈 이마를 한번 쓱 문지르며 다시 방안을 둘러봤다. 반쯤 반겼던 눈이 번쩍 떠졌다. 익숙하지만 전혀 다른 느낌, 여긴 자신의 방이 아니었다. 파란 벽지, 자신의 방답지 않음 깔끔함. 여긴…… 하진의 방이었다.

"으아악!"

혜인은 괴성을 내지르며 침대 위에서 내려오다 이불에 걸려 바닥으로 굴러 떨어졌다.

혜인은 울상이 되어 버렸다. 어제 솔지와 술을 마셨던 거까지는 기억이 나는데 술집을 나와서부터 기억이 전혀 없었다. 혜인은 자신의 머리를 콩콩 때렸다. 술 먹고 기억을 잃어 답답해하는 거, 절대 남 일이 아니었다.

혜인은 조용히 이불을 침대 위에 올려두었다. 그리고는 자신의 가방을 찾기 위해 방안을 두리번거렸다. 가방은 책상 위에 가지런히 올려 있었다. 그리고 그 옆에는 약병이 하나 놓여 있었다. 일명 술 깨는 약. 혜인은 하진이 미웠던 감정이 순식간에 사라지고 눈가가 촉촉하게 젖어갔다. 약까지 챙겨들고 슬그머니 문을 열고 나무계단을 까치발 든 채로 조심조심 내려갔다.

"어? 혜인이 깼니?"

혜인은 하마터면 계단에서 굴러 떨어질 뻔했다.

"어…… 아, 안녕하세요."

"지금 가니?"

"네, 제, 제가 어제 너무 폐를 끼쳤죠……. 죄송해요……."

얼굴이 잘 익은 토마토처럼 붉어지고 민망했다.

"아니야, 아줌마가 그렇게 꽉 막힌 사람으로 보이니? 그나저나 요새도 선배들이 억지로 술을 권하나 보구나……. 우리 혜인이는 예뻐서 더 그럴 거야."

혜인을 안으며 다독이는 하진의 엄마에게 혜인은 아무 말도 할 수가 없었다. 이건 또 무슨 소리일까. 혜인은 상황이 정리될 때까지 어제 일에 대해 아무 말도 안하기로 했다.

"아, 네……. 근데 하진이는……."

"하진이는 자. 새벽에 들어오고 또 7시 되자마자 나갔다가 들어오던데? 거기다 걔가 원래 잠자리 바뀌면 잠 못 자잖아. 밤새고 겨우 잠들었을 거야."

"아, 네……. 아줌마, 저 이만 가볼게요……. 어제 폐 많이 끼쳤습니다."

혜인은 하진의 엄마에게 공손히 인사를 건네고 도망치듯 집을 빠져나왔다. 문을 닫고 멍하니 자신의 손에 든 병을 내려다봤다. 이게 뭐라고⋯⋯. 그러면서도 가슴이 뭉클하며 빠르게 뛰었다. 혜인은 갑작스럽게 뛰는 심장에 손을 가져다댔다. 마음 깊이에서 무언가 이상 감정이 물밀 듯이 올라왔다. 뭘까? 이 감정은?

혜인은 고개를 갸우뚱거리다 자신의 정원을 가로질러 자신의 집으로 쏙 들어갔다. 문을 열자마자, 된장찌개 냄새가 코끝을 자극했다. 속이 메슥거리고, 머리가 지끈지끈 아팠다.

"혜인이니?"

"어?"

2차 관문이 분명 남았는데 이상하리만큼 엄마의 목소리가 밝았다. 엄마는 평소처럼 콧노래를 흥얼거리며 식탁에 맛깔스러운 반찬을 하나씩 내려놓았다.

"너 어제 하진이네서 과제하다 잠들었다며. 하진이 그러더라. 얼른 씻고 아침 먹어라."

"아, 어. 그렇지⋯⋯. 나 얼른 씻고 나가볼게요."

혜인은 서둘러 자신의 방으로 쏙 들어갔다. 후각이 예민한 엄마가 혹여 술 냄새를 맡기라도 한다면 자신의 등짝에 불이 날 것이 뻔했다. 혜인은 안도의 한숨을 내쉬었다. 역시 잔머리 하나는 하진을 따라올 자가 없었다. 머리가 지끈지끈 아프고 속이 타들어갈 것처럼 따가웠지만 그조차도 잊은 채 욕실로 향했다.

혜인은 버스 안에서 장렬히 전사할 것을 간신히 견디고, 겨우 강의실로 올라왔다. 오징어처럼 흐느적거리며 강의실로 들어서자 앞서 들어온 솔지가 자신처럼 흐느적거리고 있는 게 보였다. 속이 좋지 않은지 한손은 배를 쓰다듬고 있었다. 솔지는 혜인이 온 것을 보고 엉금엉금 기어서 그녀에게 다가왔다.

"속은?"

솔지의 하이톤 목소리가 한없이 갈라졌다.

"죽을 것 같아."

둘 다 몰골이 말이 아니었다. 다크서클은 입까지 내려오고 얼굴은 먹다 남은 어묵처럼 퉁퉁 부어 있었다.

"근데 나 누가 데려다 준거야?"

"나는 하진이가 데려다 준 거 같은데…… 넌 모르겠다."

둘은 깊게 한숨을 내쉬었다. 어떤 주사를 부렸는지 기억도 나질 않았다. 둘은 더 이상 말이 없었다. 말을 하지 않았다기보다 할 힘이 남아 있지 않았다. 얼굴부터 온몸이 모두 저려왔다. 얼굴 여기저기를 만져도 감각이 잘 느껴지지 않았다. 강의 시간 내내 멍하니 교수만 바라보다 혜인과 솔지는 흐느적거리며 학생식당으로 내려왔다. 오늘은 제발 메뉴가 해장할 만한 것이 나오기를 속으로 간절히 빌었다. 하지만 그 결과는 참담했다.

혜인과 솔지는 한숨을 내쉬며 라면을 받아 자리에 앉았다. 누가 먼저라고 할 것도 없이 라면 냄비를 두 손으로 번쩍 들어 마셨다. 라면 국물이 반밖에 남지 않아서야 둘의 손에서 그릇이 내려졌다. 그제야 속이 좀 풀리는 기분이었다. 하지만 아직도 손 마디마디가 저려왔다.

"근데 우리 언니가 날 혼내질 않더라? 데려다 준 애가 꽤 괜찮았나?"

"난…… 엄마가 과제하다 밤 샌 줄 알아."

이제 조금 체면 차릴 정도가 됐는지 숟가락을 들어 국물만 떠서 먹었다.

"아, 맞다. 그 네가 말했던 고 계집애 있잖아. 일학년 퀸칸가 뭔가."

"아, 어."

"걔 소문 장난 아니더라. 나이트 죽순이라며? 나이트도 돈 많은 애들 꼬시려고 간다던데? 아. 그리고 걔가 입학하자마자 찜한 게 유하진이라더라."

혜인은 그런 소문은 잘 믿는 편은 아니었지만 어쩐지 이 소문은 믿고 싶어졌다. 그런 계집애한테 홀리다니! 혜인은 거칠게 숟가락을 식판에 내려놓았다.

"나 어디 좀 다녀올게."

"야! 서혜인!"

솔지가 다급하게 불렀지만 혜인은 이미 저 멀리 간 후였다. 혜인은 씩씩거리며 식당을 나갔다. 점심시간이라 그런지 학교 전체가 시끄러웠다. 혜인은 주위를 두리번거리며 조용한 장소를 찾고 있었다. 그러던 그녀의 레이더망에 자판기 앞 벤치가 포착됐다.

혜인은 당당하게 그곳으로 가, 휴대폰을 꺼내들었다. 그러면서도 자기 자신에게 합리화를 시키고 있었다. 절대로 하진과 있던 게 꼴 보기 싫어서 그러는 건 아니라고 몇 번이고 머릿속에 각인시켰다. 친구로서 저런 애와 사귄다는 데 어떻게 보고만 있겠는가. 어제 일도 고맙기도 해서 오지랖 좀 부리는 거라 믿었다. 몇 번을 자기 합리화를 시킨 후 휴대폰 폴더를 열어 통화키를 길게 눌렀다. 뚜르르 기계음이 들리며 숨을 크게 들이쉬었다. 잘못을 한 친구를 고자질하는 어린아이마냥 심장이 두근거렸다.

"너, 걔 어떻게 됐어?"

"아, 걔?"

혜인은 휴대폰을 들고 쪼그려 앉아 하진이 전화를 받기만을 기다
렸다. 그때, 어디선가 들리는 목소리에 고개를 번쩍 들었다. 익숙한
목소리였다. 혜인은 소리가 나는 쪽으로 발걸음을 살금살금 옮겼다.
이거 도둑고양이가 따로 없었다. 무언가 온몸을 타고 불안한 기운이
감돌았다. 날씨가 분명 더운데 살갗이 서늘하게 식었다.

"너 걔 때문에 착한 척하고 다녔잖아."

"원래 그런 숙맥들은 지한테 어울리지도 않는 로맨스를 꿈꿔서 그
렇게 해야 넘어와. 넌 아직도 그걸 모르냐?"

그들은 자신들과 상관없는 가십 거리를 얘기하는 듯 아무렇지 않
게 웃고 있었다. 부드러웠던 미소가 깨진 유리조각처럼 조각나 서늘
해진 혜인의 살갗을 천천히 베어나갔다.

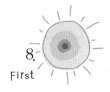

8.
First

선선한 바람이 나뭇가지를 천천히 흔들어놓았다. 혜인의 머리 위
로 나뭇잎 하나가 스르륵 내려앉았다. 머리에서 나는 느낌에 흠칫 놀
라 소리를 내지를 뻔했지만 애써 숨을 가다듬었다. 한 손에는 휴대폰
을 꽉 쥔 채로 불안정한 움직임을 보이는 심장을 다잡고 이야기에 더
귀를 기울였다. 가까이에서 본 남자들의 사이에는 희뿌연 담배 연기
가 자욱했다. 그사이에 은은하게 시원한 향이 묻어 있었다. 낯설지만
익숙했다.

"야, 그래서 언제 끝내려고?"

"글쎄…… 언제가 좋을까?"

남자가 잘생긴 입술 사이로 하얀 연기를 내뿜었다.

"아무튼 너도 그놈의 승부근성……."

"승부라……. 승부랄 게 있나? 하둔 계집애들이 유하진, 유하진

해대기에 그 여자 친구가 얼마나 대단한지 봤더니 별 거 아니었잖아. 얼굴은 완전 촌스럽기만 한 메주에다, 성격이 남달리 좋은 것도 아니었고, 섹스를 잘하는 것도 아닌 거 같고…… 여자로서 매력은 하나도 없어. 뭐, 가슴은 빵빵하더라. 근데 그것 가지고 조금 많이 모자라지 않냐, 나한텐?"

남자들은 아무렇지 않게 키득거리며 웃음을 터트렸다. 저 자리에서 혜인은 그야말로 안주거리였다. 덤으로 하진까지. 혜인의 휴대폰을 쥔 손끝이 바들바들 떨렸다. 온몸에 끔찍한 소름이 뒤덮었다. 혜인은 벌레가 기어 다니는 듯한 더러운 느낌에 아랫입술을 지그시 깨물었다. 혜인의 등 뒤로 빨간 벽돌의 찬 기운이 스멀스멀 피어올라왔다.

"아무튼 새끼, 가슴 때문에 먹기라도 하고 싶냐?"

남자의 물음에 입에 문 담배를 빼내며 그를 바라봤다. 그 눈빛이 싸늘했다.

"정신이 나가지 않고서야…… 걔 얼굴을 봐라. 그러고 싶냐. 아무튼 오늘은 클럽 좀 가서 몸 좀 풀어야지. 돼먹지도 않은 계집애 하나 꼬시느라 이게 무슨 고생이야."

혜인은 숨을 죽이며 바들바들 떨리는 손으로 문자를 적어나갔다. 얼마 안 있어 근처에서 문자 진동 소리가 들려왔다.

"호랑이도 제 말하면 나타난다더니……."

"걔야? 뭐라고 보내려고?"

"기다려 봐."

사내들이 웃음소리가 진해지면서 혜인의 휴대폰으로도 문자 한통이 전송되었다.

[나 지금 친구랑 벤치에 앉아 있어. 혜인아, 너는 뭐 해? 보고 싶다.]

그녀의 입가에 실소가 지어졌다. 이제 남자의 대화들은 더 노골적이 되어갔다. 화가 머리끝까지 솟아오르고 머릿속이 백짓장처럼 하얗게 변해버렸다.

"이제 슬슬 마무리 진도 좀 나가볼까?"

남자가 팔을 쭉 뻗으며 찌뿌드드한 몸을 기지개 폈다.

"야, 좋았는지 말해줘라. 나도 써먹어보게."

바스락거리는 소리와 함께 남자들이 일어서자 혜인은 더 몸을 아래로 숙였다. 왜 숨는 것인지 알 수 없었다. 몸이 그저 움직여졌다. 혜인은 스르륵 주저앉았다. 귓가엔 남자의 목소리가 쳇바퀴 돌 듯 반복되어 들려왔다. 바들바들 떨리는 손 사이로 진동음이 드르륵 울렸다. 이상하다. 화가 나 온몸이 사시나무처럼 떨리는데 눈물은 흐르지 않았다. 혜인은 덤덤하게 전화를 받아들었다.

"여보세요."

하지만 목소리는 한없이 갈라지고 물기를 머금고 있었다. 자신의 입을 타고 흐르는 목소리에 혜인이 흠칫 놀랐다. 애써 목청을 가다듬어 봐도 젖은 목소리는 사그라지지 않았다.

[어디야.]

"응?"

[어디냐고.]

"아…… 여기가……."

머리를 강한 망치로 두드려 맞은 것처럼 아무것도 기억이 나질 않았다. 분명히 자기가 온 길인데 기억이 나질 않았다. 혜인은 화단의

돌을 붙잡고 자리에서 일어났지만 다시 스르륵 주저앉았다.

[서혜인?]

하진의 목소리를 들으며 몇 번이고 일어서려 했지만 다시 주저앉았다. 다리에 힘이 하나도 없었다. 분명 자신은 담담한데……. 눈물도 나지 않는데…… 몸은 아니었던 거 같다. 혜인은 아랫입술을 깨물었다. 말을 듣지 않는 몸 때문에 눈물이 한두 방울씩 투두둑 떨어져 메마른 땅바닥을 적셨다.

"하진아…… 나 여기가 어딘지 모르겠어……."

혜인은 그 자리에 그대로 주저앉아 버렸다. 날씨가 평소같이 너무 맑아 눈물이 더 났다. 차라리 비련의 여주인공처럼 빗방울이라도 떨어트려주지……. 혜인은 이를 악물었지만 떨어지는 눈물을 막을 수는 없었다.

하진은 휴대폰 스피커로 들렸던 낯선 남자들의 이야기 소리를 되새기며 핸들을 꽉 잡았다. 눈빛부터 재수 없던 놈이었다. 처음 만난 그 자리에서부터 뻔히 알 수 있었다. 신이 아닌 이상 속셈까진 알지 못해도 정확하게 혜인에게 승현이 관심이 없다는 것 정도는 알 수 있었다. 좋아하는 여자를 바라보는 눈빛치고는 너무 황량하게 메마른 눈동자였다. 손등 위로 파란 힘줄이 튀어나오고 액셀러레이터를 강하게 밟아 속력을 높였다. 가로수 잎들이 하나씩 떨어져 도로 위로 내려앉았다.

혜인은 떨어지는 눈물을 손등으로 몇 번이나 훔쳤는지 몰랐다. 점점 메말라가는 눈물 사이로 강한 햇살이 비추었다. 따갑다. 따갑고 너무 강렬해 모든 것을 녹여버릴 것 같았다. 혜인은 그래서 눈물이 나는 것이라 생각했다. 그럼에도 땅에 붙은 것 같은 다리는 전혀 움직일 줄을 몰랐다.

배신의 대가는 참 컸다. 어려서부터 지독하게 겪었어도 면역이 되지 않는 것은 유독 이것 하나였다. 아직도 주먹을 꽉 쥔 손이 바들바들 떨려왔다. 온몸이 으슬으슬 춥고 머리가 지끈지끈 아팠다. 열병, 감기, 그 무엇도 아니었다. 그것은 분노였다. 그러면서도 눈치채지 못한 자신의 아둔함을 탓했다.

"서혜인……."

익숙한 목소리에 혜인이 고개를 돌렸다. 고르지 못한 숨을 고르며 저벅저벅 하진이 그녀에게로 걸어왔다. 이마에는 땀이 송골송골 맺혀 있었고, 항상 말끔했던 티셔츠가 흐트러져 있었다. 다가오는 발자국 소리에 설움이 복받쳐 올랐다. 하진은 빨개진 눈으로 아슬아슬하게 화단에 걸쳐 앉은 혜인을 아래위로 천천히 훑어봤다. 눈동자가 물기에 반짝거렸다.

"업혀."

"응……?"

자신에게 등을 내보이고 한쪽 무릎을 꿇고 앉은 하진을 물끄러미 내려다보았다. 얼굴을 간질이는 물기를 손등으로 쓰윽 닦아냈다.

"너 걸을 기운 있어?"

"아……."

귀신이었다. 그녀에 대해선 모르는 게 하나도 없었다. 혜인은 널찍한 등짝을 내려다보며 입술을 삐죽 내밀었다.

"빨리 업혀라. 아님 간다?"

일어서려는 하진의 어깨를 꾹 잡아 누르고 폴짝 등에 업혔다. 하진의 어깨에 얼굴을 묻고 숨을 깊게 들이마셨다. 승현에게 맡았던 향기와 비슷했지만 달랐다. 더 시원하고, 더 달콤하고 더 편안한 그런 향기였다.

"있잖아. 그 사람…… 나쁜 사람이었다?"

아무것도 묻지 않는 하진에게 스스로 말을 내뱉었다. 어쩌면 앞으로 누구도 믿지 못할 것 같은 자신에게 현실을 직시하라며 내뱉는 말일지도 몰랐다. 하진은 묵묵히 그녀를 업고 길을 걸었다. 하진의 등을 타고 작은 울림이 느껴졌다. 조금은 심장의 요동침도 들리는 것 같았다.

"내가 네 여자 친구라고 해서, 그래서 나한테 접근했대……."

입술 사이로 흐르는 목소리가 자신의 것이 아닌 듯 담담했다. 마음의 안정을 찾고 익숙한 것들이 느껴져서인지 이제는 눈물도 흐르지 않았다. 하지만 말 한 마디 한 마디 내뱉을 때마다 심장을 날카로운 송곳으로 콕콕 찌르듯 더 아려왔다.

"웃기지……? 넌 알고 있었어?"

분명 발이 땅에 떨어져 있었는데 흔들림이 느껴지지 않았다. 오히려 포근해서 하진의 몸이 깃털로 뒤덮인 것 같은 착각까지 느껴졌다.

"어."

"근데 왜 말 안했어?"

"서혜인은 사람 안 믿고 밀어내는 거 못하잖아. 그리고 너 그 얘기 들으면 며칠을 또 끙끙 앓으면서 울 거 뻔히 아니까 말 안했지."

혜인의 입술을 삐죽 내밀었다. 혹시라도 하진의 말을 들었더라면 이렇게 실망감에 물들지도 않고, 상실감에 물들지도 않았을 것이다.

혜인은 하진이 알지 못하게 한숨을 깊게 내쉬었다. 아둔한 자신이 너무 싫었다. 사람을 좋아해 너무 쉽게 믿어버리는 자신도 싫었다. 하진처럼 차라리 차가웠으면 좋았을 텐데…….

"나 참 바보 같다."

"그걸 이제야 알았냐?"

"진짜 바보 같아……."

목소리 끝에 울림이 더 깊어지고 등에서 들썩거리는 느낌이 몸 안으로 흘러내렸다. 애써 설움을 감추는 것을 모를 리가 없었다. 하진은 아슬아슬하게 매달려 있는 혜인을 더 번쩍 업었다. 주위에서 시선들이 느껴졌지만 둘은 이미 다른 세계에 있었다.

"때려줄까?"

혜인이 작게 도리질 쳤다.

"그럼 어떻게 해줄까?"

"다 싫어……."

체념한 채 등에 얼굴을 더 파묻었다. 자고 싶다. 한참을 울어서인지 머리가 아팠고 잠이 슬금슬금 몰려왔다. 눈을 살며시 감자, 기분이 조금 나아졌다. 하진이 어디로 걸어가는지는 알 수 없지만 공기만은 상쾌했다. 아려왔던 심장과 떨리던 몸이 서서히 본래의 움직임으로 조금씩 돌아왔다. 얼마나 걸었는지 알 수 없지만 꽤 오랜 움직임이 있었던 거 같았다. 눈꺼풀이 더 무거워지며 정신이 혼미해졌다.

"혜인아, 어디 아파?"

걱정스런 목소리로 누군가 그녀의 귓가에 속삭였다. 모든 것이 와장창 깨져버린 듯 혜인은 두 눈을 번쩍 떴다. 누군가 하진을 가로막고 있었다. 다시 한 번 그녀의 주먹을 쥔 손이 바들바들 떨려왔다. 눈물이 아니라 그녀의 얼굴엔 미소가 두둥실 떠올랐다. 혜인은 마음을 다잡은 듯 입술을 잘근 깨물었다.

"꺼져라."

베일 듯이 싸늘한 하진의 목소리에 혜인이 가만히 승현을 바라봤다. 하진에게 업혀 있는 혜인이 매우 걱정스럽다는 듯 가증스런 얼굴을 그녀에게 들이밀고 있었다.

"나 내려줘."

혜인은 몸을 비틀자 하진의 손에 힘이 더 바짝 들어갔다. 혜인이 괜찮다는 듯 하진의 어깨를 쳤다. 그제야 혜인을 잡은 손에 힘이 풀렸다. 혜인은 폴짝 땅으로 내려왔다. 작을 키로 승현을 바라보자, 꽤 높이까지 올려다봐야 했다. 그럼에도 혜인은 당당하게 그를 바라봤다.

"혜인아, 어디 아파?"

예전이라면 저 자상한 미소에 그녀의 마음이 흔들렸겠지만, 지금은 토악질이 밀려나올 것 같았다. 혜인은 심호흡을 몇 번 했다. 그리고는 두 손을 가지런히 모으고 허리를 90도로 숙였다.

"그동안 감사했습니다."

승현은 그녀의 태도에 어리둥절한 표정을 지었다. 순진하게 웃고 있는 웃음이 그녀의 심장에 더 날카로운 비수를 꽂아댔다. 저건 다 거짓이었다. 이제는 그의 눈이 보였다. 승현의 눈에는 아무것도 담고 있지 않았다. 분명 그의 눈동자가 자신을 비추고 있는데 그 속은 텅 비어버린 공간이었다. 입가에 허탈한 웃음이 지어졌다. 그것을 이제야 눈치채다니 자신이 참으로 멍청하게 느껴졌다. 여태껏 욕하던 골

빈 계집애들과 자신도 별반 다를 것이 없었다.

"혜인아?"

"그리고요."

허리를 곧게 편 그녀의 입가엔 홀가분한 미소가 지어졌다. 작은 두 손을 다부지게 주먹을 꽉 쥐었다.

"이건 날 속이고 농락한 대가예요."

빙긋이 미소를 지으며 승현의 정강이를 날카로운 구둣발로 걷어찼다. 윽 소리와 함께 승현이 허리를 숙이고 정강이를 매만지자, 혜인은 그사이를 놓치지 않고 손을 들어 그의 뺨을 찰싹 때렸다. 그 강도가 얼마나 셌는지 꽤 먼 거리에서도 살이 맞부딪히는 소리가 들릴 정도였다.

"선배님, 한 번만 더 내 눈에 띄면 죽는다. 별게 다 지랄이야, 지랄이. 흥!"

혜인은 손바닥을 툭툭 털어내며 하진에게 돌아섰다. 순간 얼이 빠져 있던 하진이 그녀를 보고 얼떨떨한 미소를 지었다.

"야, 뭐해. 나 업어줘야지."

하진은 혜인의 명령조가 약간 거슬렸지만 순순히 등을 내밀었다.

정강이에 뺨까지 맞은 승현은 다리에서 느껴지는 아픔보다 창피함에 얼굴이 더 붉게 물들어 있었다.

다시 폴짝 등에 업힌 혜인은 기분이 더 다운되었다. 때리고 할 말도 다했는데 기분은 영 별로였다. 분명 통쾌할 줄 알았는데 통쾌하기는커녕 한숨만 절로 나왔다. 세상에서 제일 무서운 것은 역시 사람이다. 혜인은 그것을 또 한 번 뼈저리게 느끼는 중이었다.

"이제 시원하냐?"

"그냥…… 뭐."

하진이 씨익 웃었다.

"내가 통쾌하게 해줄게."

"뭐?"

혜인의 발이 다시 땅바닥에 닿았다.

"여기서 기다려."

하진은 그녀에게 손을 흔들며 어디론가 저벅저벅 걸어갔다. 혜인은 불안했지만 말릴 기력도 없었다. 승현에게 모든 것을 쏟아 붓고 나니 이제 잠만 자고 싶어졌다. 하진이 무슨 일을 꾸미던 상관없었다. 벤치에 앉아 승현을 때린 손을 내려다봤다. 빨갛게 달아오른 것이 이것은 꿈이 아니었다. 허탈한 웃음이 입술 사이로 흘렀다.

순간 끼이익, 갑자기 들리는 요란한 소리에 혜인이 자리에서 벌떡 일어났다. 곧이어 쾅, 폭발하는 듯한 요란한 소리가 들렸다. 사고였다. 혜인은 소리가 들리는 방향으로 다급하게 뛰어갔다. 불안감이 온몸에 휩싸였다. 갑작스런 소란에 주차장에 있던 사람들이 화들짝 놀랐다. 그사이를 헤치고 들어가는 것은 그리 어렵지 않았다. 하얀 김이 모락모락 나는 사이로 하진이 천천히 걸어왔다. 은색 차의 범퍼가 심하게 찌그러져 달랑거리고 헤드라이트는 깨져 파편들이 아스팔트 위에 깔렸다. 사고의 범인인 하진은 아무렇지 않다는 듯 혜인을 보고 씨익 웃었다. 그 의미를 알아차리는 것은 그리 어렵지 않았다. 그녀를 밀치고 쩔룩거리는 다리로 누군가가 절규를 했기 때문이다.

"너! 이게 무슨 짓이야!"

정강이가 아픈 것과 창피함은 잊었는지 승현이 자신의 차를 향해 깨금발로 걸어갔다. 자신의 차를 몇 번이고 살펴보던 승현은 벌게진 얼굴로 하진과 혜인을 번갈아 노려봤다.

"선배님, 죄송합니다. 제가 어떤 개새끼 때문에 화가 나다 보니 이렇게 됐네요."

하진은 뒷머리를 긁적이며 미안하다는 듯 공손한 태도를 유지했다.

"너, 너!"

승현은 뒷목을 꽉 잡고 삿대질을 연속으로 해댔다. 차 앞에는 그동안 공들여 쌓은 이미지도 그동안 모범생인척 연기했던 아까움도 없는 모양이었다. 자신의 자식 같은 차가 긁히고 찌그러지고 부서지자 승현의 눈엔 불이 붙었다. 그에 반해 하진은 그저 죄송하다는 듯 미안한 미소만 지었다. 혜인이 보기엔 그저 가식적인 미소였지만 다른 사람들이 보기엔 그렇지 않은 모양이었다. 하진이 운전한 차의 테일 라이트가 약간 깨지고 범퍼가 약간 긁히긴 했지만 그 외엔 큰문제가 없었다.

하진은 빙긋이 웃으며 승현에게 다가가 낮게 속삭였다. 구경꾼들이 잘잘못을 따지고 들며 웅성거렸다.

"너 말이야. 네가 여자나 가지고 노는 싸구려 놈이라는 거 여기서 다 까발려줄까? 아니면 조용히 입 닥칠래?"

"너, 이 새끼…… 너."

승현이 이 사이로 낮게 으르렁거리며 위협을 해도 하진은 표정 하나 변하지 않았다. 오히려 내리까는 시선으로 승현의 자존심을 더 뭉개버렸다.

"난 여기서 까발려져도 괜찮은데…… 넌 어때? 여자 꼬실 때 지장 좀 있지 않겠어? 그러게 왜 남의 여자를 건드려서 이런 꼴을 당해. 멍청하긴."

승현은 입술만 지그시 깨물었다. 화가 나는지 승현의 손끝이 바들 바들 떨려왔다. 하진은 미소를 방긋 지으며 승현의 어깨를 두어 번 툭툭 쳐댔다.

"이야, 이런 멋진 선배님이 있을 줄 누가 알았겠어요. 수리비 낼 불쌍한 후배를 걱정하셔서 수리비를 안 받겠다고 하시고, 선배님 정 말 후배들의 귀감이 되실 만합니다. 정말 감사드립니다. 여러분 뭐하 세요. 박수라도 이럴 땐 쳐주셔야죠."

하진이 먼저 박수를 큰소리로 치자 주위의 학생들이 승현의 일을 두고 멋있다며 소란을 떨어댔다. 박수의 갈채까지 받은 승현은 애써 화를 참아내며 어색한 웃음을 흘렸다. 이곳에서 소리라도 지르고 싶 었지만 그러기엔 자신이 잃는 것이 너무 많았다. 성격파탄자 소리에 착하신 유하진의 사과에도 아랑곳하지 않는 천하의 악질로 비춰질 것 이 뻔했다. 승현은 온몸이 화로 불타오르는 것 같았다. 그의 행동하 나 하나를 재밌다는 듯 지켜보며 하진은 그의 어깨를 툭 치고 지나쳤 다.

"다음에 또 이딴 짓하면 차가 아니라 널 저렇게 만들어줄게."

경고의 말을 잊지 않았다. 휴지조각처럼 처참하게 일그러진 승현 을 두고 둘은 차에 올랐다. 콧노래까지 흥얼거리며 안전벨트를 매는 하진은 유달리 기분이 좋아보였다. 혜인은 낯선 차에 오르며 고개를 갸웃거렸다.

"근데 이건 누구 차야?"

"아, 이거? 유하원 차."

혜인은 고개를 쯧쯧 찼다. 저놈이 기분 좋은 것은 둘 다 한꺼번에 처리를 해서였다. 혜인은 내일 아침에 처참하게 부서진 자신의 차를 보게 될 하원이 불쌍해 눈물이 절로 날 지경이었다. 그럼에도 혜인은 이상하게 기분이 홀가분했다. 마음에 얹은 짐까지 내려놓은 기분이었다. 신나는 음악까지 들으며 창문으로 불어오는 가을바람을 고스란히 맞았다. 시원하다. 홀가분했다. 하지만 동시에 허전했다.

"근데 어디 가?"

하진이 운전하는 방향은 집과 전혀 다른 방향이었다. 하진은 말없이 웃었다. 스피커의 볼륨이 더 높아져만 갔다.

혜인의 볼에 간지러운 느낌이 들었다. 누군가 콕콕 찌르는 듯한 느낌에 눈을 번쩍 떴다. 잠시 차에서 졸았던 모양이었다. 입술 사이로 흐를 뻔한 침을 쓱 손등으로 닦아내자, 하진이 한심하다는 듯 그녀를 바라보고 있었다. 어색한 웃음만 흘리며 도착한 곳의 주위를 두리번 거렸다.

"뭐야? 여기는?"

혜인은 앞 유리를 통해 넓게 펼쳐진 물결을 바라봤다. 분명 자신이 잠이 들었을 때는 한낮이었는데 지금은 노을이 호수를 집어삼키고 있었다. 붉게 물든 그곳을 보고 혜인은 두 눈을 깜빡거렸다.

하진은 말없이 차에서 내렸다. 해가 반쯤 걸쳐진 호수 위로 잔잔한 물결이 흘러들었다. 혜인도 안전벨트를 풀고 얼른 따라 내렸다.

"흥! 오늘 같은 날은 술이라도 사줘야 하는 거 아니야?"

입으론 뾰로통한 말을 내뱉으면서도 혜인의 입가엔 미소가 지어졌다. 혜인은 늘어지게 기지개를 피워대며 바닥에 털썩 앉았다. 호수

근처는 조용했다. 가끔 지나가는 연인들이 보이긴 했지만 그들은 자신들의 시간 속에 푹 빠져 있었다. 해가 지고 있어서 그런지 어깨가 살며시 떨려왔다.

"실연당한 기분은?"

잘생긴 입술로 얄미운 말을 잘도 해댔다. 혜인은 하진의 등짝을 세게 후려쳤다.

"야, 실연이라니. 시작도 안했는데 무슨……."

한숨 자고 났더니 승현의 생각은 없어져 버렸다. 처음부터 감정이 없었던 듯 아무 느낌도 나지 않았다. 어쩌면 은연중 조금만 믿고 있었는지도 몰랐다.

"너 진짜 오늘 한 번만 봐준다."

아려오는 등을 움찔거리며 하진이 그녀를 노려봤다. 으헤헤 요상한 웃음소리를 터트리며 혜인이 옆으로 슬금슬금 물러났다. 몸은 확실히 솔직했다. 오늘 하진에게 고마운 것이 많았다. 그런 생각을 하며 하진을 바라보았다. 저 멀리 저무는 석양이 후광처럼 그를 비쳐주고 있는 것이 꽤 근사해 보였다. 잘 뻗은 콧날에 자신보다 더 좋은 피부며……

"왜, 잘생겼냐?"

저놈의 눈은 아무래도 귀에도 달린 모양이었다.

"우, 웃기네!"

"앞으로 오빠 말 좀 제발 잘 들어라. 속 좀 그만 썩이고."

하진이 혜인의 머리를 꾹꾹 누르며 쓰다듬었다. 입술은 삐죽 내밀었지만 그 기분은 좋았다. 혜인은 웃음이 나오려는 것을 애써 참아냈다.

"오빠 좋아하시네. 너나 내 말 잘 들어."

확실히 하진과 있으면 다른 생각을 할 수가 없었다. 유치한 싸움의 반복이라 싸움에만 집중하는 사이 우울한 기분은 모두 날아가 버렸다. 머리를 몇 번 쓰다듬던 하진이 꽤 진지한 눈빛으로 그녀를 바라봤다.

"아, 잊을 뻔했네. 너, 어제 술주정한 거 기억하냐?"

혜인은 고개만 갸웃거렸다. 술주정 따위 기억날 리가 있나. 하루 사이에 일이 한꺼번에 뻥뻥 터져댔는데…… 혜인의 멍한 얼굴을 바라보며 하진이 입꼬리를 쓰윽 말아 올렸다.

"왜, 왜? 내가 무슨 짓을……?"

"취중진담이라던데, 그 말이 맞을까?"

"어, 어?"

혜인의 등 뒤로 물줄기가 척추를 타고 또르르 흘러내렸다. 하진의 웃음은 악마의 미소와 흡사했다. 무언가를 감추면서도 생글생글 웃어대는 것이 기분이 좋지 않았다.

"맞을 거야. 그치?"

눈빛이 무언가를 요구하듯 혜인의 몸을 꽁꽁 옭아매고 강하게 짓눌러댔다. 하진의 검은 눈동자를 바라보다 얼떨결에 고개를 끄덕거리자, 하진이 살며시 미소를 지었다.

"네가 기억 못하는 거 같으니 내가 기억나게 해줄게."

혜인은 오싹한 기분이 들었다. 혹시라도 하진을 때렸으면 어쩌나 하는 걱정이 온몸을 휘감았다. 저놈은 분명 똑같이 해주고도 남을 놈이었다.

"뭐, 뭐 하려……"

혜인의 가냘픈 외침은 다 내뱉지도 못한 채 사라져버렸다. 혜인의 입술을 촉촉한 무언가가 강하게 짓눌렀다. 말똥말똥 뜨고 있던 눈이 스르륵 감겼다. 코끝에서 시원한 향기가 넘실거리며 심장을 강하게 두드려댔다.

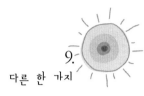

9.
다른 한 가지

입술 끝에서 느껴지는 부드럽고 촉촉함에 정신이 아득하게 멀어지려 했다. 그즈음 무언가 머릿속에 떠오르는 것이 있었다. 그것은 마치 조각난 퍼즐들이 제 자리를 찾듯 잔상이 점점 또렷해졌다.

혜인은 얼마 전 술에 취해 하진에게 했던 낯 뜨거운 행동을 떠올랐던 것이다. 그러자 온 몸이 순식간에 달아올랐다. 지금 하진과의 입맞춤에 그 일을 떠오르다니. 너무 부끄러워서 공기 중으로 사라지고 싶었다.

놀람과 동시에 번쩍 뜬 혜인의 눈으로 하진의 날카로운 턱 선과 가늘게 떨리는 긴 속눈썹이 들어왔다. 심장이 두근두근 뛴다. 마치 잘못을 저지른 것 같은, 그럼에도 설렘이 느껴지는 듯 심장이 뛴다. 숨을 앗아가듯 마주친 입술에 혜인의 머릿속이 백지장처럼 하얗게 변해버렸다. 묘한 감각에 온몸이 경직되고 다리가 풀리듯 힘이 하나도 없었다. 모든 감각이 예민해졌다.

혜인은 이성을 찾으려고 주먹을 꽉 움켜쥐었다. 하지만 시간이 길어질수록 짜릿함이 더 강하게 느껴졌다. 마치 열렬하게 짝사랑을 해왔던 상대와의 입맞춤인 듯 황홀하고 달콤했다. 숨이 턱까지 차올라 숨을 쉬기가 힘들었지만 하진이 건네주는 온기에 입술을 떼고 싶진 않았다. 첫 키스의 느낌은 롤러코스터를 타듯 아찔했고 황홀했다. 하지만 책속에 나오는 것처럼 귓가에 종이 울리지는 않았다. 키스할 때 종소리가 울린다는 것은 모두 거짓말이었다. 그것을 혜인은 오늘 처음 알았다.

혜인의 얼굴이 새빨간 토마토처럼 빨개졌을 때쯤 작은 입술을 잡아먹은 앙큼한 입술이 떼어졌다. 감았던 눈을 떴을 때 하진이 개구지게 웃고 있었다. 타액으로 반짝거리고 붉게 달아오른 입술이 어찌나 예쁘던지 혜인은 자신도 모르게 침을 꿀꺽 삼켰다.

"네가 한 행동에 책임져야겠지?"

"어, 어?"

하진의 손끝이 혜인의 얼굴에 닿아 있었다. 매일 잡고 다니던 손인데 이상하리만치 열기가 느껴져 심장을 강하게 두드려댔다. 손이 닿은 얼굴이 화끈거리고 목까지 달아오른 느낌이 느껴졌다. 하진이 부드럽게 혜인의 머리카락을 쓸어내리며 가볍게 미소를 지었다.

"네가 나한테 키스했잖아. 그러니까 책임져야지."

"뭐?"

혜인은 달아오른 얼굴도 잊은 채 자리에서 벌떡 일어났다. 이게 무슨 귀신 씻나락 까먹는 소리란 말인가. 자신이 한 것은 뽀뽀였다. 그것도 술주정으로…….

"내가 한 건 뽀뽀였잖아!"

벌떡 일어난 하진 덕에 혜인은 다시 그를 올려다 볼 수밖에 없었다.

"기억 나?"

"아, 안 나."

하진이 미소를 띠우며 요염한 눈빛으로 그녀를 바라봤다. 눈 안에 블랙홀이라도 담고 있는 듯 뇌쇄적인 눈빛을 보는 순간 눈을 뗄 수가 없었다.

"안 나? 그럼 이번에 확실히 기억나게 해줄까?"

혜인은 정신이 번쩍 들며 서둘러 자신의 입술을 한 손으로 막았다.

"기억하나 보네. 남자의 순정을 가져갔으니 당연히 책임져야지."

"뭐, 뭐?"

혜인은 기가 막혀 입만 벙긋거렸다. 저놈에게 순정이라는 말이 과연 가당키나 한 말인가. 분명 더 강한 거부를 해야 하는데 이상하게 입술이 달싹거리기만 할 뿐 말을 내뱉을 수가 없었다. 하진의 손끝이 혜인의 얼굴에 맞닿았다. 손이 조금이라도 닿으면 움찔거리기부터 하던 몸이 이제는 그의 손길을 기대했다. 손을 분명 뿌리치고 저 웃음에 속으면 안 되는데 손끝에서 전해지는 온기와 부드러움에 몸이 말을 듣지 않았다. 저놈이 분명 키스할 때 요술이라도 부린 것이 분명했다.

"자, 이제 갈까?"

얼떨결에 하진에게 몸을 맡긴 채 차안으로 돌아가는 내내 혜인의 몸은 뻣뻣한 나무막대 같았다. 분명 머리로는 이성적 판단이 가능한데 몸이 불가능했다.

돌아가는 내내 하진은 연방 콧노래를 흥얼거렸다. 하진이 왜 저럴까. 혹시 실성을⋯⋯? 혜인은 곁눈질로 하진을 보며 고개를 절레절레 흔들었다. 꺼림칙한 기분과 묘한 설렘이 공존하는 그녀의 마음을 자신도 알 수가 없었다.

질주를 하던 차는 집 앞에서 멈춰 섰다. 분명 아침부터 제대로 먹지 못한 터에 배가 고플 만도 했는데 전혀 느껴지지 않았다. 혜인은 안전벨트를 풀려는 하진의 손을 덥석 잡았다.

"왜?"

"도대체 널 책임진다는 게 무슨 뜻인데? 지금처럼 그냥 사귀는 척만 하면 되는 거 아니야?"

다급한 혜인과는 반대로 하진은 여유로운 미소를 지으며 혜인을 응시했다. 오늘따라 하진은 유난히 미소를 달고 살았다. 평소에 봐왔던 것과는 판이하게 예쁘게 웃으면서 자신을 흔들어 놓으려 했다.

"절대 아니지."

"그, 그럼⋯⋯?

"가까이 와 봐."

하진이 잡힌 손목을 끌어당기며 혜인의 몸을 자신의 쪽을 이끌었다. 솜털 하나, 숨소리까지도 느껴질 거리에서 얼굴이 서로 마주쳤다. 혜인은 마른침을 꿀꺽 삼키며 눈만 깜빡거렸다. 뛴다. 심장이 또 세차게 뛴다. 오늘 그녀의 심장은 제대로 미친 것 같았다.

"오늘 우리가 뭐 했지?"

"어? 민승현 엿 먹이기⋯⋯?"

하진이 혜인의 머리를 콩 쥐어박았다. 혜인이 자신의 이마를 한손으로 감싸며 하진을 노려봤지만, 오히려 자신이 답답한 듯 한숨을 쉬어댔다.

"그거 말고."

"아, 뭐!"

저게 지금 농담 따먹기를 하자는 것인지, 혜인은 짜증이 확 치밀어 올랐다. 가뜩이나 머릿속도 복잡하고 싱숭생숭한데 짜증만 돋우고 있었다. 혜인은 하진에게서 멀찌감치 떨어지려 했지만 강한 힘에 의해 다시 원상복귀 되고 말았다. 하진이 혜인의 얼굴을 부드럽게 감쌌다. 쪼옥. 마치 도장을 찍듯 입술이 닿았다 떨어졌다. 가벼운 입맞춤에 혜인의 혼이 달아나려 하고 있었다.

"우리 사이가 뭐였지?"

"치, 친구……."

"방금 한 건 뭐지?"

"키, 키스……?"

하진이 빙긋이 미소 지었다.

"그래. 그럼 친구 사이엔 이런 거 못하지? 그게 다른 거야."

귓가에 웅얼거림을 뒤로 하고 혜인은 어떻게 집으로 들어왔는지 알 수도 없었다. 털썩 누운 침대에서도 얼이 빠져 있었다. 손을 들어 아직도 머릿속을 떠나지 않는 보드라운 감촉에 입술을 살며시 만져보았다. 오늘 그녀는 무엇을 한 것일까? 설마…… 유하진과 키스를……?

헉 하고 숨을 깊게 들이마시며 침대 위에서 벌떡 일어났다. 눈앞으로 파노라마처럼 길고 긴 속눈썹과 반듯하게 뻗은 턱선이 다시 떠올랐다. 혜인은 침대에 털썩 누우며 손거울로 입술을 비췄다. 살짝 부풀어 오른 입술, 그리고 아직도 선명한 입술의 느낌. 이것은 꿈이 아니었다. 그녀는 한마디로 유하진에게 걸려든 것이었다. 승현의 대한 생각은 이미 저 멀리로 떠나버렸다. 그녀의 머릿속을 가득 채운 이름은 유하진, 지독히도 싫어하던 그 석자였다.

다음날 아침, 혜인은 노릇노릇하게 구워진 삼겹살을 보고도 기뻐할 수 없었다. 모든 것이 꿈이었던 듯 몽롱했다. 제대로 밥도 먹지 않고 자리에서 일어나자, 그녀의 부모님 역시 얼이 빠져버렸다. 천하의 고기 귀신이 고기를 다 마다하다니……. 이건 지구가 반쪽으로 갈라질 일이었다. 혜인의 아버지는 다크서클이 입까지 내려온 혜인을 보며 뒤에서 눈물을 훔쳤다. 그리고는 지갑에서 만 원짜리 지폐 몇 장을 꺼내 쥐어주셨다. 얼마나 학교에 찌들었으면 애가 고기를 마다하는지, 눈물이 앞을 가렸다.

"가서 친구들하고 고기 좀 사먹어. 애가 말라가지고."

예전 같으면 기뻐서 날뛰며 아빠의 볼에 뽀뽀라도 쪽 했을 텐데 지금은 그럴 기력이 남아 있지 않았다. 뽀뽀라는 생각에 혜인이 머리를 쥐어뜯으며 고개를 가로저었다. 이건 있을 수 없는 일이다. 이 불쌍한 어린양에게 이런 시련을 내리는 하늘이 원망스러웠다. 아빠에게 고맙다는 말을 하는 둥 마는 둥 서둘러 가방을 들고 나섰다. 도망가야 한다. 혜인은 돌계단을 하나씩 내려가며 사방을 둘러봤다. 고양이 새끼 한 마리 지나가지 않는 것을 확인하고 헐레벌떡 계단을 뛰어 내려갔다.

"거기서 뭐하나?"

저승사자 같은 목소리에 혜인은 화들짝 놀라며 뒤로 엉덩방아를 찧었다. 돌계단 위에 털썩 주저앉아 얼얼한 엉덩이를 손으로 쓸어내리며 하진을 노려봤다.

"갑자기 나오면 어떡해!"

"허!"

"다 너 때문이야!"

모두 하진 때문이었다. 밤새 잠을 못잔 것도 저놈의 변덕 때문이었다. 그런데 자꾸 심장은 뛰어대며 얼굴은 왜 빨개지는지……. 거기다 달싹거리는 잘난 입술이 계속 눈에 들어왔다. 시선을 어디다 두어야 할지도 모르는 혜인은 먼 산만 바라보고 있었다. 눈알을 요리조리 굴려가며 시선을 피하는 혜인을 보고 하진이 어이없는 웃음을 흘렸다.

"빨리 가기나 해."

하진을 벗어나려던 계획이 모두 물거품이 되어버리고 혜인은 하진과 나란히 등교를 할 수밖에 없었다.

혜인은 터덜터덜 계단을 올랐다. 주위에서 계속 수군거리는 소리가 들렸지만 생각할 기력도 없었다. 아침부터 자신의 기를 몽땅 빨아먹은 유하진 때문이었다. 그때 누군가 혜인의 등짝을 시원스럽게 후려쳤다.

"오, 아침부터 찐하던데? 화해했나 봐?"

따끔거리는 등짝을 움찔거리며 솔지를 바라봤다. 아마 주차장에서의 행동을 본 듯했다. 연인이라면 헤어질 때 당연히 입을 맞추는 것이라며 빠득빠득 우기는 하진 덕에 아침부터 찐하게 입까지 맞추고 온 혜인은 기운이 하나도 없었다. 그럼에도 싫지 않은 이 감정은 도대체 무엇이란 말인가.

"안녕."

"안녕은 무슨……. 아침부터 닭살 떠니까 좋냐? 좋아?"

솔지는 성격이 꽤 괴팍했다. 예쁘장한 얼굴에 어떻게 저런 말투가 나오는지 혜인은 고개를 절레절레 흔들었다.

"그나저나 너 일학년 계집애 얘기했어?"

"아, 맞다!"

혜인은 자신의 아둔한 머리를 주먹으로 콩콩 때렸다. 근데 별로 신경도 안 쓰는 눈치였는데……

"저 봐! 저년이 또 네 낭군님한테 붙어대잖아."

"어디? 어디?"

혜인은 계단에 붙어 있는 창문 사이로 고개를 쭉 빼냈다. 야리야리한 몸으로 긴 머리를 휘날리며 하진에게 엉겨 붙으려 애쓰는 앙큼한 계집애를 보자, 혜인의 눈에 불꽃이 파바박 튀어댔다. 손끝이 부들부들 떨렸다. 분명 팔을 빼내는 것이 어렴풋이 보였지만 혜인에게는 들어오지 않았다. 아침에 키스하자고 졸라대서 해주고 왔더니 저것이 감히.

"저 계집애 유명해. 우리 학교에 왜, 민승현이라고 엄청난 바람둥이가 복학했는데 그 사람하고 쌍벽을 이룬다더라."

"뭐? 민승현?"

혜인은 휴대폰으로 분노의 전화질을 하려는 손을 거뒀다. 승현이라는 이름이 그녀의 발목을 털썩 잡아대는데 순간 하진의 번호가 기억이 나지 않았다.

"아, 너 모르나? 그 사람 군대 가기 전에 유명했대. 나도 얘기만 들어서 잘 모르는데 소문에 의하면 임신해서 학교 자퇴한 여자도 있다던데? 그 사람 이 여자 저 여자 데리고 놀기로 아주 유명하대."

충격 또 충격이었다. 최악인줄은 알았지만 그 정도일 줄이야. 혜인은 고개를 절레절레 저었다. 충격은 잠깐이었지만 분노는 아직 남아 있었다. 팔짱을 껴대는 고 계집애가 눈앞으로 어른거렸다. 솔지를 버려둔 채 혜인은 구석 창가로 다가갔다. 강의시간이 10분 정도밖에 남지 않았지만 그것이 중요한 것이 아니었다.

[어, 왜?]

"너, 너, 그 일학년 애 만나지 마!"

[뭐?]

"일학년 여자애 있잖아! 방금까지 너한테 달라붙었던 애."

[아, 걔가 왜?]

아무렇지 않은 하진의 목소리에 슬금슬금 열이 받았다. 이마부터 치밀어 오르는 열기에 혜인이 입술을 잘근 씹어댔다.

"왜에? 왜라니! 걔가 얼마나 소문이 안 좋은데!"

화가 난 그녀를 아는지 모르는지 하진은 재밌다는 듯 전화에 대고 큭큭거렸다. 웃을 상황이 전혀 아닌 이 상황에 웃어대는 하진이 얄미워 죽을 지경이었다.

[너 질투하냐?]

혜인은 입만 벙긋거리다 전화를 뚝 끊어버렸다. 잊으려고 해도 자꾸만 귓가에 뱅뱅 도는 하진의 목소리에 혜인은 한숨을 푹 내쉬었다. 괜히 전화했다. 자신의 경솔함에 뒤늦은 후회를 했다.

강의시간 내내 솔지는 혜인을 붙잡고 시시콜콜한 이야기를 해댔다. 혜인은 이틀 사이에서 너무 많은 일이 일어나 과부하에 걸린 머리 덕에 솔지의 이야기는 전혀 들어오지 않았다. 학생식당을 내려가는 길에도 솔지의 수다는 끝이 나질 않았다. 연방 종알대는 입술이 아프지도 않은지 솔지의 말은 계속되었다.

"어이, 서혜인."

솔지와 혜인은 동시에 시선이 소리 나는 쪽으로 돌려졌다. 번쩍번쩍한 차에 기댄 채 여학생들에게 웃음을 팔고 있는 남자를 보고 혜인은 무시했다. 자신은 모르는 사람이었다. 정면을 바라보며 발걸음을 더 빨리 옮겼다.

"서혜인, 그냥 가면 나 교내 방송할 건데?"

그 소리에 혜인의 발걸음이 우뚝 멈췄다. 분명 솔지랑 같이 걸었던 거 같은데 그녀는 사라지고 없었다. 돌아본 그곳에 솔지가 웃음을 지으며 진성의 앞에 서 있었다.

"어머, 혜인이 친군가 봐요."

호호 웃음을 터트리는 솔지의 모습이 과연 자기와 수다를 떨어대던 그녀가 맞는지 믿을 수 없어 눈만 껌뻑거렸다. 여자의 내숭은 역시 무서운 것이었다. 혜인은 한숨을 내쉬며 억지로 진성에게 다가갔다. 저놈이 툭하면 하진에게 자신이 있는 곳을 이르는 덕에 참 많이도 잡혔는데…….

"웬일이야?"

결코 반갑지 않은 만남에 목소리가 퉁명스럽게 튀어나갔다.

"혜인아, 친군데 그렇게 말하면 안 되지. 우리 혜인이가 애교가 조금 없어서 그렇지, 본심은 나쁘지 않아요."

한손으로 입을 가리며 가식적인 웃음을 흘려댔다. 진성은 그런 솔지의 모습이 웃음이 나는 것을 억지로 참아냈다. 자신이 그녀를 데려다 준 것을 전혀 모르는 눈치였다. 그때의 주사는 웬만한 코미디 프로보다 더 웃겼다. 진성은 웃음을 꾹꾹 눌러 삼키며 목소리를 가다듬었다.

"혜인이 친구신가 봐요."

진성은 아무것도 모른다는 듯 능청을 떨어댔다.

"너 왜 왔냐니까?"

"네……. 혜인이와 막역한 사이죠."

"이렇게 아리따운 친구 분을 숨겨둔 지 전혀 모르고 있었네요."

"어머, 과찬이세요."

하하 호호 웃으며 떠들어대는 그들 사이에선 혜인은 투명인간이었
다. 서러움에 눈물이 다 날 지경이었다. 진성은 영업용 스마일을 날
리고 있고 솔지 역시 요염한 미소로 그에게 응수했다. 혜인은 기가
막혔다. 둘의 성격을 너무 뻔하게 아는지라 이 상황이 어이가 없었
다.

"여기서 뭐하냐?"

서로를 탐색해대며 둘만의 시간에 빠져 있던 그들이 하진의 목소
리에 현실로 돌아왔다.

"너희 보러 왔지."

"우리 자기는 아직도 질투하나 봐?"

하진의 목소리는 무덤덤했다. 장난기라도 묻어 있다면 웃기라도
하겠지만 그것도 아니니 진성은 어안이 벙벙했다. 혜인에게는 질투라
는 단어밖에 들리지 않았고, 솔지는 이래저래 다 좋았다.

"질투 아니야!"

"오호?"

유난히 싱글벙글한 저놈의 입을 찢어버리고 싶은 것을 간신히 혜
인은 참아냈다.

"웃지 마. 진짜 아니야."

"요즘 우리 혜인이가 날 너무 좋아하네."

뻔뻔스러운 저놈의 말에 혜인은 기가 찼다. 진성은 쩍 벌어진 입을 다물지 못했다. 초딩들이 날이 갈수록 변하는데 아무래도 그땐 너무 어렸던 듯했다. 진상의 입가에 엄마미소가 지어졌다. 자식들을 다 키워 보내는 듯한 그런 애틋한 마음이 몽글몽글 피어났다.

"우리 점심 안 먹어? 나 배고픈데……."

솔지는 어디가 간지러운지 몸을 오징어처럼 배배 꼬아댔다.

"그래, 나가자."

진성의 화통한 결정에 솔지가 입을 가리고 작게 웃었다. 이제 예쁜 모습과 여성스러운 모습을 번갈아 보이며 진성의 관심을 끄는 일만 남았다. 약간 바람기가 있어 보이긴 하지만 완벽한 자신의 스타일이었다. 솔지는 속으로 '아싸'를 몇 번이고 외쳐댔다.

"우리 오랜만에 스파게티 어때?"

"안 돼. 고기."

딱 부러지게 고기를 외치는 하진의 말에 금세 솔지는 풀이 죽어버렸다. 예쁘게 먹는 모습을 보여야 하는데 첫 만남부터 고기를 뜯어야 한다니 눈물이 앞을 가렸다. 그럼에도 계속 우기는 건 예의가 아닌 거 같아 솔지는 꾹꾹 참아냈다.

혜인은 기분이 미묘했다. 분명 고기라면 환장하는 그녀일 텐데, 어쩐지 하진의 결정이 썩 좋지만은 않았다.

"우리 그냥 스파게티 먹자."

혜인이 하진의 팔을 툭툭 쳐댔다.

"왜, 너 고기 좋아하잖아. 고기 먹어, 고기."

고기가 좋은데…… 분명 좋은데……. 왜 이건 아닌 거 같을까. 입을 크게 벌리고 상추쌈을 넣어야 하고, 그렇다고 빼자니 그동안 본 것이 너무도 많고, 혜인은 왜 자신이 이런 생각을 해야 하는지 알 수가 없었다. 혜인은 세 사람이 자신을 어찌 보는지 생각조차 못한 채 머리를 쥐어뜯으며 낮게 포효했다.

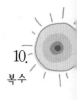

10.
복수

끝끝내 우긴 하진 덕에 그들은 결국 삼겹살집으로 오게 됐다. 모두의 의견을 깡그리 무시하고 혜인이 좋아하는 고기 집을 택한 것이 스스로도 대견한지 혜인에게 미소를 지그시 지어보였다.

속도 모르는 저 눈치 없는 놈 때문에 혜인은 속에서 천불이 났다. 노릇노릇하게 익어가는 삼겹살을 보며 피눈물을 흘릴 생각하나 혜인은 마음이 짠해졌다. 아까운 아가들을 보고도 제대로 못 먹는 심정이 오죽하랴. 눈치 없는 놈은 굽는 족족 혜인의 그릇으로 옮겨 놨다.

"야, 넌 서혜인만 보이냐?"

참다못한 진성이 소리를 질렀지만 되돌아오는 것은 하진의 험상궂은 눈초리였다. 진성은 입을 꾹 다물 수밖에 없었다. 삼겹살 한 점 제대로 먹지도 못한 진성과 솔직는 젓가락만 쪽쪽 빨아대야만 했다.

"너흰 알아서 구워먹어."

웬일로 집게와 가위를 잡으셨다 했더니 그것이 이유가 다 있었다.

"얼른 먹어. 아줌마가 그러는데 아침도 안 먹고 나왔다며."

깨작깨작 먹어대는 혜인이 마음이 들지 않는지 하진은 손수 쌈을 만들기 시작했다. 파절임, 고추, 고기 두 점까지 듬뿍 올린 하진은 주먹만 한 쌈을 혜인에 입에 쑤셔 넣었다. 입이 터져라 먹인 하진은 만족스럽다는 미소를 지었다. 혜인은 찢어질 거 같은 입을 억지로 움직여대며 음식물을 씹었다. 빵빵한 볼이 다시 홀쭉해지면 하진은 주먹만한 쌈을 또 쑤셔 넣었다. 솔지와 진성은 혜인의 해괴한 표정에 웃음을 터트리고 혜인은 울상이 되었다.

"서혜인 입 찢어지겠다. 좀 작게 넣어줘."

채 씹지도 못한 쌈이 입안을 가득 차지하고 혜인은 동조하며 고개를 끄덕거렸다. 하지만 하진이 누구더냐. 그런 것은 아랑곳하지 않았다.

"야, 원래 서혜인은 이렇게 먹어. 얼른 먹어."

혜인은 오물거리며 기가 차 했다. 저 새끼가 과연 나랑 연애하자는 그놈이 맞는지, 눈물이 절로 날 지경이었다. 잘생긴 뒤통수를 갈겨주고 싶은 것을 억지로 참아내며 꾸역꾸역 밀려들어오는 상추쌈을 받아먹었다. 그럼에도 고기가 맛있게 느껴지는 자신이 싫었다.

혼자 2인분 넘게 삼겹살을 먹었더니 배가 빵빵하게 부푼 정도가 아니라 터질 것 같았다. 이제 움직이기도 힘든 혜인은 어슬렁어슬렁 차로 걸어갔다. 솔지는 아까부터 혜인보고 눈을 자꾸 찡긋거리는데 그녀는 그저 어리둥절할 뿐이었다. 눈이 아프냐고 물어보려다가 참았다. 그조차도 사실 귀찮았다.

"혜인아, 우리 화장실 다녀올까?"

솔지가 싱긋 웃으며 혜인의 팔짱을 꼈다.

"아니, 난……."

"얼른 가자."

배가 불러 움직이기도 힘든 혜인은 솔지의 힘에 의해 질질 끌려갔다. 한참을 걸어가던 솔지는 하진과 진성이 보이지 않을 때 그녀의 손목을 단번에 놓았다.

"야, 여기서부터는 따로 행동하자."

"왜?"

"왜긴! 자, 얼른 넌 너대로 데이트하러 가."

"데이트……?"

혜인은 데이트라는 단어에 귀를 쫑긋거렸다.

"그래, 이런 맹추야! 이렇게 날 좋은 날 뭐하는 거야. 얼른 다녀와. 이 언니는 작업 확실하게 들어갈 테니까."

솔지의 말을 듣고 보니 날이 너무 좋았다. 눈부시게 내리쬐는 햇빛과 선선하게 부는 바람, 어디로 놀러가기 딱 좋은 날이었다. 혜인은 절대 하진과 놀러가고 싶지는 않지만 날씨가 너무 좋아서 하는 것이라며 스스로 위안을 삼았다. 고개를 세차게 흔들며 혜인과 솔지는 신나게 차로 걸어갔다.

"소, 솔지야…… 넌 진성이 차 타고 가. 우린 어디 갈 데가 있어서……."

거짓말은 참 힘든 것이었다. 어리둥절한 표정을 짓는 하진을 차로 쑤셔 박고 얼른 자신도 조수석에 올랐다. 솔지는 진성이 꽤 마음에 들었는지 방긋 웃으며 손을 흔들었다.

"어쩔 수 없네. 잘 가."

솔지는 하진의 차가 보이지 않을 때까지 손을 흔들었다. 그리고는 자신의 옆에 있는 진성을 힐끗 바라봤다. 하진만큼은 아니지만 확실히 어디다 둬도 빠지지 않는 얼굴이었다. 바람기가 약간 있어 보이긴 하지만 자신이 잡아주면 되는 것이었다. 솔지는 최대한 선한 미소를 그에게 선보였다.

"우리도 갈까?"

솔지는 진성의 뒤를 쫄래쫄래 쫓아갔다. 속으로 올레를 외치며 매끄러운 입술을 혀끝으로 핥았다. 자신에 매력에 흠뻑 빠지게 해주겠다는 생각으로 마음을 굳게 다잡았다.

혜인은 어디로 놀러갈지 나름 궁리를 하고 있었다. 강의도 일찍 끝났겠다, 놀이동산 같은데도 괜찮을 것 같은데……. 아니면 요새 원반 나오는 영화가 그렇게 재밌다던데……. 소문을 듣자니 영화만 보고 오면 엄지손가락이 절로 들어진다고 했다.

혜인은 이것저것 생각하면서 설렘으로 심장이 콩닥거렸다. 절대, 절대로! 저놈과 같이 가서 그러는 게 아니었다. 분명 잘생긴 원반이 좋아 그런 것이라 생각했다.

"김솔지가 진성이 마음에 들었나 보지?"

"어? 너 어떻게 알았어?"

"딱 보면 티 나지. 분명 진성이도 알고 있을걸?"

혜인은 솔지가 잘되기를 마음속으로 깊게 빌었다. 진성이 바람기가 심하긴 하지만 절대 나쁜 애는 아니었다. 단지 그 바람기가 좀 많이 심해서 감당하기 힘들긴 하지만 솔지라면 분명 잘해낼 것이다.

"이제 집에 갈 거지?"

"어?"

혜인의 생각들이 와장창 깨졌다.

"집에 가야지. 뭘 하려고. 날씨도 더운데……."

"아니…… 나, 날씨가 이렇게 좋은데……?"

"좋긴 뭐가 좋아. 집에 가서 에어컨 틀고 과제나 하자. 아, 다하고 오랜만에 DVD나 빌려볼까?"

혜인은 입술을 꽉 깨물었다. 이 새끼는 눈치가 없으면 코치라도 있어야지 도대체 있는 것이 아무것도 없었다. 얼굴만 잘나면 뭐하나. 저렇게 멍청해서……. 그래도 혜인은 꾸욱 참았다.

"그러지 말고…… 원반 나오는 영화가……."

"됐어. 무슨 영화야. 너 영화관 별로 좋아하지도 않잖아."

눈을 꽉 감고 입술을 잘근잘근 깨물었다. 속에서 불길이 확 솟아올라 입을 열면 용가리가 될 거 같았다. 그래도 또 참았다. 그녀는 지성을 겸비한 멋진 현대여성이었다. 아무 데서나 소리를 버럭버럭 지를 수는 없었다.

"원반이 그렇게 멋있게 나온대……."

"왜, 원반 얼굴 보고 싶어서?"

비아냥거리는 하진의 말에 활활 타오르던 불길이 폭발해버렸다. 혜인은 주먹을 꽉 쥐고 하진의 뒤통수를 갈겨버렸다. 퍽 소리가 차안을 가득 울리고 하진이 핸들에 박았던 얼굴을 떼어냈다. 핸들에 박은 덕에 이마는 빨갛고 하진의 눈에 붉은 핏발이 섰다.

"너, 너 죽을래?"

"이런 거지같은 새끼야! 너랑 안 사귀어! 내가 왜!"

혜인은 다시 한 번 하진의 뒤통수를 시원스럽게 갈겨버리고 차에서 뛰어내렸다. 신호에 걸렸던 차는 혜인이 내리고 하진의 뛰어내리기도 전에 초록색이 되어버렸다. 혜인은 씩씩거리며 도보를 걸었다. 하진의 은색 스포츠카가 자신에게 바람을 내뿌리며 달려대자, 화가 나 미칠 지경이었다.

"아아아악!"

길거리에서 소리를 지르는 여자가 몇이나 될까? 사람들은 혜인을 힐끗 쳐다보며 손가락을 관자놀이에 올리고 뱅뱅 돌렸다. 혹시라도 혜인과 부딪힐까 싶어 좁은 도보에 모세의 기적이 일어났다. 사람들이 반으로 쫙 갈라져 그녀를 슬금슬금 피해 다녔다. 소리를 지르며 헝클어댄 머리는 엉망이었다. 얼굴하고 옷만 더러웠다면 서울역으로 당장 달려가도 무방할 정도였다.

혜인은 구시렁구시렁 하진 욕을 해대며 길거리를 걸었다. 자신의 옆으로 거대한 포스터가 걸려 있었다. 그 아줌마라는 영화 포스터였다. 혜인은 솔지에게 전화를 할까 하다 진성에게 뻘이 꽂힌 그녀를 방해할 수 없어 티켓 한 장을 뽑았다. 지가 없으면 못 보나, 나 혼자라도 보겠다는 심정으로 당당하게 영화관으로 들어갔다. 양손 가득 팝콘과 콜라, 오징어까지 잊지 않은 채.

영화관에는 상영시간이 얼마 남지 않아 연인들이 다정하게 앉아 있었다. 혜인은 콧방귀를 뀌어대며 자신의 자리에 털썩 앉았다.

"자기야, 아아—"

재수도 없게 닭살커플 뒤에 앉을 건 무어란 말인가. 서로에게 팝콘을 넣어주며 있는 닭살 없는 닭살 다 떨어대고 있었다. 혜인은 팝콘을 집어 던지고 싶은 것을 꾹 참았다. 멍청한 새끼. 그렇게 잘생긴 원반 나 혼자 보겠다는 심정으로 팝콘을 아그작아그작 깨물어 먹었다.

"자기, 나 무서우면 어쩌지?"

"우리 자기 안 무섭게 눈을 이렇게 가려주면 되지!"

"아잉. 몰라, 몰라."

코에 휴지를 19개를 박아둔 여자와 얼굴에 버터를 철철 바른 남자 때문에 방금 먹었던 팝콘이 위로 역류할 뻔했다. 혜인은 괜스레 심술이 왈칵 쏟아 올랐다. 다리를 요염하게 꼬는척하면서 여자 의자를 발로 뻥 찼다. 남자 친구인 사람이 찌릿 혜인을 쳐다봤지만 아무것도 모른다는 듯 예고편에 집중했다. 그렇게 혜인은 영화가 끝날 때까지 닭살을 떨어대는 커플의 의자를 뻥뻥 차댔다. 그 커플 마지막까지 한다는 얘기가 참 가관이었다.

'자기, 저 여자 우리 사이가 부러운가 봐.'

'우리를 부러워하지 않는 사람이 어디 있어. 거기다 자기, 저 여자 얼굴 잘 봐. 못생겼잖아.'

'어머, 그러네.'

화가 났지만 그녀는 지성인이기 때문에 영화가 끝날 때까지 꾹 참았다. 그리고 의자를 한 번 더 뻥 찼다. 마치 실수인 것처럼.

드디어 영화가 끝이 났다. 영화관에 불이 켜지자마자 제일 먼저 한일은 아까 그 커플의 얼굴을 확인하는 것이었다. 순간 혜인은 그들의 얼굴을 보고 경악을 금치 못했다. 저 커플도 감히 누구를 지적할 만한 얼굴을 가지고 있지 못했다. 코 옆에 엄지손톱만 한 점을 갖고 있는 여자와 옥동자의 쌍둥이 동생이라고 해도 믿을 만한 남자가 저런 소리를 하고 있었다. 혜인은 기가 차서 입을 다물질 못했다. 저런 눈이 썩어 들어가는 얼굴만 보다 보니 유하진의 잘난 얼굴이 뱅뱅 돌았다. 그리고 다시 분노에 휩싸였다. 재수 없는 새끼!

영화는 재밌었다. 재밌는데 무언가 허전한 기분이 드는 것을 왜일까. 영화관을 나갈 때도 다정히 손잡고 지나다니는 연인들이 특히나 눈에 띄었다. 언제나 외롭다는 생각을 해본 적이 별로 없었다. 항상 붙어 다니는 하진이 있었기에 딱히 연애가 하고 싶다고 생각한 적도 없었다. 혜인은 반도 먹지 못한 팝콘과 음료수를 버리고 터덜터덜 버스정류장으로 향했다. 오늘은 운도 지지리도 없는지 지나가는 길에 민승현과 다른 여자를 만났다. 재수 없게. 마음이 아프거나 그렇진 않았다. 승현은 혼자 터덜터덜 걷는 혜인을 보고 비죽 웃었지만 상관하지 않았다. 그의 품에 안겨 있는 여자는 역시 예뻤다.

"이거 서혜인 아니야?"

그냥 모르는 사람인 척 지나가려는 그녀를 승현이 잡았다.

"잘나신 유하진은 같이 없네? 하긴…… 그렇게 대단하다는 놈이 너를 만나는 게 이상한 거지."

비아냥거림에 혜인의 온몸이 분노가 휘감겼다. 이 사람, 정말 최악이었다. 같이 있던 여자가 키득거리며 비웃고 주위의 시선들이 그녀에게로 향했지만 별로 상관하고 싶지 않았다. 이런 놈은 때릴 가치도 없었다. 혜인은 그에게 빙긋이 웃었다.

"저기요. 난 너 모르는데 너는 나 잘 아나 봐요? 어디서 함부로 지껄여. 재수가 없으려니까. 그리고 언니, 그거 알아요? 이 새끼 바람둥이에다 사람 등쳐먹는 새끼예요. 언니 이런 놈 만나다가 인생 조져요. 그럼 모르는 새끼야, 잘 가세요."

씩씩거리는 승현을 뒤로하고 혜인은 당당하게 걸어 나갔다. 지나가다 똥 밟은 기분이었다. 저런 놈을 만나다니…… 가뜩이나 재수 없는데 재수 옴 붙었다.

결국 버스정류장으로 돌아가는 것을 포기하고 집까지 천천히 걸었다. 그러고 보니 하진은 전화 한 통이 없었다. 그래, 이놈이 이런 놈이지……. 며칠 잘나간다 했다. 혜인은 하진을 껌처럼 씹어대며 힘들게 집에 다다르고 있었다. 가로등이 깜빡거리며 왔다 갔다 한다. 며칠 전부터 저 상태더니 곧 나갈 거 같았다. 혜인은 어두운 가로등을 벗삼아 길게 늘어진 아스팔트길을 천천히 걸어갔다.

장장 3시간의 쾌거였다. 혜인은 걸어오면서 몇 번이고 다짐했다. 다시는 버스를 두고 걷지 말아야지. 떼어지지도 않는 다리를 힘들게 떼어가며 걷는 그녀의 앞에 큰 것이 떡하니 버티고 서 있었다.

"서혜인!"

하진이 그녀의 손목을 확 잡아끌었다. 그 목소리가 얼마나 낮은지 혜인은 순간 흠칫 놀랐다.

"너 왜 전화 꺼놔! 누가 전화 안 받으래! 전화는 받아야 할 거 아니야!"

혜인은 멍한 표정으로 하진을 올려다봤다. 전화가 안 온다 싶었더니 휴대폰 배터리가 나간 모양이었다. 순간 혜인이 움츠렸던 몸을 곧추세웠다. 지금 화낼 사람이 누군데, 뭐 뀐 놈이 성낸다더니 딱 그 짝이다.

"어디 가서 뭐 했어!"

"영화 봤다, 왜! 그 잘나신 유하진 님 과제하는 동안 난 영화 봤다고. 어쩔래! 어쩔 건데!"

씩씩거리며 하진을 노려봤다. 하진은 그런 혜인을 보고 웃음을 터트렸다. 점점 커지는 웃음에 혜인은 열이 슬금슬금 뻗쳤다.

"왜 웃어!"

배를 부여잡고 웃고 있는 하진이 고개를 들었다. 얼마나 웃었으면 눈가엔 눈물까지 맺혀 있었다. 남은 천불이 나 죽겠는데 저놈은 편하게 웃고 있었다. 혜인은 화를 삭이느라 무던히 애를 써댔다. 하진은 열이 스멀스멀 피어오르는 혜인의 머리를 큰손으로 쓰다듬었다.

"서혜인아."

다정스럽게 불러도 머리의 화를 쉽게 가라앉히긴 힘들었다. 그럼에도 심장이 콩닥거렸다.

"우리가 그런 거 할 시기는 아니잖아. 너랑 나랑 지금 22년이야. 근데 새삼스럽게 데이트 챙기고 한다는 게 우습잖아. 그냥 자연스러운 게 좋은 거야."

혜인은 성난 얼굴로 하진의 손을 확 치워버렸다.

"내, 내가 너랑 그러고 싶어서 그런 거야? 됐어!"

혜인은 벌게진 얼굴로 철문을 쾅 하고 닫아버렸다. 하진은 삐친 혜인의 모습을 보고 큭큭거리며 웃음을 참지 못했다.

"서혜인, 삐쳤냐? 우리 데이트할까? 혜인아."

"시, 싫어!"

장난스런 목소리에 혜인은 더 열이 뻗쳤다. 절대, 절대로 저놈하고 데이트하고 싶어서 그러는 게 절대 아니었다.

"왜, 하자, 혜인아."

하진은 혜인이 집으로 들어가기 전까지 저렇게 소리를 질러댔다. 매사가 장난인 하진이 얄미웠지만 그럼에도 화가 조금씩 누그러지는 이유는 알 수가 없었다.

다음날도 하진은 장난으로 일관했다. 그 장난스런 목소리가 어찌나 거슬리던지 뒤통수를 다시 때릴 뻔한 손을 애써 다잡았다. 어제 솔지에게 어떻게 됐냐고 문자를 해도 답이 없던데 얼마나 즐거웠기에 답할 시간도 없었는지…….

혜인은 강의실에 도착하자마자 솔지를 찾아 헤맸다. 풀 메이크업으로 완전무장한 솔지를 쉽게 발견할 수 있었다. 귀찮다는 이유로 요즘 화장을 좀 게을리하던데 오늘은 완벽한 무장을 하고 나타났다. 그 모습이 진성과 분명 잘된 것을 알 수 있었다.

"솔지야, 어제…….."

"야. 어제 얘긴 꺼내지도 마! 내가 얼마나 화가 나던지."

입이 쉬지 않고 움직였다. 솔지는 아예 혜인을 강의실 밖으로 데리고 나갔다. 결국 피눈물을 흘리며 혜인은 강의를 재낄 수밖에 없었다. 근처 커피숍으로 간 솔지는 오자마자 얼음을 아드득 깨먹으며 물을 마셨다. 결국 차를 시키기도 전에 얼음물을 두 잔이나 연거푸 마신 후에야 겨우 진정하고 말을 이었다.

"글쎄 말이야. 내 참 어이가 없어서. 아무리 바람기가 있어도 그렇지. 다른 여자가 부른다고 날 버리고 쪼르르 달려가냐, 가기를? 이게 말이 돼? 김솔지가 이렇게까지 죽었냐고!"

혜인은 입을 쩍 벌렸다. 누가 보더라도 솔지가 화낼 만한 일이었다. 혜인은 괜스레 자신이 다 미안해졌다.

하진은 또 학교로 찾아온 진성 때문에 이맛살을 찌푸렸다. 이놈이 너무 자주 찾아오면 자신의 성격이 제대로 드러나고 마는데 이틀 연속 오는 놈 때문에 짜증이 솟구쳤다.

"왜 왔어."

"야, 왜 어제 혜인이 친구. 걔 나한테 관심 있어 보이지 않았나?"

"근데?"

"아니 어제 우리 공주님이 나를 보고 싶다 하기에 걔를 집에 바래 다주고 갔지. 근데 전화를 안 받네. 이상하다……. 어제 잘 들여보낸 것 같은데……. 이 천하의 김진성도 죽은 건가?"

하진은 혀를 쯧쯧 찼다. 저런 놈이 바람둥이라는 칭호를 얻고 다니 니……. 아무래도 카사노바도 다 죽은 듯했다.

"그 공주가 네 늦둥이 동생인 걸 걔가 아냐?"

"아……."

멍청한 덴 약도 없다더니 이럴 때 두고 쓰는 말인 듯했다. 얼이 빠 져 있는 진성을 두고 가려는데 누군가 그의 팔짱을 꼈다. 짜증이 솟 구치지만 애써 화를 삭였다.

"선배님!"

1학년 계집애였다. 가뜩이나 거슬리던 애가 자신의 몸에 손을 대니 순간적으로 본 성격이 나올 뻔했다. 애써 화를 억누르며 미소를 지었 다. 분노로 일그러진 입가가 파르르 떨려왔다.

"손 놓고 말해."

"선배님, 밥 사주세요."

생글생글 웃는 낯이 역겨웠지만 애써 참아냈다. 그동안 공들여 쌓 아놓은 탑을 무너트릴 수는 없었다. 사람이란 것이 윽박지르고 시키 는 것보다 웃으면서 대하면 더 쉽게 넘어오는 법이었다. 그것을 터득 한 지는 하진의 나이 어언 6살 때부터였다. 자신이 소리를 지르며 해 달라는 것보다 웃으며 부탁하는 것이 더 쉽게 그리고 빨리 먹혀들었다. 때문에 16년간 이런 돼먹지도 않는 짓을 해왔다. 물론 혜인과 가족들에게까지 할 생각은 없었다. 그 사람들은 완벽한 자기 사람이었다. 이런 더러운 쓰레기 같은 여자애와 확실하게 다른 자신의 사람이었다.

솔지는 울분을 토해내며 생과일주스를 원샷으로 들이켰다. 얼마나 화가 났으면 혜인은 고개를 절레절레 흔들었다. 하진의 무심함은 여기다 댈 것도 아니었다.

"됐어. 됐다 그래! 야. 우리 오늘 미팅하자, 미팅!"

"미팅……?"

혜인은 순간 머뭇거렸다. 하진이 알면 자신을 죽이려고 달려들 것이 뻔했기 때문이다.

"그래! 야, 그러다 유하진보다 더 괜찮은 애 만날 줄 누가 알아?"

솔지는 주스 잔을 거칠게 내려놓으며 혜인을 질질 끌고 나갔다. 혜인은 오늘 강의를 포기하고 솔지를 위로해주자 마음먹었다. 그래도 하나뿐인 친구의 자존심이 제대로 상했는데 친구로서 버리고 강의에 들어갈 수는 없었다. 물론 미팅은 자신과는 상관없는 얘기지만……. 솔지는 가지러 갈 것이 있다며 혜인과 함께 학교로 향했다. 낙엽이 조금씩 떨어져 내리고 시원한 바람을 맞으며 아직도 속사포처럼 터져 나오는 솔지의 이야기를 듣고 있었다.

"아니, 어떻게 그럴 수가 있지? 공주래, 공주. 내가 기가 막혀서. 야, 왜 그래?"

과사무실 건물로 들어가던 혜인의 발걸음이 우뚝 멈춰 섰다. 아주 다정스럽게 팔짱을 끼고 1학년 여자아이와 말하고 있는 하진의 얼굴이 아주 똑똑히 보였다. 혜인은 입술을 잘근잘근 깨물다 가방 안을 뒤지고 뒤져 휴대폰을 찾아냈다. 그리고는 익숙한 번호를 눌렀다. 솔지는 얼떨떨한 얼굴로 혜인을 멀뚱멀뚱 바라봤다. 뚜르르 신호음이 들려오고 곧 익숙한 목소리가 그녀를 반겼다.

[어. 어디야?]

"어딘지는 알 거 없고. 그 여자애랑 아주 친한가 봐? 잘해봐. 난 미팅 나가서 너보다 잘난 놈 만날 테니!"

혜인은 두 말도 하지 않고 전화를 뚝 끊어버렸다. 그리고는 배터리까지 완전히 분리하고는 뒤도 돌아보지 않고 걸어갔다. 솔지는 멍한 듯 혜인의 뒷모습을 바라보다 그녀를 따라 뛰었다. 혜인은 씩씩거렸다. 팔짱끼며 요염하게 달라붙은 고 계집애 얼굴이 머릿속에서 떠나질 않았다. 거지같은 유하진 새끼, 두고 보자. 이를 아드득 갈며 뒤를 휙 돌았다. 다급하게 쫓아오던 솔지는 혜인의 모습에 흠칫 놀랐다.

"어디야."

"어?"

"미팅장소! 얼른 가!"

솔지는 어버버한 표정으로 혜인과 약속장소로 향했다. 가기 전에 백화점에 들러 화장품 테스터를 사용해 대충 얼굴을 꾸미고 향수까지 거나하게 뿌렸다.

"근데 혜인아…… 너 정말 이래도 돼?"

홧김에 같이 가자고 하긴 했어도 자신이 원한 것은 이런 것이 아니었다. 아무리 천사 같은 하진이지만 분명 화를 낼 것이 자명했다.

"흥! 지만 다른 애 만나? 나도 만난다 이거야!"

혜인은 귀를 완전히 닫아버렸다. 평소에는 종잇장보다 얇은 팔랑 귀였지만 오늘만은 전혀 달랐다. 은은한 초콜릿 향을 온몸에서 풍기고 혜인과 솔지는 가볍지 않은 발걸음으로 카페로 향했다. 다행이 학교에서는 조금 떨어진 곳이었다. 딸랑 종소리를 내며 카페 안으로 들어가자 창가 쪽에는 그들이 만날 세 명의 남학생들이 나란히 앉아 있었다. 그리고 주선자와 주선자의 친구로 보이는 여자가 자리에 먼저 와 있었다.

"솔지야!"

혜인은 마음을 굳게 다잡으며 한 걸음 한 걸음 향했다. 솔지 말로는 킹카들만 모였다던데…… 뒷모습을 보니 키들도 꽤 큰 거 같았다. 혜인은 자신의 상태를 너무 잘 알고 있기 때문에 이번 만남에 큰 관심을 두지 않았다. 하진도 엿먹어보라는 심정으로 나온 것이었다. 그래도 주선자와 솔지를 곤란하게 할 생각도 없었다. 최대한 예의바르게 이번 만남만 끝내고 가자는 심산이었다. 그래도 혹시 괜찮은 놈이 걸릴 줄 누가 아는가. 그땐 하진이 울고 매달려도 뺑 차줄 생각이었다. 그럼에도 이상하게 심장 한편이 불안하고 기분이 좋지는 않았다. 분명 웃으면서 하루 잘 때우고 갈 생각이었는데 입가에 미소는 지어지지 않았다. 머릿속에 1학년 계집애와 다정하게 팔짱을 끼고 있는 하진의 모습이 두둥실 떠다녔다. 나쁜 새끼. 혜인은 입술을 꾹 깨물며 조신한 발걸음으로 소파 위에 살포시 앉았다.

"이쪽은 K대 국어교육과 서혜인."

"안녕하세요."

인사를 하고 얼굴을 들어보니…… 첫 번째 앉은 애는 선하게 생겼다. 두 번째 앉은 애도 바람기가 있어 보이지만 썩 나쁘진 않았다. 그리고 고개를 조금 더 돌린 혜인은 쩍 벌어진 입을 다물 수가 없었다. 웬 오징어 대가리가 자신을 보고 윙크를 날리고 있었다.

설마 자신일까 하며 혜인은 애써 부들부들 떨리는 얼굴로 시선을
돌렸다. 앞에선 준수한 남자들과 솔지와 그녀의 친구가 이야기를 오
순도순 나누는데 혜인은 자꾸만 따끔거리는 느낌 때문에 이도저도 못
했다. 고개를 돌리면 눈이 양옆으로 쫙 찢어지고 이마가 아주 훤한
남자가 자신의 보고 싱긋 미소를 지었다. 깡마른 오징어 대가리는 눈
이 너무 작아 곧 절종될 거 같았고, 눈과 눈 사이가 너무 멀어 눈이
옆에 붙어 있는 거 같았다. 거기다 코는 작고 세모모양에 입도 작아
세모꼴 모자만 씌워놓으면 영락없는 오징어였다. 혜인은 그 시선을
애써 무시하며 주스를 꿀꺽꿀꺽 마셨다. 힐끗 혜인을 바라보던 솔지
가 그녀를 툭툭 쳤다.

"야, 쟤가 너 관심 있나 봐. 자꾸 봐."

혜인은 다시 고개를 돌리려다 자신의 눈을 배려해 애써 정면을 응

시했다. 미팅 따위 나오는 것이 아니었다. 혜인이 외모를 보고 사람을 평가하거나 그러지는 않지만 그녀도 사람이었다. 자꾸만 레이저를 쏘는 듯한 부담스러운 눈빛에 앞에 있는 주스조차 마시기 힘들었다. 솔지는 실실 웃으며 남자들과 이야기를 나눴지만 혜인은 속에서 열불이 났다. 이럴 줄 알았으면 1학년 계집애를 밀쳐버리고 마는 것인데……

"자, 이제 우리 파트너 정해서 각자 찢어질까요?"

심장이 덜컥 내려앉았다. 여기 온 지 얼마나 됐다고 벌써……. 고개를 돌리자마자 오징어 대가리랑 눈이 딱 마주쳤다. 오묘한 미소를 지으며 오징어 대가리가 머리를 한손으로 쓸어 넘겼다. 기름이 뚝뚝 떨어질 것 같은 머릿결에 먹었던 주스가 올라올 지경이었다. 신은 어찌하여 그녀에게 이런 가혹한 형벌을 내리시는지……. 혜인은 뻣뻣한 뒷목을 잡고 애써 고개를 돌렸다.

"너 아무래도 쟤랑 될 거 같다?"

혜인은 한숨을 깊게 폭 내쉬었다.

"나 집에 가봐야겠다……."

"야, 안 돼. 하루만 희생하자."

조용히 솔지와 속삭이며 애원했지만 혜인은 마음을 굳혔다. 이 자리를 뜨는 게 상책이었다. 솔지가 손을 잡아끌어 벌떡 일어났던 혜인은 다시 소파 위로 털썩 앉았다.

"야, 싫어……."

"친구를 위해 한 번만……."

솔지의 간곡한 눈빛에 혜인은 한숨을 깊게 내쉬었다. 남자들은 지들끼리 상의를 해대고 솔지 친구는 첫 번째가 마음에 든다며 절대 건

드리지 말라 했다.

"난 뭐 썩 마음에 드는 건 아니니까, 저 애 말고 한명 남았네."

결국 오징어 대가리는 혜인의 차지였다. 서러움에 눈물이 왈칵 밀려들었다.

"혜인아, 그냥 적당히 헤어져. 미안하다. 너에게 저딴 걸 떠넘겨서……."

솔지는 눈물을 한손으로 훔치는 척하며 혜인의 손을 꼭 잡았다. 고개를 도리질 쳐 봤지만 이미 모든 결정은 끝났다. 울며 겨자 먹기로 고개를 돌렸을 때, 오징어 대가리가 벌떡 일어났다.

"귀찮게 이런 걸 해야 하나? 나는 한 여자에게만 매이지 않지만 뭐 불쌍하니 널 선택하겠어. 오우, 걸들. 나를 원한다는 건 알지만 이 녀석들에게도 기회를 줘."

우르릉 쾅쾅 하는 천둥번개 소리가 귓속으로 휘몰아쳤다. 오징어 대가리가 혜인의 손을 잡고 자리에서 번쩍 일으켰다. 황당함과 동시에 벌어졌던 입을 다물기도 힘들었다. 오징어 대가리는 혜인의 머리를 쓰다듬었다. 그 느낌이 꼭 오징어 빨판이 그녀의 머리에 붙은 듯 징그러워 온몸에 소름이 오소소 돋았다.

"걱정하지 마. 네가 날 원한다는 건 진작 알고 있었어. 가자, 베이비."

고개를 도리질 쳐 보아도 그녀의 몸은 벌써 오징어 대가리와 함께 멀어지고 있었다. 솔지는 손수건을 흔들며 눈물을 훔쳤다. 혜인은 솔지를 불러보았지만 몸은 이미 카페 밖이었다. 손목을 잡았던 오징어 대가리의 손이 떼어졌다. 지금이 기회였다. 지금 도망쳐야만 저 빨판에서 도망칠 수 있었다. 서서히 뒷걸음질 치며 뒤를 돌아 뛰려는 혜인의 손목을 덥석 잡았다.

"이런, 이런, 아무리 쑥스러워도 그렇지. 이렇게 달아나면 안 되지. 귀여운 야생 고양이 같으니라고, 어서 둘만의 시간을 즐기러 가자고."

혜인은 경악하며 포효했지만 그에게 질질 끌려갔다. 오늘따라 유난히도 하진의 얼굴이 보고 싶었다. 제발 지랄발광하며 그녀를 찾아다니길 간절히 바랐다. 그래, 인물이 안 될 수도 있는 것이다. 하지만…… 저 돼먹지도 않은 왕자 병은 도저히 참을 수가 없었다.

"저, 저기요……."

"그래, 베이비. 왜 그러지?"

"전…… 그러니까요."

"쉿!"

오징어의 검지가 혜인의 입술에 닿았다. 닿았다가보다는 입술을 짓눌렀다는 말이 더 정확했다. 짭짜름한 손맛이 입안에서 느껴졌다. 혜인은 오징어 대가리의 손을 떼어내기 위해 발버둥 쳤다.

"아무 말도 하지 마. 네 맘 다 알아. 나와 더 아늑한 곳으로 가고 싶은 거지?"

혜인의 입이 쩍 벌어졌다. 혜인은 오징어 대가리 뒤통수를 후려 갈겨 주고 싶어 손이 근질근질한 것을 애써 참아야만 했다. 이 남자, 진짜 제대로 미쳤다.

하진은 끊어진 휴대폰을 멍하니 바라봤다. 아직도 1학년 계집애가 찰싹 달라붙어 있지만 불쾌감마저 잊을 정도로 그는 멍했다. 방금 혜인이 그에게 뭐라고 했던가. 미팅이란다. 미팅.

"무슨 전화데 그래?"

"서혜인이 미팅한대."

"뭐?"

진성은 흠칫 놀라며 그에게서 떨어졌다. 저 새끼가 미친놈이 되는 것은 시간 문제겠구나 싶었다. 하지만 예상과는 반대로 하진이 씨익 웃었다. 싸늘하고 날카로운 미소가 아닌 즐거운 미소였다. 드디어 실성한 것이 분명했다.

"야, 떨어져."

하진은 매달려 있는 여자애에게 시선도 주지 않았다. 그럴 가치조차 없었다.

"선배님."

"아, 진짜, 별 거지같은 게······."

차갑게 내려앉은 하진의 목소리에 1학년 여자애의 팔이 순간 떨어졌다. 입술을 잘근 깨물며 하진의 얼굴을 살폈다. 분명 평소의 하진의 목소리가 아니었다. 다정하기로 유명한 그였는데 분명 목소리가 날카로웠다. 하진의 얼굴을 보고 그녀는 고개를 갸웃거렸다. 분명 자신이 들었는데 잘못 들었나 싶었다. 자신을 보며 어리둥절해 하는 여자애를 보고 하진이 싱긋 웃었다. 그리고는 어깨를 똑바로 잡고 자신을 보게 만들었다.

"참을 만큼 참아줬으니까 됐지? 한 번만 더 내 눈에 띄면 그땐 너 가만 안 둔다."

분명 웃는데 그가 내뱉은 목소리에 사방의 공기가 차갑게 얼어붙어버렸다. 여자애는 흠칫 놀라며 천천히 뒷걸음질 쳤다. 하진은 뒤도 돌아보지 않은 채 그녀를 버리고 저벅저벅 차에 시동을 걸었다. 이제는 질투 때문에 바람을 피겠다고 선포한 여자 친구를 잡으러 갈 차례였다.

혜인은 최대한 소파 끄트머리에 앉았다. 분홍색 커튼이 넘실거리고 주위에선 쪽쪽 소리가 적나라하게 들렸다. 연인들만이 찾는다는 러블리한 카페였다. 거기다 밀폐된 공간이라 키스정도는 무난하게 할 수 있는 곳이었다. 오징어 대가리가 다행히 맞은편에 앉아 있었지만 그의 눈빛에 온몸이 으슬으슬 추웠다. 어찌나 쳐다봐 대는지 아침밥이 올라올 것 같았다.

"자, 베이비, 너의 마음을 표현해 봐."

저게 뭐라든지 이제는 눈과 귀를 막아버렸다. 혜인이 다른 곳을 쳐다보자 오징어 대가리는 하하거리며 웃었다.

"우리 베이비는 참 귀엽기도 하지. 어쩜 이리 쑥스러움을 잘 타는지. 좋아. 나의 159번째 여자 친구를 너로 정했어. 너무 감동받진 말라고. 나 같은 완벽한 남자가 사귀어주니 얼마나 황송할지는 알지만 베이비도 나름 매력 있어. 그러니 내가 빠진 거겠지?"

혜인은 어떻게 하면 저렇게 뻔뻔할 수 있는지 오징어 대가리가 참 대단해보였다. 박수라도 쳐주고 싶은 심정이었다. 자신이 무슨 이야기만 하면 입술을 손가락으로 막아대는데 뭐든 자기 멋대로였다. 천상천하 유하독존 유하진도 저 정도는 아니었다.

"저기요. 저는요, 그쪽이랑 사귀고……."

"알아, 알아. 네가 황송하다는 것쯤은. 나만한 남자가 이 세상에 흔한 게 아니지."

오징어 대가리는 검지와 엄지를 펴 턱에 대고 고뇌했다. 혜인은 기가 막혀 아무 말도 더 이을 수가 없었다. 오징어 대가리가 헛소리를 짓거리기 전에 혜인은 서둘러 꺼두었던 휴대폰을 켰다. SOS라도 요청해야 할 상태였다. 저놈은 떨어져나갈 기미도 보이지 않았다. 하지만 휴대폰을 켜도, 당장에라도 울릴 것 같던 휴대폰은 울리지 않았다. 솔지에게라도 문자를 하려는 혜인의 손은 건너온 오징어의 손에 덥석 잡혔다.

"우리 베이비랑 오늘 1일이 되는 건가?"

"저기요, 저는 남자 친구가 있어요."

혜인은 오징어 빨판 같은 손에서 자신의 손을 억지로 빼려고 했지만 역부족이었다. 이놈, 말라비틀어진 삭정이처럼 말라가지고 힘은 장사였다. 손을 비틀어 봐도 얼마나 꽉 잡았는지 빼지지 않았다. 오징어 대가리는 검지를 이마에 대고 후후 웃음을 터트렸다. 은은한 조명에 오징어의 머리가 반짝거렸다. 나이가 든다면 필시 문어가 될 관상이었다.

"베이비, 그런 거짓말 할 필요 없어. 나 과거 신경 쓰는 남자 아니야."

"아니요, 진짜 있다고요!"

"우리 베이비, 혹시 내가 질투라도 느끼길 바라는 거야? 이것 참 깜찍하기도 하지. 너무 매력적인데?"

허허 웃어대는 오징어의 머리를 내려치고 싶었다. 이 새끼는 말을 들어먹질 않았다. 유하진은 평범한 인간이구나 혜인은 오늘 뼈저리게 느끼고 있었다. 혜인은 한숨을 푹푹 내쉬었다.

"전 그쪽이 싫어요."

오징어 대가리가 충격을 받은 듯 손을 얼른 뗐다. 믿을 수 없다는 경악하는 표정으로 그녀를 봤을 때 드디어 말이 통했구나 느낄 수 있었다.

"어떻게 이 잘난 내가 싫을 수가 있지?"

혜인은 눈을 질끈 감았다 오징어 대가리를 설득하기 위해 번뜩 떴다.

"그야……."

"그야, 나같이 멋진 남자 친구가 있으니까."

낯익은 목소리에 혜인의 얼굴에 화색이 돌았다. 하진이 저벅저벅 그녀에게로 다가왔다. 그리고는 오징어 대가리와 그녀를 번갈아가며 보고 피식 웃었다.

"뭐야. 이 오징어 대가리는."

혜인은 모른다는 듯 고개를 얼른 가로저었다. 어찌나 힘차게 저었는지 목이 뻐근했다. 하진의 얼굴을 봤을 때 반가움과 설움으로 가슴이 복받쳐 올랐다.

"오징어라니! 이봐, 친구. 나의 조각 같은 얼굴이 부러우면 말을 하게나."

하진은 오징어 대가리를 바라보며 혀를 쯧쯧 찼다. 상대할 가치도 없었다. 그는 혜인을 바라보더니 싱긋 웃으며 그녀의 팔목을 잡아끌었다.

"오징어 대가리, 얘 내 거거든? 어디서 허튼짓이야. 가서 빨판이나 물에 담가라. 아니면 바다로 돌아갈래?"

"진정 자네의 것이란 말인가? 나 같은 만인의 연인에게도 원칙이란 게 있다네. 그것은 남의 여자는 건드리지 않는 것이지……. 서혜인 양, 내가 아무리 그립고 좋아도 남자 친구를 배신하지 말게나. 즐거웠어, 베이비."

지가 듣고 싶은 말만 쏙 골라서 듣고 오징어 대가리는 떠났다. 그가 떠난 카페는 고요하기만 했다. 어이가 없다는 듯 혜인의 머리를 큰손으로 꾹꾹 누르며 헝클다 그녀를 잡아끌고 카페를 빠져나왔다. 하진의 팔에 아직도 온몸에 소름이 오소소 돋은 듯했다. 오징어 대가리에게 허비한 1시간하고도 24분이 아까워 죽을 지경이었다.

혜인은 질질 끌려가다 하진의 손에서 자신의 손목을 비틀어서 뺐다. 갑자기 걸음이 멈춰지는 덕분에 그가 그녀를 바라봤다.

"왜, 일학년 개랑 더 놀지! 여기 왜 왔냐!"

하진이 그녀의 고함에 큰소리로 웃기 시작했다. 나중에는 아주 배까지 부여잡고 웃었다. 혜인의 이마에서 스멀스멀 하얀 연기가 피어오르며 눈에 눈물이 가득 고였다. 자존심 상했다. 차라리 멋진 놈하고 앉아 있었으면 몰라도 오징어와 앉아 있었고 거기다 저놈은 자신을 비웃었다.

혜인은 뒤도 돌아보지 않고 자지러지게 웃고 있는 그를 버리고 앞만 보고 걸어갔다. 저놈하고 다시 엮인다면 자신은 사람이 아니었다. 흐르는 눈물을 손으로 닦아내고 꿋꿋하게 걸었다. 혜인은 눈물을 애써 참으려 애꿎은 입술만 잘근 잘근 깨물었다.

"야, 어디 가."

무시했다.

"어디 가냐니까. 나, 너 한 시간 동안 찾아 다녔다?"

또 무시했다. 하진이 자신의 옆에서 느긋하게 걸어가지만 신경 쓰지 않았다.

"우리 서혜인이 삐쳤나 봐?"

혜인의 발걸음이 우뚝 멈췄다.

"뭐? 삐쳐? 됐어! 됐다고. 너 필요 없어! 너보다 오징어 대가리가 훨씬 나아!"

이곳은 번화가다 보니 유동인구가 참 많았다. 사람들 때문에 어깨가 밀리고 몸이 밀쳐졌지만 혜인은 그 자리에 우뚝 서서 소리쳤다. 하진은 그녀를 보고 씨익 웃더니 혜인의 머리 위에 큼지막한 손을 올려놨다. 몇 번이고 치우고 해도 몇 번이고 머리 위로 돌아왔다.

"질투야?"

"아니야!"

"근데 왜 화를 내? 그 여자애랑 같이 있는 거 싫지?"

혜인은 입술을 잘근 깨물었다. 분명 싫은데 똑바로 말하기 싫은 이 기분은 뭘까?

"말해 봐. 싫어?"

"싫어……."

"왜 싫은데?"

분명 목소리에 장난기가 가득 묻어났지만 하진의 눈빛이 그 무엇보다 진지했다. 무언가 즐거워 보이기도 했지만 혜인은 이유를 알지 못했다.

"걔, 걔가 엄청 심한 바람둥이래!"

"서혜인이 그런 소문 믿는 애였던가?"

혜인은 순간 온몸이 빳빳한 나무토막처럼 경직돼 움직일 수가 없었다. 너무 날카롭게 파고들어오는 하진의 말에 그 자리에 우뚝 서 있을 수밖에 없었다. 그녀는 소문 따위 관심 없어 하고, 신경도 쓰지 않았다. 소문이란 것은 실제와 맞지 않는 것도 꽤 많았다. 아니 땐 굴뚝에 연기 나냐 하지만 진짜 연기가 나더라. 혜인 자신이 뼈저리게 몇 년 동안 보고 듣고 겪은 것들이었다.

"자, 서혜인. 잘 생각해 봐. 개랑 나랑 같이 있으면 기분이 어때?"

"그건 왜 묻는데?"

말이 생각보다 더 퉁명스럽게 튀어나갔다. 스무고개같이 이것저것 캐묻는 하진의 태도가 마음에 들지 않았다.

"솔직하게 대답하면 내 근처에 다시는 얼씬도 못하게 할게. 자, 말해봐. 기분이 어때?"

"나빠⋯⋯."

"어떻게 나쁜데?"

"그냥! 그냥 나빠! 네가 개한테 웃어 주는 것도 싫고, 그게 네 팔짱 끼는 것도 싫어! 기분 나빠!"

혜인이 속마음을 속사포처럼 말하자, 하진은 시원스럽게 웃음을 터트렸다. 혜인은 순간 멈칫거렸다. 지금 자신이 무슨 얘기를 터트린 건가, 혜인은 그 자리에서 한참을 생각해야 했다. 자신이 내뱉은 이야기를 되새김질하는 속에서 한 가지씩 스치고 지나갈 때마다 혜인의 온몸은 열기로 채워졌다. 나중에는 온몸이 뙤약볕에 하루 종일 있던 것처럼 화끈거리고, 바늘로 콕콕 찌르는 것처럼 따끔거리기까지 했다. 자신이 한 행동은 좋아하는 남자한테 하는 질투가 분명했다. 아무리 연애를 못해본 그녀라지만 자신이 보아도 그것이 확실했다. 머리가 어질했다.

하진은 휘청거리는 혜인을 어깨를 부드럽게 잡았다. 하진을 마주본 혜인은 마른침을 꼴깍 삼켰다. 하진의 눈망울이 너무 깊고 그윽해 보였기 때문이다. 강한 충격도 잊어버릴 만큼 그 눈동자가 깊게 일렁거렸다.

"혜인아, 서혜인아."

자신의 이름을 부르는 하진의 목소리가 듣기가 좋았다. 항상 싫어
했던 하진이었지만 오늘만큼은 목소리가 더 감미롭고 달콤하게 들려
왔다.

"오빠가 그렇게 좋냐?"

"뭐……?"

머리를 망치로 때린 것처럼 강한 충격에 정신이 아득해졌다. 혜인
의 손목에서 강한 힘이 느껴지며 코끝에 시원한 향이 스며들었다. 몸
안에서 열기가 스멀스멀 피어올랐다.

"이렇게 둔해서야, 이걸 어떻게 데리고 사나……."

혜인은 눈만 깜빡거렸다. 하진에게 여자 친구 비스무리한 게 생겼
을 때도 이런 느낌이었다. 하원이 여자를 밥 먹듯이 갈아치워도 별
상관 않았던 그녀가 하진에게는 하루 종일 삐쳐서 말도 하지 않았
다. 덕분에 그 다음날 그 여자는 깨끗하게 차였다. 그때 얼마나 신이
나고 좋던지, 유하진에게 며칠 동안 잘해줬던 기억이 난다. 설마 자
신이 유하진을 좋아한단 말인가? 그렇게 싫어하던 유하진을……? 하
나씩 되짚어 나갈 때마다 무언가 돼먹지도 않은 자존심이 슬금슬금
상했다. 혜인은 하진의 가슴을 강하게 밀쳐내고 노려봤다. 하진은 그
걸 모르는지 그저 생글생글 미소만 지어댔다.

"이제 좀 알겠냐, 둔탱아?"

"야, 야, 잠깐만, 그럼 너는……?"

"나는 뭐?"

"그래. 내가 널 조, 좋아하는 거 같은데, 너는……?"

멀찍이 밀려난 하진이 그녀를 다시 품에 안았다. 심장의 요동침이 고스란히 들릴 만큼 더 세게 안았다. 맞닿은 곳에서 똑같이 움직이는 심장이 느껴졌다. 키가 큰 하진이 고개를 약간 숙이며 그녀의 귓가에 뜨거운 숨결이 내려앉았다.

"넌 너무 눈치가 없어. 여태껏 내가 할 짓 없어서 너랑 항상 붙어 다녔겠냐?"

"뭐……?"

"너를 좋아하니까 그랬겠지. 아니. 사랑하니까. 이 유하진이 서혜인을."

혜인은 하진의 말에 아무 생각도 할 수가 없었다. 그의 고백. 그리고 자신의 마음. 이것이 말이 되는 일인가 말이다. 그럼에도 그의 고백이 싫지 않고 오히려 기쁘게 느껴졌다. 오랜 달리기를 한 것처럼 심장이 빠르게 뛰었다. 두근거림과 설렘이 공존하는 낯선 감정이 거센 파도처럼 몸 안에서 일었다. 많은 사람들이 그들을 바라보고 있었지만 신경 쓰지 않았다. 온몸의 신경과 작은 감각까지 모두 한곳으로 집중됐다.

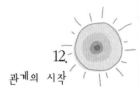

12.
관계의 시작

혜인은 문고리를 잡고 몇 번이고 망설였다. 주말이면 당연하게 가던 곳인데 왜 이렇게 긴장되는지……. 몇 번이고 술렁이는 가슴을 쓸어내렸다. 고백 후 달라진 일상에서 처음 맞는 주말이었다. 다른 것이라고는 간단한 스킨십 정도였지만 심장이 약한 혜인에게는 과부하에 걸릴 만큼 강한 것이었다. 당연하게 집으로 오라는 하진의 전화와 함께 느긋하게 준비를 했건만, 어찌하여 발에 쇳덩이라도 붙여놓은 듯 발걸음이 떨어지지 않았다. 이게 다 솔지 때문이었다. 며칠 전 솔지가 은밀하게 그녀에게 한 말이 잊히지도 않고 귓가에 계속 맴돌았다.

'남자는 여자와 달라서 성적욕구를 잘 못 참는대.'

원수 같은 친구를 둔 덕분에 혜인은 며칠을 고민했는지 모른다. 가벼운 입맞춤에도 머릿속은 이미 상상의 나래를 펼친 뒤였다. 그 때문에 하진의 손이라도 닿기만 하면 혜인은 얼굴이 홍당무처럼 빨개져 버렸다.

문 앞에서 서성이길 몇 분째, 혜인의 손안에 끈적끈적한 땀이 서서히 배어 나왔다. 몇 번 심호흡을 하고 문고리를 잡는 순간, 문이 벌컥 열리며 그녀의 눈앞에 노란별이 동동 떠다녔다.

"어머, 혜인아, 여기서 뭐 하니?"

하이톤의 여자 목소리가 귓가 깊숙이 박혀들었다. 그녀는 뒤로 벌러덩 넘어진 혜인을 서둘러 일으키며 걱정스러운 눈빛으로 바라봤다. 혜인은 빨간 도장자국이 난 이마를 손으로 비비며 어색하게 미소를 지었다.

"아줌마, 어디 가시는 거예요?"

이마가 따끔거리고 부어오른 듯 비비는 손으로 혹이 난 것이 살며시 느껴졌다.

"오늘 동창회거든."

이마를 계속해서 문지르며 하진의 엄마를 바라보니 확실히 어디 가시는 폼이셨다. 쫙 빼입은 모습이 웬만한 중년 연예인들보다 더 우아하고 아름다웠다.

"와, 아줌마 너무 예뻐요."

"정말?"

하진의 엄마는 흡족한 미소를 지어보였다. 아들이 둘이나 되면 뭐 하나, 제 아무리 상냥해도 딸 하나만은 못한 걸. 이 옷 저 옷 대보며 어느 것이 낫냐는 물음에도 시큰둥한 표정으로 일관하는 아들놈들 때문에 오늘 기분이 솔직히 별로였다. 그런데 혜인의 사근사근한 말을 듣자, 하진의 엄마 입가에 미소가 활짝 걸렸다.

"어머, 늦었다! 혜인아, 하진이 집에 있어. 들어가 봐."

손목에 걸린 시계를 보더니 화들짝 놀라며 자리를 떠나려 했다. 혜인은 덥석 그녀의 손목을 잡았다. 무언가 꺼림칙하고 불안했다.

"아, 아줌마 혹시…… 집에 하진이 혼자 있나요……?"

"응, 제 방에 있을걸? 갑자기 왜?"

"아, 아니요……."

또다. 솔지의 말이 귓가에 뱅뱅 맴돌았다. 눈앞이 어질했다. 하진의 엄마는 혜인을 어리둥절한 표정으로 바라보았다.

"설마…… 너 우리 하진이……."

"네?"

엉뚱한 상상을 하던 혜인이 화들짝 놀랐다. 마른침을 꿀꺽 삼키며 하진의 엄마를 바라봤다. 상냥하고 우아하던 하진의 엄마의 표정이 한순간에 변했다.

"우리 하진이가 괴롭힐까 봐 그러는구나……. 괜찮아. 아줌마한테 다 일러. 이따 혼내줄게."

혜인의 손을 꼭 잡으시며 메마른 눈가를 손으로 훔치셨다. 혜인은 혹시라도 자신의 생각을 들킨 것은 아닌지, 아니면 하진을 오해한다며 불호령을 떨어트리는 것은 아닌지 가슴이 철렁했더랬다. 몰래 안도의 한숨을 내쉬며 어색한 웃음을 지어보였다.

"어머, 나 진짜 늦었다. 하진이한테 이따 맛있는 거 사달라고 해."

발에 모터라도 다신 듯 하진의 엄마는 쌩하니 돌계단을 내려가셨다. 언뜻 쌩하니 부는 바람에 잔디가 흔들리는 것도 같던데…….

"뭐해?"

위에서 들리는 익숙한 목소리에 혜인이 고개를 번쩍 들었다. 햇살이 머리 위로 강하게 내리쬐 눈이 따끔거렸다. 오만상을 찌푸리며 이층 창문을 올려다보자, 창문에 느긋하게 기댄 하진이 보였다. 햇살을 강하게 받은 하진의 하얀 얼굴에 다이아몬드가루라도 뿌려놓은 듯 반짝반짝 빛이 났다. 그 모습이 처녀 가슴에 봄바람을 살랑살랑 불어넣 듯 두근거리게 만들었다.

"얼른 올라와."

혜인은 넋을 바라보다 화들짝 놀라며 현관문을 힘껏 열어젖혔다. 신발을 벗고 올라가자 정말 아무도 없는 듯 고요했다. 고요한 넓은 거실을 바라보며 나무 계단을 한 발짝 한 발짝씩 올라갔다. 방이 가까워져 갈 때마다 혜인은 심장의 안정을 위해 숨을 몇 번이고 크게 들이마셔야만 했다. 그녀를 끈덕지게 괴롭히는 솔지의 말 따위는 충분히 이겨낼 수 있을 것이라 믿었다. 살짝 벌어진 문틈을 열고 안으로 한발 내디뎠다.

하진은 소파에 느긋하게 앉아 DVD를 고르고 있었다. 하진과 즐겨보던 것들이었는데 오늘따라 모양새가 다른 것들이 많았다. 그중에서 가장 눈에 띄는 것은 초록색으로 뒤덮인 것이었다. 번쩍번쩍한 자태를 뽐내며 나 귀한 것이오, 온몸으로 강한 오로라를 뽐내주고 계셨다.

혜인은 숨을 훅 들이마셨다. 그녀는 한 마리의 나비가 날아가듯 사뿐히 날아가 하진에게 덥석 안기며 DVD를 낚아챘다. 그리고는 그것을 품에 안고 환호했다.

"어? 이거 사왔어?"

혜인의 몸이 털썩 쓰러져 바둥거렸다. 아까의 긴장과 떨림은 저 멀리 안드로메다로 날아가 버렸다. 영화가 개봉했을 때 한창 시험 기간이었기에 혜인은 영화는커녕 영화관 구경도 하지 못했다. 울며 겨자 먹기로 DVD가 나오길 그토록 기다리고 기다렸건만 결국 보게 된 것이다. DVD 케이스의 우월한 자태를 보아하니 분명 한정판이었다. 혜인은 환호하며 예쁜 것을 안고 방방 뛰며 날아다니려 했다. 하지만 몸이 밧줄을 꽁꽁 묶어 놓은 것처럼 움직이지 않았다.

"우리 혜인이 대담한데?"

귀중하게 품에 안고 어르고 달래던 DVD가 바닥으로 처참하게 나뒹굴며 떨어졌다. 혜인은 눈만 껌뻑거리며 화들짝 놀라 벌떡 일어나려 했지만, 강한 압력에 의해 일어날 수 없었다. 어쩐지……. 땅이 꿀렁거리며 요동칠 때부터 이상하다는 것을 느꼈어야 했다. 눈을 굴려보니 이곳은 하진의 침대요, 혜인은 말 그대로 하진을 덮치고 있었다. 온몸이 붉은색 물감을 뒤집어 쓴 듯 새빨개졌다. 혜인은 쥐구멍이라도 찾아 들어가고 싶었다.

"놔, 놔줘……."

"왜에? 우리 혜인이가 손수 덮쳐주셨는데. 이러고 영화 볼까?"

혜인은 입만 벙긋거리며 말을 잇지 못했다. 탐스럽게 빨개진 혜인을 품에 안고 침대를 요리조리 뒹굴었다. 얼굴이 새빨개진 혜인이었지만 포근한 느낌에 그 느낌이 싫지 않았다. 한참을 뒹굴던 하진이 그녀의 입술에 가볍게 입을 맞추고 번쩍 일으켰다.

"이제 영화 볼까?"

혜인은 안도의 한숨을 내쉬었다. 침대라는 장소의 특성상 위험함을 감지하고서 은근히 겁이 났기 때문이다.

방안의 모든 불이 꺼지고 빵빵한 홈시어터의 사운드를 들으며 하진이 느긋하게 기대어 앉았다. 혜인은 팝콘과 다리를 끌어안고 소파 끄트머리에 아슬아슬하게 걸쳐 앉았다. 자꾸만 옆으로 비켜나면 다가오고, 비켜나면 또 다가오는 통에 영화에 도무지 집중할 수가 없었다. 애꿎은 팝콘만 입안으로 쑤셔 넣으며 영화가 어떻게 흘러가는지도 보지 못했다. 하진은 느긋하게 앉아 있었지만 혜인은 그야말로 좌불안석이었다. 어깨 위에 가볍게 올려진 손과 함께 하진의 다른 쪽 손이 살며시 움직였다. 온몸에 전류가 쫘르륵 흘러내리며 혜인은 가시를 내세운 고슴도치처럼 바짝 긴장했다.

코끝으로 시원한 향이 물씬 느껴지며 하진의 얼굴이 천천히 그녀에게로 다가왔다. 손안에 가득 안은 팝콘을 와락 껴안으며 눈을 질끈 감았다. 팝콘을 잡은 손안으로 끈적끈적한 땀이 슬며시 배어 나왔다. 콩닥콩닥 두근대는 심장소리가 방안을 가득 울릴 만큼 크게 뛰어댔다. 20센티……. 15센티……. 코끝에 감도는 향이 더 진해졌다.

"찾았다."

시원한 향이 멀어지며 하진의 팔이 떼어졌다. 질끈 떴던 눈을 살며시 뜨니 리모컨을 들고 볼륨을 높이는 하진의 모습이 보였다.

"왜?"

얼굴은 빨개져서 원망의 눈빛으로 쳐다보는 혜인을 의아한 듯 바라봤다.

"아, 아니야……."

혜인은 자신이 오버한 것에 말까지 더듬으며 애써 시선을 화면으로 돌렸다. 화면으로 돌려진 혜인은 시선을 어찌 둘지 몰라 안절부절 못했다. 그냥 창문을 바라볼걸······.

혜인은 자신을 탓하며 눈을 질끈 감았다. 클라이맥스에 다다른 영화는 연인들의 열정적인 키스신으로 이어지며 옷들이 한 꺼풀씩 벗겨져 나가고 있었다. 혜인은 마른침을 꿀꺽 삼켰다. 안고 있는 팝콘의 무게가 더 크게만 느껴졌다. 연인들의 역동적인 행위가 더 진해질수록 적나라한 입맞춤소리와 들뜬 신음소리가 귓가를 괴롭혔다. 혜인은 아무렇지 않은 듯 하진을 힐끗 쳐다보려다가 하진과 눈이 딱 마주쳤다. 화들짝 놀라며 혜인은 뒤로 물러났다. 안고 있던 팝콘이 카펫 위로 우수수 온 사방으로 떨어졌다.

"아, 미안."

혜인은 서둘러 몸을 일으켜 떨어진 팝콘을 줍기 시작했다. 하진은 혀를 쯧쯧 차며 쭈그려 앉아 하나둘씩 굴러다니는 팝콘을 통 안으로 넣었다. 혜인은 팝콘을 줍는 하진의 얼굴을 무심코 바라봤다. 선명한 붉은색을 띤 입술과 자잘한 떨림이 있는 목울대가 그녀에게 유혹적으로 다가왔다. 솔지가 말하기를 하진의 옆선은 예술이라던데 바로 이 모습을 두고 하는 말인 듯했다. 마른침을 꼴깍 삼켰다.

"이거 보고 나가서 저녁 먹을까?"

하진은 팝콘을 통 안으로 다 밀어 넣고 고개를 들었다.

"서혜인?"

"어? 어?"

화들짝 놀라며 카펫 위에 주저앉았다.

"괜찮아?"

서서히 다가오는 하진의 모습에서 영화 속 남자주인공의 모습이 오버랩 되었다. 진한 입맞춤을 나누던 여주인공과의 모습을 상상하자 혜인은 온몸이 붉게 달아올랐다. 혜인을 일으켜주기 위해 서서히 다가오는 하진 때문에 혜인은 슬그머니 뒷걸음질 쳤다.

"내, 내가 일어날게."

손이 차가운 바닥에 닿고 번쩍 일어나기 위해 몸을 일으키려는 순간, 카펫이 미끄러졌다. 덕분에 카펫이 아래로 쑥 빠지며 혜인이 발라당 바닥에 누워버렸다. 깜짝 놀란 덕에 심장이 두근대서 한동안 몸을 일으킬 생각도 하지 못했다. 쾅 하고 땅과 맞닿은 머리가 아파 혜인은 울상을 지었다.

"조심했어야지."

그 모습이 조금 우스꽝스러웠는지 하진이 웃음을 애써 참으며 다가왔다. 혜인은 아예 드러누워 일어날 생각도 못했다. 어찌나 큰소리를 내며 미끄러졌는지 머리에 주먹만한 혹이 날 것 같았다. 오늘 혜인의 머리 열심히 고생하고 있는 중이었다. 그런데 일으켜주러 다가오던 하진은 일으켜 줄 생각을 하지 않았다. 혜인은 아픈 머리를 부여잡고 자신이 직접 일어서려는데 하진이 그녀의 어깨를 살짝 밀쳤다.

"왜?"

"우리도 영화처럼 해볼까?"

"뭐?"

하진이 오싹하리만큼 아름답게 웃었다. 그 모습이 혜인의 심장에 커다란 파문을 일으켰다. 혜인은 숨을 훅 들이마셨다. 손안에 끈적끈적한 땀이 배어났다. 두근두근, 귓가에 들릴 만큼 심장소리가 거대하게 울렸다.

혜인이 무어라 항의도 하기 전에 하진의 입술이 지그시 맞닿았다.

가늘게 떨고 있는 혜인의 입술에 하진이 짧은 입맞춤을 반복했다. 그리고는 마치 준비의 신호탄처럼 숨을 앗아가듯 혜인의 입술을 집어삼켰다. 입술에서 느껴지는 열기에 혜인이 눈을 질끈 감으며 하진의 옷을 매달리듯 움켜잡았다. 하진과의 키스는 언제나 황홀했고 달콤했으며 정신을 차리기 힘들만큼 몽롱했다. 그리고 상상하기 힘들 정도로 혜인을 흔들어 놨다. 모든 사고회로가 정지됐다. 머릿속은 처음부터 텅 비어버린 공간처럼 아무것도 그려지지 않았고 온몸은 뜨거운 열기가 치밀어 올랐다.

어느새 혜인의 등 뒤로 카펫의 폭신한 감촉이 느껴졌다. 혜인은 솔지가 했던 말들이 떠올라 몸이 움찔거렸다. 하진을 밀어내고 싶었지만 어쩐지 몸은 마음처럼 쉽게 움직여주지 않았다. 하진의 키스로 점차 차오르는 숨을 속으로 삼키고 있을 때, 허리께에서 따스한 감촉이 느껴졌다. 화들짝 놀란 혜인이 숨을 크게 몰아쉬며 눈을 동그랗게 떴다. 말려야겠다는 생각에 그의 손목을 잡았지만 그는 생각처럼 쉽게 물러나지 않았다.

티셔츠 안으로 밀려들어온 하진의 손이 몸에 닿자 소스라치게 놀란 혜인은 몸을 비틀며 하진의 어깨를 밀어냈다. 그러나 그럴수록 하진의 입술은 더욱 매몰차게 밀려 올 뿐이었다. 어느새 하진의 손이 브래지어 위를 감싸자 혜인이 그의 입술을 피하며 탁하게 갈라진 목소리로 거부했다.

"아, 안 돼······."

"정말?"

하진의 욕망에 일렁이는 검은 눈동자를 바라보자 혜인은 망설이듯 입술을 달싹거렸다.

"아…… 난……."

혜인은 망설이고 있었다. 여러 가지 생각들이 뒤죽박죽 얽혀 있는 듯 혜인이 쉽사리 입을 열지 않았다. 그런 소심한 모습이 점점 더 하진의 욕망을 부추겼다. 하진은 자신도 모르게 혜인의 입술을 다시 한 번 집어 삼켰다. 먹어도 먹어도 질리지 않는 달콤한 과일처럼 채워도 채워도 채워지지 않는다. 마치 22년간의 세월을 보상받으려는 듯 하진은 혜인에게 몸을 밀착시켰다.

"유하진! 하진아!"

몽롱했던 정신이 퍼뜩 깨며 우당탕탕 요란한 소리가 들려왔다.

"야!"

문이 벌컥 열렸다.

"어? 혜인이도 와 있었네?"

혜인은 애꿎은 소파를 벅벅 손으로 긁고 있었고, 하진은 하원을 강렬하게 노려보았다. 그 눈빛에 잠시 움찔했지만 하원은 꿋꿋하게 안으로 들어왔다. 세상에 제일 눈치 없는 것은 어린애도 아니요, 며느리 감시하는 시어머니도 아닌, 바로 바람둥이 노친네인 듯싶었다.

"'세상에서' DVD 구했다며? 나도 그거 보고 싶었거든. 괜찮지?"

"어? 어, 어……."

"나가."

동시에 대답했지만 하원에게는 하진의 말은 들리지 않는 모양이었다. 나가라고 몇 번이고 끌어내려 해도 생글생글 웃는 낯으로 말하니 약해질 수밖에……. 하원은 하진과 혜인의 가운데 자리를 떡 하니 차지하고 앉아 영화를 감상했다. 하원은 처음부터 다시 보고 싶었지만 입만 벙긋하면 바로 쫓아낼 하진 때문에 꾹 참고 막바지에 다다른 영화를 계속 봤다.

혜인이 하진을 힐끗 쳐다보니 못마땅한 표정으로 영화를 보고 있었다. 혜인은 안도의 한숨을 내쉬었다. 하마터면 유하진 페이스에 말려 들어갈 뻔했다. 아직은 아닌 것 같은데……. 그럼에도 아쉬운 마음이 가슴 한편에서 스멀스멀 올라왔다. 역시 여자의 마음은 알 수 없는 것이었다.

혜인이 어떤 생각을 하든, 하진은 이 상황이 못 견디게 짜증났다. 거사를 눈앞에 두고 눈치 없는 형 놈 때문에 망쳐버린 꼴이라니……. 하진은 다음에는 아무도 못 들어오게 대문까지 꼭꼭 걸어 잠그리라 마음먹었다. 아니면 밖에서? 그것도 나쁘지 않았다. 분위기 좋은 곳에서 와인을 한잔 마시며 느긋하게 즐기는 것도 꽤 신선한 경험이 될 것이다. 하진의 얼굴에 음흉한 미소가 지어졌다.

바닥에 떨어진 줄도 모르고 통 안에 있던 팝콘을 거덜 낸 하원이 아쉬운 듯 혜인을 바라봤다. 솔직히 혜인은 아직도 아까의 충격으로 영화 내용조차 기억이 나지 않았다. 아직도 몸이 뜨겁고 심장이 튀어나올 만큼 빠르게 뛰어댔다. 분명 영화는 벌써 자막이 올라가고 있는데도 말이다.

"혜인아 배고프지 않아? 우리 뭐 좀 먹을래?"

"어? 응? 그, 그러던가……."

유혹하듯 웃는 하원의 웃음에 덩달아 미소를 지어보였다. 그러나 하진은 마뜩찮은 표정이었다. 심드렁한 얼굴로 하원을 힐끗 쳐다보더니 손을 휘휘 저어보였다.

"안 가? 그만 가지?"

"아, 배고프다. 유하진이 이 형님에게 뭘 사주려나?"

"나, 나도 배고파."

혜인은 서둘러 하원의 편을 들었다. 하원이 가고 나서 어떤 일이 벌어질지 상상이 되었기 때문이다. 하진은 하원을 여름 햇빛보다 더 강렬하게 노려보며 자리에서 일어났다. 하진이 차고에서 차를 빼는 사이 하원은 찌뿌드드했던 몸을 크게 기지개 켜며 숨을 깊게 들이마셨다.

"오늘 저놈 제대로 벗겨 먹어보자. 너도 그동안 당한 거 많지? 이런 기회 흔하지 않아."

혜인은 그저 어색하게 미소를 지어보였다. 하원은 자신이 가고 나서 당할 보복을 전혀 생각지 않는 모양이었다. 혜인은 불쌍한 하원을 위해 애써 속으로 눈물을 삼켰다.

근처 패밀리 레스토랑으로 들어온 하진은 오만상을 찌푸리고 앉아 있었다. 옆에서 떠들어대는 하원 때문에 짜증이 나는 듯 애꿎은 물 잔만 비워냈다. 혜인은 하원에 말에 얼추 맞장구만 쳐주며 핏물이 뚝뚝 떨어지는 스테이크를 칼로 콕콕 찔렀다. 핏기가 도는 스테이크를 좋아하지 않는 혜인은 완전히 익힌 고기를 먹는 편이었는데 하원의 감언이설에 넘어가 이런 사태가 생겨났다.

"이거 먹어."

하진은 자신의 것을 건네며 혜인의 스테이크를 받아들었다.

"너 스테이크 안 좋아하잖아."

"됐어. 먹어."

그러면서도 하진은 하원을 강렬하게 쏘아봤다. 하원이 낄 때부터 일이 조금씩 틀어져 버린 것이었다. 근사한 레스토랑에서 단둘이 오붓하게 식사를 할 예정이었는데, 눈치 없는 형 때문에 주말이라 시끄러운 패밀리 레스토랑에서 좋아하지도 않는 스테이크나 썰고 있어야 한다니……. 그걸 아는지 모르는지, 하원은 헤벌쭉 웃으며 웃음을 멈추지 않았다.

"나 얼마 전에 사진 뒤지다가 하진이 여장한 사진 봤잖아. 너도 봤어? 완전 장난 아니더만……."

"아, 그 수학여행 때?"

"그때였어? 나 그거 보고 쓰러질 뻔했잖아. 근데 치마도 짧아서……."

쾅 소리와 함께 하얀 접시들이 떠올랐다 내려앉았다. 혜인과 하원은 얼굴이 따끔따끔했다. 누군가 자신들을 쏘아보고 있는 듯한 느낌이 강하게 들었다. 하진은 칼을 한손에 꽉 쥔 채 그들을 강하게 쏘아보고 있었다. 테이블 위에 있는 조명 덕에 칼은 더 위협스럽게 빛났다. 혜인은 어색한 웃음을 지으며 살며시 자리에서 일어났다. 하진의 눈 안에서 빨간 불꽃이 활활 타올랐다.

"나, 나, 화장실 좀……."

하원이 애원하는 눈빛으로 바라봤지만 혜인은 쏜살같이 화장실로 도망쳤다. 그곳에 더 있다가는 이글이글 타오르는 하진의 눈빛에 바비큐 구이가 될지도 모르는 일이었다. 혜인은 대충 옷매무새를 가다듬으며 세면대에서 손을 씻었다. 쾰쾰 쏟아지는 따뜻한 물에 긴장됐던 마음이 차츰 녹아들었다.

"야, 저기 저 남자들 진짜 잘생겼다."

혜인의 귀가 쫑긋쫑긋 안테나를 세웠다.

"어디, 어디?"

"저기 말이야."

혜인의 시선이 덩달아 여자의 손끝을 따라갔다. 그녀들이 말한 사람들은 역시 익숙한 남자들이었다. 괜스레 자신의 칭찬을 들은 것처럼 양 어깨가 쫙 펴지고 으쓱해졌다.

"진짜네. 저런 남자를 남자 친구로 둔 여자는 도대체 어떤 여잘까?"

"뭘 당연한 걸 물어. 쭉쭉빵빵이겠지."

"혹시 알아? 미녀와 야수처럼 못생긴 여자와 사귈지?"

"네 바람은 아니고?"

자신들끼리 깔깔대며 수다를 떨며 나가는 여자들의 목소리가 멀어져갔다. 혜인은 거울에 비친 자신의 모습을 바라봤다. 집에서 막 나온 트레이닝복 차림에 두터운 뿔테 안경, 질끈 묶은 머리, 어느 것 하나 방금 나간 여자들보다 잘난 것이 없었다. 아니 오히려 못났다. 안경을 빼보며 자신의 모습을 요리조리 거울에 비춰보았다. 하지만 눈이 나쁜 탓에 자신의 얼굴조차 자세히 보이지 않았다. 이런 모습이 어디가 좋은 걸까.

혜인은 옆에 두었던 안경을 거칠게 쓰며 화장실을 빠져나갔다. 아까의 여자들은 돌아갔는지 보이지 않았다. 혜인이 저벅저벅 하진의 테이블로 다가갈수록 시선이 더 강렬하게 느껴지는 듯했다. 모든 사람들이 하진과 하원만 주목하고 있는 듯한 착각까지 들었다. 거기에 비하여 자신은 너무나 초라하기 짝이 없었다.

"왜 이렇게 늦게 와?"

하진이 의자를 빼주며 혜인에게 물었다.

"그냥……."

혜인이 다 식은 스테이크를 바라보며 한숨을 깊게 내쉬었다. 오늘 따라 예쁘게 차려입은 여자들이 눈에 더 많이 띄었다. 분명 자신은 그런 거 따위 신경 쓰지 않았는데…… . 그에 반면 자신의 모습은 너무도 초라했다. 하진과 하원 역시 편하게 입었지만, 자신과는 전혀 틀려보였다. 역시 옷걸이가 좋아야 한다는 말을 뼈저리게 느끼는 중이었다. 가벼운 면 티셔츠에 면바지 차림도 그들이 입으면 명품슈트가 부럽지 않았다.

"가자, 먹기 싫어…… ."

잘 놀다 갑자기 침울해진 혜인 때문에 하진과 하원은 어리둥절해졌다.

집으로 돌아가는 내내 혜인은 입을 꾹 다문 채 열지 않았다. 분명 자신만의 매력이 있다고 하기에도 너무도 부족했다. 특출하게 성격이 좋은 것도 아니었고, 특출하게 머리가 좋은 것도 아니었다. 혜인은 땅이 꺼져라 한숨을 내쉬었다.

"남자들은 예쁜 여자가 좋을까?"

푸념이 약간 섞인 말투였다. 하지만 눈치가 쥐꼬리만큼도 없는 남자들이 무엇을 알겠는가.

"당연하지. 그걸 질문이라고 하는 거야?"

하원은 한심하다는 듯 혀를 쯧쯧 찼다. 혜인의 한숨이 더 짙어져만 갔다. 역시 남자들은 하나같이 다 같을 것이다.

"걔들도 꾸미니까 예쁜 거겠지……?"

"혜인아, 이 오빠가 보기엔 여자의 얼굴은 본판 불변의 법칙이야. 호박에 줄긋는다고 수박이 되겠어? 옛말 틀린 거 하나도 없다, 너?"

혜인은 화를 삭이기 위해 눈을 질끈 감았다. 이 집 유전자는 어딜 가지 않는 듯했다. 어찌 저렇게 천진난만한 얼굴로 자신의 가슴이 비수를 따다닥 쏘아대는지⋯⋯. 혜인은 아픈 가슴을 부여잡고 한숨을 깊게 내쉬었다. 본판이 예쁘지 않은 자기로서는 어쩔 수 없이 현실을 받아들여야만 한다는 것인가. 예뻐지기를 꿈꾸지도 말라는 단호한 말 같았다.

"갑자기 그건 왜?"

대화에 별로 흥미를 느끼지 않던 하진이 되물었다. 혜인은 자신의 창피한 마음을 뒤로한 채 힘들게 입술을 떼어냈다. 비웃을지도 모르지만 이것이 솔직한 심정이었다.

"아, 그게⋯⋯ 나도 꾸미면 예쁠까?"

"뭐?"

하진과 하원이 동시에 놀란 듯 그녀를 바라봤다.

"아, 아니⋯⋯. 나도 대학생인데 꾸미면 어떨까 싶어서⋯⋯."

"하긴⋯⋯. 넌 꾸밀 필요성이 있어. 꼭 연예인처럼은 안 돼도⋯⋯ 그래도 지금 네 모습보다는 훨씬 더 예뻐 보일걸? 22살이 이렇게 우중충하게 살아서는 안 되지."

어째 용기를 주는 것 같기는 한데 무언가 꺼림칙한 느낌을 떨쳐버릴 수 없었다. 어색하게 웃으며 하진의 얼굴을 살폈지만 그는 운전에만 열중했다. 정작 자신에게 물음을 던진 것은 하진인데, 그는 야속하게도 혜인과 하원의 대화는 별로 신경도 쓰지 않는 듯싶었다. 그것이 괜스레 하원의 말보다 더 기분 나빴다. 이런 저런 생각들을 하는 사이 차가 집 앞에 미끄러지듯 멈춰 섰다.

"형, 먼저 들어가."

들어가지 않겠다는 하원을 억지로 들여보내놓고 하진이 혜인을 잡았다.

"내일 오후 강의지?"

"아, 그러네."

"9시까지 집 앞으로 나와."

혜인의 이맛살이 저절로 찌푸려졌다. 늦잠을 자야 하는 혜인이 어찌하여 그 아침부터 일어나야 한다는 말인가. 하진은 혜인의 표정에 아랑곳하지 않고 그녀의 이마에 가볍게 입을 맞췄다.

"잘 자라. 내일 늦지 말고."

혜인을 별채까지 데려다준 후, 하진이 돌아서 집으로 들어갔다. 하진이 간 후 이마를 살며시 만져보았다. 아직도 온기가 손끝에도 묻어나는 듯했다. 혜인은 꽁해 있던 마음이 조금 수그러졌다.

"다녀왔습니다."

"우리 딸 왔어?"

혜인의 아버지가 반갑게 맞아주셨다.

"응. 엄마는?"

"엄마 지금 팩한다고 난리다."

혜인의 입가에 미소가 한가득 걸렸다.

"엄마, 나도!"

"얘, 이거밖에 없어!"

"싫어. 나도 할 거야!"

혜인의 아빠는 그 모습을 흐뭇하게 지켜보셨다. 너무 삭막하지 않은 자신의 가족이 행복하게 느껴졌다. 정작 팩 때문에 피터지게 싸우고 있는 두 모녀의 모습은 잘 보이지 않은 듯했다. 혜인은 엄마를 뒤

쫓아 다니며 억지로 감자 팩을 빼앗어 얼굴에 붙이는 데 성공했다. 본판이 안 되면 피부라도 가꾸자 싶은 생각에 혜인은 감자 팩을 붙이고 잠자리에 들었다. 하진에게 조금이라도 예쁜 모습을 보이길 빌면서……

다음날, 나름 윤이 나는 피부를 바라보며 혜인은 기분 좋은 미소를 지었다.

"아빠, 나 예뻐?"

"그럼! 우리 딸이 최고 예쁘지!"

팔불출 부녀는 그렇게 헤헤거리며 아침부터 웃음을 터트렸다. 그런 모습을 지켜보던 혜인의 엄마가 혀를 쯧쯧 찼다.

"고슴도치도 제 새끼는 예쁜 법이니까."

그런 엄마의 말을 깡그리 무시한 채 혜인과 그녀의 아빠는 자신들만의 세계에 푹 빠져버렸다. 물기가 남아 있는 머리를 마른 수건으로 살짝 말리고 혜인은 집을 나섰다.

아침부터 불러낸 하진 덕에 잠이 부족하긴 했지만 오늘 유난히 기분이 좋았다. 아무리 제 새끼가 다 예뻐 보여도 그만큼의 매력이 있기 때문에 예쁜 것이다. 하진도 그 매력을 충분히 알아줄 것이라 믿었다. 혜인은 돌계단을 내려가, 둔탁한 소리를 내는 검은 철문을 끼익 열었다. 하진은 먼저 도착했는지 차를 차고에서 꺼내 그녀를 기다리고 있었다. 팩을 한 덕에 피부가 촉촉하게 느껴졌지만 피부 하나만으로 그가 알아볼 거라 생각하지 않았다.

"왔어?"

하진은 혜인의 입술에 가볍게 입을 맞추고 차에 몸을 실었다.

"근데 어디 가, 우리?"

"너 공부시키러 간다."

하진의 목소리에는 장난기가 가득 묻어났다. 제대로 된 대답을 듣기는 글렀다는 생각에 혜인은 더 이상 묻지 않았다.

확실히 이제는 가을이었다. 아침 공기가 차갑게 내려앉고 아침 안개 냄새가 코끝으로 스며들었다. 찌는 듯한 무더위가 한물간 것이 확실히 느껴졌다. 긴팔을 입고 있는데도 팔에 오돌토돌한 닭살이 일었다. 잔잔한 바이올린 연주곡을 들으며 차가 미끄러지듯 달려 나갔다. 아침이라 도로가 약간 막히긴 했지만 별로 신경 쓰지 않았다. 하진의 차가 화려한 건물 앞에 부드럽게 멈춰 섰다.

"가자."

하진은 빙긋이 웃으며 차에서 내렸다. 혜인은 어리둥절한 표정을 숨기지 못한 채 그를 따라 차에서 내렸다. 내려서 본 건물의 외관은 더 화려했다. 디자이너 숍들이 즐비한 거리에서도 단연 돋보였다. 하진을 따라가던 그녀의 발걸음이 그에 의해 멈췄다. 하진은 미소를 지으며 그녀의 어깨를 꽉 잡았다.

"들어가기 전에 약속 하나, 절대로 한눈팔지 마. 알았어?"

"어?"

혜인이 대답도 하기 전에 문이 활짝 열렸다. 열댓 명의 직원들이 분주하게 움직이고, 화려한 조명과 색채들이 그녀의 눈을 어지럽게 만들었다.

13.
다른 매력

하진의 손에 의해 얼떨결에 안으로 들어온 혜인은 주위를 구경하
느라 여념이 없었다. 오색찬란한 옷가지들과 구두들 덕에 눈이 부실
지경이었다. 직원들의 인사에 혜인은 얼떨떨한 미소를 지으며 주변을
두리번거렸다.

화려한 샹들리에가 정중앙에서 그녀를 내려다보고 있었고, 고급
원목 행거에는 시상식에서나 볼 수 있을 법한 드레스가 진열돼 있었
다. 혜인은 약간 위축되는 마음에 자신도 모르게 하진의 손을 꽉 잡
았다. 자신의 볼품없는 차림으로는 감히 들어갈 수도 없을 듯한 위압
감을 풍기는 곳이었다. 깔끔한 유니폼을 입은 직원들 또한 하나같이
예쁘고 멋졌다.

혜인은 마른침을 꿀꺽 삼키며 콧등으로 떨어지는 안경을 한손으로
추켜올렸다.

"어머, 하진이 왔니?"

까르르 웃으며 누군가 그들의 곁으로 다가왔다. 넋을 놓고 바라보던 혜인은 소리가 나는 쪽으로 고개를 돌렸다. 지금 막 도착한 것인지 한 여자가 선글라스를 벗으며 우아한 걸음으로 사뿐사뿐 그들에게 다가왔다.

"어? 이모님?"

혜인은 화들짝 놀라며 하진의 이모를 손가락으로 가리켰다. 하진의 이모는 이렇게 큰 조카를 둔 것이라고 생각도 되지 않을 만큼 젊고 화려했다. 어려서 몇 번 봤던 분을 설마 이곳에서 만나리라고 생각도 하지 못했다.

"혜인이 안녕? 하진이가 어제부터 어찌나 난리던지……. 톱스타들이 와도 나오지 않던 내가 손수 발걸음을 해주셨잖아. 영광으로 알렴."

혜인은 위축됐던 마음도 잊어버린 채 속으로 웃음을 삼켰다. 어려서랑 조금도 변하지 않은 하진의 이모님 때문이었다.

하진의 이모 즉, 송지은은 해외에서도 널리 이름을 떨치고 있는 유명 디자이너였다. 톱스타들조차도 그녀의 패션쇼 티켓을 구하기 위해 며칠을 기다려야 할 정도였다. 뛰어난 능력에 아름다운 외모와 넘치는 교양을 가진 그녀에도 딱 한 가지 없는 것이 있었는데 그것은 겸손이었다. 하지만 위치가 그러한 만큼 그것이 얄미워 보이기는커녕 오히려 더 당당하게 보였다.

"너희는 아직도 붙어 다니는구나? 어려서 혜인이가 그렇게 너 싫다고 징징댔는데……. 난 그래서 진작 떨어진 줄 알았지."

"이모, 선 시장 요즘 물이 그렇게 안 좋다며? 아, 우리 엄마 아직

이모 한국 들어온 거 모르나?"

하진은 빙긋이 웃으며 싸늘하게 내뱉었다. 지은의 말이 거슬렸던 모양이었다. 하진의 말이 제대로 먹혔는지 지은의 입술 끝이 파르르 떨렸다. 나이 마흔 다섯의 선 시장이라 함은 중년 노땅 아저씨들과 쓸데없는 만남의 자리가 대부분이었다. 20대 때의 불같은 사랑은커녕 늘어놓는 말 또한 어찌나 기름을 발라놓은 듯 느글대던지……. 더구나 지은은 싱글생활이 좋았다. 골드 미스란 말은 그녀 같은 여자에게나 쓸 수 있는 단어였다. 재력이면 재력, 미모면 미모, 성격이면 성격, 어떠한 것도 빠지지 않은데 20대인들 못 꼬시랴. 하지만 그런 말은 남들에게나 통하지, 하진의 엄마, 즉 그녀의 언니에게는 전혀 통하지 않는 말들이었다. 하진의 엄마는 여자나 남자나 가정을 가져야 비로소 정착할 수 있다는 굳은 믿음의 소유자였다. 하진의 엄마가 만약 지은이 한국에 도착한 것을 알게 된다면……. 정말 생각하기도 끔찍했다. 지은은 이마에 송골송골 맺혀오는 식은땀을 손등으로 닦아냈다. 그리고는 모래알 굴러가듯 까끌까끌한 목청을 애써 가다듬었다.

"혜, 혜인아. 얼른 들어가자."

떨리는 손으로 혜인을 잡아끌면서 지은이 휙 돌아 하진을 쏘아봤다. 아직도 선 시장의 얘기가 귓가 깊숙이 맴도는 모양이었다. 지은은 입매를 단단하게 끌어올렸다.

"아무리 조카라도 공짜는 없는 거 알지? 뭐, 직원 할인 정도는 해줄게. 공짜 바라고 온 거라면 꿈도 꾸지 마!"

그러면서 혜인의 팔짱을 쏙 끼고 안으로 당당히 들어갔다. 아웅다웅하는 두 사람의 모습에 혜인은 억지로 웃음을 참아내느라 애 좀 먹었다. 3층으로 올라간 지은은 혜인을 근처 소파에 내버려둔 채 누군가를 바삐 찾았다. 스텝들은 바쁜 듯 가위나 파마 기구를 정리하고 있었다. 이 건물의 모든 층은 아직 개장 전인 듯싶었다. 여직원을 몇 마디 나두던 지은은 멍한 표정으로 두리번거리는 혜인에게 손짓을 했다.

"혜인아, 여자의 머리가 이러면 쓰니."

혜인의 머리카락을 한 움큼 움켜쥐며 혀를 쯧쯧 찼다. 머릿결만 좋으면 뭐하나. 관리를 전혀 하지 않아 좋은 머릿결이 제대로 보이지도 않는 걸. 지은은 끝 쪽에 마련된 사무실에 노크조차 하지 않고 혜인을 끌고 들어갔다. 넓지 않은 사무실벽엔 온통 상패들이며 연예인과 찍은 사진들이 그득했다. 혜인의 입에서 탄성이 저절로 나왔다.

"김 실장, 우리 예쁜 애기 머리 좀 해주세요."

지은은 싱긋 미소를 지으며 소파에 털썩 앉았다. 사무실 책상에 앉아 뿔테를 고쳐 쓰던 김 실장이라는 남자가 안경 너머로 지은을 힐끔 바라봤다. 그 눈빛이 왠지 지은이 꽤나 탐탁지 않다는 눈빛이었다.

"사장님, 이번엔 한 달 동안 잠수타시지 그러셨어요. 뭐하러 이리 일찍 나오셨는지……."

혜인은 순간 흠칫 놀랐다. 사장에게 이리 비아냥거리는 직원이 어디 있겠는가. 그럼에도 지은은 기분이 나빠 보이기는커녕 더 생글거렸다.

"그러려고 했는데 우리 예쁜 조카께서 몸소 전화를 주시지 않았겠어? 그러니 이 애기 좀 잘 좀 부탁해요. 혜인아, 인사하렴. 너의 머리를 담당해줄 선생님이셔. 텔레비전에서 많이 봤지?"

혜인은 얼떨결에 꾸벅 인사했다. 안경너머로 그녀를 행색을 예리하게 관찰하던 김 실장이 의자에서 일어나 그녀에게 천천히 걸어왔다. 다가오는 눈빛이 꽤나 날카로웠다. 코앞에 멈춘 그는 그녀의 머리를 지은처럼 한 움큼 잡더니 혀를 쯧쯧 찼다.

"그래도 생각보다 머릿결은 좋네. 근데 관리를 이렇게 안 해서야. 너 요즘 애들 맞아?"

잡고 있던 혜인의 머리를 툭 놓고, 김 실장은 사무실 문을 열고 걸어 나갔다. 혜인은 어찌할 바를 모른 채 멍하니 그곳에 서 있었다.

"뭐해, 빨리 안 나오고. 나한테 관리 받는 거 영광인 줄 알라고. 그리고 사장님."

김 실장이 혜인의 손을 잡아끌며 지은을 향해 싱긋 웃었다. 눈매가 꽤 날카로웠는데 그에 반해 웃는 모습은 꽤 선해보였다.

"이따 고혜리 오는 거 아시죠? 만약 이번에도 도망가시면 이 아이 머리 삭발시켜 버릴 테니 그렇게 알아주셨으면 좋겠네요."

지은은 입만 벙긋거렸다. 고혜리는 요즘 한창 주가를 올리고 있는 톱스타 중 톱스타였다. 예쁜 건 둘째 치고 연기력까지 좋아 남녀노소 모두가 좋아하는 연예인이었다. 그런 혜리가 온다는 데 지은의 표정은 점점 어두워지며 가죽소파를 이로 잘근잘근 물어뜯었다.

"내가 왜! 싫어!"

바동거리는 지은에게 싱긋 웃어준 후 김 실장은 사무실문을 쾅 닫았다. 혜인은 고개를 갸웃거렸다. 남들은 평생가야 얼굴 한 번 보기 힘든 고혜리를 극도로 싫어하는 지은을 이해할 수 없었다.

"자기보다 예뻐서 저러는 거야."

"네?"

"사장님이 고혜리 싫어하는 거, 자기보다 예뻐서 저러는 거라고. 물론 보는 사람 기준마다 다르긴 하지만……. 김지영 씨, 이분 세팅 하실 거니까 준비해줘요."

그의 말이 떨어지기가 무섭게 스태프들 여럿이 세팅 파마기를 준비하며 그녀를 의자에 앉혔다. 가운까지 입은 혜인은 심장이 강하게 두근댔다. 머리 손질을 위해 안경을 벗겨서 자신의 모습이 전혀 보이지 않았지만 머릿속은 이미 어떻게 변하게 될까 하는 두려움 반, 호기심 반으로 가득 차 있었다.

"우선 머리색은 갈색 빛이 돌아서 손보지 않아도 될 거 같고, 이 치렁치렁하게 볼품없는 머리를 다듬고 굵게 웨이브 주자고. 어때?"

혜인은 고개를 끄덕거렸다. 김 실장은 싱긋 웃더니 스텝이 건네는 날이 번쩍번쩍한 가위를 받아들었다.

"그럼 그래야지. 내가 손을 대는데 이상하게 나오겠어? 널 최고로 만들어줄 최고의 디자이너가 여기 있는데."

김 실장의 손끝에서 빠른 가위질이 시작되었다. 자세히는 보이지 않지만 손이 너무 빨라 볼 수 없을 정도였을 것이다. 매일 보조하는 스태프들조차 입을 다물지 못했다. 머리 손질이 끝나자 혜인의 앞머리조차 남겨놓지 않은 채 머리를 오징어 다리 같은 것으로 꽁꽁 싸맸다. 당기고 뜨겁고 어찌나 지루하던지 좀이 쑤셔 죽을 뻔했다. 직원이 잡지를 건네주었지만 안경도 끼지 않은 그녀의 눈에 무엇이 보이겠는가. 먼 산만 바라보면 한숨을 깊게 내쉬었다. 예뻐지는 거, 절대 쉬운 일이 아니었다.

"지겹지?"

김 실장이 그녀에게 다가와 커피를 한잔 내밀었다. 두 손으로 커피를 받아든 혜인은 입이 심심했던 터라 한 모금 홀짝 마셨다. 입안에 쌉싸래한 맛이 강하게 감돌았다.

"다른 여자들을 이걸 매달, 아니 좀 더 길면 3개월이겠군. 그렇게 해. 근데 넌 이게 처음이라니……. 뭐, 더 지겨울 수도 있겠네."

헤인은 입이 떡 벌어졌다. 이걸 매달 한다고 생각하니 온몸이 진이 빠졌다. 10시도 안 돼 도착했는데 벌써 11시가 다 되어 가고 있었다. 지겹다.

"그게 다 자기 관리야. 지금이야 어리고 예쁘니까 관리 안 해도 될 거 같지? 나이 들어봐. 20대 때 관리 안 한 걸 땅을 치고 후회할걸? 지금이라도 그 예쁜 피부, 머릿결 상하지 않게 잘 관리해. 머릿결도 식물과 같은 거야. 예뻐해 주면 그만큼 예쁜 머릿결이 나오거든? 이제부터라도 관리 잘해. 지영 씨, 이 손님 샴푸 해드려."

김 실장은 싱긋 웃으며 유유히 창가 쪽으로 자리를 옮겼다. 말을 독살스럽게 하는 거 같으면서도 정확하게 올바른 말만 한다. 혜인은 저 남자를 이해할 수 없었다. 끽해야 20대 후반으로 보이는 남자가 나이를 운운하다니……. 직원에 손에 이끌려 로트를 풀어 내리고 샴푸실로 간 직원이 그녀를 물끄러미 내려 봤다.

"밖에 기다리시는 분이 남자 친구신가 봐요. 여자들 머리하는 거 지겨워서 기다리기 쉽지 않은데. 부러워요."

헤인은 어색한 웃음을 지었다. 자신도 지겨운데 아무것도 안하는 하진은 얼마나 지겨우랴. 고마운 마음이 가슴속 깊은 곳에서 물밀 듯이 올라왔다.

드라이까지 마친 혜인은 거울안의 자신을 보고 갸웃거렸다. 자신이 생각했던 것만큼 예쁘지 않았다. 오히려…… 실망스럽다고나 할까. 실망감이 얼굴에 고스란히 드러나자, 김 실장이 혀를 쯧쯧 찼다.

"그럼 머리 하나에 네가 고혜리라도 될 줄 알았어? 꿈 깨시고 2층에서 메이크업 받고 1층으로 내려가 봐. 사장님께서 직접 옷을 골라 주실 모양이니까."

"네……."

혜인은 한숨을 깊게 내쉬었다. 고혜리가 아니어도 솔지라도 이 머리를 했다면 분명 예뻤을 것이었다. 자신의 본판에 대해 한숨을 크게 내쉬었다.

2층으로 내려간 혜인은 전문 메이크업 아티스트에게 얼굴을 맡겼다. 그것만 해도 1시간이었다. 화장에도 단계가 있고 종류가 있다는 메이크업 아티스트의 말에 깜짝 놀랐다. 대충 펴 바르면 되는 것이 전혀 없었다. 갖가지 메이크업 제품을 한아름 건네받은 후 혜인은 겨우 1층으로 내려올 수 있었다. 1층으로 내려온 혜인을 지은이 반갑게 맞이했다. 이제는 옷을 고를 차례였는데 혜인의 표정이 영 좋지 않았다.

"혜인아, 왜 그래?"

"이모님…… 전 엄청 예뻐질 줄 알았어요. 예전보다 많이 예뻐진 거는 같은데……. 뭔가……."

땅이 꺼져라 내쉬는 혜인의 한숨에 지은은 웃기만 했다.

"혜인아, 넌 그럼 첫술에 배 부르려고 했어? 우리의 목적은 단계별로 너를 예쁘게 해주는 사람이야. 모든 것이 합쳐지지도 않았는데 하나씩 바라보고 뭘 알려고 그래. 자, 이 옷부터 입어봐."

하진은 어디 갔는지 보이지도 않았고 지은은 그녀에게 옷을 한아름 안겨주었다. 메이크업 아티스트에게 건네받은 화장품을 소파 위에 올려두고 혜인은 옷을 하나씩 차례대로 입어보았다. 한 벌씩 피팅룸에서 입고 나올 때마다 지은의 눈이 반짝였다. 지은의 얼굴은 자못 진지했다. 옷 입는 것도 체력이 필요하다는 사실을 혜인은 오늘 처음 알았다. 5벌쯤 갈아입자, 대충 입고 집에 가고 싶다는 게으른 생각이 머릿속에 가득했다. 이건 너무 중노동이었다.

겨우겨우 옷을 입고 나가자, 어느새 돌아온 하진이 지은과 이야기를 나누고 있었다. 지은과 하진이 혜인을 위아래로 훑었다. 지은이 잠시 무언가 고심을 하는 듯하더니 블랙 킬 힐을 그녀 앞에 내밀었다. 힘이 다 빠진 혜인은 하기 싫어도 해야 하는 입장이 되었다. 발목까지 오는 힐을 억지로 신은 뒤 지은이 내미는 블랙 재킷을 받아들고 걸쳤다. 숏 재킷과 여성스러운 아이보리 미니원피스가 설마 어울릴까 생각하던 혜인은 거울을 보고 깜짝 놀랐다. 오묘하게 조화를 이룬 그 모습에 탄성이 절로 나왔다.

메이크업을 곱게 한 자신의 모습은 두터운 안경이 약간 언밸런스하지만 전의 모습과는 확연하게 달랐다. 굵게 넣은 세팅 파마도, 투명한 메이크업도, 입고 있는 원피스도 어느 것 하나 어울리지 않는 것이 없었다. 혜인은 지은을 보고 방긋이 웃었다.

"너무 좋아요!"

지은은 활짝 웃으며 양팔을 활짝 벌려 혜인을 끌어안았다. 장장 4시간의 노력이 드디어 끝이 났다. 너무 기쁘기도 하고 힘겹기도 해서 혜인은 눈물이 다 나올 지경이었다. 예뻐지는 거 절대 쉬운 일이 아니었다.

"오늘 너무 수고했어."

혜인이 빙긋 웃었다. 물끄러미 바라보던 하진이 그녀에게 저벅저벅 걸어왔다. 자신의 변한모습을 보여주는 것이라 무언가 강하게 두드리듯 심장이 떨렸다.

"어, 어때?"

붉게 물든 입술을 잘근 씹어댔다. 하진이 그녀의 손을 꽉 잡으며 손안으로 무언가를 건넸다. 차가운 기가 잔뜩 묻어나는 것에 혜인은 손바닥을 펼치며 어리둥절한 눈으로 하진을 바라보았다.

"한눈팔면 죽는다?"

하진은 입꼬리를 말아 올리며 활짝 미소를 지었다. 혜인은 빙긋이 미소 지으며 그가 건넨 동그란 통의 뚜껑을 뱅그르르 돌렸다. 액체 안에 가득 담긴 그것을 보고 갸웃거렸다.

"안경이 NG네요, 서혜인 양. 도수는 네 안경이랑 같은 걸로 해왔어. 못 끼겠으면 껴주고."

혜인이 입술을 삐죽 내밀었다. 재수 없는 놈이 사람을 끝까지 감동시키고 있다. 눈물이 찔끔 나오려는 것을 입술을 잘근 깨물며 참아냈다. 혹여 마스카라의 검은 물이 뚝뚝 떨어질까 겁이 났기 때문이다. 하진이 건넨 렌즈를 겨우겨우 눈 안으로 밀어 넣으며 두 눈을 깜빡거렸다. 세상이 환하게 달라진 기분이었다. 아직 눈 안에 돌아다니는 렌즈가 적응이 되지 않고 콧잔등으로 떨어지는 안경이 없어 허전하지만 이 기분도 나름 괜찮았다. 콧등과 눈에 시원한 바람이 부는 듯 얼굴이 시원했다.

"누구 건지 모르지만 정말 예뻐졌네."

혜인이 전신거울을 바라보다가 빙그르르 돌았다.

"원래 예쁜 게 아니라?"

하진이 고개를 절레절레 흔들었다. 지은은 그 둘을 번갈아 보며 짝하고 손바닥을 내리쳤다.

"어쩐지…… 그래서 하진이 네가 어제부터 그 난리를 친 거야?"

지은은 속았다는 듯 하진과 혜인을 쏘아보았다. 그러면 뭐하겠는 가. 콩깍지가 제대로 씐 두 사람에게는 그마저도 사랑의 레이저빔으로만 보였다. 김 실장은 아크릴 계단을 밟고 내려오며 혀를 쯧쯧 찼다.

"노처녀라 그런가. 그렇게 눈치가 없어서야 어디 이모라고 하실 수 있겠어요?"

"뭐야?"

지은의 눈이 양옆으로 찢어지며 김 실장을 흘겨보았다. 김 실장은 능글맞은 미소를 지으며 지은의 어깨에 살며시 손을 올렸다.

"손 안 치우냐, 김정팔?"

"네. 못 치웁니다, 송미자 씨."

지은이 손을 홱 치워버리면 김 실장의 손은 잠시 떼어졌다 다시 제자리로 돌아갔다. 몇 번을 해도 돌아오는 손에 지은은 두 손 두 발 다 들었다.

"어이, 바퀴벌레들. 닭살 그만 떨고 이제 계산하고 가줄래?"

"그래! 계산!"

지은은 오묘한 미소를 지으며 하진에게 손을 내밀었다.

"진짜 조카한테 돈 받으려고?"

"너같이 돈 많은 놈한테는 받아도 돼. 그치, 혜인아?"

혜인은 어정쩡한 미소만 지어보였다. 분명 규모로 보나 디자이너들 약력으로 보나 한두 푼으로 끝나지 않을 듯했는데……. 혜인은 미안한 기분이 들어 자신이 계산하려 했지만 하진은 혜인의 손에 다시 카드를 쥐어준 후 계산대로 걸어갔다. 하진이 울며 겨자 먹기로 카드를 내밀었다. 지은은 그것을 사양조차 하지 않고 받아 카드기에 대고 긁었다. 드르륵 소리와 함께 카드 영수증이 나오자 지은이 방긋 웃었다.

"감사합니다, 고객님."

지은의 말은 전혀 거짓이 아니었다. 정확하게 계산한 금액이 고스란히 카드영수증에 찍혔다. 혜인은 어쩐지 미안한 기분이 들었다. 그 모습을 알았는지 지은이 혜인의 축 처진 어깨를 두어 번 두드렸다.

"서혜인 양, 자신감을 가지세요. 그리고 저놈 돈 많아서 괜찮아. 저 정도는 쟤한테 영향도 못 미칠걸? 주식이다 뭐다 해서 지 아빠도 모르는 돈 엄청 많을 거야."

그러고 보니 하진이 용돈 받는 것을 본 적이 없었다. 그의 아빠 성격에 공짜로 아들에게 으리으리한 외제차를 뽑아주실 성격은 절대 아니셨다. 조금만 돌려서 생각하면 알 수 있는 것들인데 혜인은 전혀 알지 못하고 있었다. 하진은 그녀에게 대해 모르는 것이 없는데…….

"가자."

우울했던 기분도 잠시, 하진이 혜인의 손을 꼭 잡고 문을 활짝 열었다. 가을하늘은 끝이 보이질 않을 정도로 높고 물감을 칠해놓은 듯 파랬다. 그 하늘과 맞춰 눈이 부시게 따사로웠다.

이렇게 좋은 날 학교를 간다는 거 자체가 죄인 것 같았지만 혜인은 하진을 따라갔다. 캠퍼스 안 학생들이 힐끔거리며 하진과 혜인을 쳐다봤다. 본판이 있는지라 일학년 퀸카 정도의 미모는 아니었지만 이 정도면 예쁜 축에 속했다. 힐끔거리며 자신을 쳐다보니 위축됐던 어깨가 조금 더 펴지며 당당하게 걸을 수 있었다. 높은 하이힐이 보도블록에 걸려 아찔한 상황이 연출되지 않기만 했어도 조금 더 좋았을 것이다. 그때마다 하진이 넘어지지 않게 그녀를 잡아주었다 만약 하진이 아니었다면 짧은 미니원피스를 입고 땅과 몇 번의 입맞춤을 나누고도 남았을 것이다.

"혜, 혜, 혜인이?"

솔지가 검지를 자신을 가리키며 버벅거렸다. 그녀는 처음엔 혜인을 못 알아봤다. 웬 늘씬한 여자와 서있는데 순간 솔지는 하진이 바람이라도 피우는 줄 알고 깽판을 치려 했다. 하지만 소중하게 감싼 저 손을 봤을 때 그것은 바람이 아니라 혜인인 것을 알았다. 하진 성격에 절대 다른 여자를 저렇게 소중히 대해줄리 없었기 때문이다.

솔지는 혜인에게 다가가 등짝을 시원스럽게 찰싹 때렸다.

"이노무 계집애! 진작 이렇게 좀 하고 다니면 애들이 욕 좀 덜했을 거 아니야!"

주동자가 자신이었던 것을 진작 잊은 듯싶었다. 등짝이 따가운 햇볕에 화상을 입은 듯이 따끔거리고 아려왔다. 어찌나 손이 매운지 혜인은 눈물이 찔끔 날 뻔했다.

"김솔지, 지금 뭐 한 거지?"

하진이 싱긋 웃으며 물었다.

"아, 아, 미안……."

솔지는 먼 산만 바라보며 하진의 눈을 슬금슬금 피했다. 하진이 저런 놈인 줄 알았더라면 절대로 혜인을 욕하지 않았을 것이다. 그때의 마음을 깊게 사죄하며 혜인에게 절대로 배신을 때리지 않으리라 몇 번을 다짐하였다.

"이야, 나는 다른 여잔 줄 알았네. 서혜인이, 못 알아보겠다?"

이제는 제 집 드나들 듯 진성이 찾아왔다. 솔지는 진성을 바라보며 함박웃음을 지었다. 매일보고 또 보는 사이면서도 저리도 좋은가 보다. 혜인은 혀를 쯧쯧 차려다가 흠칫 멈췄다. 상태는 자신들이 더 심했다. 집에 있어도 어찌나 설레고 밤에 잠이 들려고 하면 문득 떠오르는 얼굴 때문에 몇 번이나 정원에 가서 만나고 또 돌아오고 하다 결국 날 샌 적이 한두 번이 아니었다.

혜인은 애써 목청을 가다듬었다. 닭털을 폴폴 날리며 진성과 이야기를 나누던 솔지가 화들짝 놀라며 그녀를 툭툭 쳤다. 승현이 어떤 여자와 지나가며 혜인을 보고 우뚝 멈춰선 것이다. 도도함을 무장한 그 눈빛이 잠시 휘둥그레지며 혜인의 아래위를 훑었다.

"야, 저 선배 너 쳐다본다. 재수 없어, 정말. 부정 타게……."

진성 앞에서 예쁜 말만 골라 하던 솔지는 승현에 등장에 꽤나 격해졌다. 혜인에게 들은 얘기로는 저놈을 찢어발겨놔도 속이 시원찮지 않았다. 허우대만 멀쩡하면 뭐하나. 속은 쓰레기인 것을. 솔지가 소리를 빽 지르며 쫓아내기도 전에 승현은 혜인을 다시 힐끔 바라보며 자신의 길을 걸어갔다. 이제는 아무렇지도 않았고 별로 신경 쓰이지도 않았다. 일기장에 적혀 있던 67번의 남자는 예전에 지워져버린 인물이었다. 혜인과 하진은 서로를 바라보며 빙긋이 웃었다.

같은 과 학생들 사이에서 혜인은 단연 화제였다. 여자의 변신은 무죄라는 말을 몸소 보여주셨다. 영화나 드라마처럼 엄청난 미인은 아니었지만 무한한 가능성을 열어두었다. 거기다 요즘 연애를 해서인지 혜인의 하얀 피부가 발그레해지며 수줍게 피어오른 꽃봉오리처럼 슬슬 꽃망울을 피울 준비를 하고 있었다. 보는 사람마다 인사를 듣느라 혜인은 목이 다 쉴 정도였다. 강의 듣는 일보다 인사에 답해주는 일이 더 힘들었다. 혜인은 팍 쉬어버린 파김치처럼 흐물흐물해졌다. 거기다 집으로 가서 쉬고 싶어 하는 그녀의 마음도 모른 체, 하진은 그녀를 차에 태우고 집과는 정반대의 방향을 가기 시작했다. 어디를 가냐는 물음에도 묵묵부답이었다. 창밖으로 떨어진 해는 이제 더 이상 떠오르지 않고 고운 달님을 보내주셨다. 내리달린 차 덕에 이제는 노랫소리가 아닌 요란한 비명소리가 귓가를 울렸다. 전구들이 밝게 비추며 거대한 나무 넝쿨 문이 그녀에게 살랑살랑 손을 흔들었다. 그 넝쿨 문이 보이자마자 혜인은 기대감에 부풀었다.

"놀이동산?"

"좋아하잖아."

혜인은 헤헤 웃었다. 하진과 그녀는 놀이동산이라면 사족을 쓰지 못했다. 아침부터 와서 타고 또 타고 지칠 정도로 타고도 아쉬워서 발걸음조차 제대로 돌리지 못할 정도였다. 누가 먼저라고 할 것도 없이 차문을 열고 달려갔다. 하진이 차에 타기 전, 청바지로 갈아입으라더니 다 이유가 있었던 것이다. 곳곳에 커다란 풍선이 둥둥 떠다니고 꽃길이 그녀의 눈앞에 펼쳐졌다. 돌길을 한발 한발 내딛으며 걸으며 향긋한 꽃냄새에 숨을 깊게 들이마셨다. 하진은 그녀에게 팔을 내밀었다. 혜인은 활짝 웃으며 하진의 팔에 자신의 팔을 쏙 집어넣었다. 놀이기구를 보자 눈이 반짝 반짝거렸다.

"바이킹!"

"바이킹!"

누가 먼저랄 것도 없이 외쳐댔다. 까르르 웃음을 터트리며 하진과 나란히 바이킹으로 걸어갔다. 평일 저녁인데도 불구하고 줄이 길게 늘어져 있었다. 하지만 그 기다리는 시간조차도 짜릿함의 연속이었다. 배가 몇 번이나 사람들을 실어 나른 후 혜인과 하진의 차례가 돌아왔다. 혜인과 하진은 맨 끝자리로 가 서로의 손을 꼭 잡고 안전 바를 내렸다. 오랜만의 놀이기구라 그 설렘은 이루 말할 수가 없었다.

안내에 따라 천천히 배가 움직였다. 여기저기서 여자들이 소리를 질러대며 얼굴을 숨기기 바빴다. 높게 떠오르던 배가 아래로 푹 내려앉으며 또 다시 높게 올랐다. 강하게 부는 바람에 눈조차 뜨기 힘들었지만 하진이 그녀의 눈을 정확하게 바라봤다. 그리고 비명소리를 뒤로 한 채 혜인의 귓가에 나직하게 속삭였다.

"오늘도 예쁘지만 나에겐 언제나 너만 예뻐 보일거야."

마주본 혜인이 빙긋이 웃었다. 귓가를 간질이던 입술이 혜인의 입술에 내려왔다. 사람들을 비명소리를 뒤로한 채 배가 높게 올라섰다. 다정한 연인들 뒤로 거대한 폭죽이 반짝이는 별꽃을 만들어내며 펑펑 터졌다. 동그랗고 진한 달만 떠 있던 하늘에 오색찬란한 꽃비가 내리며 아름답게 수놓았다.

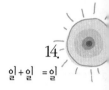

14.
일+일 =일

혜인과 하진의 집은 아침부터 소란스러웠다. 이곳에서 찾았다 소리를 지르면 저쪽에서 깜빡했다, 소리를 지르는 통에 온 집안이 들썩거릴 정도였다. 오늘은 두 집안이 가을 여행을 가는 날이었다. 그래서 부랴부랴 짐을 싸들고 정원 앞에 모였다.

하원과 혜인은 입이 찢어져라 하품을 했다. 그도 그럴 것이 즐거운 토요일에 꼭두새벽부터 일어났으니 어찌 졸리지 않겠는가. 멀쩡한 사람들은 혜인의 부모님과 하진의 부모님 그리고 하진뿐이었다. 혜인은 입이 찢어져라 하품하고 있는 그들을 한심한 눈으로 쳐다봤다. 혜인의 눈에는 다시 안경이 자리 잡았다. 다만 눈이 몇 배나 확대돼 보이는 돋보기 같은 뺑뺑이 안경 대신 얇고 세련된 뿔테 안경으로 바뀌었다. 렌즈는 불편함이 많아서 역시 무리였다. 다시 안경 써서 싫으냐 하진에게 물었더니 어떤 모습이든 다 좋다고 했다. 낭군님이 좋다는

데 굳이 힘들게 렌즈를 낄 이유가 없었다.

"혜인아, 하진아. 너희는 꼭 집에 남아야겠니?"

하진의 엄마가 안타까운 듯 둘을 바라봤다. 가족의 일원이라면 모두 참가하라는 두 가족 가장의 엄명이 내려졌기 때문이다. 하진과 혜인은 시험이 얼마 남지 않았다며 빠져나갔지만 하원은 실패했다. 아무리 일이 중하다고 한들 가족여행 한 번 못가냐며 소리를 빽 질러대는 통에 하원은 두 손 두 발 다 들었다. 결국 나이 지긋하신 양반들 단풍놀이 가시는 데 운전기사만 하게 생겼다.

하원은 땅이 꺼져라 한숨을 푹 내쉬었다. 동생이라고 있는 놈은 아버지 권한 밖이었다. 시험이라며 딱 잘라 거절하자 아쉬운 듯 입맛만 다시며 더 이상 말씀하지 않으셨다. 결국 제일 힘없는 하원만이 여행에 동참했다. 다른 집은 장남이라고 떠받들어준다는데 자신의 집은 어째 장남이 제일 만만한 듯했다. 하원은 햇살이 보석처럼 빛이 나는 이 가을에 Girl들과의 회동을 미루고 나온 것 때문에 속이 쓰렸다.

"밥 잘 챙겨먹고."

하진의 엄마와 혜인의 엄마는 한 일 년 외국살이 나가시는 것처럼 불안함을 감추지 못했다. 냉장고에 장을 봐뒀으니 해먹고 싶으면 해먹을 것이고, 그것도 아니면 사먹으라 하셨다. 그러면서 넌지시 하시는 말씀이 웬만하면 사먹으라는 것이었다. 나이 22살이 되도록 둘 다 요리에 '요' 자는커녕 '이응' 자도 해본 적이 없었다. 두 엄마 눈에는 그저 철부지 아이를 물가에 떼어 놓은 것으로 보였다. 그럼에도 여행을 꼭 가고 싶은 이 마음은 뭐란 말인가. 저 어린것들을 떼어놓고 가기 싫다가도 오색빛깔 만발한 단풍을 생각하면 그 마음이 쏙 들어갔다.

"그럼 우리 갈게. 도착하면 전화할 테니까 너무 걱정 말고."

대규모의 이동이 결국 끝이 났다. 어른들은 떨어지지 않는 발걸음을 억지로 차로 밀어 넣으시며 하진과 혜인에게 손을 흔들었다. 어른들이 오늘 내일은 집으로 돌아오지 않는다는 것으로 보아 집에는 하진과 혜인 둘만 남게 될 듯싶었다.

요란스러운 이별식이 끝나고 혜인은 기지개를 활짝 폈다. 잠이 쏟아지던 눈은 요란한 이별 덕에 씻은 듯이 사라졌다. 잠자기는 글렀다. 혜인은 카디건을 더 여미며 꼬르륵 소리를 내는 아랫배를 슬슬 문질렀다. 눈을 뜬 지 한참 됐으니 배에서 먹을 것을 요구하였다. 꼬르륵 요동치는 소리에 하진이 설핏 웃었다.

"가자, 밥 먹자."

혜인은 약간 민망함에 헤헤 웃음을 터트리며 하진을 따라 들어갔다. 집으로 들어온 하진이 냉장고를 뒤져보았지만 뭘 해야 할지 막막하였다. 나가서 사먹자니 너무 이른 시간이었다. 하진이 냉장고문을 활짝 연 채 고민하는 사이 혜인이 그에게 쪼르르 달려갔다.

"나 할 줄 아는 거 있어!"

혜인은 뿌듯한 듯 자랑스럽게 미소를 지었다. 하진은 미심쩍은 표정으로 그녀를 바라봤지만 의심하기엔 그녀의 표정이 너무도 자신감이 넘쳐보였다. 혜인은 하진을 식탁 의자에 끌어다 앉히며 냉장고 안을 요리조리 뒤지기 시작했다. 야채들을 꺼낸 혜인은 도마에 먼저 호박을 올려 통통 썰었다. 칼을 쓰는 폼이 왠지 아슬아슬한 외줄타기를 하는 것처럼 아찔했지만 혜인은 꿋꿋하게 해냈다.

"그냥 조금 이따 사먹자."

손을 벨 뻔한 게 몇 번인지도 몰랐다. 하진은 혜인의 옆으로 살며시가 칼 든 손을 잡으며 애써 달랬다.

"아니야. 나 할 수 있어."

몇 번이고 말리려 했지만 완강한 고집 덕에 다시 의자로 되돌아오고 말았다. 칼질은 어설픈데 멸치국물로 육수도 내는 폼은 어째 좀 해본 듯했다. 하진은 혜인에게 다가가 살며시 허리를 감싸 안았다. 요리를 하고 있는 혜인의 뒷모습이 사랑스러워 견딜 수가 없었다. 밥도 제대로 못 하는 줄 알았더니 언제 이런 건 배워서 짜자잔 보이는지……. 감격 또 감격 중이었다. 칼질에 흠뻑 취해 있는 혜인의 등에서 따스함이 느껴졌다. 순간 흠칫 놀랐지만 부드러운 느낌에 좋아 그대로 가만히 있었다.

"너 저리 안 가면 칼로 손 베어버릴거야."

혜인은 귀찮다는 듯 밉살맞은 말을 하면서도 입가에 배시시 웃음이 지어졌다. 칼로 위협하니 다소 섬뜩하기는 하지만 하진은 물러나기는커녕 더 찰싹 붙었다. 바글바글 끓는 소리가 귓가에 들리고 구수한 향이 코끝을 자극하지만 별로 신경 쓰지 않았다. 가장 중요한 욕구가 남아 있었기 때문이다.

하진은 혜인의 어깨를 돌려 자신을 바라보게 한 후 입을 맞추었다. 자제가 되지 않는 사람처럼 시간과 장소를 불문하고 쪽쪽거려 혜인은 다소 민망하였다. 헌데 어쩌나, 그것이 전혀 싫기는커녕 오히려 좋으니. 가볍게 시작한 입맞춤이 다소 진해졌다. 아랫입술을 잘근 깨물며 밀려들어오는 도톰한 입술에 혜인은 싱크대를 두 손으로 꽉 잡았다. 허리를 감싼 하진의 손이 엉큼하게도 슬금슬금 봉긋한 가슴으로 올라왔다.

철커덕.

"어머, 미안해요. 나 때문에 늦게 생겼네요."

하진의 어머니의 고상한 목소리가 귓가에 들리며 혜인과 하진은 화들짝 놀랐다. 혜인은 내려놓았던 칼을 덜덜 떨리는 손으로 부여잡고 하진은 머쓱한지 머리를 긁적이며 식탁만 멀뚱멀뚱 쳐다봤다.

"어머, 네들 밥 먹으려고? 엄마가 차려주고 갈까?"

"아, 아니에요."

혜인은 성급히 손을 저었다. 갑자기 들이닥친 가족들 때문에 얼굴이 벌게지다 못해 끓는 냄비처럼 펄펄 열이 올랐다. 추스르기도 힘든 얼굴을 손으로 열심히 부쳐대며 어색한 미소를 지었다.

"여보, 우리도 여기서 아침 먹고 갈까?"

구수하게 풍겨나는 된장찌개 냄새에 시장기를 느끼신 모양이었다. 혜인과 하진은 서로를 멀뚱히 바라봤다. 신혼부부처럼 오순도순 식사를 하겠다는 계획이 물거품이 될 찰나였다. 혜인은 순간 눈앞이 아득했지만 어설픈 미소를 지어보였다. 바글바글 끓고 있는 찌개를 바라보며 하진의 엄마가 한 숟가락 떠서 맛을 보았다.

"우와, 우리 혜인이 요리 잘하네. 시집가도 되겠어."

그 말을 들으니 혜인은 왠지 모르게 가슴이 쫙 펴지고 뿌듯했다. 당장에라도 드시고 가세요라는 말이 목구멍에 차올랐으니 하진이 싱긋 웃으며 그녀의 손목을 꽉 잡았다. 헤벌쭉한 얼굴을 할 때부터 진작 알아채었다.

"빨리 갑시다. 밥은 가면서 사먹으면 되지. 늦겠어요."

하진의 아빠의 재촉에 하진의 엄마는 입맛만 쩝쩝 다시며 부엌을 나섰다. 혜인과 하진은 가족들을 배웅하고 집으로 들어와 미끄러지듯 주저앉았다. 어찌나 간이 콩알만 해지던지……. 둘은 심장마비에 걸릴 뻔했다.

　냉장고에서 반찬을 꺼내 식탁에 올려놓고 마지막으로 펄펄 끓어대는 찌개까지 올려뒀더니 한상 떡 벌어지게 차려졌다. 혜인은 내심 뿌듯했다. 하진은 숟가락으로 듬뿍 찌개를 떠 맛을 보더니 혜인에게 엄지손가락을 쳐들었다.

　"헤헤, 나 잘했어?"

　"어, 잘했어."

　팔불출 바퀴벌레 한 쌍처럼 두 사람은 동시에 헤벌쭉 미소를 터트렸다. 머슴밥처럼 듬뿍 쌓아올린 밥을 한 그릇 뚝딱 비운 하진이 그릇을 챙겨들고 싱크대로 다가갔다. 혜인은 하진이 뭐하나 지켜보고 있었지만 고무장갑을 끼는 폼이 설거지를 하려는 듯했다. 혜인은 속으로 좋아 죽겠으면서 마음과는 다른 말을 꺼내었다.

　"내가 할게."

　"됐네요."

　하진이 혜인의 마음을 모를쏘냐. 혜인은 얼른 설거지통에 그릇을 놓고 반찬을 정리해 넣었다. 그리고는 텔레비전을 틀었다. 토요일 오전프로그램은 딱히 재미난 게 없었다. 채널만 이리저리 돌리다가 밀린 과제거리라도 할 겸해서 혜인은 잠시 집으로 들어갔다. 탁 트인 넓은 집에서 놀다가 갑자기 좁은 자신의 집을 보니 한없이 작게만 느껴졌다. 그래도 상관없었다. 큰 집에 욕심내거나 돈에 욕심을 내거나 할 혜인이 아니었다. 자신의 방으로 쏙 들어간 혜인은 양치를 하고 노트북이며 자료에 쓸 만한 책들을 한아름 안고 집을 나섰다.

　육중한 현관문을 끼익 열고 들어가자 하진은 제 방에 올라갔는지 보이지 않았다. 낑낑대며 두터운 책들을 안고 하진의 방으로 올라갔다. 하진은 느긋하게 소파에 기댄 채 커피를 마시고 있었다. 그 옆에는 혜인의 몫도 있었다. 갓 내린 것인지 하진의 방문을 열 때부터 그윽한 커피향이 물씬 풍겨왔었다. 혜인은 책더미와 노트북을 탁자 위에 내려놓고 하진이 건네는 커피를 받았다. 한 모금 마시자, 쌀쌀해진 날씨 덕에 한기가 몰려왔단 몸이 사르륵 녹아내렸다.

"맛있다."

커피를 한 모금 한 모금 마시면서도 이상하게 졸음이 슬금슬금 밀려왔다. 커피에 각성효과가 있다는 것은 순전히 거짓말인 것 같았다. 혜인의 몸은 밥을 먹어 졸리다는 신호를 보내왔다.

"졸리다."

혜인의 목소리에서 나른한 기가 가득 묻어났다. 혜인의 말에 하진이 히죽 웃었다. 그 웃음이 장난기가 묻어 있기도 했고, 왠지 사악한 악마의 모습을 얼핏 닮은 듯도 했다.

"자자."

커피를 마시던 혜인이 고개를 번뜩 들었다. 자신의 잘못들은 것이라 귀를 몇 번이고 의심 해봐도 저 미소, 거짓이 아니었다.

"뭐, 뭐?"

몸을 동그랗게 말고 있던 혜인의 몸이 공중으로 붕 떴다. 혜인은 놀란 듯 크게 뜨며 하진을 바라봤지만 이미 늦은 후였다. 혜인의 몸은 이미 공중 부양돼 폭신한 침대 위에 안착되어 있었다. 자신을 내려다보던 하진의 얼굴과 순간적으로 야수가 겹쳐보였다. 그럼에도 촉촉하게 젖은 눈망울이 섹시하게 보이는 것은 왜일까.

혜인은 마른침을 꿀꺽 삼켰다. 하진은 안절부절 못하는 혜인의 입술을 부드럽게 삼키었다. 입안의 타액을 모조리 삼켜 버릴 만큼 혀끝이 강하게 들어갔다. 치열을 훑어내며 입술을 빨아들였다.

혜인은 몽롱함에 하진의 옷가지를 꼭 잡고 눈꺼풀을 스르륵 내렸다. 하진의 붉게 물든 입술과 숨결이 귓가에 내려앉았다. 따뜻할 줄 알았던 손이 차가운 느낌으로 옷 사이를 파고들자 혜인은 화들짝 놀랐다. 그럼에도 촉감이 부드러웠다. 브래지어 사이로 들어오는 낯선 손끝을 느끼며 혜인은 온몸을 부르르 떨었다. 낯선 느낌에 온몸이 붕 떠버리는 기분이었다. 하진의 입가에 미소가 번져들고 그녀의 입술에 진한 입맞춤을 했다.

딩동.

자신들의 귀를 의심하며 서로를 멀뚱히 쳐다봤다. 차라리 시작을 안했으면 몰라도 시작한 상황에서 방문자라니……. 굉장히 민망한 상황이었다. 무시하려 다시 하진이 몸을 숙였지만 날카로운 벨소리는 멈출 기세를 보이지 않았다. 아니 오히려 더 심해졌다. 거칠게 머리를 헝클이며 하진이 벌떡 일어났다.

"잠깐만."

달콤함을 뒤로한 채 일층으로 내려가는 하진의 발걸음에 짜증이 가득 묻어났다. 어떤 놈이 벨을 눌렀는지 사지를 비틀어버리고 싶은 기분이었다.

혜인은 하진이 나간 문을 멀뚱히 쳐다보다 반쯤 벗겨진 옷가지를 다시 내려 자리에 털썩 누웠다. 아찔한 느낌이었다. 손끝이 닿을 때마다 전율이 이는데 어떤 것도 거부할 수가 없었다는 생각을 했다. 아득해지는 정신을 억지로 부여잡으며 버럭버럭 화를 내며 내려갔을 하진을 생각했다. 혜인은 키득키득 웃었다. 어떤 얼굴로 방문자를 봤을지 보지 않아도 선했다.

육중한 철문을 끼익 열었다. 모자를 눌러쓰고 조끼를 입은 남자가 그에게 싱긋 웃어보였다.

"택배 왔습니다."

택배가 자신을 방해한 것이 참을 수 없이 짜증이 났지만 하진은 이를 바득바득 갈며 억지로 사인을 했다. 그런데 이 택배 직원은 물건을 줬으면 가야 하는데 영 갈 생각을 하지 않는다. 요즘 택배사고가 하도 많아 그 사람과 통화를 직접 해야 한다나 뭐라나. 하진의 엄마에게 전화를 걸어 봐도 묵묵부답. 익숙한 기계음만 그를 반겼다.

"저 아들이거든요?"

참다못한 하진이 이를 갈며 말했다. 하지만 이 친절한 택배직원 그에게 곤란한 미소를 내보였다.

"저도 빨리 드리고 가면 좋은데 요즘 하도 사고가 많아서……. 전화통화만 되면 바로 넘겨드리겠습니다."

하진은 속에서 천불이 났다. 자신의 몸은 달아오를 대로 올라 꺼지기가 힘든 참인데 이 눈치 없는 택배직원은 자신의 업무만 중시하고 있었다. 결국 한참을 기다려서야 겨우 연락이 닿은 하진의 엄마와 통화를 한 뒤 무사히 택배를 받을 수 있었다. 직원은 끝까지 참으로 친절했다.

"그럼 안녕히 계세요."

친절을 모토로 하는 직원은 마지막까지 스마일을 날린 뒤, 문을 철커덕 닫고 나갔다. 하진은 같잖은 택배를 소파 위로 대충 던져놓고 자신을 기다리고 있을 혜인을 위해 성큼성큼 올라갔다.

딩동.

계단을 오르던 하진의 발이 공중에서 떠버렸다. 짜증이 확 치밀어 오른 그의 얼굴이 험상궂게 변했다. 무시하고 올라가려 해도 참을성 없는 방문자는 몇 번이고 벨을 눌러댔다. 하는 수 없이 하진은 자신의 뒷머리를 짜증스럽게 헝클이며 또다시 대문으로 걸어 나갔다.

두터운 철문을 열고 하진은 화를 꾹꾹 눌러 삼켰다.

"어머, 하진이 학생이네. 엄마 계셔?"

"지금 여행가셨어요."

입술 끝이 파르르 떨린다. 그동안의 그의 이미지를 한순간에 무너트릴 수 없어 그는 상냥하게 순이 아줌마에게 말했다. 순이 엄마는 자신의 애완견인 순이와 함께였다.

"그래? 뭐 좀 물어보려고 했는데……. 며칠 있다 오신데?"

"내일 돌아오세요."

내일 오니 제발 돌아가 달라는 투로 말을 했지만 눈치 없는 순이 아줌마는 영 문 앞에서 떠날 생각을 하지 않았다.

"그래? 근데 하진이 학생, 혹시 아까 옆집에서 싸우는 소리 들었어?"

"아니요."

"아쉽구먼……. 근데 말이지!"

수다가 시작됐다. 한 사람을 붙잡으면 끝도 없이 떠든다는 순이 아줌마였다. 설마 자신을 상대로 수다를 떨 줄은 몰랐다. 하진은 입술을 지그시 깨물며 억지로 웃음을 지었다.

"아까 영선이네 엄마가 글쎄……."

"저! 아주머니!"

하진은 십분 넘게 계속되는 순이 아줌마의 수다에 결국 참지 못하고 소리를 질렀다.

"저…… 가스 불을 올려둬서요……. 들어가야 할 거 같은데……."

"어이구, 내 정신 좀 봐! 내가 젊은 총각을 잡고 여기서 이러고 있었네. 그래, 얼른 들어가. 엄마한테 나 왔다갔다고 얘기 전해드리고."

"네."

하진은 공손하게 인사하며 문을 닫았다. 문을 닫자마자 그의 얼굴이 휴지조각처럼 일그러졌다. 이제는 정말 끝났겠지, 하며 계단을 오를 때였다.

딩동.

성미가 확 치밀어 오른다. 더 이상 참지 못하고 하진은 대문으로 성큼성큼 걸어갔다. 영업용 스마일 따위는 버린 지 오래였다. 온 동네방네 소문이 날 지언즉 더 이상은 못 참겠다. 방해도 어느 정도해야지. 하진은 검은색 철문을 거칠게 열었다. 그의 잘생긴 눈썹이 분노로 일그러져 있었다.

"뭡니까."

하진의 주위에서 뿜어져 나오는 살기에 방문인이 놀라며 뒤로 주춤 물러섰다.

"아, 저…… 신문 보시……."

"안봅니다!"

그 사람이 말을 잇기도 전에 하진은 면전에다 대고 문을 쾅 닫아버렸다. 그리고 씩씩거리며 계단을 올라갔다. 인터폰의 수화기를 내려놓은 뒤에야 방안으로 올라갈 수 있었다.

"자꾸 누가 찾아와서……. 미안."

하진은 성난 얼굴을 애써 감추며 뒤를 돌아봤다. 하지만 그의 얼굴에 실망감이 물밀 듯이 밀려 올라왔다. 불청객이 오지 못하도록 현관, 대문 할 것 없이 꼭꼭 잠가뒀으면 뭐하나. 이미 혜인은 침대에서 다소곳이 잠이 들어 버렸는 걸. 졸리긴 엄청 졸렸나 보다.

하진은 허탈한 웃음을 지어냈다. 혜인에게 무엇을 바라겠는가. 애가 타는 하진의 속도 모르고 혜인은 작은 입술만 웅얼거렸다. 그 모습이 귀여워 깨우지도 못하겠고 하진은 혜인의 옆에 털썩 누웠다. 요 얄미운 입술을 한번 깨물어 줄까 하다가 추운지 슬금슬금 제 품으로 파고드는 혜인 때문에 아무것도 하지 못하였다. 가슴팍 있는 곳에 깃털 같은 숨결을 불어넣으며 하진을 죽도록 괴롭혔다. 하진은 깊게 한숨을 내쉬며 오지 않는 잠을 억지로 청하였다.

혜인은 부스스 꼬물거리며 눈을 슬며시 떴다. 저녁이 되었는지 불하나 켜지지 않은 방안에 어둠이 내려앉아 있었다. 창문 밖으로 정원에 켜진 불빛이 얼핏 보이는 듯했다. 고개를 살며시 들었던 혜인이 다시 털썩 누웠다. 조금 딱딱한 느낌이 머리 아래에서 느껴지고 감겼다 다시 뜬 눈에서는 고운 살결이 보였다. 반쯤 덜 깬 정신이 번쩍 드는 순간이었다.

더운 여름도 아닌데 왜 윗옷을 시원스럽게 벗고 있는지, 하진의 단단한 근육들이 혜인을 조금씩 짓눌렀다. 분명 제자리에 있는 몸이 혜인의 심장을 조금씩 죄여왔다. 혜인은 얼굴이 붉어지고 심장이 뜀박질을 한 것처럼 빠르게 뛰었다. 민망함에 얼른 도망가야 했다. 하진의 품에 더 있다가는 혜인은 심장마비로 즉사하고 말 것이다. 몸을 비틀며 빠져나가려고 했지만 하진의 든든한 팔이 혜인을 놓아주지 않았다.

"더 자."

애국가를 몇 번이고 완창한 하진의 목소리는 깊게 가라앉았다.

"아니, 너…… 더 자……. 나는 물 좀 가져올게……."

몸을 요리조리 비틀어도 절대 놓아주지 않았다.

"그렇게 그냥 자버렸다, 이 말이지?"

하진이 혜인의 코를 살며시 꼬집었다. 자신을 책망하는 듯한 하진의 말에 혜인은 어색한 웃음을 지었다. 사실 하진을 기다리려 했지만 혜인은 몸을 이기지 못했다. 밀려드는 졸음 앞에선 저승사자가 온다 하여도 소용이 없었다.

"그니까…… 기다리려고 했는데……."

"했는데?"

"네가 너무 안 오고…… 졸려서……."

혜인은 눈을 어디다 둬야 할지 몰라 이리저리 눈알만 굴렸다. 얼굴이 벌게진 혜인을 보고 하진은 히죽거리며 웃었다.

"그래? 그랬단 말이지?"

"응……."

"그럼 아까 하던 일, 마저 하자. 이번엔 안 놔준다."

하진의 눈이 번뜩거렸다. 혜인이 미처 뭐라 할 틈도 없이 입술을 집어삼켰다. 소용돌이와 같은 혀의 느낌에 혜인은 아연실색하며 눈을 질끈 감았다.

아, 안 되는데……. 그럼에도 싫지 않은 이 기분은 오히려 뭐란 말인가. 성난 파도처럼 밀려들어오는 하진의 손끝에 몸이 뜨겁게 달아올랐다.

하진은 입술을 가느다란 목선으로 옮겼다. 혜인의 새하얀 목선에서 기분 좋은 향이 나는 듯했다. 코끝을 대고 숨을 깊게 들이마시며 입술자국을 찍었다. 목선을 넘나들던 입술이 혜인의 얼굴에 가벼운 입맞춤을 퍼부었다. 몸이 녹신녹신하게 녹아들며 온몸을 깃털이 감싼 듯 부드럽고 포근했다.

"그만두라면 여기서는 그만둘 수 있는데……."

허스키한 목소리 끝이 갈라지며 한없이 내려앉았다. 분명 도리질 치며 밀어내야 하는데 그것이 싫지 않았다. 오히려 좋은 이 기분은 뭐란 말인가. 혜인이 멀뚱히 쳐다보다 하진의 목을 꽉 붙들며 끌어안 았다. 그런 혜인의 모습에 하진의 입가에 기분 좋은 미소가 스쳤다.

"사실 거짓말이야. 못 그만두지."

하진의 다급한 손놀림에 혜인의 상체가 뽀얗게 드러났다. 하진의 손이 늘씬한 배를 쓸어내리더니 혜인의 가슴을 부드럽게 감쌌다. 천 천히 고개를 숙인 하진이 수줍게 솟아 있는 유두를 혀끝으로 살짝 건 드리자 생소한 느낌에 놀란 혜인이 몸을 바르르 떨었다. 혜인은 온몸 에 소름이 돋고 힘이 빠져나가는 것 같았다.

하진은 유리알을 어루만지듯 부드럽고 조심스럽게 혜인을 대했다. 그의 그런 마음을 느낀 혜인도 용기를 내려했지만 낯선 자극은 황홀 하면서도 두려웠다. 혜인은 두려움을 떨쳐내려는 듯 하진의 목에 팔 을 감았다. 그러자 봉긋한 이마에 짧은 입맞춤을 한 하진이 고개를 들더니 혜인을 부드럽게 응시했다.

"사랑해."

하진의 고백에 혜인의 눈동자가 물에 젖어 반짝였다. 하진의 촉촉 한 혀가 놀라움에 반쯤 열려 있는 혜인의 입술을 가르고 들어왔다. 입안에 맴도는 달콤함에 혜인의 숨이 가빠지고 온몸에 뜨거운 열기가 치밀었다. 혜인은 떨어질세라 하진의 목에 매달렸고 그의 손은 점점 과감해졌다.

가슴을 어루만지던 그의 손이 혜인의 부드러운 몸을 따라 아래로 내려갔다. 무슨 일이 벌어지고 있는지 모를 정도로 키스에 젖어 있는 동안 하진은 재빨리 혜인이 입고 있던 바지를 벗겨냈다. 서늘한 기운이 예민한 살갗에 닿자 혜인의 몸이 움츠러들었다. 그러자 하진이 옅은 미소를 띠며 그녀를 달래듯 부드럽게 속삭였다.

"괜찮아."

"저, 정말?"

하진이 고개를 끄덕였다. 혜인은 어두운 밤하늘과 같은 하진의 검은 눈동자를 물끄러미 바라보았다. 온몸의 감각들이 예민해지고 하진의 손끝이 닿는 부분이 따갑고 뜨거웠다. 경험해보지 못한 뜨겁고 부드러운 느낌들이 온몸에 치밀어 올랐다. 동시에 낯선 두려움이 느껴졌다. 하진은 걱정하지 말라는 듯 혜인의 손바닥에 자잘하게 입을 맞추었다. 혜인은 눈을 살짝 감았다 떴다. 꿈을 꾸고 있는 듯 몽롱한 정신 속에서도 하진을 밀어내고 싶지는 않았다.

혜인의 온몸에 자신을 새겨 넣듯 입을 맞추던 하진이 드디어 그녀의 다리 사이에 자리를 잡았다. 혜인의 몸이 긴장으로 뻣뻣하게 굳어 갔다.

"아프게 하지 않을게."

하진은 약속이라도 해보이듯 새끼손가락을 들어 그녀에게 보여주었다. 그의 말이 믿음직스럽고 꼭 그렇게 될 것만 같았다. 혜인의 긴장됐던 몸이 조금씩 풀려나갔다.

혜인은 흐릿해진 시선 너머로 보이는 하진의 진지한 표정을 보았다. 성급하게 굴지 않는 그의 태도에 혜인은 조금씩 긴장을 풀기 시작했다. 예민하게 헐떡이던 신경이 점차 그의 감촉에 반응하고 있었다. 혜인은 팔을 뻗어 그의 얼굴을 감쌌다. 그리고 수줍게 고백했다.

"나도…… 사랑해."

하진의 눈동자가 크게 흔들리더니 기쁨의 미소가 입가에 드리워지는 걸 혜인은 똑똑히 확인했다. 하진은 그녀가 사랑스러워 못 견디겠다는 듯 입술에 다시 키스했다. 망설이듯 맞닿았던 입술이 서로를 탐하기 시작하자 방안이 순식간에 달아올랐다. 그 와중에도 하진은 이성의 끈을 잡으려 노력했다. 자신의 욕심만 채울 수는 없었다.

하진은 혜인이 충분히 준비가 될 때까지 그녀의 얼굴과 몸에 수없이 낙인을 찍었다. 땀으로 젖은 얼굴을 섬세하게 매만지고 예쁜 말을 한 입술을 손끝으로 쓰다듬고 아름다운 나신에 붉은 꽃잎을 그렇게 혜인의 몸에 자신을 새겨나갔다.

"하아."

어느덧 혜인의 입에서 달뜬 한숨이 새어나오자 하진은 긴장한 얼굴로 천천히 혜인에게로 들어섰다.

몸속에서 느껴지는 생경한 느낌에 혜인이 제 입술을 질끈 깨물었다. 뜨거움과 동시에 참을 수 없는 고통이 온몸을 엄습했다. 하진은 혜인의 얼굴을 따라 또르르 흘러내리는 눈물에 길게 입을 맞추었다. 아프지 않게 하고 싶었는데 그건 그저 바람일 뿐 혜인은 고통에 부들부들 떨었다.

혜인이 입을 열어 고통의 신음을 토하며 하진의 목에 매달렸다. 하지만 자신보다 더 고통에 일그러진 하진의 얼굴을 보고 작은 용기를 내어 그에게 속삭였다.

"괘, 괜찮아……."

혜인의 말에 마치 신호탄처럼 하진은 멈추었던 몸을 조심스럽게 움직였다. 혜인은 그에게 익숙해지기 위해 안간힘을 썼다. 그러자 끔찍하던 고통이 조금씩 상쇄되고 어느새 처음 느껴보는 감각들이 발끝에서부터 전해져왔다. 혜인은 그가 전해주는 아득함에 숨을 헐떡였고, 하진은 그녀의 따뜻함 속에 더 깊이 파고들었다.

"하아."

하진이의 몸짓이 격렬해지자 혜인인 몸이 부서질 것 같았다. 녹아버릴 것 같은 흥분에 혜인인 부끄러움도 잊은 채 신음을 토해냈다.

다음날 오후, 조용했던 집안에 시끌벅적한 소리가 들려오기 시작했다. 부모님들은 둘만 두고 간 것이 미안하고 마음에 걸려 아침 일찍부터 서두른 끝에 겨우 점심 전에 도착하였다. 하원은 하루 종일 운전을 한 탓에 뻐근한 어깨를 돌려댔다. 하지만 가족 여행이라는 게 썩 나쁘지만 않은 것이었다. 단지 운전이 피곤했을 뿐.

하진의 아빠의 권유에 따라 점심은 하진의 집에서 먹기로 했다. 엎어지면 코 닿을 곳이지만 아무래도 남의 집에서 먹는 것이라 조금 신선하였다.

"그런데 하진이 얘는 뭐 하기에 나와 보지도 않아."

쌀을 밥통에 넣고 코드를 꽂은 하진의 엄마가 고개를 갸웃거렸다. 주방에 걸린 수건으로 물기가 묻은 손을 두어 번 닦아내고 2층으로 계단을 옮겼다.

시끌벅적한 1층과는 다르게 2층은 조용했다. 하진의 엄마 발걸음 소리 외에는 아무것도 들리지 않았다. 벌써 밖에 나간 것인가. 발걸음이 조금 더 방문 앞에 다가갔다. 이상하게도 하진의 방문이 조금 열려 있었다. 평소 사생활을 터치 받고 싶지 않아 하는 하진 때문에 그 방에 들어가는 일은 빨래를 가져다줄 때 빼고는 없었다. 반쯤 열린 문이 창밖에서 불어오는 바람에 끼이익 더 활짝 열렸다.

"어머!"

하진의 엄마가 두 손을 가리고 소스라치게 놀라자, 1층에 있던 가족들이 무슨 일이냐며 다급하게 뛰어왔다.

평소 하진의 엄마는 꿈틀거리는 벌레를 보고도 놀라지 않는 사람
이었다. 오히려 놀라기보다는 즐거워하며 나무막대로 콕콕 찌르는 대
범함까지 보였다. 그런 그녀가 소스라치게 놀랄 때는 필시 무슨 일이
있는 것이었다. 누가 먼저랄 것도 없이 계단을 두서너 개씩 성큼성큼
올라온 가족들은 벌어진 입을 다물지 못했다.

　"어머, 얘네 여기서 뭐 하는 거야?"

　"그러게요."

　하진과 혜인의 엄마는 다정스럽게 말을 건넸다. 다소 놀란 감이 있
기는 하지만 둘의 목소리가 꽤 즐거워 보였다. 하진의 엄마는 자신의
옆에 있는 남편을 팔로 툭툭 쳤다. 혜인과 하진은 얼마나 깊은 잠에
들었는지 평소에 잠귀가 밝다는 하진조차도 눈을 뜨지 못했다.

　"여보, 좀 깨워 봐요. 얘기 좀 들어보게."

하진과 혜인의 엄마는 소곤거리며 둘을 보기 좋은 미소로 바라봤다. 요 예쁜 것들이 부모 고생 안 시키고 알아서 눈이 맞았구나, 싶었다. 단 한 사람, 혜인의 아빠의 눈에서 시뻘건 불길이 활활 타올랐지만 그것을 아무도 신경 쓰는 사람이 없었다.

"아, 기다려 봐요."

목청을 흠흠 가지런하게 가다듬은 하진의 아빠가 숨을 훅 들이마셨다.

"당장 일어나지 못해!"

순간 집이 들썩거렸다. 자고 있던 둘은 화들짝 놀라며 눈을 비비며 겨우 일어났다. 반쯤 떠진 눈 사이로 가족들이 침대를 뱅 둘러싼 채 그들을 쳐다보고 있었다. 뭐지? 이 상황이 무척이나 어리둥절했다.

그것은 영리하다는 하진도 마찬가지였다. 잠을 잔 시간은 고작 5시간도 안 될 거 같았다. 혜인의 눈이 뻑뻑하고 메말라버렸다. 그러다 심장이 철렁 내려앉을 듯한 고함 소리 덕에 잠이 씻은 듯이 달아났다. 하진의 아빠는 자신의 고함 덕에 둘이 꼬물꼬물 일어나자 만족스러운 미소를 지어냈다. 자신이 무엇을 했다는 뿌듯함이 마음속 깊이 생겨나 가슴을 쫙 펴고, 자신들을 속이고 몰래 만난 가증스러운 둘을 내려다보았다.

"자, 이게 어떻게 된 일인지 말해보실까?"

하진의 엄마가 두 손을 허리에 얹고 당당하게 말했다. 그곳에서 둘은 죄인이나 다름없었다. 혜인은 하진을 멀뚱멀뚱 바라보며 살며시 자신의 손등을 꼬집었다. 설마 이것이 현실일까 싶었다. 하지만 손등에서 아려오는 고통은 이것이 꿈이 아니라 현실임을 말해주고 있었다. 혜인은 침대 위에서 펄쩍 뛰며 이불 아래로 자신의 몸을 힐끗 바라봤다. 새벽까지 놓아주지 않던 하진 덕에 그냥 쓰러지듯 잠든 거 같은데…… 한쪽 눈을 살짝 감으며 이불 아래의 몸을 슬며시 바라보았다.

"무슨 일이세요?"

하진은 이것이 꿈이 아니란 것을 진작 안 듯싶었다. 침대에서 당당히 내려서며 어른들을 물끄러미 바라봤다. 자신의 잠을 방해한 것에 대해서는 화가 나지만 이 자리에는 혜인의 부모님이 계셨다. 하진은 부들부들 떨리는 입꼬리를 말아 올리며 싱긋 웃었다.

"둘이 어떻게 된 거냐고. 혹시 사귀는 거야?"

"네, 뭐…… 현재는 그렇습니다."

하진은 이 상황이 굉장히 쑥스러운 듯 머리를 긁적였다. 사실은 아무렇지도 않은 주제에 다른 사람 앞이라고 가증스러운 연기를 좌라락 펼쳐 보이고 있는 것이었다. 아마 그가 배우였다면 아카데미 남우주연상 감이었을 것이다. 혜인과 하진의 엄마는 환호성을 지르고 싶은 것을 꾹 참았다. 망둥이 같은 자식 놈들을 이것으로 조금 놀려줄 빌미가 생긴 것이었다. 혜인은 몰라도 하진은 전혀 놀아나지 않겠지만.

하진이야 청문회보다 더 엄격한 취조를 받든 말든 혜인은 이불 아래 자신의 몸을 훑어보았다. 그리고선 안도의 한숨을 내쉬었다. 저놈 꽤 똑똑한 구석이 있었다. 자신이 입고 온 그대로 반듯하게 입혀져 있었다. 어제의 일이 모두 환상이었나 하는 생각까지 들 정도였다. 하지만 허벅지 안쪽이 쓰라리고 허리도 아픈 것으로 봐서는 모두 현실이었다. 혜인은 하진을 힐끔 쳐다봤다. 그는 자신에게 이런 짓, 저런 짓 다해놓고 참 당당했다. 자신은 아무 짓도 안했다는 천사 같은 얼굴로 악마 같은 말을 잘도 내뱉었다. 하진이 싱긋 웃으며 질문에 대꾸했지만 그 모습이 참 귀찮고 언짢아 보였다. 갖은 질문공세에 어려서부터 알아봤다는 둥. 하진과 혜인의 엄마 명칭이 서로 '사돈'으로 바뀌는 순간이었다. 이게 좋은 건지 나쁜 건지 혜인은 알 수가 없었다. 분위기는 이미 상견례장과 흡사해져갔다. 누군가 찬물을 끼얹지 않았다면 아마도 그들은 늦어도 내년에는 식을 올려야 할지도 몰랐다.

"저기 죄송하지만…… 점심은 나중에 하고 저희는 이만 가 봐야 할 거 같습니다. 혜인아, 일어나."

항상 자상하고 눈물 많던 아빠의 목소리가 사뭇 진지했다면 착각이었을까. 혜인은 고개를 갸웃거렸다. 하지만 혜인의 엄마는 이미 심취해 자신의 남편을 챙길 여유 따위는 없었다.

"사돈, 식사하고 가시죠."

"아닙니다. 중요한 일이 있는 걸 제가 깜빡했네요."

어버버한 혜인과 가지 않겠다는 굳은 의지를 보이는 혜인의 엄마를 데리고 서둘러 방을 빠져나갔다. 혜인의 가족이 사라지자 누가 할 것 없이 침대를 뺑 둘러싸고 하진을 뚫어져라 바라보고 있었다.

"저게 뭐가 좋은 거지, 혜인이는?"

"엄마도 그 생각해요? 나도 역시……."

"혜인이가 착해서 사귀어 주는 게 분명해."

"옳소, 옳소! 저 더러운 성질머리를 누가 데려가."

하진의 이가 아드득 갈렸다. 지금 귀로 들려오는 무수한 이야기들을 천천히 곱씹어 보았다.

"흠, 하진이가 어떻다고."

마지막으로 하진의 아버지의 말이 있었지만 하진은 이마에서 펄펄 김이 올라왔다.

"당장 나가라. 두 분도 이제 그만 나가시죠."

이 사이로 낮게 으르렁대는 하진의 표정이 심상치 않았다. 험담을 하는 것도 유분수지. 앞에 있는 사람에게 대놓고 저런 말을 꺼내다니. 진정 가족이 맞나 싶을 정도였다. 하진은 가족들을 내쫓고 면전에서 문을 쾅 닫았다. 문을 닫고 뒤돌아선 하진은 무언가 찝찝한 기분을 떨쳐 버릴 수 없었다. 분명 자신이라면 혜인의 가족들이 두 팔 벌려 환영할 것을 믿어 의심치 않았지만, 며칠 씻지 못한 거 같은 이 찝찝한 기분은 도대체 뭐란 말인가. 하진은 창문을 활짝 열고 감나무 옆에 살짝 가려진 혜인의 집을 물끄러미 바라봤다.

자다가 벼락 맞은 듯 질질 끌려 집으로 돌아온 혜인은 아직도 얼떨떨했다. 온몸은 무언가로 두드려 맞은 것처럼 아파 죽을 지경인데 가족들 분위기가, 특히 아빠의 분위기가 심상치 않았다. 폭풍이 오기 전 먹구름이 밀려들어오는 폭풍전야를 보는 기분이랄까? 인상을 살며시 찌푸리고 있는 딸을 쳐다보고 있던 혜인의 엄마가 그녀의 등을 찰싹 때렸다. 시원스러운 소리와 함께 혜인의 등은 불에 덴 듯 따끔거렸다.

"엄마한테는 말해줬어야지. 나도 하진이라면 뭐 찬성이지만……. 애가 예의 바르지, 장래 탄탄하지, 인물 좋지, 뭐하나 빠지는 게 없잖아. 안 그래요, 여보?"

"그렇긴 뭐가 그래!"

번개와 천둥이 휘몰아쳤다. 집안 공기가 차갑게 얼어붙은 채 폭풍을 맞이하고 있었다. 온몸에 소름이 오소소 돋았다. 혜인의 아빠는 탐탁지 않은 표정으로 혜인의 엄마를 쏘아 보았다. 정 많기로 유명한 아빠가 화내는 것을 난생 처음 보기에 두 모녀는 황당함을 떨쳐 낼 수가 없었다.

"아직 나이도 어린데 무슨 이성교제야! 지금은 안 돼! 만나려거든 나중에 대학 졸업하고 만나!"

찬바람을 획획 몰아치며 자신의 방으로 들어갔다. 문짝이 부서져라 닫고 방으로 들어온 혜인의 아빠는 화가 난다기보다 자신의 딸을 빼앗겼다는 분함에 억울해 펄쩍펄쩍 뛰었다. 금지옥엽 키워온 외동딸이 벌써 남자 친구를 만나다니…… 그동안 성실하고 예의 바르기로 정평이 나 있는 하진이 이제는 자신의 딸을 채간 호랑말코로 둔갑하는 순간이었다. 하진에 대한 신임이 종이 한 장처럼 얇고 얇은 것을 처음 알았다.

그가 혜인을 어떻게 키웠던가. 진자리 마른자리 할 것 없이 갈아 누이며 세상 그 무엇보다 더 귀하게 키운 외동딸 아니던가. 눈에 넣어도 아프지도 않은 딸과 그 호랑말코 녀석이 뭐라 했는가. 사귄다고? 감히 자신의 딸을 꾀어냈다는 생각에 하진이 점점 더 미워졌다. 이런 일은 있어서도 안 되고 일어나서도 안 된다. 아직 학업에 열중해야 하는 나이에 남자 친구라니.

거기다가 아까 꼴을 척 보아하니 금년을 넘기기도 전에 혼사가 이루어질 것으로 보였다. 그의 꿈은 혜인이 27살에서 28살쯤 슬슬 남자 만나 29살쯤 딸을 보내 주는 것이었다. 그조차도 아까워 서른까지 데리고 있을까, 매일 생각이 바뀌는 판에 22살에 이성교제라니…… 남 보여주기조차 아까운 내 딸을 기생오라비 같은 놈이 채갔다는 생각에 아무래도 오늘 밤 잠은 다 잔 것이었다.

더 화가 나는 것은 욕지거리를 해대며 떼어놓을 방도도 없다는 것이다. 약점이 있어야 욕이라도 할 수 있는 게 아닌가. 억지로 만들 수도 없는 노릇이고, 혜인의 아빠 가슴에 갑갑증이 생겨났다. 애꿎은 베개를 발로 걷어차며 이리저리 방안을 어지럽게 돌아다녔다. 하다하다 안되니 사람은 너무 완벽해서 안 된다는 생각까지 들었다.

혜인의 엄마는 기가 막힌 표정으로 감히 접근조차 할 수 없게 굳게 닫힌 문을 쳐다보았다.

"네 아빠 지금 뭐 한 거래니?"

"몰라……."

어안이 벙벙하기는 혜인이나 혜인의 엄마나 매한가지였다.

"설마 아빠가 나보고 하진이 만나지 말라는 거야……?"

"그런 거 같네. 걱정하지 마. 설마 진심이겠어?"

엄마는 대수롭지 않게 넘겼지만 왠지 혜인은 생선가시가 목에 걸린 듯 가슴에 답답하게 무언가가 꽉 막혀 있었다. 평소 하진의 칭찬이라면 엄마보다 그녀의 아빠가 더 많이 했었다. 그런 그가 겨울날처럼 찬바람이 쌩 불게 들어갔다면 무언가 필시 안 좋은 것이었다. 혜인은 영 찜찜한 이 기분을 떨쳐버리기가 힘들었다.

"애, 신경 쓰지 말라니까? 네 아빠가 엄마 말이면 꼼짝 못하는 거 뻔히 알면서."

호호 웃으며 혜인의 엄마가 자랑스럽게 방안으로 들어갔다. 정확히 5분, 고함소리와 함께 문밖으로 쫓겨나셨다.

"어머, 저이 좀 봐. 딸자식이 좋다는데 뭣 때문에 그래요!"

혜인의 엄마는 처음으로 남편에게 쫓겨난 것이 서러웠는지 씩씩거리며 청양 고추를 통째로 씹어 먹은 듯 시뻘게진 얼굴을 손으로 부치며 소리를 고래고래 질러댔다. 격앙된 엄마의 목소리 탓에 혜인은 머리가 지끈지끈 아파왔다.

아직도 화가 가라앉지 않으셨는지 혜인의 아빠가 굳게 닫힌 방문을 벌컥 열고 나오셨다.

"혜인이 너 앉아봐."

"에?"

"얼른 앉아봐."

얼떨결에 무릎까지 꿇고 혜인은 소파 앞에 앉아 있었다. 무슨 대역 죄라도 지은 죄인처럼 혜인은 고개를 푹 숙였다. 자신이 왜 그래야 하는지는 몰랐다. 혜인의 엄마는 아직도 분한지 씩씩거리며 혜인의 아빠를 째려보았다.

"흠, 흠, 이성교제가 나쁘다는 게 아니야. 하지만 아빠는 아직 이르다고 생각하는구나."

"여보! 혜인이가 코흘리개 어린앤 줄 알아요? 쟤 22살이에요. 옛날 같았음 시집가고도 남았고 애가 둘은 될 거예요. 이르긴 무슨……."

구시렁구시렁 어느 쪽에 집중을 해야 하는지 알 수도 없게 양쪽에서 알 수 없는 단어들이 밀려들어왔다. 가뜩이나 온몸 마디마디가 쑤시고 앉아 있기도 힘든데 여기서도 잡고 저기서도 잡으면 혜인은 어쩌란 말인가.

"조용히 좀 해요!"

"못해요!"

여기서 으르렁, 저기서 갸르릉, 혜인은 눈앞이 빙글빙글 돌았다.

"아무튼 앞으로 7시까지 무슨 일이 있어도 들어와!"

빙글빙글 회오리치더니 통금 선언 한 마디에 정신이 번뜩 들었다. 중고등학교 때도 없던 통금이 성인이 되고서도 한참 지난 뒤에 생겨날 줄이야……. 혜인은 금방이라도 뚝뚝 흘려 낼 거 같은 눈물을 가득 머금고 엄마에게 동정을 구했다. 혜인의 엄마는 화를 애써 삭이시며 격앙됐던 목소리를 최대한 가라앉혔다. 큰소리를 내봐야 좋을 것이 하나도 없었다.

"애가 무슨 초등학생도 아니고 어떻게 7시가 가능해요?"

"무조건 7시야! 그것도 학교 때문에 봐주는 거니까 아무튼 그런 줄 알아!"

말이 통하질 않았다. 사람이 참 한순간에 저렇게 변할 수도 있구나 혜인과 혜인의 엄마는 뼈저리게 느끼고 있었다.

혜인은 침대 위에 털썩 누웠다. 어쩌면 잘된 일일지도 몰랐다. 어차피 곧 있으면 시험 기간이었고 그녀에게는 장학금이라는 것이 필요했다. 그때가 지나면 어떻게 될지는 모르겠지만 딸이 좋다는데 설마 끝까지 반대하실까 싶었다. 대충 던져뒀던 휴대폰이 드르륵거리며 침대 위를 어지럽게 돌아다녔다.

"응."

[목소리 보니 뻔하네. 설마 아저씨가 날 싫어해? 이 잘난 나를?]

장난기 가득 머금은 하진의 목소리에 혜인은 웃음이 터져 나왔다. 저놈의 병은 아무데서나 튀어나온다.

"그래, 그 잘난 너를 울 아빠가 싫대. 나처럼 귀한 딸 받기 쉬운 줄 알았니? 그러니까 앞으로 잘해."

혜인은 자신이 말해놓고도 웃음을 참기가 어려웠다. 하진과의 통화에 불안했던 마음이 싹 사라지는 것 같았다. 혜인은 살며시 미소를 지었다.

[걱정하지 마. 다음엔 씨암탉 잡아놓으시고 기다리실걸?]

"제발 그렇게 되길 바란다. 근데 이상하지? 울 아빠 너 엄청 좋아했잖아. 갑자기 왜 저러시지?"

[서혜인 바보네. 나한테 너 뺏기는 거 같아서 그러시는 거잖아.]

혜인은 입술을 삐죽삐죽 내밀었다. 그거랑 그거랑 다른데…….
하진과의 전화를 끊고 혜인은 다시 침대에 누웠다. 아무래도 오늘은 시험공부가 어려울 듯싶었다. 너무 많은 일이 터지기도 했고 아직도 허리가 끊어질 듯 아팠다. 걷기도 힘든 것을 무슨 정신으로 이곳까지 왔는지도 모른다. 눈꺼풀에 추라도 달아놓은 듯 무겁게 내려앉았다. 아득한 곳으로 점점 빨려 들어갔다.

혜인은 따사로운 햇살에 오만가지 상을 찌푸리며 강의실로 들어갔다. 시험은 바로 내일, 시험이라는 장애물과 죽을힘을 다해 싸워야만 했다. 거기다 우리 친절한 교수님들은 시험기간이라고 과제를 빼주시는 법이 없으셨다. 어찌도 가득가득 채워서 내주시는지 혜인은 과제에 파묻혀, 시험공부에 파묻혀 날짜가 어떻게 가는지도 몰랐다. 낯선 여자가 그녀에게 손을 흔들었다. 언뜻 보니 낯이 조금 익기도 한데…….

"서혜인, 뭘 그리도 보냐?"

"소, 솔지야……."

눈썹만 겨우 그린 그녀의 얼굴은 이미 세상을 등져 있었다. 항상 굵게 웨이브 넣었던 머리는 질끈 묶었고 또렷했던 눈망울이 퀭하니, 다크서클이 입까지 내려올 기세였다. 솔지가 눈을 지그시 감고 눈썹을 꿈틀거렸다.

"너도 만만치 않거든? 자꾸 쳐다보지 말아줄래?"

"아, 미안."

혜인은 멋쩍게 웃었다. 한동안 예쁘게 차려입던 혜인은 없었다. 하진의 이모가 덤으로 안겨준 옷가지들만 해도 옷장을 가득 채우고도 남았다. 하지만 지금은 시험기간 아니던가. 강의가 끝나자마자 달려갈 곳은 도서관이었다. 그런 그녀에게 예쁜 옷은 당분간 전혀 어울리지 않았다. 시험이 시급하다는 데에 하진 역시 동조했다. 눈물을 머금고 원치 않은 생이별을 한 지 어언 4일째였다. 아빠의 삼엄한 경계 속에 하진의 차타고 등교는 이미 물 건너 간일이었다.

"요새 하진이는 봤어?"

그 대목에서 혜인의 눈에 눈물이 가득 고였다. 하루에 한 번 전화 통화하는 게 다였다. 나름 학구열에 불타는 유하진이라 시험 기간만큼은 예외였다. 평소에 놀다가도 딱 일주일 전부터 시작하는 시험공부는 기름에 불을 붙여놓은 듯 활활 타올라 그를 과 수석이라는 곳에 멋지게 앉혀놓았다. 그나마 지금은 혜인이 있으니 잠시라도 짬을 내는 것이다. 서로의 얼굴도 못보고 공부에만 파묻혀 있으려니 혜인과 하진은 죽을 맛이었다.

"보고 싶은데, 아빠가……."

"걱정 마. 허락하시겠지. 원래 좋아하셨다며. 그거 잠깐일 거야."

혜인은 한숨을 푹 내쉬었다. 이제는 하진의 인사도 받는 둥 마는 둥 하신다고 했다. 그래도 꿋꿋하게 인사하고 생글거리지만 혜인의 아빠는 찬바람이 휙휙 몰아치셨다.

"근데 너 어제 얼마나 했냐? 이번에도 장학금 받겠어?"

혜인은 솔지의 말에 한숨을 깊게 내쉬었다. 그때는 틈만 나면 공부, 일어나면 공부, 주말 빼고는 온종일 공부였다. 가끔 하진과 놀러 가는 것이 전부였던 전과는 확연히 달랐다. 과제도 허덕이며 겨우 해대는데⋯⋯. 거기다 수업을 빠진 것이 벌써 몇 번이던가. 눈물이 찔끔 났다. 그녀의 머리 위로 장학금이 날개를 달고 둥둥 떠다녔다.

"이번에 수석, 내가 한다. 서혜인 기다려!"

솔지는 굳은 의지를 다지며 눈에서 불을 내뿜었다. 열의를 띠우던 솔지는 곧 얼마 못가 다시 펜을 내려놓았다. 얼굴에 수심이 가득한 것이 어째 좀 안돼 보였다. 시험이란 놈이 당당하던 솔지를 저렇게 만들어 놓다니 시험은 역시 무서운 것이었다.

"야, 근데 진성이 말이야⋯⋯."

"응?"

"아, 아니야."

솔지는 싱겁게 말을 끝내고 다시 펜을 꼭 쥐었다. 아무 일도 아니라는 미소를 지었지만 말도 끝내지 못한 솔지가 이상해 보였다. 어리둥절했지만 눈치도 없이 제 시간 딱 맞춰 들어오신 교수님 덕에 이야기를 더 건네지 못했다.

솔지는 강의가 끝나자마자 머리를 질끈 묶고 앞머리까지 핀으로 고정시킨 채 도서관으로 사라졌다. 혜인 역시 따라가고 싶었지만 모든 강의가 끝난 시간은 5시였다. 집으로 돌아가기도 빠듯한 시간에 도서관은 무리였다. 사정을 얘기해도 아빠는 말이 통하지 않았다. 그 동안 아침부터 꽹과리를 치며 머리 아프게 깨우던 엄마가 요즘은 천사처럼 보였다. 집에 있을 때면 몰래 나갔다 오라며 알리바이까지 만들어 준다 했다. 하지만 시험기간이라는 거대한 장벽 앞에 혜인은 무너지고 말았다.

샤워를 하고 혜인은 다시 책상머리에 앉았다. 책상 바로 앞에 있는 창문 앞으로 정원의 불빛이 은은하게 보이며 풀냄새가 향긋하게 나지만 그림의 떡이었다. 하염없이 밖만 바라보던 혜인의 눈앞으로 손이 번쩍 나왔다. 소스라치게 놀라며 뒤로 넘어지려는 혜인을 바라보며 하진이 손가락을 입술에 갔다 댔다.

"혜인아, 왜 그러니?"

일찍도 퇴근하신 방문에 노크를 하시며 아빠가 그녀에게 안부를 물어왔다. 아무래도 어머 소리가 방 밖까지 들린 모양이었다.

"아, 아니야."

혜인은 안도의 한숨을 내쉬었다. 방문을 벌컥 열지 않은 것이 얼마나 다행인가. 혜인은 그러면서 자신을 놀라게 한 주범을 노려보았다. 반가운 주제에 아무렇지 않은 듯 담담한 척 쳐다봤다.

"너 여기 웬일이야?"

"별로 안 반가운 모양이네. 다시 가봐야겠다."

하진이 벌떡 일어서려 하자 혜인이 서둘러 하진을 잡았다. 쇠창살을 사이에 두고 소곤소곤 대는 것이 꽤 스릴 있었다. 쇠창살이 그마나 굵고 촘촘하지 않은 것이 천만 다행이었다.

"근데 진짜 왜? 아빠 오시면 또 뭐라고 하실 텐데."

하진은 주섬주섬 바스락거리더니 쇠창살 안으로 우르르 무언가를 쏟아내었다. 책상 가득 차지한 그것은 초콜릿. 많기도 참 많았다. 색색별 종류별로 마트를 쓸어온 거 같았다.

"먹고 집중해서 장학금 꼭 타."

혜인은 쏟아지는 초콜릿 하나를 까서 입에 넣으며 오물거렸다. 무언가 할 때는 역시 먹으면서 해야 한다. 달콤하고 쌉싸래한 맛이 입 안 가득 퍼지자 혜인의 입가에 기분 좋은 미소가 지어졌다.

"고마워."

하진이 싱긋 웃으며 쇠창살에 얼굴을 가까이 갖다 댔다.

"자, 고마운 값."

자신의 입술을 손가락을 톡톡 두드렸다. 혜인은 안 된다며 고개를 절레절레 흔들었지만 여기까지 도둑고양이처럼 몰래 숨어온 공이 있지 않은가. 결국 혜인은 수줍게 입을 맞췄다. 하진의 입술에서 찬 기운이 느껴졌다. 철창의 쇠 냄새와 함께 하진이 가지고 있는 시원한 향이 물씬 풍겨들었다.

"혜인아, 간식 갖다 줄까?"

입술이 닿기가 무섭게 방문이 벌컥 열렸다.

"아, 아니야. 괜찮아, 아빠."

"너 어디 아프니? 얼굴이 왜 이렇게 빨개?"

"아, 아프긴……. 그냥 더워서 그러지. 더워서."

혜인이 아빠를 주시하며 창문을 힐끗거렸지만 하진은 이미 사라진 후였다. 아직도 쿵쾅대는 심장을 아빠 모르게 쓸어내며 혜인은 안도의 한숨을 쉬었다. 하마터면 통금시간이 더 당겨질 뻔했다. 혜인의 아빠가 미심쩍은 눈빛으로 계속 바라봤지만 혜인은 아무 일도 없다는 듯 그냥 어색한 웃음을 지었다.

"아빠도 초콜릿 드실래요?"

초콜릿 봉지를 까 입안으로 쏙 넣으며 물었다. 그 달콤한 초콜릿의 맛조차 느껴지지 않을 정도였으니 얼마나 놀랐는지 혜인 본인도 짐작할 수 있었다.

혜인의 아빠는 요즘 인사 듣는 게 일이었다. 하진의 아버지, 즉 그의 상사를 모시고 회사 앞에 도착하면 모두들 아침 인사 대신에 하는 말이 있었다.

"서 비서님! 축하드립니다."

그는 웃으며 달려오는 직원에게 어설픈 미소를 지었다. 그의 직함은 운전기사 이전에 비서이기도 했다. 보통 운전을 주로 맡지만, 오랜 지기인 하진의 아빠는 자신의 친구가 직함 하나 없는 것이 싫다며 떡하니 비서로 올려놓으셨다.

"좋으시겠습니다. 따님하고 회장님 아드님하고 교제하신다면서요. 예의가 하도 바르다고 정평 나서 제 딸 사윗감으로 눈도장 찍어났었는데 부럽습니다."

처음엔 정색하며 듣던 말이 이제는 익숙해진 탓인지 그저 웃음으로 때우고 있었다. 회사에 어떻게 소문이 난 것인지 그를 보는 사람들마다 한마디씩 해댔다. 거기다 덤으로 하진의 아빠의 한 마디에 모든 것은 기정사실화가 되어버렸다.

"우리 아들 녀석보다 예비며느리감이 더 참하죠. 안 그렇습니까?"

혜인의 아버지를 보고 싱긋 웃자 그도 울며 겨자 먹기로 어정쩡한 미소를 지어보였다.

"이거 회장님, 조만간 국수 먹여주시는 겁니까?"

"저야 뭐, 우리 서 비서님만 허락한다면 당장 내일이라도 식 올리면 좋죠. 우리 혜인이랑 아들 두 놈 중 한명과 결혼시키는 게 제 꿈 아니었겠습니까?"

혜인의 아버지는 속으로 끙끙 앓았다. 그럼에도 요즘은 인사치레가 예전처럼 영 싫지는 않았다. 여직원들만 부러운 눈빛을 날렸다면 바람둥이 될 상이라 안 된다고 우기겠지만 그것도 아니었다. 부러워하며 잘됐다는 사람들도 많았다. 그들이 교묘히 섞여 있다는 것이 약간 이상했지만 신경 쓰지 않았다. 어른 공경하고 뭐하나 빠질 것 없다는 것은 그도 잘 알고 있었다.

그럼에도 미운 것은 그저 제 딸을 데려가서였다. 그 정도 조건에 그 성격이면 두 팔 벌려 환영해야 하지만 그것이 왜 마음대로 안 되냔 말인가. 하진은 자신이 반대하는 것도 뻔히 알면서 웃는 낯으로 인사만 했다. 얄밉게 점수 따겠다고 달려들 줄 알았더니 오히려 그것도 아니었다. 사실 사람들이 저리 말을 해대니 솔깃하며 하진이 다시 보기이도 했다. 매일 듣는 인사에 오히려 사위가 된 것처럼 어깨가 으쓱해지고 가슴이 쫙 펴지는 것은 어쩔 수 없는 현상이었다. 하루에도 열두 번씩 마음이 변했다가 다시 또 변했다. 허락해 줄까 싶다가도 아직 어리다는 생각이 번뜩 들었다. 혜인의 아버지는 딸 고민에 다크서클이 점점 늘어만 갔다.

"서 비서님, 축하드립니다."

이제 회사 내에서는 어엿한 사돈 사이었다. 속에서 끓고 있는 고민이 점점 쌓여만 갔다.

혜인은 대문 앞에서 눈물을 머금고 있었다. 가득 고인 눈물이 철철 흐를 거 같았지만 혜인의 입가엔 미소만 활짝 지어졌다. 드디어 미칠 것 같은 악몽 같은 시험이 끝이 났다. 하진에게 당장에라도 달려가고 싶었지만 혜인은 잠시 참았다. 그녀도 여자였다. 여자는 튕기는 맛도 가끔 있어야 했다.

[거기서 뭐 해. 얼른 들어와.]

창문에서 내려 보고 있었는지 인터폰에서 익숙한 목소리가 흘러나왔다. 튕기는 매력은 개뿔. 세상은 마음 가는대로 사는 것이 제 맛이었다. 문이 열린 철문을 끼익 하고 열어젖히고 혜인은 튕겨가듯 정원을 달려갔다. 혜인이 뛰면서 잔디가 아주 조금 밟혔지만 그것이 대수겠는가. 더 이상의 장애물이 없이 마음껏 볼 수 있었다. 반대하는 아빠의 생각은 이미 잊은 지 오래였다. 하진은 문에 느긋하게 기대어 그녀를 바라보고 있었다. 제대로 얼굴을 볼 수 있다는 생각 때문이었을까. 눈물아 왈칵 솟아오르는 것 같았다. 혜인은 다다다다, 달려가 하진의 품에 나비처럼 폴짝 안겼다.

"끝났다!"

사뿐히 안겨든 혜인을 품에 안으며 머리를 가볍게 쓰다듬었다.

"수고했어."

"응, 너도 수고했어."

실로 오랜만에 닿는 향기와 같은 곳에서 뛰고 있는 심장 울림 덕에 혜인은 편안함을 느꼈다. 자신이 있을 꼭 맞는 자리를 찾은 기분이었다.

"들어가자."

이제 제법 가을 날씨 같은 기분이었다. 살며시 닫히는 문 뒤로 햇살을 따사롭고 바람이 꽤 차가웠다. 혜인은 소파에 털썩 앉았다. 하고 싶은 말이 꽤 많았다. 그런데 막상 떠들어 대려니 아무것도 기억나지 않았다. 김이 모락모락 올라오는 향긋한 코코아 한잔을 건네는 하진을 보자, 하고 싶은 말 모두 부질없는 것이라 생각했다. 혜인은 건네받은 코코아를 내려놓고 하진의 팔에 안겼다.

"아, 좋다. 시험 너무 싫어!"

"어디 여행갈까?"

"여행……?"

혜인의 말끝이 조금씩 느려졌다. 긴장으로 인한 스트레스가 한순간에 날아가자 그동안 못 잤던 잠이 슬금슬금 밀려들었다.

"어, 이제 엠티잖아. 우리끼리 여행가자고."

"아빠가 우리 허락도 안 했는데……."

하진이 씨익 웃었다. 무언가 자신만만한 거 같았지만 혜인은 솔솔 오는 잠에 눈꺼풀을 제대로 뜰 수가 없었다. 잠이 들려하는 혜인의 머리를 자신의 어깨에 기대게 하고 그 역시 느긋하게 소파등받이에 기댔다. 옆에서 잠이 든 혜인 덕에 하진 역시 잠이 스르륵 몰려들었다. 평소 시험에 대해 별로 신경 쓰지 않았지만 이번엔 조금 달랐다. 잘하는 모습을 조금이나마 더 보여주려고 잠까지 줄여가면서 공부했었다. 시험기간 며칠 전에 느긋하게 하는 공부와는 차원이 달랐다. 그때야 대충 해도 장학금을 주니 받는 것이었다. 이번처럼 필사적으로 노력한 적은 없던 거 같았다. 덤으로 장인어른에게 인정받기 계획까지. 바람이 잔디밭 위로 살랑살랑 불어오고 향긋한 풀냄새가 코끝에 맴돌며 점점 정신이 아득해져갔다.

하진의 아버지가 놓고 온 서류가 있다는 말에 혜인의 아버지는 하진의 집으로 들어갔다. 혜인이 돌아왔나 확인하려고 했지만 워낙 급한 서류라는 말에 서둘러 달려왔다. 문을 두드리려 했지만 바람에 살며시 열렸다. 고개를 갸웃거리며 혜인의 아버지가 안으로 들어갔다.

"아무도 없나?"

신발을 벗고 현관을 바라보니 익숙한 운동화가 가지런히 벗겨져 있었다.

"흠……."

혜인의 것이 분명했다. 주위를 두리번거리고 서둘러 거실로 올라갔다. 낯익은 뒤통수는 예의도 없이 제 인기척을 듣고도 가만히 소파 위에 앉아 있었다. 그런 저 아이에게 제 딸을? 어림도 없었다. 혜인의 아버지는 살며시 기울었던 마음이 돌아서는 순간이었다. 그럼에도 못내 서운해 소파로 천천히 걸어갔다. 약간 서운했던 마음도 잊은 채 그는 펼쳐진 광경에 그저 웃을 수밖에 없었다.

혜인과 하진이 머리를 맞대고 입가에 미소를 머금은 채 잠이 들어 있었다.

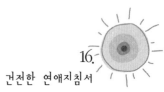

16.
건전한 연애지침서

일요일 꼭두새벽부터 떨어진 기상명령에 혜인은 하품을 늘어지게
했다. 요새 아빠가 왜 이렇게 안 하던 일을 하시는지, 그럴 때면 혜인
만 죽어났다. 통금 시간은 자연스럽게 어겨지고 있었다. 늦는 걸 아
는 눈치지만 아빠는 별다른 말을 안 하셨다.

기지개를 쭉 펴는데 허여멀건 한 것이 눈앞으로 휙 나타났다. 혜인
은 고함을 지르며 뒤로 발라당 넘어졌다. 정수리 위로 얼음물을 흠뻑
맞은 기분이었다. 잠은 확 달아나고 놀란 가슴은 세차게 뛰어댔다.

"엄마야!"

"쯧쯧. 아침에 일찍 좀 일어나라니까."

하진은 한심하다는 듯 혜인을 내려다보다 번뜩 일으켰다. 바닥과
키스한 엉덩이를 비비며 혜인은 울상이 되었다. 어찌나 놀랐는지 간
이 콩알만 해지고, 엉덩이는 불에 덴 듯 따갑고 아팠다.

"갑자기 나타나면 어떡해!"

"그래, 다 내 잘못이지."

고개를 절레절레 저으며 하진은 안방 문을 똑똑 두드렸다. 앤 이 아침부터 왜 남의 집에서 설치고 있는 것일까? 그것을 물어도 보기 전에 근엄한 아빠의 목소리가 들렸다.

"들어와."

혜인은 자신의 아빠 목소리가 저리도 낮고 묵직했나 고개를 갸웃거렸다. 그동안 아빠 이미지와 전혀 안 맞는 목소리 톤이었다. 학창시절 행여 혜인이 지각해서 매라도 맞고 온 날이라면 혜인의 손을 꼭 잡고 우시던 분이셨는데…… 무엇이 자신의 아빠를 이리도 바뀌게 만들었는가. 아, 너무 적응 안 됐다. 혜인은 얼떨결에 하진의 뒤를 따라가 아침부터 참회하는 분위기로 무릎 꿇고 그 앞에 앉았다.

"흠, 내가 너희를 부른 이유는……"

손안에 끈끈한 땀이 배어나오고 입안이 바싹 타들어갔다. 무슨 말씀을 하시려고 아침부터 하진과 혜인을 부르셨는지…… 혜인이 하진을 살며시 바라보니 무지 여유가 넘쳐 보였다. 이놈, 장인어른 앞인데 어찌도 이렇게 여유가 철철 넘치느냔 말이다. 하진의 허벅다리를 살며시 꼬집으려는 혜인의 눈앞에 팔랑팔랑 종이 한 장이 흔들렸다. 어지럽게 요리조리 흔들리는 종이를 한손으로 꽉 잡았다.

"아빠, 이게 뭐야?"

"잘 읽어봐. 너희가 이제부터 지켜야 할 사항들이다."

한 줄 한 줄 대충 읽어가던 혜인의 표정이 어리둥절함에서 경악으로 점차 바뀌어갔다.

<건전한 연애지침서>

1. 통금은 11시로 정하며 단 1분이라도 넘기지 아니한다.

2. 학교 행사 외에는 절대로 외박금지. 거짓말 적발 시 가혹한 형벌에 처하겠음.

3. 만남이 성적에 영향을 미치지 않게 한다.

4. 단둘이 있을 시 방문을 항상 활짝 열어둔다.

5. 스킨십은 손을 잡는 것까지만 허용.

말도 안 되는 고리타분한 연애 조항을 바라보며 혜인은 한숨을 푹 내쉬었다. 반면 하진이 빙긋이 웃으며 종이를 내려놓았다.

"이것만 지키면 허락해 주시는 건가요?"

"무, 물론!"

혜인의 아빠는 내심 뿌듯했다. 예의를 국에다 말아먹은 놈들이 하도 판치는 세상이라 조금 과한 것 같은 조건을 내세웠다. 반발이라도 할 줄 알았던 하진은 예상외로 순순히 받아들였다. 그 모습이 조금은 플러스 요인이 되고 있었다.

사람이란 게 참 그렇다. 남이 좋다 좋다 하면 아무리 싫었던 사람도 다르게 보이는 게 사람이다. 주위에서 잘났다 멋지다 부럽다 하도 해대니 혜인의 아빠 마음이 반쯤 기울었다. 거기다 어깨에 기댄 채 잠든 아이들을 보니 너무 잘 어울리는 한 쌍이라 억지로 떼어놓은 자신이 나쁜 사람이 된 기분이었다. 별 수 있겠는가. 자식 이기는 부모는 없다던데 그도 그저 평범한 부모였다. 딸자식이 좋다하니 들어줄 수밖에. 하진의 됨됨이는 오히려 자신이 더 잘 알지 않는가. 그는 더 이상 반대할 구실도 없었다.

"혜인이, 너는?"

"아…… 나도 뭐……."

혜인은 억울함을 꾹 참아내며 억지 미소를 지어보였다. 여유 만만한 하진이 이상해 보이기도 했고 얄밉기도 했다. 이런 부당한 연애 조항을 받고서도 뭐가 저리 싱글벙글이란 말인가. 이제 자신은 다 잡아놓은 고기라는 생각을 하고 있는 것은 아닌가 내심 겁이 났다.

"애들은 왜 아침부터 불러서 이래요?"

아침준비를 하던 참이었는지 혜인의 엄마는 앞치마 차림이었다.

"이게 뭐야? 건전한 연애지침서?"

A4용지에 곱게 인쇄된 글자를 읽어 내리던 혜인의 엄마는 웃음을 참지 못하고 낄낄댔다. 그나마도 혜인의 아빠 체면을 봐서 많이 참은 것이지 아마 그조차도 상관 안했다면 이 자리에서 박장대소했을 일이었다. 자신은 혜인을 혼수로 데리고 왔는데 딸자식이라고 저렇게 싸고도는 꼴이라니……. 내심 혜인이 신랑감 하나 데려오면 난리난리 칠 것을 어느 정도 알고 있었지만 이 정도일 줄은 몰랐다. 세상에 딸을 혼자 키우는 양 유난을 떨어대는 혜인의 아빠 덕에 혜인의 엄마역시 두 손 두 발 다 들었다. 혜인의 아빠 역시 자신이 정해놓은 수칙이 민망한지 흠흠 헛기침을 하셨다. 그리곤 아침이 뭐냐 물으며 은근슬쩍 방을 나갔다.

"초등학교 1땐가? 같이 목욕도 했던 사인데……."

"엄마!"

혜인은 얼굴이 화끈거려 미칠 지경이었다. 엄마가 지금 무슨 소리를 하는 것인가. 어려서 잊고 지냈던 기억까지 끄집어 올리고 있었다. 내심 엄마가 자신에게 도움을 줄까 했지만 엄마는 확실히 적군이었다.

"어머, 애 떨어질 뻔했잖아! 그리고 그게 무슨 대수라고……. 안 그래? 우리 유 서방?"

벌어지는 입을 한손으로 가리시며 호호 웃으셨다. 혜인은 속이 부글부글 끓었지만 하진은 그저 생글거렸다.

"그럼요, 장모님."

혜인은 고개를 절레절레 저었다. 저들을 과연 누가 말릴까.

"근데 말이야. 네 아빠 의외로 좀 일찍 승낙하셨다? 난 한 반년 고생시키실 줄 알았더니……."

혜인도 사실 그게 살짝 궁금했었다. 평소 없던 통금까지 정해놓고 혹여나 하진의 얘기만 나와도 숟가락을 내려놓고 방으로 홀랑 들어가곤 했다. 하진은 그 부분에서 말없이 회심의 미소만 지었다. 그동안 그가 얼마나 노력했던가. 아침에 혜인도 못보고, 그녀가 시험 공부할 동안 자신은 공부도 못하고, 그의 아버지보다 더 일찍 출근해 떡이며 빵이며 돌리며 은근히 떠들어 주십사 여기저기 부탁하고 다녔다. 그마저도 혜인의 아버지 눈에 띄면 안 되니 피해 다니랴, 직접 각본까지 짜 나눠주랴, 참 많은 애를 썼었다. 다들 연기를 잘해준 덕에 혜인 아빠의 마음이 기울 수 있었지만 모두 그의 노고가 아니었다면 오늘의 이런 일은 아마 생겨나지 않았을지도 몰랐다. 그는 며칠 후에 또 한 번 간식거리를 사들고 가 감사 인사를 전해야겠다는 마음을 먹었다.

상다리가 휘어지게 차려진 아침을 먹으며 혜인의 아버지 눈초리를 받느라 그가 얼마나 고생을 했는지는 아마 아무도 모를 것이다. 닭다리를 하나 크게 잘라주면서도 행여나 내 딸 울리면 가만 안 둔다는 검은 오라를 풍겨내셨다는 걸……. 혜인과 혜인의 엄마는 아무것도 모르는 눈치지만 하진은 그것을 고스란히 느꼈다. 연기에 익숙한 하진이 흠칫 놀랄 정도였다면 말 다한 것이다.

"근데 말이야. 너 저거 지키려고?"

혜인이 조용히 속삭이듯 하진에게 물었다. 혜인의 엄마의 계략으로 혜인의 아빠 몰아내는 데 성공한 덕에 둘은 겨우 함께 있을 수 있었다. 계약서에 확인 도장까지 받고도 아빠는 믿지 못하는 듯했다. 둘이 있을 틈을 전혀 주지 않았다. 그건 그냥 계약서일 뿐 방해는 전혀 별개였다. 식사도 혜인과 하진 가운데서 하셨다. 반찬이라도 건네줄라 치면 자신이 먼저 건네주고, 눈이라도 마주칠라 치면 얼굴로 떡하니 막아버리는데…… 과연 이게 허락이 맞나 싶기도 했다.

"뭘?"

혜인이 넌지시 묻자 하진은 뭔지 모르겠다는 듯 순진한 표정으로 그녀를 쳐다봤다. 뻔히 알아 들어놓고도 저러고 있었다. 혜인은 순간 얄미운 입을 꿰매버리고 싶었다. 화를 가라앉히며 다시 한 번 하진에게 얘기했다.

"그거 있잖아……. 아빠가 준 거……."

"아, 그거? 당연히……."

"당연히?"

하진의 입꼬리가 둥글게 말려 올라갔다.

"지켜야지. 누구와의 약속인데."

혜인은 입술을 삐죽삐죽 내밀었지만 기둥 뒤에 숨어 있는 누군가는 입가에 미소가 걸렸다. 저놈 예전부터 괜찮은 앤 줄은 알았지만 제대로 진국이었다. 혹여 안 지킨다고 하면 어쩌나 했더니 단번에 지킨다는 말에 혜인의 아빠는 한시름 놓았다. 속에 구렁이가 열세 마리 앉아 있는 하진을 모른 채 그저 좋다는 생각만 해대고 있었다.

하진인 씨익 웃었다. 남자의 그림자가 뻔히 보이는데 문틈에 숨으시면 그게 숨겨질 줄 알았나 보다. 이미 어겨진 약속을 어떻게 지킨단 말인가. 혜인이 스물셋을 넘기기 전에 얼른 채가서 저런 계약서 따위 없애 버리는 게 제일 좋은 방법 같았지만 자신들은 아직 어렸다. 하지만 이 순진한 양은 관심도 없는 듯 그저 저 부당한 지침서가 화가 나는 듯 보였다.

"아버님도 우리가 걱정돼서 이렇게 하시는 거야."

"그래도……."

그림자가 점점 멀어지는 것을 보고 하진은 핸드폰을 들었다. 그리고 얼마 되지 않아 혜인의 휴대폰 벨소리가 띠리링 울렸다. 힘없이 휴대폰을 열던 혜인이 하진을 바라보며 방긋 미소를 지었다.

[엠티 때 여행가기로 한 거 잊지 마.]

낮말은 새가 듣고 밤말은 쥐가 듣는다 했다. 그림자가 사라졌다고 한들 어디서 구경하고 있을지도 몰랐다. 혜진과 하진은 말없이 웃기만 했다. 두 사람은 여행에 대한 기대감으로 가슴이 두근거렸다.

그날 밤 혜인의 아빠는 이런 철부지들의 계략을 하나도 모른 체 계약서를 꼭 안고 행복한 잠에 빠지셨다.

어제 내린 비로 나뭇잎에 물방울이 보석처럼 반짝이며 내려앉아 있었다. 달콤한 햇볕이 다이아몬드처럼 내리쬐는 아침이었지만 하진은 오만가지 상을 찌푸릴 수밖에 없었다. 기대하고 기대하던 둘만의 시간 아니던가. 멀리서 다가오는 그림자는 검은 폭풍을 안고 있었다.

"하진아!"

산통을 와장창 깨버리는 낮은 목소리에 하진은 눈을 감았다. 주먹을 꽉 쥔 그의 손끝이 바들바들 떨려왔다. 애써 화를 억누르려는 듯 손끝에 힘을 실어보지만 그것이 쉽지 않았다.

"일찍 왔네? 나도 차 가지고 왔어. 한 차에 넷이 타기는 불편할 거 같아서."

저 방해꾼들은 자신의 죄도 모른 채 그저 놀러간다는 데 싱글벙글 웃었다. 하진은 속에서 천불이 나고 머리위로 모락모락 김이 올라오는 것도 신경 쓰지 않은 채 그저 목적지만 생각 하고 있었다.

"다 같이 오면 좋을 거 같아서 내가 같이 가자고 했어."

혜인이 천진난만하게 웃으며 말했다.

"그래, 정말 잘했다."

해사하게 웃으면서 하진은 혜인의 머리를 손으로 꾹꾹 눌러가며 쓰다듬었다. 감정이 섞인 손끝에 혜인은 어리둥절했지만 하진의 표정은 너무나도 맑았다.

"너희 먼저 출발해. 뒤따라갈게."

솔지는 무미건조한 표정으로 인사도 건성으로 하며 진성의 차에 올라탔다. 그것도 앞좌석이 아닌 뒷좌석에. 진성은 난감한 표정으로 머리를 긁적이다 자신도 차에 올랐다. 혜인은 그저 한숨을 푹푹 내쉬었다.

저들이 삐걱거리는 게 요 근래였던 거 같았다. 닭털이 폴폴 날리게 끔 닭살을 떨어대더니 이건 또 무슨 조화란 말인가. 은근히 둘이 잘 되는 것을 바라왔던 혜인은 여간 걱정이 아닐 수 없었다. 진성은 바람기 빼고는 인물이나 뭐나 빠질 것이 없는 아이였다. 솔지와 진성을 바라보다 고개를 돌리니 이미 하진은 저 멀리에 있었다. 놓칠세라 혜인은 헐레벌떡 하진의 뒤를 쫓아갔다.

운전하는 내내 하진은 말이 없었다. 아니 화를 억누르려고 노력하고 있다는 표현이 더 맞을 것이다. 룸미러로 힐끗 쳐다보면 진성의 차가 잘 따라오고 있었다. 좀 놓쳐도 괜찮은데……. 자신이 이 여행을 얼마나 바라고 또 바랐던가. 여행의 묘미가 모두 물거품이 되어버리고 말 것 같았다. 혜인의 아빠에게 거짓말까지 해가며, 자신의 가족에게도 거짓말을 해대고, 미행하는 가족들 모두 떨쳐버리고, 겨우 도착해서 만났더니 이제는 떨거지를 한아름 끌고 왔다. 아무것도 모르는 혜인은 그저 오랜만에 놀러 간다는 거에 너무 심취해 있을 뿐이었다.

"바다 보는 거야? 우리 가서 조개 구이도 먹고 고기도 구워먹자!"

"그래, 그래. 다 먹자."

"응!"

혜인이 해맑게 웃자 하진도 역시 웃음을 터트릴 수밖에 없었다. 혜인을 누가 당하겠는가. 그는 아무 힘이 없는 것을……. 빌어먹게도 둘만의 여행이 될 뻔한 날의 날씨는 지나칠 정도로 맑았다.

"근데 방은 예약했어?"

"그럼 했지."

뼈아픔을 느끼며 하진은 한숨을 깊게 내쉬었다. 물론 했다. 단 한 개만. 그것도 바다가 내려다보이는 전망 좋은 호텔로……. 그는 그 전망 좋은 곳에서 진성과 단둘이 보낼 생각은 추호도 없었다. 어떻게든 저 떨거지들을 떼어놓고 단둘이 보내야 했다. 아무리 눈치가 없어도 지들이 떨어질 것이라 굳게 믿고 있었다.

"근데 너 오늘 기분이 안 좋아?"

아까부터 말이 없는 하진 때문에 혜인은 어리둥절했다. 도대체 무슨 문제가 있는 것인지 이해할 수 없었다.

"아니, 좋아. 좋아 죽을 거 같다."

"그치? 나도 너무 신나. 우리 휴게소 들러서 우동 먹자! 감자도!"

"그래, 그래."

혜인은 단박에 속아 넘어갔다. 속에서는 피를 철철 흘리는 것도 모르고. 하진은 핸들을 꺾어 근처 보이는 휴게소로 들어갔다. 이곳은 혜인이 좋아하는 것이 널리고 널린 곳 아니던가. 혜인은 어린 아이처럼 기뻐했다. 여행의 묘미는 역시 먹을거리였다. 차에서도 먹고 휴게소에서도 먹고 내려서도 먹고 계속 먹는 것이었다. 움직이는 것에 취미는 전혀 없었다. 줄줄이 늘어진 간식거리에 혜인의 눈이 반짝거렸다.

"솔지야! 얼른 와!"

뒤따라온 솔지를 잡아끌며 혜인은 저 앞으로 달려 나갔다. 그 모습에 두 남자들은 고개를 절레절레 흔들었다. 저러고도 살 안찌는 거 보면 참 용했다.

"김진성도 이제 다 됐나 보네. 눈치 없게 연인들 여행에 끼기나 하고."

하진은 가볍게 담배를 물며 이를 아드득 갈았다. 아직도 자신의 여행을 방해한 것에 분이 풀리지 않는 모양이었다. 진성 역시 하얀 담배를 물었다. 붉게 타들어가며 담배 연기를 들이마시자 그제야 숨통이 트였다. 바로 이 맛이었다. 깊게 몇 모금 더 빨아 마시며 진성은 한숨을 깊게 내쉬었다.

"좀 봐주라. 솔지 요새 완전 분위기 살벌해. 시베리아 얼음벌판도 이보다는 따뜻할 거다. 저녁엔 알아서 사라질 테니 오늘만 좀 봐주라."

진성은 하진을 잡고 간절하게 청했다. 하진은 짜증 섞인 얼굴로 진성을 노려봤다. 왜 하필 이럴 때에 싸우냔 말이다. 그동안 죽이 잘 맞던 진성과 솔지를 봤을 때 둘 중의 잘못은 분명 진성 쪽이었을 것이다. 이번에는 정착 잘하나 싶었더니 그새를 못 참고는……

"너 또냐?"

"야! 아니야."

"그럼?"

"그냥 간단하게…… 소개팅 한 번 나갔다가 걸렸지. 차라리 염라대왕이 덜 무서울 거다. 솔지 그 표정을 봤을 때 어찌나 무섭던지……"

진성은 마치 공포영화를 본 이야기를 말하는 듯 몸을 부르르 떨었다. 그럼 그렇지. 네놈 일이야 뻔하지……. 하진은 혀를 쯧쯧 찼다. 더 이상 말을 잇기도 전에 저 멀리서 너무 해맑게 혜인이 달려왔다. 진성과 솔지의 일이야 어찌되던 자신의 둘은 즐거운 여행을 보내면 그만이었다. 그나마 친구라고 낮 시간을 할애해 준 것에 대해 그는 감사해야 할지도 모르는 일이었다.

"저녁때 안 사라지면 그땐 죽는다."

하진이 싱긋 웃었다. 차라리 웃지 않느니만 못하게 살벌한 미소를 날리며, 간식거리를 품에 안고 오는 혜인을 맞이했다. 이것저것 주섬주섬 받아들며 하진은 진성에게 보이던 미소와는 다른 상냥한 미소를 지어보였다. 그 뒤로 솔지가 보이지만 그녀는 여전히 찬바람이 쌩쌩 불었다.

"솔지야…… 넌 뭐 안 먹어? 내가 사올까?"

"됐어."

솔지는 그의 손을 차갑게 쳐냈다. 머쓱해진 손을 거둬들이며 진성은 머리를 긁적였다. 아무래도 저녁때까지 사라지긴 힘들 거 같았다.

혜인은 정말 차 안에서 쉴 새 없이 먹었다. 오징어, 감자, 고구마 스틱, 핫바 등등 참 많이도 사왔다. 그럼에도 하진의 커피만은 잊지 않고 챙겨왔다. 가끔 하진의 입안으로 이것저것 밀어 넣으며 혜인은 헤벌쭉 웃었다.

"와! 바다다! 바다!"

운전하느라 몸이 지치고 피곤했지만 드넓게 펼쳐진 바다를 보니 피로가 조금 날아가는 듯 했다. 혜인은 창밖으로 얼굴을 내밀며 짭짜름한 향기를 가득 맞았다.

"멀었어?"

"저기 호텔 보이지? 저기야."

하진이 손가락으로 가리키는 곳을 바라봤다. 하얀 모래사장이 보이는 근처로 커다란 호텔이 하나 보였다. 그들이 머물 호텔에 도착을 목전에 두고 있었다.

"우와! 바다가 보이는 방이었으면 좋겠다!"

혜인은 벌써부터 설레었다. 비록 밖에서 바비큐를 구워 먹지는 못하지만 나름 재밌을 것 같았다.

하진의 차가 구불구불한 길을 돌고 돌아 주차장에 부드럽게 멈춰 서자 혜인은 쏜살같이 차에서 내렸다. 자신이 가지고 온 가방이나 위에 걸쳤던 카디건이 아직 차 안에 있었지만 그것이 무슨 상관이겠는

가. 눈앞에 아름다운 바다가 그녀를 기다리는데.

"감기 걸려."

하진이 뒤늦게 따라 내렸지만 혜인에겐 들리지 않는 모양이었다. 대리석 위에 까치발을 들고 서서 더 가까이에서 바다를 보기 위해 애썼다.

"하진아, 이리로 와봐. 저기 봐, 저기. 갈매기다!"

성수기가 아닌 탓에 백사장은 한산했다. 이런 점을 노리고 느긋하게 쉬러 온 것인데.

하진은 뒤를 힐끗 바라봤다. 눈치 없는 진성과 솔지는 여전히 냉랭했다. 차가운 바닷바람이 온몸에 스미자 솔지가 자신의 팔을 손으로 쓸었다.

"솔지야, 춥지? 이거 입어."

진성은 영업용 스마일을 내보이며 자신의 재킷을 솔지의 어깨의 살며시 올려놨다.

"고마워."

하지만 솔지의 목소리, 몸짓, 그 어느 것 하나 냉랭하지 않은 것이 없었다. 진성은 하진을 바라봤지만 그는 다 네 잘못이라는 눈초리로 그를 째려봤다.

"하진아, 나 추워. 들어가자."

하진은 여왕마마의 명령에 따라 그녀의 카디건과 짐을 들고 호텔로 들어갔다. 들어가는 것까지는 좋았지만 여기서 최대 난관이 하나 남았다. 바로 방 문제였다. 널찍한 방을 예약한 그는 당연히 혜인과 단 둘이 쓸 생각이었지만 문제가 있지 않은가. 진성에게 솔지를 떼어 내 보라고 눈빛을 보냈다. 하지만 그의 바람은 유리처럼 와장창 깨져

버렸다.

"나랑 혜인이랑 쓸게. 너희는 너희 둘이 써."

솔지는 도도하게 혜인을 끌고 프런트에서 받은 열쇠를 빼앗듯이 건네받고 엘리베이터 앞으로 다가갔다. 하진의 이마에서 열이 펄펄 끓어올랐다. 애꿎은 진성만 쏘아보며 화를 삭이느라 무던히도 애썼다.

"거, 걱정 마. 정말 밤엔 그 방 둘이 쓰게 해줄게. 미안하다……."

바들바들 떨리는 하진의 손끝을 보며 진성은 서둘러 멀찌감치 떨어졌다. 저 미친놈 불똥이 괜스레 자신에게 튈까 싶어 뒤로 한 발짝씩 물러났다. 그리고 하진이 뭐라 소리를 지르기 전에 쏜살같이 프런트로 가 체크인을 했다. 제발 솔지가 그때까지 화 풀기를 빌면서…….

혜인은 이래도 좋고 저래도 좋았다. 하진과 진성의 미묘한 신경전을 알지 못한 채 재잘대며 솔지를 졸래졸래 따라갔다. 카드로 문을 열고 들어온 혜인은 짐을 대충 던져놓고 창문에 찰싹 붙었다. 드넓은 바다와 백사장이 한눈에 내려다보였다. 해가 질 때 붉게 물든 수면 위가 얼마나 예쁠까도 생각했다.

"너도 참 눈치 없다. 여기에 우릴 끌고 오면 어떡해!"

갑자기 진지한 척 도도한 척 온갖 척을 다 해대던 솔지가 소리를 버럭 질렀다. 흠칫 놀라며 혜인은 창문에서 떨어졌다. 그리고 고개를 갸웃거렸다.

"유하진이 너랑 둘만 보내려고 이 방 잡은 거 같은데……. 쯧쯧. 저걸 여자 친구라고……."

혜인은 다물어졌던 입이 쩍 벌어졌다.

"아, 몰라. 난 이미 온 거니까. 너희 둘만의 오붓한 여행은 끝이 났어."

호호 웃는 솔지는 사악한 마녀 같이 보였다. 하진이 이 방을 어떻게 준비했을지 혜인은 생각조차 하지 않았다. 그저 사람들이 많으면 재밌을 것이라 생각했다. 혜인은 자신의 아둔한 머리를 쥐어뜯고 싶었다. 창가에 앉아서 달이 비추는 바다를 바라보며 하진과 와인을 마시고 오붓한 밤을……. 상상만으로도 황홀했다.

혜인은 허리춤에 손을 얹고 솔지를 단호하게 쳐다보았다.

"야, 너희 가!"

"싫어."

"아, 왜! 가! 가라고!"

"이 방 되게 좋네. 어우 좋아라!"

혜인은 방방 뛰며 진성과 서울로 가라 했지만 솔지는 콧노래를 부르며 침대 위를 데굴데굴 굴렀다. 혜인은 입술이 한주먹 나왔다. 이게 다 진성 때문이었다. 둘이 싸우지만 않았더라면 솔지는 당연히 진성과 한 방을 택했을 것이다. 혜인이 울며불며 매달려도 가뿐하게 무시하고 진성을 택했을 솔지인데……. 싸움이 꽤 큰 것 같았다. 솔지가 저렇게 냉랭하게 나오는 것으로 보아 진성이 무슨 사고를 쳤을지 짐작이 갔다. 혜인은 한숨을 내쉬며 솔지의 어깨에 손을 올렸다.

"도대체 무슨 일이야? 진성이랑 왜 싸운 거야?"

"그런 거 아니야."

"그럼?"

"어허, 어디 어른들 연애사에!"

혜인의 걱정에 솔지는 자못 진지하게 아이를 나무라는 어른처럼 대꾸했다. 그리고는 아무렇지 않은 듯 노래를 흥얼거리며 탁자 위에 오붓하게 오른 와인 잔과 와인을 보며 피식 웃었다. 언뜻 봐도 돈 좀 준 거 같은데…… 솔지는 옴폭 패인 와인 잔 끝을 손가락으로 톡톡 쳤다. 청아한 유리잔 소리가 귓가에 스며들었다. 미안하지만 그녀는 닭살 커플의 애정행각에 요만큼도 동참해줄 생각이 없었다. 성미가 못됐다고 할지 모르지만 지금은 그저 편안하게 즐기고만 싶었다. 불쌍한 혜인을 놀려주면서.

"배고프다. 우리 밥 먹으러 가자."

"근데 너 가방은?"

"아, 차안에 놓고 왔나봐. 이따 가져오지 뭐. 얼른 나가자."

혜인은 솔지의 말에 수긍하면서 솔지를 따라 나갔다.

진성과 하진은 미리 내려와 있었다. 그들은 방은 바로 그녀들의 아래층이었다. 누구의 계략인지는 모르겠지만 그녀들의 방과는 멀찌감치 떨어져 있었다.

"우리 커플끼리 먹을까? 어때? 좋지? 좋지?"

진성은 하진의 눈초리를 조금이라도 덜 받기 위해 무던히도 애썼다. 생글생글 영업용 미소를 띠우며 솔지를 콕콕 찔렀지만 그녀는 심드렁한 표정으로 애꿎은 카펫만 발로 꾹꾹 눌렀다.

"뭘 따로 먹어. 그냥 다 같이 근처 횟집에서 회나 먹자."

"난 회 싫어!"

혜인은 하진의 손을 꽉 잡고 도리질 쳤다. 그녀는 초밥은 좋아하되 회는 싫어했다. 그것은 참 불가사의한 일이었지만 그것이 혜인의 식성이니 어찌하겠는가. 이 바다까지 와서도 고기를 먹을 수밖에.

"우린 다른 거 먹을 테니 너흰 회 먹어."

하진은 그 기회를 놓치지 않고 혜인을 끌고 로비로 나갔다. 그런데 이상하게도 찢어져야 할 커플이 그들을 쫄래쫄래 쫓아오는 것이 아닌가. 하진이 뒤를 돌아 빨리 떨어지라는 듯 진성에게 눈치를 줬다. 하지만 되돌아오는 것은 진성의 난감한 표정뿐이었다.

"그럼 조개 구이 먹지 뭐."

"아니…… 난……."

"먹자, 혜인아."

솔지가 싱긋 웃으며 하진의 차를 톡톡 두드렸다. 다른 차를 타고 갈 생각이 없다는 뜻이었다. 진성은 하진에게 미안하다며 부탁하듯 손을 모았다. 하진은 이를 악물며 화를 삭이기 위해 무던히도 노력해야만다.

차에 올라서도 겨울 칼바람보다 더 차가운 바람이 불어댔다. 솔지는 진성에게 조금의 틈도 주지 않았다. 나중에는 진성 또한 두 손 두 발 다 들었는지 뾰루퉁한 채 창문만 바라봤다. 조개 구이 집에 와서도 그들은 별반 다름이 없었다. 잘 익은 조개를 혜인에게 연방 밀어 넣어주면 뭐하나. 솔지는 심통 맞게도 그 조개를 날름 채갔다. 하진의 인내심에도 슬슬 한계가 밀려오기 시작했다.

"하하……. 솔지야…… 그거 말고 이거 줄게."

"됐어. 너나 먹어."

진성이 붉게 익은 새우를 하나 까서 솔지의 그릇에 놓았지만 그녀는 그 새우만 피해 먹었다. 혜인은 조개가 입으로 들어가는지 코로 들어가는지 알 수가 없었다. 불편하기만 한 여행이 분명했다. 그럼에도 하진은 신경도 쓰지 않고 새우를 잘 다듬어 그녀의 그릇에 올려놓았다.

"먹어. 새우 좋아하잖아."

"응, 너도 먹어."

헤헤 웃으며 입이 쩍 벌어진 조개를 발라 하진의 그릇에 올려놨다. 닭살들은 어디를 가나 티를 내는 법이었다. 아무리 고난과 역경이 있다 해도 그들의 끈끈한 사랑은 떨어지지 않으니……. 솔지는 심통을 죄다 부리다가 물이나 한 모금 마셨다. 더 이상 솔지가 심통을 부리지 않자 그 둘은 오순도순 새우며 조개며 듬뿍 먹을 수 있었다. 진성은 솔지의 눈치만 보며 젓가락만 쪽쪽 빨아댔지만 아무도 신경 쓰는 이는 없었다. 구수한 된장찌개까지 먹은 혜인이 볼록 나온 배를 슬슬 문질렀다. 오늘 아무래도 너무 많이 먹은 듯싶긴 한데 기분은 좋았다. 시원한 바닷바람을 맞으며 거기다 싱싱한 새우며 조개라니……. 산해진미가 이보다 맛있으랴.

"우리 이제 뭐 해?"

"이제 슬슬 어두워질 테니 불꽃놀이 할까?"

진성은 솔지를 보며 흐뭇하게 쳐다봤지만 곧 실망감에 물들었다. 그녀는 애꿎은 물병만 톡톡 치고 있었다.

"어……. 하, 하자. 좋지, 솔지야?"

"그러든가."

불꽃놀이 같은 것을 하고 싶지는 않았다. 하지만 아직도 붙어 있는 저 두 명의 방해꾼들 때문에 하는 수없이 수락했다. 불꽃놀이를 하면서 화해를 시켜놓고 그것이 급물살을 타게 만들 생각이었다. 하진은 불꽃놀이를 끝으로 저 둘을 쫓아낼 생각을 열심히 하는 중이었다.

"이제 가자."

그들이야 다음 일을 열심히 토론을 하든 말든 솔지는 또 찬바람이 쌩쌩 몰아치게 먼저 음식점을 나갔다.

"김진성, 너 쟤 제대로 책임 못 지면 진짜 가만 안 둔다."

하진은 이를 아드득 갈았다.

"소, 솔지가 왜 그러지……. 하하……. 둘한테는 미안하다."

진성은 한숨을 푹 쉬었다. 정말 입이 열 개라도 할 말이 없었다. 소개팅을 나간 자신을 탓할 수밖에……. 그밖에도 안 들킨 것들이 몇 가지 있었으나 그것들까지 양심을 콕콕 찔러왔다.

혜인은 서둘러 솔지를 따라 나갔다. 무슨 일이 있냐고 물어도 '그 냥'이라며 더 이상 말하지 않았다. 혜인은 그저 진성을 조금 벌주는 것이겠거니 불편한 마음을 다독였다.

근처 번화가에 들른 솔지는 살 것이 있다며 잠시 내려 자신의 볼 일을 보고 진성은 불꽃놀이를 한아름 안고 나타났다. 그의 특유의 장 난스런 미소를 선보이며 짜자잔, 그것들을 하나씩 선보였다.

"그건 너희들이 해. 이건 내가 해줄게."

솔지는 쇼핑백을 하진의 차에 내려둔 채 백사장 위를 맨발로 걸었 다. 사각사각 밟는 느낌이 꼭 눈을 밟는 것 같았다. 하지만 눈보다는 덜 차갑고 덜 부드러웠다. 고운 모래 같았지만 실상 그리 곱진 않았 다. 그녀의 마음이 그러해서 그런지도 모르겠지만 노란 모래알이 더 없이 굵게만 느껴졌다.

"자, 얼른 와봐."

진성은 뾰루퉁했던 마음도 잊고 신이 나서 바다 위로 뛰어다녔다. 꼭 8살짜리 어린애를 보는 느낌이었다. 혜인도 조심스럽게 운동화와 양말을 벗고 물에 담갔다. 얼음장처럼 차가운 물이 모래와 함께 그녀 의 발목을 휩쓸었다. 바람을 타고 오는 습기 때문에 몸이 눅눅해지고 머리가 비오는 날처럼 축 쳐졌지만 기분만은 좋았다. 바다 특유의 향이 코끝으로 스며들었다. 숨을 깊게 들이마시며 내쉬었다. 가슴이 탁 트이는 기분이라는 것이 이런 것일까. 혜인은 뒤돌아 하진을 보며 활짝 웃었다. 혜인의 선한 미소가 하진의 심장에 거대한 파문을 일으켰다. 늘 곁에 있어도 그립고 애틋했고 곁에 없으면 못 견디게 불안했다. 자꾸만 커지는 소유욕에 하진은 한숨을 푹 내쉬었다. 그리고는 혜인에게 옅은 미소를 지어보였다.

붉은 핏빛 태양이 바다를 집어삼키고 수면 위를 붉게 물들였다. 혜인과 하진은 다정스럽게 노을을 배경으로 사진을 찍었다.

"야, 우리도 다 함께 사진찍자!"

"됐어!"

하진과 솔지가 동시에 내뱉었다. 진성은 금세 풀이 죽어버렸다.

"그, 그래. 찍자!"

혜인이 나서지 않았다면 아마 이 여행에서 넷의 단체사진은 결코 나오지 않았을 것이다. 넷은 나란히 사진기 앞에 섰다. 솔지는 심드렁한 표정이었고 나머지 셋은 활짝 웃고 있었다. 혜인은 장난스럽게 솔지의 뒤로 살금살금 가, 솔지의 옆구리를 간질였다. 그사이를 놓칠세라 진성이 카메라 타이머를 누르고 넷은 그렇게 활짝 웃는 사진을 찍을 수 있었다.

"얼른 폭죽 터트려줘."

혜인이 하진의 팔을 요리조리 흔들며 졸라댔다. 수면 위로 가라앉은 해는 이미 그들이 사진 찍는 사이 사라지고 없었다. 칠흑보다 짙은 어둠과 함께 상점의 불빛들과 등대 불빛, 그리고 별빛이 바다 위로 부서지듯 떨어져 내렸다. 하진과 진성은 길게 모래밭에 폭죽을 묻

어두고 그곳에 하나씩 불을 붙였다. 바람에 잘 붙이 않았지만 몇 번
하니 화약 냄새와 함께 불꽃이 하늘 위로 수를 놓았다.

"우와! 예쁘다! 그치, 솔지야?"

"그러네."

혜인은 솔지와 팔짱끼고 앉아 그것을 말없이 지켜보았다. 솔지의
입가에 미소가 은연중 떠오른 것 같았는데 혜인은 그것이 진성에 대
한 용서라고 생각했다.

"솔지야, 진성이 나쁜 애 아니야."

"알아……."

"알면 잘해줘. 불쌍하잖아. 저렇게 너 화 풀어 줄려고 하는데…….
오늘 둘이 오붓하게 지내봐. 알았지?"

진심이기도 했지만 혜인은 하진과의 오붓한 시간을 찾으려는 노력
이기도 했다. 솔지는 혜인을 보고 깔깔거리며 웃었다.

"그건 안 되지. 난 오늘 바퀴벌레 커플 훼방꾼인 걸? 안 그래, 진
성아?"

"오, 좋다. 그거!"

여기서는 깔깔대고 저쪽에서는 싫다며 소리 지르고 하진은 말없이
진성을 발로 걷어차 바닷물에 빠트렸다. 아무도 없는 조용한 바닷가
엔 그들의 웃음소리만 넘실거렸다. 검은 도화지에 예쁘게 새겨놓은
꽃잎들이 바다 위로 내려앉았다.

진성은 호텔 로비에 물을 뚝뚝 떨어트리며 들어왔다. 하진이 밀어
바다에 빠트린 덕에 비 맞은 생쥐처럼 옷이 흠뻑 젖어버렸다.

"유하진, 두고 봐."

아무리 소리를 고래고래 질러도 아무도 신경 쓰는 사람이 없었다.

오히려 호텔 직원에게 주의까지 들은 진성은 나머지를 새치름하게 쏘아보았다. 호텔직원에게 주의를 들을 때 다들 자신을 모르는 사람인 척 신경도 쓰지 않았다.

"자, 이제 자러 가자."

혜인은 하진을 쳐다봤지만 솔지는 혜인의 손을 꼭 붙들었다. 솔지는 속으로 재밌어 죽을 지경이었다.

"아, 나 진성이 차에서 짐 꺼내 가야 해. 혜인아, 이건 너한테 주는 선물이니까 이거 가지고 먼저 방에 가 있어. 진성이 넌 나 따라오고."

솔지는 혜인의 등을 찰싹 때리며 엘리베이터 안으로 밀어 넣었다. 아무리 자신이 눈치가 없다고 한들 끝까지 방해할 생각은 없었다. 솔지는 싱긋 웃으며 닫히는 문 사이로 손을 흔들었다. 그리고 하진에게 문자 한통을 보냈다. 방해꾼은 빠져 줄 테니 오붓하게 지내라는 말을…….

"나 추운데……. 차에 가게?"

진성이 애처로운 눈빛으로 솔지를 바라보자 그녀가 피식 웃었다.

"잠깐 방에 가서 얘기 좀 하자."

맑았던 날씨가 사라지고 세찬 바람과 함께 검은 구름이 슬금슬금 몰려 왔다.

방 안으로 얼떨결에 따라 들어온 혜인은 쭈뼛거렸다. 하진은 솔지에게 문자가 왔다는 말은 쏙 빼먹고 솔지를 진성과 붙여주자 제안했다. 혜인은 진성이 불쌍해 순순히 그것을 받아들였다. 물론 이런 상황이 될 줄은 꿈에도 생각지 못했다.

"아, 저……. 그러니까……."

혜인은 한방에 있게 된 것이 왠지 불편했다. 그래서 말을 해보려고 하지만 긴장감에 말조차 잘 나오지 않았다. 처음이 아니지만 민망한 것은 두 번째나 처음이나 매한가지 아니겠는가. 민망함에 거대한 창문을 손으로 긁다가 솔지가 건넨 쇼핑백을 열어보았다. 쇼핑백 안에는 화려한 레이스가 달린 작은 천 조각이 돌돌 말려져 있었다. 혜인은 그것을 손으로 들어보았다. 옆에는 작은 카드까지 있었다.

오늘 미안했던 값이야.

뭉쳐진 것을 풀어 내리던 혜인은 아무도 보지 못하게 서둘러 그것을 쇼핑백 안으로 쑤셔 넣었다. 이것은 말로만 듣던 화려한 속옷이었다. 헉 소리가 절로 나왔다.

"왜, 그거 입을 거 아니야?"

솔지가 오지 못하게 문을 꽁꽁 걸어 잠그던 하진은 어느새 소파에 느긋하게 앉아서 그녀를 지켜보고 있었다. 그리고는 자리에서 일어나더니 혜인이 대충 던져놓은 쇼핑백 속에 속옷을 꺼내어 혜인의 몸과 번갈아 가면서 바라봤다.

"에이, 이거 좀 작을 거 같은데. 우리 혜인인 글래먼데."

"야!"

하진은 배를 부여잡고 큭큭거렸다. 그 모습이 참 얄밉기도 했고 민망하기도 했다. 혜인의 얼굴은 탐스러운 복숭아처럼 붉게 달아올랐다.

"그럼 기대에 부응해야겠지?"

"뭐, 뭐?"

하진은 손에 잡고 있던 속옷을 대충 던져놓고 탁자에 놓인 와인을 땄다. 그리고 오목한 잔에 붉은 액체를 따라 한 모금 마셨다. 방해꾼

들이 사라진 덕분인지 하진은 상쾌한 기분을 맛볼 수 있었다. 하진은
와인 잔을 내려놓으며 뒷걸음질 치는 혜인을 보고 음흉하게 웃었다.

"그, 그 뭐냐. 건전한 연애 지침서! 그거는!"

"그건 어차피 어긴 거야. 괜찮아."

혜인이 입맛 벙긋거리고 있는 사이 그녀의 몸이 붕 떴다. 하진은
혜인의 입술에 가볍게 입을 맞추고 목덜미 사이에 얼굴을 묻고 숨을
크게 들이마셨다.

"아, 안 되는데……."

"이렇게 다들 도와주잖아. 그럴 땐 기대에 응해 주는 거야."

혜인의 몸이 폭신한 침대 위에 내려앉았다. 하진이 촉촉한 물기를
머금은 눈빛으로 내려다 봤다. 그의 젖은 눈동자 깊은 곳에 들어 있
는 본능은 마치 한 마리의 거대한 짐승과도 같았다.

17.
품안에 날아든 종이비행기

가을 날씨 덕에 온몸에 차가운 기운이 휘감았다. 하루 종일 좋던 날씨가 어둑어둑해지며 빗방울이 창문을 두드렸다. 송골송골 맺혀 있는 빗방울이 화려한 네온사인에 오색빛깔 무지갯빛을 내뿜었다. 창밖을 멍하니 보고 있는 혜인의 눈앞에 투명한 와인 잔이 나타났다. 말없이 잔을 받아들자 또로록, 소리를 내며 붉은 액체가 잔속으로 빨려 들어갔다.

코끝으로 달콤한 향이 스몄다. 긴장한 탓에 입안이 바싹 마른 혜인은 와인을 얼른 받아 들고 한 모금 쭉 들이켰다.

달콤하고 쌉싸래한 맛이 혀끝에 감돌자 혜인이 방긋 웃었다. 예쁜 빛깔의 와인 덕분에 긴장이 조금씩 풀리는 기분이 들었다.

"나 한 잔 더 마실래."

"안 돼."

"왜?"

혜인이 불만스럽게 묻자 침대에 걸터앉은 하진은 잔을 빼앗아 사이드 테이블 위에 올렸다. 마치 몸이 얼어붙은 듯 하진을 보고 있던 혜인은 눈동자를 크게 깜빡였다. 하진이가 고개를 숙여 입술을 포개올 때까지도 혜인인 꼼짝없이 앉아 있었다.

혜인의 눈꺼풀이 자연스럽게 내려앉았다. 그러자 부드럽게 얼굴을 감싼 하진의 혀끝에서 쌉싸래한 와인 맛이 더욱 강하게 느껴졌다. 고작 한 잔이었는데 술기운인지 그의 키스 탓인지 정신이 점점 아늑해지기 시작했다.

하진은 혜인을 침대에 똑바로 눕히고는 조심스럽게 체중을 실었다. 혜인이 속눈썹을 파르르 떨더니 눈을 떴다.

"괜찮아. 오빠 믿지?"

믿기는 개뿔. 고양이한테 생선가게를 맡기는 것이 더 낫겠다.

혜인이 반박이라도 할세라 하진의 입술이 그녀의 입술을 달콤하게 머금었다. 그의 혀끝이 그녀의 입술 선을 따라 움직이더니 거침없이 입속으로 밀고 들어갔다. 입술을 부드럽게 빨아들이며 아랫입술을 잘근잘근 깨물었다. 간지러운 느낌에 혜인이 몸을 비틀었지만 그럴수록 하진의 키스는 농염해지기만 했다.

숨이 턱까지 차오른 혜인은 저도 모르게 하진의 몸에 팔을 감고 넓은 등을 쓸어내렸다. 움직일 때마다 뭉쳐오는 그의 근육에 혜인이 온몸을 부르르 떨었다.

"왜? 이 오빠가 너무 멋져?"

"웃기셔!"

혜인이 쳇 하며 입술을 불뚝 내밀자, 하진이 그 입술을 손으로 톡톡 쳤다.

"어이쿠, 우리 혜인이 엉큼하기도 하지. 뽀뽀해 달라고 입술도 내밀었네."

유치한 농담에 어이없게도 웃음이 새어나왔다. 하진은 그런 혜인의 입술에 진하게 입을 맞추었다. 그의 손은 어느새 혜인의 가슴을 움켜쥐었다. 포개진 입술 사이로 혜인이 짧게 신음했지만 하진은 멈추지 않았다.

티셔츠를 밀치고 안으로 들어온 하진의 손이 거추장스럽다는 듯 혜인의 브래지어를 풀어냈다. 그리고는 티셔츠와 함께 한꺼번에 벗겨내 버렸다. 서늘한 바람에 온몸에 소름이 돋았지만 금세 하진의 뜨거운 몸이 포개졌다. 혜인은 따뜻한 온기를 찾아 하진에게 매달렸고 하진은 그런 혜인을 더욱 끌어안았다.

와인이 주는 열기가 둘의 몸을 휘감았다. 뿌루퉁한 말을 내뱉는 입술을 집어삼키고 자신을 바라보는 예쁜 눈에도 자잘하게 입을 맞추었다. 그리고 열기에 치달은 자신을 감싸는 팔, 눈을 뗄 수 없이 아름다운 하얀 나신에 자신을 새겨 넣듯 반복적으로 혜인을 탐했다. 황량한 사막위에서 느껴지는 지독한 갈증을 해소하려는 듯 하진은 혜인의 몸속으로 끝없이 파고들었다. 그렇게 밤새 하진은 자신만의 오아시스를 마시며 혜인에게 사랑을 고백하였다.

밤새 내리던 비가 그쳤다. 하늘은 언제 비를 머금었냐는 듯 하얀 구름까지 동동 떠다녔다. 콕콕 쑤시는 허리 덕에 어떻게 잠이 들었는지도 모르겠다. 아침잠이 많기로 유명한 혜인이건만 오늘따라 새벽부터 눈이 저절로 떠졌다. 이게 다 어제 괴롭히던 유하진 때문 아니겠는가.

혜인은 몸을 비틀며 하진의 품에서 빠져나오려 했지만 이놈의 힘이 장사였다. 곰 인형 안고 자듯 혜인을 꼭 끌어안은 채 하진은 자고 있었다.

"자는 척하지 마. 웃는 거 다 봤거든?"

자는 사람이 웃고 있을 리 없었다. 혜인은 부드럽게 말려 올라간 하진의 입꼬리를 손으로 쭉 늘렸다.

"나 정말 자는데……."

요즘 사람들은 자면서 말도 하고 웃기도 하는구나. 혜인은 어이가 없어 웃을 수밖에 없었다.

"그럼 계속 주무세요."

몸을 요리조리 비틀어 돌려봐도 하진은 꽉 붙잡은 팔을 풀 생각을 하지 않았다. 일어나려 하다가도 다시 침대 위로 털썩 누웠다.

밤새 내린 비 탓에 날씨가 약간 쌀쌀했다. 포근하고 따뜻한 체온을 느끼며 떨어지고 싶지 않기도 했지만 시간이 얼마나 됐는지 알 수가 없었다. 행여나 늦게 되면 아빠가 의심을 할지도 모르는 일이었다. 혜인은 얄밉게 눈을 꼭 감은 채 팔을 풀지 않는 하진을 바라보고 싱긋 웃었다. 두고 보자. 의미심장한 미소를 날리며 하진의 하얀 목덜미를 질끈 깨물었다.

"야!"

"그러게 누가 비키지 말래?"

혜인은 요염하게 웃으며 이불을 몸에 돌돌 말았다. 저놈의 자상함은 딱 그때뿐이었나 보다. 온몸에 닿는 촉감이 부드러웠다. 하진은 혜인이 문 목덜미를 손으로 쓰다듬었다. 애벌레처럼 침대 위를 뒹굴거리는 혜인을 바라보고 그 위로 몸을 날렸다.

"너 오늘 집에 가기 싫어서 나 자극한 거지? 솔직히 말해 봐."

밧줄처럼 이불이 온몸을 꽁꽁 싸매고 있는 탓에 혜인은 팔다리가 움직이지 않았다. 돌돌 김밥처럼 말아놓은 이불 위로 혜인의 얼굴만 동동 떠 있었다. 하진은 회심의 미소를 보내며 혜인의 코를 두 손가락으로 잡고 흔들었다.

"말해보라니까. 맞지?"

"아니야!"

"에이, 맞는데?"

아니라도 몇 번을 반박해 봐도 생글, 저래도 생글거렸다. 혜인은 새치름한 눈초리로 하진을 째려봤다. 하진의 무게가 더해져 혜인은 숨이 막혀왔다. 그럼에도 아늑하고 포근한 이 느낌은? 아무래도 겨울잠 한번 늘어지게 자야 할 것 같았다.

"아, 가기 싫다……. 에이!"

하진은 침대에 털썩 몸을 누이며 혜인을 품에 꼭 안았다. 이불덩이를 안았다는 말이 더 정확할지도 몰랐다. 거대한 이불덩이를 품에 꼭 안고 널찍한 침대 위를 뒹굴뒹굴 했다. 다람쥐 통을 타듯 어지러운 혜인도 가기 싫은 마음은 매한가지였다.

"진짜 가기 싫다……."

눈에 달팽이가 몇 개나 그려지는 혜인에게 아무 소리도 들리지 않았다. 그저 이 어지럼증을 어떻게 해줬으면 했다.

"올해 가기 전에 결혼할까?"

"뭐?"

팽글팽글 돌던 머리가 번뜩 제정신으로 돌아왔다. 혜인이 놀란 토끼눈을 하며 하진을 물끄러미 쳐다봤지만 그의 눈동자가 너무 진실을 담고 있었다.

"아니다, 아니야."

혜인은 안도의 한숨을 내쉬었다. 하진의 눈빛을 보니 금세 혼인신고라도 하려들 기세였다. 아빠가 아직도 하진을 좋아하지도 않는데……. 결혼은 개뿔.

요즘 들어 아빠가 매일 하시는 말씀이 있으셨다. 결혼은 꼭 스물아홉에 하라는 것. 그게 자신의 마음대로 되진 않겠지만 아빠의 간절한 청이 계셨다. 그럼에도 혜인의 머리는 이미 상상의 나래를 펼치고 있었다. 햇살이 가득 드는 침대에서 하진과 눈을 뜨고, 커피향이 물씬 나는 식탁에서 하진과 단둘이 식사를 하고……. 꽤 괜찮을 거 같았다.

"혼인신고부터 해버릴까? 그럼 장인어른이 더 이상 아무 말 안 하실 거 같은데……."

"야!"

혜인이 깜짝 놀라 하진을 째려보자 그가 싱긋 미소를 지었다. 자신은 하진과 결혼해준다고 절대 하지 않았다. 아까의 상상은 모두 그냥 해본 것이었다. 혜인의 그런 마음을 아는지 모르는 지 하진은 도톰하게 부풀어 오른 그녀의 입술에 쪽 입을 맞추고 자리에서 벌떡 일어났다. 이제 정말로 제자리로 돌아가야 할 시간이었다.

요란하게 전화를 해대며 빨리 나오라는 진성 때문에 혜인은 머리도 대충 말리고 호텔을 나섰다. 나오기 전 봤던 창문 사이로 보이는 바다풍경은 눈이 부시도록 아름다웠다. 나중에 또 오자는 하진의 말과 함께 아쉬움을 뒤로하고 나올 수밖에 없었다. 하진과 손을 꼭 잡은 채 호텔로비로 가던 혜인의 발걸음이 멈췄다.

"솔지는?"

진성의 짐은 한 가득인데 보여야 할 아이가 보이지 않았다.

"먼저 올라갔어. 난 너희들한테 얼굴이라도 보여줘야 걱정 안 할 거 같아서 남아 있었지. 얼른 가자."

앞장서서 가는 진성의 어깨가 한없이 내려앉아 있었다. 하진을 힐끔 바라봐도 전혀 모른다는 눈치였다. 분명 무슨 일이 있는 것 같긴 한데 도무지 알 수가 없었다. 진성은 저래 뵈도 입이 꽤 무거웠다. 혜인은 하진에게 물어보라며 옆구리를 콕콕 찔렀다.

"뭐가 그리 궁금하실까. 때가 되면 말하겠지."

바닷가의 추억도 단둘만의 달콤한 밤도 뒤로한 채 혜인은 무거운 마음을 안고 차 안에 몸을 실을 수밖에 없었다.

휴게소에서 만난 진성에게 넌지시 물어봤더니 그의 말은 꽤 충격적이었다.

"김진성이 처음으로 여자한테 차이게 생겼다."

진성은 아무렇지 않은 듯 웃으며 말했지만 혜인은 그 자리에서 입을 떡 벌린 채 입을 다물지도 못했다. 어제 분명 잘되는 분위기였는데 아니었던 듯싶었다. 뒤돌아서 가는 진성이 얼마나 안쓰러운지 눈물이 찔끔 날 뻔했다. 하진과 집 앞 버스정류장에서 헤어진 혜인은 혼자 갔다 오는 척 힘들게 집으로 들어섰다.

"다녀왔습니다."

"우리 딸 왔어? 어땠어?"

혜인의 아빠는 녹초가 돼서 돌아온 그녀의 손을 잡아끌고 소파에 앉혔다. 그동안 친구가 없어 항상 가지 않던 엠티를 먼저 선뜻 간다

했을 때 그녀의 부모는 얼마나 기뻤는지 모른다. 기뻐하는 부모님 얼굴에 혜인은 가슴이 콕콕 찔렸다. MT가 어땠는지 계속 꼬치꼬치 캐묻는 부모님 때문에 혜인은 어쩔 수 없이 그들의 여행을 엠티로 위장해 남학생은 거의 없었던 듯 지어내며 장황하게 떠들어댔다. 가끔 주워들은 이야기들을 추임새로 넣어 주는 것도 절대 잊지 않았다.

혜인이 방에 들어왔을 땐 이미 녹초가 되어 있었다. 아빠가 즐거웠냐며 허허 웃으시던데 양심에 찔려 제대로 웃지도 못했다. 그녀를 위해 삼겹살을 맛깔스럽게 구워놓으셨던데 도저히 아빠의 얼굴을 볼 자신이 없어 대충 먹고 들어왔다. 가방을 대충 던져놓고 침대 위로 몸을 날렸다. 씻지도 못하고 잠이 들 것 같았다. 혜인은 초인적인 힘을 발휘해 솔지에게 전화를 걸었지만 그녀는 받지 않았다. 핸드폰이 손에서 바닥으로 떨어지며 혜인의 눈이 스르륵 감겼다. 귓가에 초인종 소리가 어렴풋이 들리며 밖이 부산스러워진 것 같았지만 도저히 일어날 힘이 없었다.

하진은 차로 동네를 빙빙 돌며 혜인보다 한 시간 정도 늦게 집으로 들어갔다. 집으로 가기 전 여행지에서 산 오징어며 호두과자를 한아름 안고 혜인의 집 초인종을 눌렀다.

"장모님, 저 왔습니다."

활짝 열린 틈 사이로 떨떠름한 표정의 혜인의 아빠가 그를 반겼다.

"장인, 장모님 생각나서 사 왔어요."

여심 울리는 산뜻한 미소까지 선보이며 하진은 선물 보따리를 하나씩 풀어내놓았다. 혜인의 아빠가 호두과자를 좋아하는 것은 이미 알고 있었다. 덤으로 술안주인 반건조 오징어까지 식탁 위에 가지런히 내려놓았다. 휴대폰으로 어디 호두과자가 맛있는지 검색까지 해

사왔다. 커다란 선물용 세트를 보고 혜인의 아빠는 표정을 관리하기 꽤 힘들었다. 점점 귀에 걸리려고 하는 것을 애써 참으며 허벅지를 질끈 꼬집었다.

"흠흠, 뭐 이런 거까지……."

그러면서 손은 상자를 꽉 안고 계셨다.

"어머, 우리 유 서방밖에 없네. 저녁 먹고 갈래? 우리 혜인인 벌써 와서 자는데. 하진이는 조금 늦었구나."

설마 둘이 집근처에서 헤어졌다는 것을 누가 알겠는가. 하진은 어색한 웃음만 지으며 허허 웃었다.

"흠흠, 혜, 혜인이는 제 방에 있네……. 뭐, 자는 거 같긴 한데……. 보고 가고 싶으면 흠, 보고 가던가. 흠흠."

감기에 걸린 것처럼 헛기침을 해대며 혜인의 아버지는 얼른 자리를 떠나셨다. 떠나시기 전 호두과자를 꼭 쥐고 간 것은 혜인의 엄마나 하진이나 모두 보았다. 단지 모른 체할 뿐이었다.

"저이 좀 봐. 민망해하기는. 혜인 아빠 말대로 혜인이 잠깐 보고 가. 밥 차려줄게."

"아니에요. 집에 가봐야죠. 혜인이도 피곤할 거 같고요. 그럼 저 이만 가보겠습니다."

어째 방금까지 봤던 혜인을 다시 보기는 조금 양심에 찔렸다. 아무리 하진이라도 일말의 양심은 가지고 있었다. 하진은 깍듯하게 인사를 하고 혜인의 집을 빠져나왔다.

깊게 잠이 든 혜인은 하진이 왔다 간 줄도 모른 채 깊은 잠에 빠져 있었다.

주말 내내 어른들과 함께 보내느라 하진의 얼굴도 제대로 못 봤다. 그나마 다행인 것은 그 와중에도 은근히 손을 잡거나 하는 아무도 모르는 스킨십이 꽤나 스릴 있다는 것이었다. 처음엔 하진을 말리던 혜인은 나중에는 함께 동참했다. 아무것도 모르는 가족들은 바비큐 파티에 열중했다.

203호 강의실 문을 활짝 열었지만 항상 먼저 와서 그녀를 반기던 솔지의 모습은 보이지 않았다. 한두 명씩 강의실로 모습을 드러내는 사이 혜인의 얼굴은 기쁨에서 실망으로 물들었다. 솔지의 머리카락 하나 보이지 않았다. 혜인이 전화를 걸어봤지만 역시 받지 않았다. 혹 실연의 상처 때문에 어디 가서 술 먹고 뻗어 있는 것은 아닌지. 혜인이 자리에서 벌떡 일어났다.

"질문 있나요?"

혜인은 교수가 이미 들어와 있다는 사실을 망각해버렸다. 민망함에 멋쩍게 웃고는 얼른 자리에 앉았다. 솔지가 요즘 마음잡고 공부했는데……. 졸업하자마자 임용고시를 쳐 당당히 선생님이 되겠다고 했는데 그녀는 오늘 보이지 않았다. 출석이 차지하는 비중이 얼마나 큰데……. 혜인은 솔지에게 문자를 보내지도 못했다. 남의 실연 상처는 건드리는 게 아니었다. 아무리 친구라도 그녀가 얘기하기 전에 얘기할 수 없었다. 애꿎은 손톱만 잘근잘근 깨물던 혜인은 드르륵 문자 소리에 고개를 번쩍 들었다.

[어디 가서 오붓하게 영화나 볼까?]

혜인은 솔지의 걱정도 잠시 잊고 입가에 슬며시 미소를 지었다.

"그렇게 좋나?"

갑작스럽게 들린 솔지의 목소리에 문자를 작성하던 혜인은 화들짝 놀라며 휴대폰을 바닥으로 떨어트렸다. 눈치를 주는 교수님 때문에 혜인은 어설프게 웃으며 휴대폰을 집어 들었다. 나름 교수들에게 귀여움 받는 학생이었는데 오늘 제대로 찍혀버렸다.

"너 어떻게 된 거야?"

교수 눈에 띄지 않게 소곤소곤 솔지를 쏘아보았다.

"뭐가?"

"아니…… 난…… 네가 여행에서도 먼저 갔기에……."

혜인은 애꿎은 종이만 괴롭히며 이리저리 솔지의 눈치를 살폈다.

"아, 난 또 뭐라고. 나 진성이랑 헤어졌는데?"

"어? 왜! 너 그날 풀린 거 아니었어?"

"풀리고 말고 할 게 어디 있어. 그냥 아무 감정이 없었던 거야. 걔가 얼굴 잘난 거 빼고는 바람기도 그렇고……. 아무튼 걔한테 이성적인 끌림이 없었어."

혜인은 그저 입만 떡 벌리고 쳐다봤다. 이게 바로 쿨한 연애라고 하는 것인가. 혜인의 상식으로는 전혀 이해가 되지 않았다.

"뭘 그렇게 쳐다봐. 나 신경 쓰지 않아도 돼. 정말 아무렇지도 않으니까."

"그, 그래도……. 헤어진 건데……."

"야, 50일이나 됐으려나? 그게 사귄 거냐. 그냥 논 거지. 걔나 나나 외모에 좀 끌린 거지 별로 감정은 없었어."

솔지는 아직도 자신을 이해하지 못하는 눈빛을 보내는 혜인의 어깨에 손을 살며시 올렸다.

"이게 바로 어른들의 연애라는 거다."

어른들의 연애는 개뿔. 혜인은 입술만 삐죽삐죽 내밀었다. 솔지는 정말로 아무렇지 않아보였다. 오히려 집에 있던 남동생 군대 보낸 듯 호탕한 모습을 보이며 화통하게 웃어 보였다.

솔지는 요즘 소개팅 하느라 공부하느라 얼굴 볼 새도 없이 바빴다. 혜인은 아직도 솔지와 진성을 이해할 수 없었지만 그들의 결정이니 별로 신경 쓰지 않기로 했다. 그럼에도 걱정이 되는 것은 어쩔 수 없는 것이 친구 마음이었다. 솔지는 신나게 다니는 거 같았지만 몇 주째 얼굴조차 보이지 않는 진성은 아무래도 아닌 것 같았다. 평소에는 관심도 갖지 않았지만 이번에는 어지간히 신경이 쓰였다.

"진성이는 아무렇지 않대?"

"뭐가?"

"솔지말이야."

하진은 핸들을 부드럽게 돌리며 웃음을 터트렸다. 지금 실연당한 자칭 비운의 카사노바 이야기를 하는 것인가. 과연 그 자칭 카사노바는 실연을 당했다고 생각이나 하며 그것을 인정하더라도 슬퍼하기나 했을까. 아마도 아닐 것이다.

"걔 말고도 여자가 줄을 이루는데 뭐. 지금쯤 어디서 신나게 놀고 있을걸?"

"나쁜 놈!"

혜인은 진성이 얄미웠다. 금세 다른 여자를 끼고 놀아? 헤어진 지 얼마나 됐다고! 혜인은 솔지가 진성과 헤어진 것이 다행이라고 여겼다. 솔지가 그놈하고 사귀려면 얼마나 마음 졸여야 하겠는가. 예쁘장한 얼굴과 맞지 않게 항상 남자들이 양다리를 걸쳐 눈물 빼던 솔지 아니던가. 혜인은 코에서 콧바람이 나올 정도로 씩씩거렸다.

"너도 그럴 거야?"

"뭘?"

"너도 김진성처럼 나랑 헤어지고 얼마 되지도 않아서 딴 여자 만날 거냐고!"

화살이 요리 튀고 조리 튀더니 결국은 자신에게까지 돌아왔다. 하진은 웃음을 참으며 혜인의 얼굴을 물끄러미 바라봤다. 양 볼이 빵빵하게 부풀어 오른 것이 제대로 화가 난 모양이었다.

"다른 여자 만난다고 하면?"

"뭐? 뭐라고?"

혜인은 귀가 따가울 정도로 소리를 고래고래 질러댔다.

"어이쿠, 우리 서혜인이 무서워서 어디 바람이나 피우겠어?"

"바람만 피워봐! 가만 안 둬!"

혜인은 진심이라는 듯 작은 주먹을 꽉 쥐고 하진을 노려봤다. 네가 바람 한번 피워봐라. 원 펀치 쓰리강냉이로 잘난 얼굴을 날려 주리라 다짐하고 다짐했다. 혜인의 코에서는 하얀 김이 뿜어지고 눈에서는 빨간 불이 활활 타올랐다.

"네, 네. 여부가 있겠습니까."

"흥!"

"바람 안 피울게. 그러니까 나 상 줘."

하진은 싱긋 웃으며 자신의 입술을 검지로 톡톡 두드렸다. 콧방귀를 뀌며 본체만체 하려했지만 하진이 입술이 자신의 눈앞에 이미 와 있었다.

"흥!"

"싫어? 그럼 내가 직접 챙기지 뭐."

신호에 차가 잠시 멈춰든 틈을 타 혜인의 입술에 자신의 입술을 진하게 맞추고 만족스러운 웃음을 터트렸다. 그 행동에 혜인은 뾰로통한 표정도 잊은 채 슬그머니 미소를 보였다. 하진을 누가 당하겠는가. 창밖으로 은행나무 잎이 떨어지며 도로 위로 노란 비를 뿌렸다. 가을이 슬며시 가고 겨울이 그들에게 다가오려 준비를 하고 있었다.

날씨가 제법 쌀쌀해졌다. 이제는 두터운 외투를 입어야만 밖을 나갈 수 있을 정도였다. 혜인은 요새 부쩍 입맛이 당겼다. 평소 빵을 싫어하더니 그저께는 빵 쪼가리도 너무 먹고 싶어 눈물이 찔끔 날 뻔했다. 어제 새벽에는 하진에게 투정을 부려 그 시간에 팔지도 않는 붕어빵을 먹는 데 성공했다. 차로 시내를 몇 바퀴나 돌았다는 하진보다 붕어빵이 반가운 이유는 무엇이던가. 하진이 제발 가능한 걸 말하라고 부탁할 정도였다.

"너 요새 가슴이 좀 커진 거 같다."

어른들이 모두 나가고 없는 집안, 하진의 손이 은근히 혜인의 가슴을 더듬었다. 슬금슬금 올라오는 하진의 손을 날카롭게 쳐내고 팝콘 축내는 것에 집중했다. 먹는 데 말 시키면 영 귀찮은 법이었다. 귀신 같은 놈이 요새 살이 조금 찐 것을 금세 알아차렸다.

"네가 잘못 안 거야."

"흐음, 아닌데……."

자꾸만 올라오는 손을 막아내지만 영 역부족이었다. 제 가슴인 양 대놓고 더듬는데 혜인 아주 죽을 맛이었다. 하진이 그녀의 목덜미에 입을 맞추는 사이 혜인의 눈을 사로잡은 것은 다른 것이었다. 슬금슬금 올라오는 손을 탁 쳐내며 혜인이 자리에서 벌떡 일어났다. 갓 잡은 생선이 싱싱하게 튀어 올라 하얀 속살을 내보였다. 혜인은 고이는 침을 꿀꺽 삼키며 하진의 팔소매를 꼭 잡았다. 혜인의 몸을 요리조리 살피던 하진이 문득 멈춘 혜인의 손끝을 따라 시선을 돌렸다. 그는 살짝 당황했다.

"너 회 안 먹잖아."

"먹을래! 먹고 싶어! 지금 당장!"

혜인의 강력한 요구로 결국 근처 횟집까지 온 하진은 젓가락 한번 제대로 들지도 못했다. 어찌나 먹성이 좋은지 푸짐하게 올라온 회를 접시까지 씹어 먹을 기세였다. 살이 통통하게 오른 것이 아무래도 요새 너무 잘 먹어서인 듯했다.

"더 시켜줄까?"

"아니. 됐어."

혜인은 집었던 회를 마저 입안으로 넣고 만족스러운 미소를 지었다. 너무 많이 먹은 탓인지 배가 빵빵해지고 아랫배가 슬며시 당겼다. 요새 아랫배가 살살 아파오는데 심한 편은 아니라 그냥 넘겼지만 오늘은 배가 부르니 유난히 더 느껴지는 듯했다.

"가자."

"응!"

배가 부르니 기분이 꽤 좋아진 듯 보였다. 여자들은 알 수 없는 동물임이 분명했다. 별로 슬프지도 않은 장면에도 펑펑 눈물을 보이고 재미도 없는 장면에서 금세 웃음을 보였다. 점점 혜인의 감정기복이 심해져갔지만 어쩔 수가 없었다. 자신이 시작한 일 아니던가. 여자는 하늘, 남자는 땅이었다.

혜인은 솔지와 느긋하게 나무그늘에 앉아 있었다. 그녀는 그동안 못 나눈 이야기를 떠들어댔다. 한밤중에 하진을 불러내 붕어빵을 사 오게 한 일이며 시시콜콜한 이야기를 떠들어댔다.

솔지는 요새 남자보다 공부에 빠져 있었다. 그녀가 외치는 말에는 일등 신붓감이 되어서 자신의 발끝에서 남자들이 우러러보게 만들겠다는 것이었다. 과연 그것이 가능한 것인지는 모르지만 그녀의 의지가 너무도 확고했다.

"그래서 유하진이 새벽에 붕어빵 들고 왔어?"

"응, 난 붕어빵이 그렇게 맛있는 건지 처음 알았다니까?"

"걔도 참 불쌍하다. 완전 노예네, 노예."

"무슨!"

혜인이 반박하려 들었지만 도무지 떠오르지 않았다. 어버버 그저 입만 벌렸다.

"무슨은. 맞고만, 노예! 근데 너 회 아예 안 먹잖아."

"그러게⋯⋯. 나 진짜 살찌려나 봐. 잠도 엄청 자. 먹고 자고 먹고 자고. 개 팔자도 나보다는 안 좋을 거야."

"진짜 너 살찐 것 같다?"

"그치? 나 뱃살도 늘었어. 하도 먹으니까 배도 만날 아파. 다이어트를 해야 하나?"

"다이어트는 무슨! 아직은 괜찮아. 야, 밥이나 먹으러 가자."

혜인은 앞서나가는 솔지를 바라보다 자신의 배를 문득 만져봤다. 요새 조금 빵빵해진 거 같긴 하지만 괜찮다고 생각했다. 자신은 원래 살이 안 찌는 체질이니까. 혜인은 밥을 요구하는 배를 두어 번 문지르며 솔지를 쫄래쫄래 따라갔다. 솔지와 팔짱을 끼고 들어간 학생식당에는 점심시간이라 그런지 사람들이 꽤 많았다.

"뭐 먹을래? 오늘은 내가 사줄게."

솔지가 자랑스럽게 미소를 머금고 옆을 바라보다 흠칫 놀랐다. 혜인의 안색이 너무도 파리했다. 새하얀 백짓장이 오히려 더 까맣게 느껴질 정도였다.

"너, 왜 그래?"

혜인의 눈에는 눈물이 가득 맺혔다. 금방이라도 떨어질세라 혜인은 입을 막고 복도를 달려 나갔다. 갑자기 욕지기가 치밀어 올랐다. 들어가기 전부터 역한 냄새가 확 풍기는데 점점 참기가 힘들어졌다. 다급하게 솔지가 뒤따라왔지만 그녀가 할 수 있는 일은 그저 등을 두드려 주는 것뿐이었다. 더 이상 나올 것도 없는 거 같은데 혜인은 일어나질 못했다. 아직도 매스꺼움이 가라앉지 않았다. 그러면서 덜컥 겁도 났다. 요새 으슬으슬 춥고 컨디션도 좋지 않았다. 혹시 병에 걸린 건 아닌지……. 혜인이 입을 헹구며 눈물 맺힌 눈으로 솔지를 바라봤다. 그녀는 무언가 골똘히 생각하고 있었다.

"나…… 아무래도 병원 가야 할까 봐."

"너도 그 생각하는구나? 잘 생각했어."

혜인은 심장이 쿵 떨어지는 기분이었다. 설마 정말 큰 병……?

"나…… 죽을까?"

"뭐?"

애꿎은 손톱을 물어뜯던 솔지가 두 눈을 동그랗게 뜨고 혜인을 쳐다봤다. 혜인의 눈에서는 기어코 눈물이 떨어지고 말았다.

"정말 큰 병이면 어쩌지?"

솔지는 기가 막혀 입이 다물어지질 않았다. 아이처럼 엉엉 울며 울음을 터트리는 꼴이라니. 마치 자기가 소설의 여주인공이라도 되는 것처럼 혜인은 주변정리를 시작하려 하고 있었다. 솔지는 혜인의 등짝을 때리려다 혹시라도 그녀의 짐작이 맞을지도 모른다는 생각에 꾹 참고 그녀의 양 볼을 쭉 늘어트리는 데에만 만족했다.

"이게 뭐라는 거야? 야! 너 임신인 거 아니냐고!"

혜인의 귓가에 우르릉 쾅쾅 천둥번개가 휘몰아쳤다. 지금 자신이 설마 잘못 들은 것은 아니겠지. 설마……

하진을 만나러 가는 혜인의 발걸음은 무겁기만 했다. 솔지는 관계 전 피임을 했느냐, 질내 사정이었냐는 등 질문을 했지만 그녀는 알지 못했다. 하진이 철저하게 준비했으려니 했다. 처음은 너무 갑작스러웠고 그 다음은 분위기로 흘러갔다. 하진은 워낙 완벽한 놈이니 그런 것도 완벽한 줄 알았다. 머리가 아찔하고 어지러웠다. 그야말로 청천벽력이 아닐 수 없었다.

저 멀리서 하진이 보이지만 반가운 것인지 아닌 것인지 왈칵 눈물이 쏟아질 것 같았다. 아빠가 반대하시면 어떡하지? 아니, 하진이 아기를 지우자고 하면 어떡하지? 혜인의 머릿속은 이미 상상의 나래를 펼쳐 임신은 기정확실화가 되었다.

"뭐야, 너 왜 울어?"

저 멀리서 혜인을 보다 못한 하진이 달려왔다. 몇 분 동안 멍하니 그 자리에 서 있더니 갑자기 주저앉아 엉엉 울음을 터트리는 것이 아닌가.

"이 나쁜 놈! 다 너 때문이야! 난 몰라! 어떻게! 흐으어엉!"

주위에 사람들이 하진과 혜인을 보고 수군거렸다. 이유도 모르고 당하는 하진의 심정이야 오죽하랴. 다급하게 혜인을 달래려 했지만 그럴수록 울음소리는 더 커져만 갔다. 혜인은 하진을 물고 차고 때리고 그녀가 할 수 있는 모든 종류의 폭력을 가했다. 주위에선 남자가 얼굴값하고 바람을 피웠네, 안 피웠네 수군대기 바빴다. 그럼에도 그가 아무 말도 할 수 없는 것은 혜인이 너무 서럽게 울어서였다.

"알았어. 내가 다 잘못했어. 미안해."

"흐어엉! 이제 어떻게! 난 몰라!"

"자, 그만 울고 말해봐. 도대체 왜 그러는지."

혜인이 갑자기 울음을 멈췄다. 그러고는 하진의 멱살을 꽉 잡았다.

"너 이제 나 책임져야 해. 바람피우거나 해서 걸리면 진짜 너 죽고 나 죽어!"

주위에 몰려든 사람들은 '맞네, 맞아.'를 외치며 역시 남자는 얼굴을 보면 안 된다느니 바로 앞에서 얘기하듯 손가락질했다. 한순간에 바람피운 천하의 불한당이 된 하진은 어이가 없었다. 이게 다 무슨 일인지 상황판단 빠른 그도 전혀 이해가 가지 않았다. 한 가지 확실한 것은 그는 한순간에 모르는 사람들에게 나쁜 놈이 된 것이었다.

혜인은 갑자기 자리를 털고 일어나 하진의 손을 꼭 잡고 근처 건물로 들어갔다. 그리고는 카운터에 손바닥을 쾅쾅 내리치며 당당하게 그녀는 외쳤다.

"임신테스터 주세요!"

오히려 중년의 약사가 민망해 헛기침을 해대고 하진은 머리를 망치로 강하게 두드려 맞은 것 같았다. 지금 혜인이 뭐라 했는가.

임신?

잠시 후, 하진은 여자 화장실 앞에서 왔다갔다 초조하게 혜인을 기다렸다. 당장에라도 같이 들어가고 싶었지만 여자들의 강한 거부가 너무 완강했다. 그러니 애꿎은 입술만 깨물며 그곳을 어지럽게 서성였다. 그리고 얼마 지나지 않아 혜인이 축 처진 어깨로 터덜터덜 걸어 나왔다. 손에는 하얗고 기다란 막대가 들려 있었다. 그녀의 표정은 망연자실 그 자체였다.

"뭐, 뭐래?"

혜인은 하진의 눈앞에 하얀 막대를 번쩍하고 들이댔다.

"한 줄이면 아니고 두 줄이면 임신."

혜인의 목소리가 맥이 빠져 있었다. 울고 짜고 소리치고 별짓을 다해서인지 목소리가 한없이 갈라졌다. 거기다 기운도 하나도 없었다. 그저 자고만 싶었다. 머리가 지끈지끈 아파왔다. 도대체 그녀가 무슨 짓을 저지른 것인가. 축 처져 있는 혜인을 끌고 하진은 집으로 향했다. 혜인은 도대체 이놈이 무슨 짓을 하려는지 알 수가 없었다.

"너 뭐하려고?"

약국에서 당당하던 그녀의 모습은 사라지고 초조한지 자꾸 입술만 잘근잘근 깨물었다. 집으로 들어가는 게 죽기보다 싫고 무서운데 하진은 자꾸 집으로만 끌고 가려고 했다. 어떤 말도 없이 무조건 집이었다. 차를 타고 오는 내내 도망갈까 수도 없이 생각했었다.

"오빠만 믿어."

하진은 혜인의 어깨를 두 손으로 꽉 잡고 눈을 맞췄다. 눈동자가 한 치의 흔들림이 없었다. 이놈을 과연 믿을 수 있나 싶었지만 하진

은 확실히 믿을 만한 남자긴 했다. 자기 관리에선 워낙 철저한 놈이
었다.

잠시 멈췄던 발걸음이 다시 이어졌다. 정원을 가로질러가는 발걸
음이 다급하다는 것만 어렴풋이 알 수 있었다. 가족들은 자신들은
쏙 빼놓고 삼겹살 파티를 열었다. 삼겹살 냄새가 저 멀리서도 느껴
지는 듯했다. 마치 설탕을 머금은 것같이 달콤하게 느껴졌다. 혜인은
자신이 여기 왜왔는지도 기억이 나지 않았다. 입안에 침이 가득 고
였다.

"혜인이랑 하진이도 얼른 와. 같이 먹자."

먹고 싶다. 혜인은 하진의 손을 꽉 잡으며 그를 쳐다봤다.

"왜?"

혜인이 삼겹살과 자신을 번갈아가며 보자 한숨을 내쉬었다. 이놈
의 먹성은 도대체 어디서든 발휘된다. 잠시 하진은 망설였다. 저걸
먹고 얘기를 할 것인가, 아니면 지금 얘기를 할 것이다. 전자는 혜인
이 만족하며 먹고 매를 맞는 것이고, 후자는 먹지도 못하고 쫓겨날
꼴이었다. 하진은 한숨을 내쉬었다.

"얼른 먹어."

먹고 죽은 귀신이 때깔도 좋다 하지 않던가. 혜인은 입안에 가득
고여 버린 침을 꼴깍 삼키며 젓가락을 들었다. 가족들은 자리를 내주
며 혜인을 반겼다. 하지만 그것은 얼마가지 못했다. 굽는 족족 하진
이 만사 다 제치고 혜인의 그릇으로 고기를 밀어 넣기 바빴다. 이곳
에 온 목적이 고기 먹으러 온 것인지 아니면 다른 일이 있는 건지 고
기 굽는 자신도 헷갈릴 정도였다. 노릇하게 익은 고기는 모두 혜인의
배속으로 들어가고 다른 사람들은 젓가락만 쪽쪽 빨며 멍하니 바라보

는 신세였다.

"유하진, 우리도 입 있거든?"

"우리 혜인이, 많이 먹어."

하원에 한마디를 깡그리 무시하고 하진은 오직 혜인에게 노릇노릇한 고기를 얹어주기 바빴다. 혜인은 며칠을 굶은 것처럼 허겁지겁 먹더니 젓가락을 슬며시 내려놓았다. 갑자기 입맛이 뚝 떨어졌다.

"왜? 그만 먹게?"

"응, 나 아이스크림 먹고 싶어."

"알았어. 이것만 끝내고."

혜인이 젓가락을 내려놓자마자 하진도 고기를 굽던 집게를 당당히 내려놓았다. 어른들은 흠흠 목청만 가다듬으시고 하원은 얄미운 하진을 째려보았다. 반면 혜인의 아빠는 그런 둘을 흐뭇하게 바라봤다. 제 딸이 최고란 것이 아닌가. 가족들이야 자신을 어찌 쳐다보든 말든 하진에게는 중요한 문제가 남아 있었다.

혜인 역시 가슴 졸이며 하진을 바라봤다. 도대체 믿으라더니 어떻게 믿으라는 것인지 궁금하기도 했다. 하진은 혜인의 어깨에 자신의 손을 살며시 올리며 목소리를 가다듬었다. 흠흠 몇 번을 가다듬으며 혜인의 어깨를 잡은 손에 힘을 더 주었다.

"가족 여러분! 저 아빠 됩니다!"

하진이 벙싯 웃으며 당당하게 외쳤지만 혜인은 쥐구멍이라도 들어가고 싶은 심정이었다. 이러려고 믿으라고 했던 것이었나. 하진을 믿은 것을 혜인은 처음으로 후회했다. 그녀는 한몸에 쏟아지는 날카로운 화살 같은 시선에 얼굴이 따끔거리고 민망해 죽을 지경이었다.

이게 무슨 자다가 봉창 두드리는 소린가. 화기애애했던 분위기가 순식간에 찬물을 끼얹은 것 마냥 싸하게 변했다. 그런 분위기 속에서 혜인은 오죽하겠는가.

"하하하하. 오늘 만우절이야?"

하원은 마치 장난인 것처럼 치부해버렸다. 하원의 웃음소리가 정원 가득 크게 울리고 갑자기 가족들이 서로를 바라보며 웃기 바빴다. 이것은 모두 장난인 게 분명했다. 요즘 애들 놀이 한번 거나하다.

"얘도 참. 그런 장난을 치면 어떡하니?"

하진의 엄마 한손을 입으로 가리시고 조심스럽게 웃기 바쁘셨다. 절대 이건 현실이 아닐 거라 생각했다. 아무리 제 아들놈이 얼굴에 철판을 깔고 사는 놈이라도 설마 이런 일을 저리도 당당하게 말할 것이라 생각지도 못했다. 암, 그렇지. 하원의 말대로 모두 장난인 게 분명했다.

"장난 아닌데요. 아무래도 저희 올해 안에 결혼해야 할 거 같습니다."

하진은 한손을 혜인의 배에 올리며 조심스럽게 쓰다듬었다.

"우리 아기가 여기 있거든요."

웃음소리가 싸하게 멈췄다. 그들 주위에 추운 겨울날보다 더 강한 바람이 불어댔다. 이번에는 아무도 웃는 사람이 없었다. 서로의 얼굴을 쳐다보며 누구든지 입을 열어주길 간절히 바랄 뿐이었다.

혜인은 하진이 무슨 생각을 하는 것인지 도무지 알 수가 없었다. 하진은 주위를 쓱 한번 쳐다보더니 당당하게 혜인의 부모님이 있는 곳으로 걸어 나갔다. 그러더니 넙죽 절부터 해대는 것이 아닌가.

"뭐, 뭐 하는 거야……."

혜인이 다급하게 따라가려 했지만 하진의 눈빛이 거기 얌전히 있으라는 듯 그녀를 날카롭게 쳐다보았다. 그 시선이 흠칫 놀란 혜인의 발걸음은 그곳에 묶여 버린 것처럼 멈췄다.

"이렇게 말씀드리게 돼서 죄송하지만 따님을 제게 주십시오!"

"하, 하진아……."

그동안 번듯한 하진의 겉모습만 봐온 엄마는 충격이 심한 듯했다. 그사이에서 혜인은 안절부절 아무것도 하지 못하는 자신이 답답했다. 그 속으로 혜인의 아빠 눈은 이미 화로 이글이글 타올랐다. 갑자기 자리에서 벌떡 일어나시더니 손을 들어 올리셨다. 하진을 때리는 것 같아 혜인이 서둘러 눈을 질끈 감고 그 앞을 막아서려 달려갔다.

"우리 혜인이 울리면 정말 가만 안 있겠네."

손을 쫙 뻗고 하진을 막은 혜인은 민망해진 팔을 제자리에 두지도 못했다. 하진을 때리는 것 같은 두터운 손은 그의 어깨를 두어 번 두드렸다. 자리에서 일어나 흠흠 목청을 가다듬으시며 얼른 집으로 줄행랑 치셨다. 언뜻 보기에 혜인의 아빠 얼굴이 목까지 빨개지신 거 같은데 워낙 걸음이 빨라 잘 기억도 나질 않았다. 번개처럼 빠른 걸음으로 정원을 가로질러가시던 혜인의 아빠 발걸음이 우뚝 멈춰 섰다. 그리고는 뒤를 돌아 아직도 정원바닥에 엎어져 있는 혜인과 하진을 지그시 바라봤다.

"난 딸에 한 표!"

뒤로 소란스러운 소리가 들리긴 했지만 민망해진 탓에 얼른 집으로 발걸음을 옮겼다. 사실 자신이 써준 연애지침서를 지키리라 생각하진 않았다. 그렇다고 해서 지키지 않으리라 생각도 하지 않았다.

아주 당황스럽긴 하지만 뱃속에 애까지 있다는데 거기서 반대할 만큼 그는 냉정하지 못했다. 혜인을 아끼는 하진의 마음이야 자신이 직접 보지 않았는가. 딸은 빼앗겼지만 손자 녀석 재롱 보면서 사는 것도 꽤 나쁘지 않을 것 같았다. 우리 혜인이 닮은 딸 하나만 낳아다오, 그는 속으로 외쳤다.

혜인의 아빠의 한마디에 정원이 갑자기 들썩거렸다. 딸이 좋네, 아들이 좋네. 자기들끼리 신이 났다.

"너 하진이 이놈 한 대만 맞자."

무릎을 꿇고 잔디 바닥에 앉아 있는 하진의 등짝을 시원스럽게 때리시며 하진의 엄마 도도하게 그를 내려다 보셨다. 아무리 제 아들놈이지만 어떻게 이렇게 갑작스런 통보를 할 수 있는가. 하진이 얄미워 죽을 지경이었다.

혜인은 닭똥 같은 눈물을 흘려야 정상이겠지만 너무나도 멀쩡하게 어리둥절한 표정으로 주위를 둘러봤다. 이게 다 무슨 상황인지 본인도 잘 이해가 가지 않았다.

"혜인아, 이놈이 속 썩이면 이 엄마한테 말하렴. 오늘보다 더 세게 쥐어박아 줄 테니. 여보, 얼른 가요! 결혼 준비하려면 바쁘겠네. 아, 뭐부터 해야 하나."

혜인의 등짝을 시원스럽게 때리려던 혜인의 엄마가 손을 멈추고 하진의 등짝을 때리셨다.

"난 손자 때리는 나쁜 할머니는 아니니까. 근데 내가 할머니라고? 어머! 난 이렇게 젊은데!"

혜인의 엄마는 자신의 얼굴을 양손으로 짚으시며 얼굴을 더듬거렸다. 주름살이라고는 요만큼밖에 없는데 이제 자신은 할머니였다. 이

팔청춘만은 못하지만 어디 가서 아직은 곱다하는데, 할머니라니…….

"그래도 난 아들!"

외롭게 딸 하나 키우다 보니 손자 녀석은 아무래도 아들이 보고 싶으신 모양이었다. 이틈을 타 하원은 하진의 등짝을 때리려 했지만 날카로운 눈빛 앞에 무릎을 꿇고 말았다.

"흠흠, 추, 축하한다."

하원은 괜스레 자신에게 불똥이 튈까 두려워 얼른 집안으로 줄행 랑쳤다. 그 와중에 문단속을 하는 것까지 잊지 않았다. 갑자기 저 미 친놈이 헐크로 변하기라도 한다면 큰일이었다. 그는 하진을 감당할 힘이 없었다.

아무도 없는 정원, 억지로 끝난 삼겹살 파티의 흔적만 남았다. 하 진은 그때까지도 무릎을 꿇은 채 그대로 앉아 있었다. 혜인은 안쓰러 운 마음에 그에게 다가가 어깨에 손을 올렸다.

"하, 하진아…….."

갑자기 하진이 두 손으로 잔디를 짚으며 허리를 숙이더니 그의 어 깨가 들썩거렸다. 혹시 너무 감격스러워 우는 것은 아닌지 혜인은 여 간 걱정되는 것이 아니었다. 안쓰러운 마음에 자신 또한 눈물이 절로 날 뻔했다. 하진이 아무리 천하의 불한당에 얼굴에 철판을 깐 놈이라 고는 해도 저도 어지간히 긴장했을 것이다. 혜인은 찔끔 나오려는 눈 물을 한손으로 훔치고 하진의 등을 손으로 지그시 어루만졌다. 하진 의 등을 부드럽게 쓸어내리는 혜인의 귓가에 크큭거리며 웃음을 억누 르는 소리가 들려오는 것이 아닌가. 뭐야, 감격해서 우는 거 아니었 어? 혜인은 속 기분이 절로 들었다. 크큭거리며 하진은 아주 이제 잔디밭을 몸으로 김밥처럼 말고는 굴러다녔다. 저놈 아무래도 결혼도 하기 전에 실성한 것이 분명했다.

몇 번을 바닥을 굴러다니더니 그가 옷을 털고 벌떡 일어나 혜인에게 저벅저벅 걸어왔다. 혜인은 흠칫 놀랐지만 하진은 상관도 하지 않고 혜인을 번쩍 안아들었다. 번쩍 안아 혜인의 몸을 뱅뱅 돌리더니 얼굴에 키스를 퍼부었다.

"야, 내려줘!"

혜인이야 소리를 지르든 말든 하진은 입술 자국을 한 곳도 남김없이 찍은 뒤에야 바닥에 부드럽게 착지시켰다. 혜인은 얼굴에 묻은 느낌을 손으로 쓱쓱 닦아내며 그를 노려봤다. 이놈 진짜 미친 거 아닌가. 의심스러운 눈초리로 그를 바라보는데 하진이 손을 쓱 내밀었다.

"아이스크림 먹으러 가자."

"싫어!"

뭔가 못내 마음에 안 들었다. 반대하리라 생각했던 아빠는 너무 쉽게 허락하시고 아무도 하진을 탓하는 사람이 없었다. 단 한 사람 하진의 엄마가 그를 탓하긴 했지만 모두 다 허락이었다. 자신은 아직 청혼도 받지 못했는데 이런 경우는 세상에 없었다.

혜인은 입술을 삐죽 내밀었다. 그럼에도 아이스크림을 생각하니 군침이 도는 것은 무슨 이유일까. 구시렁대며 제 갈 길 가려는데 하진이 어느새 자신의 옆에 있었다. 그것도 손까지 꼭 잡은 채.

"우리 아가, 뭐 먹고 싶다고?"

혜인의 배를 제 배처럼 쓰다듬으며 귓가에 속삭였다.

"엄마는 외계인, 큰 통 아니면 안 먹을 거야!"

"알았어. 우리 큰 애기. 얼른 가자!"

입은 삐죽거려도 속으로는 좋아 죽을 지경이었다.

혜인과 하진의 엄마 그리고 혜인의 엄마 셋은 시내 산부인과로 향했다. 꼭 여자의사가 있는 병원 아니면 안 보내겠다는 하진의 엄포에 어쩔 수 없이 돌고 돌아 시내까지 나왔다. 차로 데려다 주겠다는 하진을 끝끝내 집에 앉혀놓고 오느라 얼마나 고생을 하였던가. 애 아빠가 가는 것이 당연하다며 평소에는 하지 않던 똥고집을 피우는데 하진의 엄마나 혜인이나 아침부터 고생 좀 했다.

"서혜인 씨, 들어오세요."

간호사의 말에 혜인은 양쪽에 앉은 엄마들의 손을 꼭 잡고 심호흡을 한 후 안으로 들어섰다. 임신테스터도 틀리기도 한다는 말에 약간 겁도 났다. 하진의 막무가내 정신으로 저지르긴 저질렀는데 만약 아니면 이것 또한 창피한 일이었다.

"이쪽으로 앉으세요."

검사를 토대로 진료기록을 확인하던 여의사가 뿔테 안경을 치켜올리며 그녀를 바라봤다. 병원 특유의 향기가 코끝에 스며들자 두근대는 심장이 더 빠르게 요동쳤다. 두 어머님들이 안으로 들어오시고 혜인의 어깨에 손을 살며시 올리셨다.

"축하드립니다. 임신 5주째입니다."

담당의사에 말대로 얼떨떨하게 초음파로 아기집을 확인하는 데 신기해 죽을 지경이었다. 그녀가 검사를 받고 나오자 두 엄마들 다 함께 초음파 사진을 구경하기 바빴다.

"어머, 저기 저 조그마한 것 좀 봐!"

혜인은 어째 민망하고 좀 창피했지만 두 어머님들은 이미 신이 나셨다. 할머니가 되기 싫다며 말하던 혜인의 엄마까지도 초음파 사진에서 눈을 떼지 못하셨다.

"혜인아, 엄마들이 다 준비할 테니까 넌 얼른 집에 가서 쉬자. 하진이가 목 빠지게 기다리고 있을 거야."

초음파 사진을 집에 도착할 때 까지도 쥐고 보고 또 보고 하시던 분들이 결국은 아쉬움을 달래고 혜인의 손에 들려주셨다. 두 분들은 예식장 등을 잡으셔야 한다며 서둘러 떠나시고 혜인만 덩그러니 남았다. 그래도 혜인을 현관문 앞까지 데려다 주시는 것을 잊지 않으셨다. 임신 초기에는 조심해야 한다며 조심하고 또 조심하라며 당부를 하셨다. 혜인은 그냥 까만 점 같은 초음파 사진을 들여다보다 하진의 집으로 들어갔다. 자신의 집으로 갈까 하다가 애가 타게 기다릴 하진을 위해서 어쩔 수 없이 발걸음을 옮겼다.

"왔어? 뭐래?"

"5주래."

하진은 초음파 사진을 받으며 기쁜 듯 미소를 지어보였다. 우주공간에 떠 있는 행성 같은 초음파 사진을 물끄러미 들여다보며 입가에 미소를 지어보였다. 신기했다. 요 작은 게 열 달 동안 배에서 자라는구나.

"신기하다."

"그렇지?"

혜인이 두 눈을 반짝이며 되물었다. 둘은 초음파 사진이 마치 아기라도 되는 듯 사진을 어루만지고 또 들여다보고를 몇 번이고 반복했다.

"우리 태명은 뭐로 할까? 콩알이? 행운이? 튼튼이? 너무 흔한가? 좀 더 특이한 게 뭐가 있을까?"

"글쎄……."

태명은 보통 임신 때 먹고 싶은 거나 아이에 대한 바람으로 짓긴 하던데……. 딱히 와 닿는 것이 없었다. 그렇다고 아무거나 대충 짓기도 싫었다. 어찌됐건 둘의 사랑의 결실이었으니까.

하진과 나란히 머리를 맞대고 고민하다 혜인은 한숨을 푹 내쉬었다. 아이를 갖더니 잠만 오고 아무생각도 나지 않았다. 그런 혜인의 마음을 아는지 하진은 그녀의 머리를 쓰다듬으며 빙긋이 미소를 지어 보였다.

"천천히 짓자. 좋은 게 있을 거야."

"응. 그렇겠지?"

"그래."

하진은 혜인을 안아 등을 쓰다듬었다. 같은 곳에서 뛰는 심장을 느끼며 그리고 행복감을 만끽하며.

그렇게 며칠이 흘렀다. 혜인은 몇 번이고 하진의 눈치를 슬슬 봤다. 그런데 이놈이 영 프러포즈할 생각을 하지 않는다. 자신의 집을 제집 드나들 듯 하면서 하는 것이라고는 혜인에 배에 대고 아기에게 자신의 일과나 바람 같은 것을 떠들어대거나 초음파 사진을 닳을 정도로 보는 일이 다였다. 혜인은 기가 막혔다. 은연중 넌지시 떠보려고 해도 하진은 제 할 일을 끝내면 바쁘게 나가곤 했다.

오늘도 별반 다르지 않았다. 하진은 혜인에게 초음파 사진을 보여달라며 부탁을 했다. 방금 전 아이와의 대화를 끝난 참이었다.

혜인은 심드렁한 표정으로 하진에게 초음파 사진을 건넸다.

"진짜 신기하다. 다음 검진 땐 나랑 같이 가자. 태명은 딸기 어때? 딸기?"

"몰라! 나 잘 거야!"

혜인은 하진의 손에서 초음파 사진을 빼앗듯이 받아내고 방에서 그를 쫓아버렸다. 근사한 청혼을 바라는 것은 아니지만 그래도 청혼은 해야 하는 것 아닌가. 너무 당연하게 모든 것을 받아들이니 얄미울 수밖에 없었다. 아무리 자신이 아기를 가졌고 다 잡은 고기라지만 하진의 행동에 천불이 나는 건 어쩔 수 없었다. 결혼을 할까 말까도 결정 안했는데 태명은 개뿔! 나 혼자 낳아서 키우련다. 흥! 혜인은 입술을 삐죽 내밀며 침대에 털썩 누웠다. 누워서 뒤척이며 손에 들린 초음파 사진을 조심스럽게 손으로 매만졌다.

"네 아빠 너무 웃기지 않니? 흥! 내가 결혼해 주나 봐!"

혜인은 삐친 마음에 커튼까지 꽁꽁 쳐내고 잠을 청했다. 사실 너무 졸렸다. 요즘 들어 잠이 쏟아지는 데 죽을 맛이었다. 곧 있으면 시험도 있는데 어른들은 분명 휴학을 하라고 난리를 칠 것이 분명했다. 이런저런 생각에 머리가 복잡해졌다. 혜인은 애써 생각들을 지워내고 눈을 꼭 감았다. 자신이 마음이 편해야 아기도 편해지는 것 아니겠는가. 평소에 듣지도 않는 잔잔한 클래식 음악을 들으며 더 깊은 잠의 늪 속으로 빠져들었다.

정말 그녀가 결혼이라는 것을 하긴 하는 거 같았다. 마치 준비라도 미리 해놓은 듯 일사천리로 진행되는데 혜인이 할 일은 별로 없었다. 신혼생활은 꼭 단둘이 해야 한다는 양가 어른들의 확고한 의지로 근처 아파트를 하나 얻었다. 도배며 가구며 팸플릿을 한가득 안고 오셔서 집에 느긋하게 앉아서 혜인은 손가락으로 짚기만 하면 되었다.

예상대로 두두둥, 학교 금지령이 떨어졌다. 학교에 대한 미련은 그

다지 없었다. 단지 솔지를 못 만난다는 단점이 있긴 했지만 이제는 집으로 제법 잘 놀러오곤 했다. 학교에서 있던 시시콜콜한 이야기들을 떠들어댔는데 그것들 듣는 재미가 쏠쏠했다.

"혜인아, 이거 보렴. 너무 예쁘지 않니?"

백화점 가실 때마다 저렇게 아기용품들을 사다 나르셨다. 아직 성별도 모르는 아기용품이 무슨 소용이란 말인가. 그럼에도 혜인은 손가락도 제대로 안 들어갈 것 같은 작은 아기신발을 들고 미소를 지었다. 배를 가끔 쓰다듬으면 아무 느낌이 나진 않지만 꽤 신기하긴 했다. 이 안에 생명이 자라고 있다는 자부심이 조금씩 느껴졌다.

결혼식이 코앞으로 다가왔지만 하진은 그때까지도 아무런 낌새를 보이지 않았다. 저도 나름 결혼준비로 바쁜지 저녁에 잠깐 짬을 내 그녀를 보고 가는 정도였다. 전화로 시시콜콜한 얘기를 떠들며 조심 또 조심하라고 어른들도 한 얘기를 계속 해댔다. 전화를 받으면서도 뾰로통한 마음을 영 버리기가 힘들었다. 먹을 것이며 자신이 원하는 것은 모든 것을 해오지만 어딘지 마음이 영 좋지 않았다.

"내일 드레스 입어 볼 때만 같이 가자. 너무 무리하지는 말고."

혜인은 말 그대로 공주였다. 물 하나도 손수 떠다주시는 데 그것이 여간 불편한 게 아니었다. 가족들의 관심을 한몸에 받았다. 부담스러울 정도였다.

"네……."

"아, 예물도 맞추러 가야 하는구나……. 음, 내일 한 번에 다 할까? 네가 피곤하면 다음으로 미뤄도 되긴 하고……."

미루면 영 섭섭해 할 눈치셨다. 혜인은 그저 미소를 지으며 알았다 고개를 끄덕였다.

"어머, 내 정신 좀 봐. 너 주려고 딸기 사왔는데. 기다려 봐."

하도 먹을 게 풍족하다 보니 밤마다 뛰어가는 일은 극히 드물었다. 그럼에도 가끔 떠오르는 것은 정말 밤에는 구하기 힘든 음식이라든가, 계절과일이라든가, 그런 것들이었다. 정말 딱 그때는 그거 안 먹으면 죽을 것만 같았다.

미래의 시어머니가 차려주시는 저녁상까지 한가득 받아먹고 혜인은 터덜터덜 집으로 향했다. 엎어지면 코 닿을 곳이지만 오늘따라 그 길이 왜 이렇게 멀게 느껴지는지 몰랐다. 얼굴 보기도 힘든 하진과 익숙하지만 왠지 낯설어진 하진의 집.

혜인은 눈물이 왈칵 날 거 같았다. 요즘 들어 감정기복이 더 심해졌다. 갑자기 눈물이 핑 돌기도 했고 갑자기 끝도 없이 우울해지기도 했다. 힘없이 잔디밭을 밟아가며 발걸음을 내딛는데 그녀의 발치에 툭 하고 무언거가 떨어졌다. 가뜩이나 우울한데 이게 뭐야! 혜인은 쓰윽, 흐르려는 눈물을 손으로 훔치고 발치에 떨어진 노란 종이를 주워들었다. 쳇, 어린애도 없는데 웬 비행기란 말인가. 혜인이 대충 비행기를 던지고 발걸음을 내딛는데 또 발치에 툭하고 날아들었다. 날아든 방향을 바라보니 하나가 두 개가 되고 두 개가 세 개가 되고 계속해서 비행기들이 날아들었다.

색색별의 비행기가 발치에 떨어지며 정원을 점점 채워나갔다.

"유하진!"

혜인은 울었던 것도 잊고 정원 가로등 뒤에 그림자를 불렀다. 뻔히 보이는데 아닌 척하기는……. 하진은 미소를 지으며 가로등 뒤에서 번쩍 하고 나타났다. 한손에는 커다란 장미꽃을 든 채로. 혜인은 기쁨으로 복받쳐 말도 하기 힘들면서 유치한 장난을 한다는 듯 하진을 한심하게 쳐다봤다. 하진이 커다란 장미꽃을 안고 그녀에게 걸어왔다. 점점 다가올수록 하진의 하얀 얼굴이 달빛에 유난히도 빛이 났다. 장미꽃을 혜인에게 건네고 붉은 벨벳 상자를 열었다.

"우리 결혼하자!"

혜인은 입술을 삐죽 내밀었다. 지 멋대로 다 정해서 여기까지 와놓고선 지금에서야 결혼하자니……. 하진은 혜인의 대답도 듣기 전에 무지갯빛 색깔 나는 반지를 그녀의 손에 끼웠다. 반지는 그녀가 직접 맞춘 것처럼 손에 꼭 맞았다. 혜인은 자신의 손에 끼워진 반지와 하진을 힐끔 쳐다봤다.

"하루만 늦었어도 결혼 물리려고 했어! 나한테 잘해."

도도하게 콧방귀를 내뀌며 하진을 새치름하게 쳐다봤다.

"네, 네. 여부가 있겠습니까."

미소를 머금고 있는 혜인의 입에 깊게 입술을 맞추며 그녀를 살며시 끌어안았다. '행복하게 해줄게'라는 말보다 하진의 뛰고 있는 심장이 그녀의 심장으로 고스란히 와 닿았다. 진실을 담아서…….

하진은 씨익 웃었다. 피임 안 한 자신 스스로가 너무 대견스러웠다. 이렇게 빨리 올 줄은 몰랐지만 선녀가 날아가기 전에 날개옷부터 훔치는 게 상책이었다. 혜인은 요리 튈지 조리 튈지 모르는 공이니 다른 곳으로 튀기 전에 서둘러 잡아야 했다. 혜인은 그가 이런 생각을 하고 있는지 꿈에라도 알고 있을까. 그저 자신의 손에 끼워진 반지를 내려다보며 만족스럽게 웃었다.

한 달 후, 결혼식은 조용히 치러졌다.

그녀와 그녀의 아빠가 운 것 빼고는 결혼식은 큰문제가 없었다. 특

하나 혜인이 어찌나 펑펑 울던지 누가 보면 그녀가 빚에 팔려 오는 줄 알았을 것이다. 반면 하진은 얼굴에 기쁨을 감추질 못했고 양가 어른들은 기쁨에 환호성을 질렀다. 신혼집도 처음엔 어색했지만 이제는 안정을 찾아가고 있었다. 신혼여행은 아기 낳고 다녀오기로 한 혜인과 하진은 부모님들이 손수 꾸며준 집에서 마음껏 신혼분위기를 맛보고 있었다.

혜인은 친정에서나 시댁에서나 집에서나 모두 공주였다. 혜인이 이거 하면 쪼르르 달려가서 냉큼 사오고, 다시 저거 하면 또 쪼르르 달려가서 사와야 하는 하진의 수난시대가 계속되었다. 결혼식 전날 하진의 어머니께선 남자가 져줘야 집안이 편안해지는 것이라 몇 번을 당부하셨다.

"하진아, 나 떡볶이 먹고 싶어."

잘 자던 혜인이 갑자기 하진을 깨우기 시작했다. 자려는데 자꾸 눈앞으로 떡볶이가 빨간 몸을 내보이며 그녀를 유혹하기 이르렀다. 입안에 침이 가득 고였다.

"지금 몇 신데?"

"모르겠어……. 우리 딸기가 먹고 싶대."

하진은 자다 일어나 한숨을 푹 내쉬었다. 그래도 어쩌겠는가, 큰마마와 작은 마마께서 드시고 싶으시다는데……. 냉장고 안에서 깨끗하게 씻어놓은 딸기그릇을 혜인의 품에 안겨주고 차키를 들었다.

"순대도 있으면 사와!"

혜인은 씨익 웃고는 하진이 들고 올 맛있는 떡볶이 생각을 하며 딸기를 한입 깨물었다. 결국 하진의 바람대로 태명은 딸기로 지어졌다. 혜인도 내심 마음에 들긴 했지만 그때는 하진에게 삐쳐있는 상태라 말하고 싶지 않았었다. 태명에는 딸기같이 예쁜 딸내미가 태어났으면 하는 부모님들의 바람도 약간 들어 있었다. 딸기를 하나씩 포크로 콕콕 입안으로 쏙 넣었다. 하진이 깨끗이 씻어 꼭지까지 따 놓은 딸기였다. 하진은 꼼꼼했다. 혜인이 움직이지 않아도 손수해 주니 딱히 그녀가 할 일이 없었다. 신선놀음이 이것보다 편하겠는가. 요즘 하도 먹어대니 몸도 좀 불었다. 애기가 커서라고 우겨보지만 그것만은 아닌 거 같았다. 딸기그릇에 딸기가 모두 비워질 때쯤 띠리링 도어록 소리가 들려왔다.

"자기, 왔어?"

혜인은 떡볶이와 순대를 반갑게 받아들고는 곧바로 부엌으로 달려갔다. 어째 힘들게 구해온 자신보다 떡볶이와 순대를 더 반갑게 맞이하는 것 같았다. 문을 닫으려는 포장마차 아주머니께 사정을 해서 겨우 구해 온 것인데 자신은 쳐다보지도 않으니 하진은 혜인에게 못내 서운함을 느꼈다. 하지만 그녀가 맛있게 먹으며 좋아하는 모습을 보니 한밤의 수고와 서운함도 사라지는 듯했다.

고맙단 말도 없이 먹기만 한 게 미안했던지 혜인이 떡볶이 하나를 찍은 포크를 하진에게 내밀었다.

"됐어. 먹어."

"에이. 자기, 아아."

하진이라는 호칭을 쓰다 몇 번 어른들에게 혼난 이후로 바뀐 호칭이었는데 어째 듣기가 더 좋았다. 혜인이 애교가 생긴 거 같은 착각까지 들었다. 물론 조금 늘긴 했다. 꼬리가 아홉 개 달린 여우 정도는 아니었지만 한 3개까지는 인정할 수 있었다. 혜인이 밀어 넣은 떡볶이를 억지로 받아먹자 그가 만족스러운 미소를 지었다.

혜인은 아기 새처럼 받아먹는 하진을 보며 회심의 미소를 지었다. 다잡은 고기에는 먹이를 주지 않는다. 그것이 과연 남자가 여자에게만 하는 말일까? 아마 절대 아닐 것이다.

"자기, 맛있어?"

하진이 우물거리며 고개를 끄덕였다. 혜인은 그런 하진의 머리를 천천히 쓰다듬었다.

"그럼 자기야, 이거 먹고 나…… 아이스크림 사다주면 안 돼?"

"또?"

경악하는 하진의 모습에 혜인은 눈가에 촉촉한 물기를 짜냈다. 안 되겠지, 하며 체념하는 모습을 보니 하진은 못내 마음이 안쓰러웠다. 하진은 하는 수없이 방금 벗어놓은 점퍼를 집어 들었다.

"무슨 맛으로 사다줘?"

"초코 맛이랑 딸기 맛으로!"

풀이 죽었다가도 금세 웃음을 터트리는 혜인을 보고 그는 고개를 절레절레 흔들었다. 저 모습에 어쩔 수 없이 지고 만다. 혜인은 아직은 나오지 않은 배를 손으로 쓰다듬으며 하진을 배웅했다. 하진은 가볍게 혜인의 입술에 입을 맞추고는 현관문을 열었다. 하진은 오늘도 고생 중이었다.

닫힌 문을 보고 혜인은 만족스러운 웃음을 지어보였다.

'이제 넌 내 손바닥 안이다.'

여자는 하늘 남자는 땅이다. 하진과 22년을 지내면서 또, 결혼생활을 시작하면서 터득한 방법이었다. 그 역시 그 생각엔 동의했고 혜인 역시 여우가 돼가는 중이었다. 그동안 당했던 수모와 핍박들을 모두 앙갚음할 생각은 없었지만 예전처럼 살 생각도 전혀 없었다.

이제 그녀의 시대가 열렸다. 혜인, 이번에 칼 제대로 들었다.

"자기, 왔어? 빨리 왔네?"

혜인은 하얀 비닐봉지를 받아들며 요염한 미소를 지어보였다. 하진 역시 이마에 송골송골 땀이 맺혀 있었지만 힘이 든 것도 다 잊어버렸다. 두 마마들 모시느라 신하는 죽을 지경이었다. 그 둘은 서로의 얼굴을 보며 미소를 한껏 지어보였다. 집안엔 커피 향처럼 진하면서 초콜릿처럼 달콤한 향 나는 듯했다. 그들의 새벽은 오늘도 웃음소리가 끊이질 않았다.

에필로그

　9시가 되기 20분 전, 여직원들의 손길이 분주해졌다. 여기저기서 거울을 꺼내들고 분칠을 해대기 바빴다. 코끝을 감도는 진한 향수 냄새 때문에 남직원들은 머리가 지끈거릴 정도였다. 그래도 쾨쾨한 땀 냄새 나는 사무실보다는 이편이 더 나았다. 분주한 단장이 끝나고 여직원들은 정자세로 옷매무새를 가다듬었다.

　앞으로 10초, 9, 8, 7⋯⋯ 1, 땡!

　"좋은 아침입니다."

　오늘도 젊은 팀장님은 봄 햇살을 가득안고 사무실로 걸어 들어왔다. 잘 빠진 긴 다리, 몸에 딱 붙는 슈트, 오똑한 콧날, 색기 도는 입술, 오닉스처럼 진하고 반짝이는 그윽한 눈동자, 여직원들은 오늘도 황홀한 기분으로 아침을 맞이할 수 있었다. 단지 팀장이 너무 일찍 결혼했다는 것이 흠이었지만, 쾨쾨한 남직원만 보다 아름다운 꽃미남

상사를 보니 호강에 겨워 눈물이 흐를 정도였다.

팀장은 일명 낙하산이었다. 군대를 제대하고 얼마 되지 않아 초고속으로 날라든 낙하산. 그가 오기 전부터 직원들 사이에선 무수한 험담들이 쏟아져 나왔었다. 하지만 그의 빠른 일처리와 냉철한 사고, 타고난 리더십에 험담들은 쏘옥 들어가고 그의 칭찬만 난무하게 되었다. 그리고 여직원들 사이에선 암암리에 그의 팬클럽까지 탄생했다고 했다. 그가 하는 프레젠테이션을 보면 능력 있는 남자에게 흠뻑 취할 수 있다나 뭐라나.

"아, 강유리 씨!"

"네, 네?"

유리는 자신의 이름이 호명되자 떨리는 심장을 진정시키며 입가에 미소를 지었다. 오늘 입술은 잘 칠해졌는지, 옷은 삐뚤어지지 않았는지 제대로 체크하지 못한 것이 천추의 한이었다.

"이번 신상품 기획안 아직 멀었나요?"

"아, 아니요. 거의 다 했습니다."

"그럼 빨리 마무리 지어서 제 방으로 가져오세요."

팀장실의 문이 닫히자 유리는 자리에 스르륵 주저앉았다. 여기저기서 부럽다는 인사말이 들리지만 유리는 멍했다. 팀장은 그저 바라만 봐도 활력이 솟게 만드는 피로회복제였다.

전망이 탁 트인 팀장실 책상 명패에는 유하진이라는 세 글자가 새겨져 있었다. 하진은 재킷을 옷걸이에 걸고 입가에 지어진 미소를 거두며 자리에 앉았다. 오늘도 나오기 싫은 걸 억지로 나오느라 진땀을 뺐다. 눈에 넣어도 아프지 않을 다은을 떼어놓고 나오려니 영 발걸음이 떨어지질 않았다. 본 지 한 시간 정도밖에 흐르지 않았는데 벌써

보고 싶은 것을 보면 이것은 분명 병이 분명했다.

하진은 한숨을 깊게 내쉬었다. 그리움을 뒤로한 채 하진은 기다란 팔을 쭉 뻗으며 기지개를 피며 책상 위에 놓인 사진을 바라봤다. 그와 다정스럽게 찍은 혜인의 사진, 그리고 그 가운데를 차지하고 있는 혜인과 그를 반씩을 꼭 닮은 여자아이가 울먹거리는 표정을 짓고 있었다.

그것은 다은이 막 돌이 지났을 때의 사진이었다. 하진은 어떤 때보다 더 환한 미소를 지으며 가족사진을 어루만졌다. 벌써 다은이의 나이 4살이었다.

똑똑, 가벼운 노크소리에 그만의 여유로운 시간이 깨졌다.

"네, 들어오세요."

하진은 책상에 쌓인 서류 중에 하나를 자신의 앞으로 내려놓으며 방문 인을 바라봤다.

"저, 팀장님, 기획안……."

유리는 마른침을 꿀꺽 삼키며 햇살을 받은 아리따운 조각얼굴을 힐끗 바라봤다. 그의 긴 손가락에 끼워진 결혼반지가 유난히도 더 반짝거렸다. 유리는 고개를 절레절레 흔들며 하진이 기획안을 검토하는 동안 그의 사무실을 구경했다.

그의 책상 위는 마치 그의 반듯한 얼굴을 보듯 깔끔하고 반듯하게 정리돼 있었다. 책꽂이에 반듯하게 자리 잡힌 파일들, 그 옆으로 단출하게 만년필 하나와 여러 가지 볼펜들이 볼펜꽂이에 가지런히 꽂혀 있었다. 그 옆의 노트북엔 반질반질 윤이 날 정도로 먼지 한 톨 없었다.

유리가 아무 생각 없이 사무실을 구경하는 사이 하진의 곱던 양미간이 점점 더 구겨졌다. 이게 기획안이라고 올라온 것인지, 화가 슬금슬금 고개를 드밀었다. 엉성한 정도가 아니었다. 이걸 작성하느라 보냈을 며칠이 아까울 정도였다. 입사한 지 벌써 2년이나 지난 사람이 기획안 하나 제대로 작성하지 못했다. 유리가 한심할 따름이었다. 하진의 서글서글하던 눈매가 사납게 변하는 순간이었다. 하진은 반도 보지도 않은 채 기획안에 화풀이를 하듯 쾅 덮어버렸다.

"강유리 씨."

하진의 목소리가 따뜻하던 사무실공기를 얼어붙게 만들었다. 그의 목소리를 듣지 못한 것인가 유리는 주위를 둘러봤다. 그 순간 그의 이마에 퍼런 힘줄이 툭 불거져 올라왔다.

"강유리 씨, 이게 지금 기획안이라고……."

"가족사진인가 봐요. 따님이 참 예쁘네요. 물론 사모님도요."

유리가 방긋 웃으며 가족사진을 더 뚫어지게 쳐다봤다. 보통 때에도 잘 웃는 하진이지만 사진 속의 미소는 유난히도 밝아보였다. 사진만 바라보고도 행복이 느껴진다고나 할까. 유리는 스스로 인정하지 않을 수가 없었다. 그는 여직원들의 스타지만 어엿한 한 가정의 가장이라는 것을.

"흠흠, 그런가요? 강유리 씨, 이 기획안……."

서늘했던 눈초리가 점점 본래의 인상으로 돌아왔다. 그러면서도 민망한지 헛기침을 몇 번 해댔다.

"네. 너무 예뻐요. 몇 살이에요?"

제 딸 예쁘다는 데 싫어할 아빠가 어디 있던가. 하진의 화는 점점 가라앉고 입가에 미소가 번뜩 지어졌다.

"다섯 살이에요."

"딱 예쁠 시기네요. 부러워요, 팀장님. 제 조카도 딱 그 나인데 눈에 밟혀서 일도 잘 안 되거든요."

"그렇죠? 어찌나 조그만 게 말을 잘하는지 귀여워서 견딜 수가 없다니까요."

점점 입가에 미소가 진해지더니 조금씩 벌어진 입술은 다물어질 줄을 몰랐다. 조금씩 기분이 좋아진 하진은 이제 아주 대놓고 자랑질을 시작했다.

"어제는 아빠 하면서 뛰어오고, 아빠 이거 먹어봐 하면서 밥도 떠 넣어주고, 요샌 옷도 지가 입어요. 어찌나 애가 똘똘한지……."

하진의 딸 자랑은 끝도 없이 이어졌다. 평소에 과묵하고 항상 따스한 미소만 짓던 하진의 가면이 한 꺼풀 벗겨지는 일이었다. 유리는 귀가 따가울 정도로 자랑을 해대는 하진 때문에 나가지도 못하고 어색한 웃음만 흘렸다. 상사의 잔소리를 막아보고자 꺼낸 얘기였건만, 아무래도 괜히 꺼낸 듯싶었다. 유리의 밝았던 표정이 점점 일그러졌다. 벌써 30분째였다. 가족 사랑이 남다르다고는 들었지만 이 정도일 줄이야.

"저…… 팀장님? 저 이만 나가봐야……."

"아, 내가 너무 시간을 빼앗았군요. 얼른 나가서 일보세요."

"그런데 아까 기획안에 대해 뭐라고 하시려고 하지 않으셨어요?"

유리가 초롱초롱한 눈빛으로 그를 응시했다. 하진은 한숨을 깊게 내쉬었다. 머릿속에 여러 가지 생각들이 교차되었다. 이제 와서 화를 내자니, 그동안 팔불출처럼 너무 떠들어댔다. 그렇다고 그냥 보내자니 다시 화가 슬금슬금 고개를 디밀었다.

"아, 아니에요. 기획안…… 조금만 수정하면 되겠군요."

"네, 알겠습니다."

유리는 환한 웃음을 지으며 하진에게서 기획안을 받아 품에 안았다. 일에서만큼은 누구보다 깐깐하기로 소문난 하진에게 혼이 나지 않은 것은 이번이 처음이었다. 유리는 오늘이 행운의 날이 아닐까 생각했다.

주위의 여직원들이 순식간에 모여들며 왜 이리 늦게 나왔냐는 둥 핀잔을 주었다. 유리의 양 볼이 발그레한 것이 무언가 마음에 들지 않았던 것이다. 한참을 몽롱한 시선으로 팀장실을 바라보던 유리의 입에서 나온 것은 이 말뿐이었다.

"아, 결혼하고 싶다."

가족 이야기를 할 때 지었던 그의 표정이 아직도 잊히지 않았다. 저렇게 다정하고 가족을 사랑하는 남자라면 아무리 독신주의인 여자라도 결혼하고 싶어질 것이다. 저 남자의 가족이 부러웠다. 밖에서도 가족이야기라면 물불 못 가리고 멋진 미소를 지어 보이는데 집에서는 어떨까. 상상조차 되지 않았다. 하진이 외로운 솔로 가슴에 비수를 제대로 꽂아주었다.

유리가 나간 뒤, 하진은 흘러내리는 머리를 쓸어내렸다. 혜인이 어디 가서 그러지 말라고 몇 번이고 당부했는데, 오늘도 딸 칭찬의 유혹을 도저히 떨쳐버리질 못했다. 하진은 서류를 뒤적거리다 이내 냅다 덮어버렸다. 다시 불러서 화를 내지도 못하겠고 짜증이 솟구쳤다. 하진은 짜증을 뒤로한 채 휴대폰 버튼을 꾹 눌렀다. 뚜르르, 긴 신호음이 몇 번이고 울리고 익숙한 목소리가 스피커폰을 통해 들려왔다.

[자기, 왜?]

혜인의 목소리와 표정은 아침보다 밝았다. 잠이 많은 혜인은 하진의 출근길 배웅조차도 힘들어했다. 그나마 아침에 가는 얼굴을 꼭 봐야겠다는 일념 하에 억지로 눈만 떴다가 그가 나가면 다은과 함께 잠에 다시 빠지기 일쑤였다.

하진은 손목에 걸린 메탈시계를 힐끔 봤다. 지금 11시가 조금 지나가니 이제부터 그녀의 활동시간이 된 것이다.

"뭐 했어?"

[나 다은이랑 아침 먹고 이제 부모님들 뵈러 가려고.]

옆에서 아빠의 목소리를 감지한 것인지 자기도 바꿔달라며 혜인이 휴대폰 든 손에 작은 손이 겹쳐보였다.

[자기, 기다려봐. 다은이가 아빠 보고 싶대.]

휴대폰 상대방 화면이 어두워졌다, 금세 하얀빛으로 가득 찼다.

[아빠!]

"다은아!"

며칠 못 본 부녀상봉이라도 하는 듯 둘은 애틋하게 서로를 불러댔다. 다은은 그러면서도 계속 입을 오물거렸다. 먹는 것을 유난히도 좋아했는데 무엇을 하면서도 맛있는 것이 있으면 절대 손에서 떼어놓는 법이 없었다. 아이들이 싫어한다는 당근, 피망, 어떤 것도 가리는 것이 없었다. 먹는 것이 어찌나 복스럽던지, 다은을 보는 식구들은 절로 웃음을 터트릴 정도였다.

"다은이 뭐 먹어?"

[솔지 이모가 귤 사줘쪄. 귤 먹어.]

"그랬어? 엄마 말 잘 듣고 있고?"

[응! 아빠도 귤 주까?]

다은은 말이 떨어지기가 무섭게 화면에 뜨는 하진의 얼굴 위로 귤을 갖다댔다. 하진은 큰소리로 웃음을 터트렸다. 누구 딸인지 정말 사랑스러웠다. 하진은 큰소리로 웃다 흠칫 놀라며 입을 가리며 목청을 가다듬었다.

"흠흠, 다은아. 되게 맛있다, 귤."

[그치? 아빠 근데 언제 와?]

"아빠 좀 이따 갈 거야. 아빠 보고 싶어?"

[응!]

다은과 다정스럽게 영상통화를 하는 휴대폰 화면이 하얗게 변하더니 혜인의 얼굴이 비쳤다. 의미 없는 대화를 더 이상 두고 볼 수 없다는 듯 혜인은 일이나 하라며 하진에게 톡 쏘아준 후, 주저없이 전화를 끊었다. 하진은 대기화면으로 돌아온 휴대폰을 멍하니 바라보다 웃음을 터트렸다. 이제는 정말 일을 해야 하는 시간이었다. 여우같은 마누라와 토끼 같은 자식을 먹여 살리려면 놀고 있을 시간이 없었다. 따스했던 공기가 서늘하게 변하는 순간이었다.

오랜만에 찾아온 친정과 시댁 대문 앞에서 혜인은 인터폰을 길게 눌렀다. 하진과 전화를 막 끊고 부랴부랴 온 것이었다. 얼마 전에 샀던 시어머님과 친정엄마의 선물을 한아름 안고 고사리같이 작은 다은의 손을 꽉 붙잡았다. 그나마도 운전을 배웠기에 망정이지 이 짐들을 들고 택시를 타고 오려면 애 좀 먹을 뻔했다.

다은이 보고 싶다며 양가 부모님들이 얼마나 성화였는지 모른다.

그러고 보니 부모님을 뵌 지가 한 달 정도 흐른 거 같았다. 양가 부모님들은 하진과 혜인을 결혼시키고 수시로 여행을 갔다 오셨는데 이번엔 그 일정이 길어져 한 달 가까이 유럽여행을 하고 돌아오셨다. 전화로 보고 싶다 하시면서도 그곳 재미가 좋은지 금방 끊기 일쑤였다.

아직 걷는 것이 어수룩한 다은의 보폭을 맞추며 돌담길을 걸었다. 얼마나 걸었을까, 양가 부모님들은 현관 밖에서 모여 있었다.

"다은아!"

"할아버지, 할머니!"

작은 발로 잘도 뛰어다닌다. 가다가 행여 넘어지진 않을까 노심초사했지만 다은은 씩씩하게 외할아버지 품에 번쩍 안겼다. 나중에 이야기를 들으니 이 부분에서 약간 트러블이 생겼다고 했다. 결국은 어른들은 가위바위보를 해 다은을 누가 먼저 안아보냐 게임을 했다는 것이다. 혜인은 어이없는 웃음만 지을 수밖에 없었다.

혜인은 사과를 깎으며 다은의 품에 안긴 인형을 바라봤다. 어쩜 혜인이 최고다, 네가 제일 귀하다 하시더니 결국 다은이 태어나고 찬밥 신세였다. 그럼에도 제 딸 예쁘다 하니 영 싫지는 않았다.

"다은아, 이건 이 할머니 선물!"

"다은아, 여기도 있네."

서로 주고도 민망한지 허허 웃으셨다. 다은의 팔 안으로 다 들어가지도 못하는 네 개의 인형과 가방들을 소파에 올려놓고 다은은 두 손을 가지런히 모으며 고개를 꾸벅 숙였다.

"할아버지, 할머니, 그리고 또 할아버지, 할머니 감사합니다!"

"우리 다은이 예의도 바르지. 우리 하진이를 쏙 빼닮았다니까!"

"어머, 사돈! 하진이라니요. 우리 혜인이를 쏙 빼닮은 거지요."

전자는 혜인의 엄마였고 후자는 하진의 엄마였다. 하진의 엄마는 제 아들 성질머리를 누구보다 잘 알았으니 혜인을 두둔한 것이고 혜인의 엄마는 하진을 봐왔던 그대로 하진을 두둔한 것이었다.

"우리가 아들 딸 하나는 잘 두었나 봐요."

가족들의 큰소리로 웃으니 다은이는 고개를 갸웃거렸다. 그리고서는 덩달아 웃음을 터트렸다. 무슨 이야긴지 하나도 모르면서 그저 어른들이 웃으니 좋구나 싶었다. 그 모습이 예뻐 또 큰소리의 웃음이 끊이질 않았다.

하진은 현관 앞에서 웃음소리에 발걸음이 멈칫했다. 생각보다 일찍 퇴근한 하진의 발걸음은 누구보다도 가벼웠다. 오랜만에 집에 들르려는 이유도 있었지만 그에겐 오늘 아주 중요한 일이 남아 있었다. 미묘한 웃음을 흘리며 하진은 현관문을 벌컥 열었다.

"어머, 유 서방 왔는가?"

"네, 장모님, 잘 다녀오셨어요?"

하진은 작은 발로 냉큼 달려오는 다은을 번쩍 안아들고 미소를 지었다. 하진의 엄마는 아직도 어색한 아들의 미소에 목청을 가다듬으며 얼른 부엌으로 발을 옮겼다. 결혼을 하더니 사람이 다됐다. 그 더럽던 성질머리도 죽어버리고 이제는 완전한 애처가임을 자청했다. 뿔난 송아지 같던 아들 녀석을 잡아준 혜인이 대견할 뿐이었다. 하진의 엄마는 말없이 혜인의 손을 꼭 잡았다.

왁자지껄한 저녁식사가 시작되었다. 하진과 혜인은 나란히 앉고, 다은은 정 가운데 의자에 떡하니 앉았다. 서로 쟁탈전을 벌이다가 결국 저곳에 앉은 것이다. 밤마다 아리따운 Girl들과 격한 회동을 하는 하원도 오늘만은 집에 일찍 돌아왔다. 부모님이 오랜만에 오시는 날이기도 했고, 무엇보다 가장 중요한 이유는 귀여운 조카 재롱을 보기 위해서였다. 요 예쁜 것이 삼촌, 삼촌 하면 기분이 절로 날아갔다.

하진과 하원의 어렸을 적과는 무척 달랐다. 어린애는 딱 사절이라며 결혼해서 애는 절대 안 낳겠다던 하원의 마음을 바꾼 것이 다은이었다. 그 예쁜 것을 보고 어찌 애를 멀리하겠는가. 상다리가 휘어지게 차려진 음식들 위로 젓가락이 분주하게 움직이는 가운데 하진이 무언가 결심하듯 젓가락을 내려놓았다.

"다은이 오늘 여기서 자고 갑니다."

무슨 중대발표나 하는 줄 알았던 가족들은 다시 젓가락 움직이기 바빴다. 무슨 그게 큰일이라고. 혀를 쯧 찼다.

"그러니까 다은이 잘 돌봐주시고요, 저희는 내일 오겠습니다."

하진이 혜인의 손을 꽉 잡고 자리에서 벌떡 일어났다. 아직 고기를 씹고 있던 혜인은 어리둥절한 표정으로 뼈다귀를 들고 같이 일어났다. 입안에는 밥이 가득 차 있어 뭐라 항변도 못하겠고 참 난처한 상황이었다.

"어머, 그럼. 다은아, 오늘은 이 할미랑 자자."

"사돈, 왜 이래요. 다은이는 우리랑 잘 거예요. 그렇지, 다은아?"

"왜들 이러세요. 다은인, 이 삼촌하고 잘 거란 말입니다."

가족들이 싸우든 말든, 하진은 혜인을 끌고 제 갈 길 가기 바빴다. 제 딸 떼어놓는 것이 가슴 아팠지만 그들에겐 아주 중요한 일이 있었다.

"자기, 자기! 어디 가!"

고기는 이미 식도를 타고 뱃속으로 넘어간 지 오래였다. 혜인의 항변에 갑자기 하진의 걸음이 우뚝 멈춰 섰다. 달빛의 비친 그의 얼굴은 잘나도 너무 잘났다. 앙다물어진 섹시한 입술에 키스를 퍼붓고 싶을 만큼. 혜인은 그윽하게 쳐다보는 하진의 눈빛에 마른침을 꿀꺽 삼켰다.

"우리가 그동안 우리 의무를 너무 소홀히 했어."

"뭐?"

하진은 이로 입술을 잘끈 깨물며 혜인을 쑤셔 박다시피 차에 태웠다. 핸들을 운전하는 손이 왠지 불안해보였다. 그의 말뜻을 알아차리는 것은 그리 오래 걸리지 않았다. 벌게진 얼굴을 양손으로 감싸고 혜인은 한숨을 푹 내쉬었다. 그래, 그래. 오래 참았지. 밤마다 다은의 방해로 그들의 부부생활은 가벼운 키스 정도였다. 그조차도 다은이 깨면 후다닥 일어나 다은을 감싸기 바빴다. 다은이 어렸을 때는 꽤 수월했는데 크니 어째 더 힘들어진 것이 사실이었다. 둘째, 둘째 노래를 부르는 어른들의 기대에 부흥도 할 겸, 하진은 오늘 마음을 굳건히 먹었다. 다은도 맡겨뒀겠다, 느긋하게 사랑을 나눌 계획이었다.

혜인은 많이 성숙해졌다. 다은을 낳고 라섹을 한 덕에 이제 더 이상 안경을 끼지 않아도 됐다. 거기다 머리를 자주 묶곤 했는데 가느다란 목선을 볼 때마다 그가 얼마나 숱하게 참았던가. 안으려고 손만 뻗으면 뻗을 수 있는 거리인데 그때마다 다은이 고개를 디밀며 배시시 웃음을 지었다.

하진의 차가 주차장에 멈춰서고 그는 참았던 것을 토해내듯 엘리

베이터에 오르자마자 급하게 입을 맞췄다. 숨 쉴 겨를도 주지 않겠다는 듯, 혀끝이 거칠고 농염했다. 깊게 파고들어오는 혀끝에 혜인의 정신이 혼미해질 정도였다. 땡, 엘리베이터가 멈춰 섰다.

하진은 번호 키를 누르며 미소를 지었다. 오늘밤은 절대로 놓치지 않으리라. 굳은 결의를 하며 혜인의 손을 꽉 잡았다. 다시 맞닿은 입술은 불처럼 뜨거웠다. 언제 맛보아도 달콤하고 맛있었다. 손은 바삐 움직이면서도 머리로는 느긋하게 움직여도 된다고 생각했다. 길게 천천히 음미하며 맛보아도 아무도 방해하지 않는데 그의 손길이 다급했다. 입술을 머금고 손길이 혜인의 봉긋한 가슴을 찾았다. 원래 풍만했던 가슴이 다은을 낳고 나서 조금 더 풍만해졌다. 손으로 부드럽게 움켜쥐고는 입술을 머금던 입술이 떼어졌다. 하진은 부드럽게 혜인의 바라봤다.

"왜, 왜?"

"서혜인, 나 사랑하지?"

탁하게 갈라진 그의 목소리가 유난히도 섹시하게 느껴졌다. 언제나 듣는 목소리인 것을. 거기다 자신감에 가득 찬 하진을 요염하게 내려다보며 아니라고 대답해줄까 하다, 이내 마음을 돌려 하진의 입술에 길게 입을 맞추었다.

"나 같이 예쁜 부인 얻으니까 좋지?"

그 남편에 그 부인 아니겠는가. 하진은 큰소리로 웃음을 터트렸다.

"우린 이제 다은이 동생 만들러 가볼까?"

혜인을 번쩍 안아들고는 그녀의 얼굴에 자잘하게 입을 맞췄다. 그리고 귓가에 달콤하게 내려앉은 목소리에 혜인의 가슴이 세차게 뛰었다.

"사랑해, 혜인아."

귓가를 간질이는 소리가 밤새 이어졌다. 그들의 뜨거운 밤은 그렇게 또 시작되었다.

『가면 쓴 왕자와 칼 든 마녀』 END

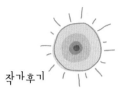

작가후기

[가면 쓴 왕자와 칼 든 마녀]를 연재했던 게 딱 작년 이맘때쯤이네요.

여름이 끝나갈 무렵에 신나는 음악을 들으며 썼던 기억이 지금도 납니다. 항상 글을 쓰면서 생각하는 것이 내가 즐거운 글을 쓰자, 였는데 이 글을 쓰면서는 정말 순간순간이 즐거웠던 거 같아요. 그 뒤로 수정을 거치고 또 수정을 거치고 일 년이라는 시간이 흘렀지만 아직도 애착이 강한 소설입니다. 그래서 그런지 전 아직도 혜인과 하진을 보면 참 흐뭇하답니다. 팔불출 엄마죠? 호호.

후기를 쓰면 이 바퀴벌레 커플을 떠나보내야 하는데……. 저는 그러지 못하고 있습니다.

시즌 2인 '바람둥이 순정'에서 혜인과 하진이 카메오로 출연하느라 바쁘거든요. 저에게 매일 출연시켜달라고 투정부리네요. 전 팔불출인지라 열심히 출연시켜 주고 있습니다.^^ 이제 그만 출연하고 알콩달콩 행복하게 살았으면 좋겠는데 말이죠.

[가면 쓴 왕자와 칼 든 마녀]를 쓰게 된 계기가 친구에서 연인이 되는 소재에 흥미를 느껴서 였습니다. 그런 소재를 즐겁고 유쾌한, 크게 웃으면서 볼 수 있도록 글을 써보고 싶었습니다. 묵직하지 않은 그러면서 즐겁게 볼 수 있는 그런 이야기요. 그래서 제가 쓰면서 코믹한 장면에 욕심을 많이 냈습니다. 피식피식 웃으면서 즐겁게 보셨으면 좋겠네요.^^

우선 못난 저를 항상 예뻐해 주시는 그린나래 가족 여러분들, 연재가 느려도 기다려주셔서 너무 감사드립니다. 카페를 두 번이나 옮기고 마지막으로 홈페이지까지 왔는데 못난 저희를 따라 이렇게 와주셔서 감사합니다. 사랑해주시는 만큼 열심히 써서 보답하겠습니다.

그리고 항상 도와주시고 주은영 님, 홈페이지 만드느라 수고하신 유나(有娜) 님, 바람개비꽃 님, 그리고 우리 귀염둥이 아가들 곰짱 님, 륜아이 님과 라돌체 님, 유혹중 님, 그리고 맨날 까부는 유조미 님, 님들 사랑해요.

마지막으로 글 읽는 모든 분들이 행복하시길 바랍니다.

Scarlet

스칼-렛

Scarlet

스칼렛